내 아침 인사 대신 읽어 보오

내 아 침

장석주

인 사 대 신

박연준

읽 어 보 오

ㄴㄴ > < ㄸㄴ

장 석 주

박연준

January

January

지금, 호메로스를 읽어야 하는 이유

애덤 니컬슨 - 정혜윤 옮김 - 세종서적 - 2016년 11월

산간 여행지에서 맞은 새해 첫날. 어제 나와 P는 서울이 아닌 낯선 곳에서 새해를 맞으려고 여행 가방을 챙겨 강원도로 떠나왔다. 어젯밤은 숙면을 취했다. 창밖에서 새해의 빛이 뻗쳐오는 아침, 기분이 좋았다. 새벽에 분홍색 코트를 입은 여자가 찾아오는 꿈을 꾸었다. 책을 계약하러 왔는데, 무슨 행사가 있었는지 집은 사람들로 북적였다. 그뒤 내용은 뒤죽박죽이다.

새해 첫날 오후에 애덤 니컬슨의 『지금, 호메로스를 읽어야 하는 이유』를 읽는다. 호메로스는 『일리아스』와 『오디세이아』를 썼다. 초기 철기 시대, 그리스에서 무역과 조선造船 기술이 발달하면서 문명의 융성이 시작되던 시대다. 경기장, 화폐, 사원, 도시 들이 나타났다. 사람들은 저마다 안정된 살림을 꾸리고 풍요를 구가하며 이야기를 탐한다. 니컬슨은 호메로스가 어디에서 왔으며, 왜 호메로스가 중요한가를 묻는다. 어쩌면 호메로스는 개인이 아니라 집합적 존재인지도 모른다. 여러 가설이 있다. 호메로스는 "머나먼 과거의 목소리, 심지어 침묵의 목소리로, 우리의 현존하는 세속성과 어떤 식으로든 연결되어 구속받지 않는 위대한 목소리"로 존재한다. 진작 읽고 싶었는데, 그간 여러 사정으로 밀쳐두었던 책이다. 새해 첫날 어김없이 책을 든 나 자신이 한심하고 우습다. "우동은 면발, 책은 장석주!" 실없는 농담에 P가 '그게 무슨 바보 같은 소리냐?' 하는 듯 실소를 터뜨린다.

먼 북소리

무라카미 하루키 · 윤성원 옮김 · 문학사상사 · 2004년 1월

새해 첫 책은 강원도에서 읽는다. 하루키의 『먼 북소리』. 뭔 북소리? 혼자 낄낄대다 주변을 둘러본다. 아무도 없다. 다행이다.

하루키다! 코카콜라, 나이키, 리바이스, 맥도날드처럼 하루키는 이제 '거의' 고유명사처럼 쓰인다. 우리는 '하루키'라는 남의 이름을 추앙하거나 경멸하고 때로 부러워하거나 얕잡아본다. 야, 요새 코카콜라 맛없어졌지? 이렇게 말하듯 하루키 소설 요새 별로지? 하고 말하게 되는 게 하루키다. 이 책은 서른일곱에서 마흔을 넘어가는 시기의 하루키가 외국에서 지내며 기록한 일상기이자 여행기이다. 나와 비슷한 나이 때, 하루키의 생각을 살펴보는 재미가 있다. 그때나 지금이나 하루키는 여전히 매력적이다. 어디를 눌러도 종국엔 단단한 근육에 도착할 것 같은 사람. 책은 술술 읽힌다. 역시, 하고 감탄하게 되는 부분도 있고 공감하기 힘든 부분도 있었다(특히 여성에 대해 말하는 부분). 지금의 하루키와 비교했을 때 미숙해 보이는 부분이 있어 신선했다. 작가도 '모든 면'에서 꾸준히 성숙하는 거라는 생각이 들어 위안이 되었다. 확실히 지금의 하루키는 덜 거칠고 더 견고한 사고를 지니고 있다.

새해 첫 꿈에 김민정 시인이 나왔다. 2층으로 된 서가에서 책을 고르며, 무언가를 자꾸 끼적이는 언니 옆에서 밥 먹으러 가자고 조르는 꿈. 언니는 책을 꺼내고 수첩에 무언가를 적더니 제자리에 꽂는 작업을 반복했다. 꿈을 잊어버리고 있었는데 오후에 언니에게 전화가 왔다. '독서일기' 컨셉으로 책을 기획하고 있으니 써보라는 거다! 새해 첫날, 예지몽을 꾼 건가?

정원에서 철학을 만나다

데이먼 영 – 서정아 옮김 – 이론과실천 – 2016년 8월

낯선 곳에서 밥을 먹고 산책을 하고 낮잠을 잔다. 열심히 일종의 포상 휴가다. 햇빛 잘 드는 호텔방 창가에서 데이먼 영의 『정원에서 철학을 만나다』를 읽는다. '정원'과 '철학자'를 연결시킨 아이디어에 이끌렸다. 정원의 기원은 자연이다. 정원은 "인간과 자연이 육체적으로, 그리고 정신적으로 맺고 있는 상호의존적 관계"를 드러낸다. 많은 작가와 철학자가 정원의 매혹에 빠졌다. 니체는 해변과 고산高山을 즐겨 산책하고, 자신만의 '자연 정원'을 찾기 위해 엥가딘, 베네치아, 나움부르크, 바젤, 이탈리아의 소도시들을 전전했다. "그늘이 많고, 하늘은 영원히 푸르며, 고르고 강한 바닷바람이 아침부터 저녁까지 불지만 뇌우는 내리지 않는 땅, 그런 땅은 대체 어디에 있단 말인가?" 니체의 '정원'은 푸른 하늘, 숲, 바다가 있는 곳. 그는 걸을 때 풍경과 자신을 뒤섞는데, 걷는 일은 "자기 안에서 걷는" 것이라고 여겼다. 니체 철학이 산책의 소산이라면 사르트르는 정원이나 공원에 역겨움을 느꼈다. 자연보다는 서재, 도서관, 교실, 카페를 더 좋아했다. 그 인공의 장소들에 있을 때 제 존재가 더 돋보였기 때문이다. 사르트르는 "자기 안에서 자연을 빼내어 존재론의 반대편 심연에 내려"놓는다. 그 밖에 마르셀 프루스트, 장자크 루소, 조지 오웰, 에밀리 디킨슨, 니코스 카잔차키스, 볼테르 등을 다룬다. 정원은 신성한 숲의 대체재이자 철학의 촉매제였다. 우주의 관점에서 지구가 '가능한 모든 세계 중 최선인 세계'라면 정원은 그 세계의 모든 것에서 최선일 테다. 그런 맥락에서 정원을 만들고 가꾸는 일은 가장 숭고한 의무 중 하나일 테다.

#철학자의_정원을_만남_수_있는_책

보고 싶은 오빠

김언희 · 창비 · 2016년 4월

2017년 닭의 해인데, 요새 닭들이 여간 힘든 게 아니다. 이건 차라리 재앙이다. 병균이 있다고, 그것이 인간을 해할 위험이 있다고 저들의 목숨을 빼앗을 권리가 우리에게 있을까? 우리보다 약한 다른 종족을 향해 '같이 앓을 수 없음'을 선포하고, 몽땅 싸잡아 살殺처분하는 것, 이게 최선일까? 뉴스를 볼 때마다 죄책감이 든다.

우리에게 처들을 처분할 힘이 있을지는 모르겠지만 자격은 없다. 대책도 없이 마음만 아픈 밤이다. 김언희 시인의 시집을 들추고 벌을 받을 준비를 한다. 「4월의 키리에」라는 시를 다시 읽는다.

우리가 흘린 피 웅덩이 속에 우리를 오래 세워두소서
핏물이 눈알까지 차오르도록

갈고리에 우리 뒷덜미를 걸어두소서
흔들흔들 서서 잠들게 하소서

도망가고 싶다. 울고 싶은 기분이 든다. 그러나 도망가는 것은 시의 일이 아니다. 우리가 한 일을 보세요. 우리들이 한 일을 똑똑히 바라보세요, 라고 말하지 않고 보여주는 시. 이런 게 일류다. 사람들은 때로 일류를 불편해한다. 인정사정 봐주는 법이 없으니까.

우리 본성의 선한 천사

스티븐 핑커 – 김명남 옮김 – 사이언스북스 – 2014년 8월

세계는 악순환의 나선으로 접어든 게 아닐까? 트럼프나 푸틴, 두 테르테와 에르도안, 유럽의 극우주의자들. 세계 도처에 망나니들과 허풍쟁이들이 득세하는 가운데 불길한 기운이 스멀스멀 피어오른다. 서적도매상 송인서적의 부도 소식! 이게 마음을 뒤숭숭하게 한 불길함의 정체였나? 송인 부도 사태는 중소형 출판사들에게는 재난이다. 송인서적에 일원화 공급을 맡겼던 1인 출판사의 타격은 얼마나 클 것인가? 올해는 작년보다 더 많은 책을 사들이는 것으로 작게나마 응원을 하겠다.

스티븐 핑커의 『우리 본성의 선한 천사』를 작년에 이어 다시 읽는다. 전쟁과 폭력의 역사에 대한 새로운 해석에 기초한 인류 문명사. 본문 1180쪽, 주와 색인이 225쪽. 1406쪽의 '벽돌'책. 인지과학자이자 신화심리학자인 스티븐 핑커는 각종 자료와 통계, 먹함수 분포, 로그-로지 그래프와 같은 도판 들을 통해 인류가 어떻게 내면의 선한 천사들로 가학 욕망과 폭력의 본성을 억누르고 덜 폭력적인 세계로 왔는가를 더듬는다. 인류는 온갖 분쟁과 전쟁을 치르며 피와 으깨짐, 죽임과 죽음으로 얼룩진 끔찍한 역사를 이어왔다. 죽고 죽이는 일은 인류 역사만큼 오래된 것이고, 현재의 평화는 근대의 발명에 지나지 않는다. 기억에 남는 한 구절. "인간의 행동은 감정, 규범, 터부를 기반으로 하는 도덕적 직관에 따른다." 이 방대한 책을 읽으며 떠오른 말라르메의 시 한 구절. "세상의 모든 책을 다 읽었건만 내 육체는 슬퍼라." 평생 읽었건만 고작해야 바다에서 한 스푼의 물을 떠올린 것에 지나지 않는다는 생각에 문득 아득하고 쓸쓸해진다.

존 버거의 글로 쓴 사진

존 버거 · 김우룡 옮김 · 열화당 · 2005년 3월

어제, 존 버거가 죽었다. 책상 위에 '존 버거' 사진이 있다. 이마에 주름이 깊게 패고, '눈 맞은 겨울나무'처럼 고요히 침묵하며 버티는 콧날, 날카로운 눈빛. 늙어빠진 얼굴이라고 고개 돌리는 게 아니라 가서 그 얇은 거죽—손으로 만지면 저항 없이 손길을 따라 밀려갈—에 얼굴을 대보고 싶은, 그런 얼굴을 가진 노인이 될 수 있다면! 나이든 그의 사진을 바라보고 있자면 침착하게 늙어간다는 일이 가능할 것도 같다. 어떤 노인의 얼굴은 견고하다. 고집스럽게 고착된 얼굴이 아니라 부드럽고 견고해진 얼굴이다. 눈 위로는 평화가 눈 아래로는 고요가 있는 얼굴. 존 버거의 얼굴에 대해 쓰는 일로 몇 시간 동안 혼자 놀 수 있겠다는 생각이다.

이 책은 '포토 카피'라는 원제처럼 작가가 마주한 순간과 만난 인물들에 대한 묘사로 이루어져 있다. 작가가 어느 여인을 그리던 순간에 대해 쓴 부분이다.

그녀가 연주를 마친 직후에 내가 그녀를 그리기 시작한 적이 한 번 있었다. 피아노 뚜껑은 열린 채로였고 그 곁에 앉아 있었다. 눈을 긴장시킨 채 나는 기다렸다. 그리기의 충동은 눈에서보다 손에서 온다. 마치 저격수처럼 오른팔에서 오는 것이다. 나는 때때로 모든 것은 겨냥의 문제가 아닌가 하고 생각한다. 피아노 소나타 작품번호 110 역시도.

그리기의 충동, 시쓰기의 충동, 모두 손에서 온다. 마음이 일어나기 시작하면 손이 분주해진다. 표현의 욕구가 손에서부터 시작되기 때문이겠지. 이 책은 언제고, 아무 데나 펼쳐 읽어도 황홀하다.

니체와 걷다

프리드리히 니체 – 이신철 옮김 – 케미스트리 – 2016년 7월

『니체와 걷다』는 제목에 이끌려 주문한 책인데, 막상 받아보니 기대에 못 미친다. 니체의 책들에서 가려 뽑은 아포리즘과 사진들로 채운 책이다. 니체는 생애 내내 산책자였다. 그는 스위스와 이탈리아를 여행하고, 여행지의 고산과 바닷가, 또는 호숫가 길을 끊임없이 걷는다. 그에게 여행과 산책은 삶의 대체적 행위였다. 니체가 스위스의 엔가딘 협곡과 가까운 실바 플라나 호반을 걸으며 '영겁회귀'에 대한 구상을 했다는 사실은 유명하다. 그는 걸으면서 "솔직하게 웃고, 온몸으로 이 순간을 즐기라"고 권유한다. 아쉽게도 일본인 편역자인 시라토리 하루히코는 니체의 철학에서 '심오함'과 '위험성'이라는 뇌관을 제거해버려 자기계발서로 변질시켰다. 내 취향하고는 맞지 않는다. 조금 읽다 중간에 덮어버린다. 뜬금없이 P에게 "냉면은 을밀대면옥, 문장은 장석주!"라고 농담을 날리자 P가 단박에 "쓸데없는 소리!"라며 받는다.

#철학을_자기계발서로_바꾼_책

푸줏간 소년

패트릭 매케이브 – 김승욱 옮김 – 비채 – 2015년 9월

20대 때 영화 『푸줏간 소년』을 좋아했다. '푸줏간 소년'이란 제목으로 시를 쓰기도 했고, 영화 OST를 질릴 때까지 듣기도 했다. 그러니 작년 말, 원작 소설이 출간되었다는 소식을 듣고 얼마나 기뻤는지! 냉큼 구매해 읽기 시작했다. 웬일인지 소설은 영화만큼 좋지 않았다. 이유가 뭘까? 횡설수설인 화자의 얘기를 문자로 보니 집중하기 어려웠고, 흥미도 덜했다. 영화는 눈을 뗄 수 없이 매혹적이었는데. 그래서 읽다 덮어둔 것을 오늘 다시 펼쳤다. 이전에 257쪽까지 읽었으니 책의 3/4가량을 읽은 거다. 좀더 읽을 테지만, 사실 이 책을 끝까지 다 읽을 수 있을지 모르겠다. 내가 정한 룰이 있는데, 책의 70퍼센트 이상을 읽었는데도 내 기준에서 감흥이 없거나, 읽는 게 곤욕인 책은 '책탁'하겠다는 것. 책! 탁! (덮어버리겠어) 그뒤에 오는 죄책감은 내 탓이 아니다. 70퍼센트나 읽었으므로.

자화상

에두아르 르베 – 정영문 옮김 – 은행나무 – 2015년 3월

창밖에서 푸르스름한 여명의 빛이 들어오는 시각, 3년째 끌던 원고를 탈고해 출판사에 보낸다. 원고를 탈고하는 순간은 짜릿하다. 기어코 어려운 숙제를 끝내 홀가분한 기분이다.

지난해 연말, 광화문 일대는 인파로 넘쳤다. P와 나는 교보문고에 들러 책 구경을 하고, 신간 코너에서 책 세 권을 샀다. 교보빌딩 1층 '파리크라상'으로 올라가 에두아르 르베의 『자화상』을 읽었다. "나는 내 내부 장기를 전혀 본 적이 없고, 단지 거울이라는 매개물을 통해 몸의 특정 부분들을 보았지만, 내 몸의 다른 특정 부분들은 거울이라는 매개물을 통해서도 결코 본 적이 없는데 그것들이 뭔지는 전혀 알 수 없다." 시종 이런 문장을 펼친다. 자기 정체성과 취향을 드러내는 진술로만 채운 특이한 소설이다. 르베는 2007년 친구의 자살을 그린 작품 『자살』원고를 편집자에게 넘기고 열흘 뒤 생을 마감한다. 42세. 작가 자신임이 분명한 화자의 자전 기억에서 끄집어낸 취향과 정체성에 대한 진술은 시종 담담하다. 거창한 서사를 기대하는 독자는 지루할 수도 있겠으나 시적 압축이 돋보이는 문장은 흥미롭다. 작가의 다른 작품을 읽어보고 싶다는 의욕이 솟구친다. 저 창밖으로 간밤의 어둠이 밀려가고 새로운 빛이 밀려온다.

기나긴 이별

레이먼드 챈들러 · 박현주 옮김 · 북하우스 · 2005년 5월

JJ가 결혼기념일 선물이라고(지났는데?) 작은 상자를 내밀었다. 열어보니 진주 목걸이였다. 누구에게 자랑도 못하고(지금 하네?), 혼자 침대를 두드리며 조용히 기뻐했다. 원래 이런 사람이 아닌데, 사람이 변했다.

오후엔 밀린 숙제를 하는 기분으로 책장에서 『기나긴 이별』을 꺼 냈다. 책 제목처럼, 나는 오랜 시간을 두고 이 책과 "기나긴 이별" 을 하고 있다. 하드보일드한 문체로 유명한 레이먼드 챈들러의 글 이 좋다는 것은 안다. 인정한다. 내용도 재밌다. 그런데도 이상하 게 안 읽히는 것이다! 덮어두고, 좀 이별하고, 다시 펼쳐보고, 또 이 별하고, 이렇게 기나긴 이별을 반복한 지 몇 년이다, 몇 년! 600쪽 이 넘는 두꺼운 책이어서 그런 것만은 아니다. 어려서부터 탐정소 설을 싫어했는데 그게 이유일까? 이 책의 주인공은 챈들러라는 사 립탐정이니까. 내가 싫어하는 종류의 소설은 탐정소설과 추리소설. 이유는 모르겠다. 그냥 하품이 난다. 믿을 수 없는 일이 믿을 수 없 게 자꾸 벌어지는 게 싫고, 그걸 해결하려 드는 주인공을 보면 피로 해진다. 무엇보다 감정이입을 할 수 없는데, 지금 생각해보니 나는 책 속 상황을 믿지 않은 것 같다. 그러나 좀 기다려봐야겠다. 어느 날 갑자기! 추리소설에 푹 빠질 때가 올지도 모르니까. 이별이 또 올지라도(오겠지) 포기하지 않는 것을 보니 챈들러에게 뭔가 있긴 있나보다. 그보다 나는 직감으로 이 책이 위대한 책이란 것을 아는 것 같다. 포기가 안 돼. 언젠가 무인도에 가게 된다면 이 책 한 권을 가져가야지. 탈출할 때까지 다 못 읽을 테니까.

쓰고 읽다

고종석 – 알마 – 2017년 1월

우리 시대 가장 교양 있는 한국어 문장을 쓴 세 사람을 꼽자면 김현, 한창기, 고종석이다. 이들이 쓴 한국어 문장은 정확하고 우아하며 향기롭다. 내가 사숙했던 문장의 스승들이다! 이들에게서 문장 쓰는 법을 배우고, 김우창, 니체, 바슐라르, 들뢰즈에게서 사유하는 방식을 배우고 싶었다. 또한 롤랑 바르트, 발터 벤야민, 미셸 푸코, 파스칼 키냐르에게서 문체를 훔치고 싶었다. 고종석이 절필 선언을 접고 글쓰기를 재개했다. 고종석의 『쓰고 읽다』를 읽는데, "버젓한 책이 아니면 이제 더이상 내가 싫었지만, 살림이 애옥하다 보니 또 잡문집을 냈다"라는 문장이 눈에 들어온다. '애옥하다'라는 예스런 말이 일으키는 연민이라니! 경향신문에 쓰다 퇴출당한 「고종석의 편지」와 시사주간지 『시사인』에 기고한 「독서한담」 중에서 추려 엮은 책이다. 이 제명題名이 애틋한 감정을 일으키는데, 나 역시 평생을 읽고 쓰는 운명을 벗지 못할 사람인 탓이다. 내용은 말 그대로 '한담閑談'이다. 딱히 읽어야 할 당위나 급박함이 없지만 나는 책을 사서 꾸역꾸역 읽었다. 책 서른 권이 팔리면 애옥한 처지의 그에게 중저가 포도주 한 병 값이, 3만 권 팔리면 몇 달 치 생활비가, 30만 권 팔리면 가족 전체가 서너 해쯤은 너끈히 견디고 남을 목돈이 쥐어지리라. 저자 고종석을 응원하신다면, 부디 이 책을 많이 사 읽으시라.

백의 그림자

황정은 · 민음사 · 2010년 6월

모든 책 중에 소설 읽는 것을 가장 좋아한다. 어떤 책은 반복해서 읽는다. 읽을 때마다 다른 것을 주는 책들. 『백의 그림자』도 그렇다. 황정은은 대체 불가능한 작가다. 언어와 리듬, 우울과 왈츠가 이 책 안에 조화롭게 섞여 있다. 시가 한없이 길어지면 황정은 소설에 닿을 것 같다고 누군가에게 말한 적 있다. 그것은 서사의 문제가 아니라 말하는 태도와 형식, 리듬의 문제다.

질문하는 책들

이동진/ 김중혁 - 예담 - 2016년 11월

영화 담당 기자였던 이동진과 소설가이자 삽화가로 이름난 김중혁이 팟캐스트 방송 〈빨간책방〉에서 나눈 대화를 엮은 책.『질문하는 책들』은 책읽기를 술보다 더 좋아하는 두 남자의 의기투합과 촌철살인을 뒤섞은 화기애애한 책 수다다. 〈빨간책방〉은 2012년 5월 첫 방송을 시작했는데, 지금 가장 인기 있는 팟캐스트 방송 중 하나다. 팟캐스트 방송에서 다룬 인문교양서 9권을 골라 내용을 보태고 정리했다. 목록을 보면 재레드 다이아몬드의 『총, 균, 쇠』, 로버트 루트번스타인과 미셸 루트번스타인의 『생각의 탄생』, 마크 롤랜즈의 『철학자와 늑대』, 데이비드 실즈의 『우리는 언젠가 죽는다』 등이다. 모두 덧없는 세월을 견디며 내가 읽은 책들이다. 남들은 어떻게 읽었나? 그런 느슨한 호기심에 이끌려 책을 들었다. '수다'를 표방해서인지 부담 없이 술술 읽힌다.

#〈빨간책방〉의_수다를_엮은_책

개인적인 체험

오에 겐자부로 · 서은혜 옮김 · 을유문화사 · 2009년 7월

책을 다 읽고 나니 책갈피에 쓰여 있는 문구가 비로소 들어온다. "책을 읽는 사람만이 손에 넣는 것" 멋지네! 그런 게 있지(알고 보니 책 제목을 책갈피로 만든 거였음). 책에는 살아보지 못한 남의 삶이 있지. 그것을 제대로 만져보는 것! 빙의해서 겪어보는 것. 내가 소설을 좋아하는 이유다.

장편 『개인적인 체험』을 다 읽고 나니 오에 겐자부로가 얼마나 대단한 작가인지 다시 깨달았다. 1994년, 오에 겐자부로는 아사히 신문과 인터뷰에서 이렇게 말한다.

첫아이가 머리에 기형을 지닌 채 탄생하면서 나는 일찍이 없던 동요를 경험하게 되었다. 얼마간의 교양이나 인간관계도, 그때까지 썼던 소설도 무엇 하나 의지할 수 없다고 느꼈다. 거기서부터 회복되어가는 이른바 작업 요법처럼 나는 『개인적인 체험』을 썼던 것이다.

장애를 가진 아들은 오에 겐자부로의 인생에서 가장 큰 화두가 되었다. 대학 때 읽은 『조용한 생활』이란 장편도 장애를 가진 아이 '이요'가 주인공인 가족소설이었다. 그 소설에 나오는 대사들을 좋아해 수첩에 적어 다니기도 했다.

'풀 수 없는 과제'가 '풀 필요 없는 사랑'이 되기까지, 젊은 아버지가 늙은 아버지가 되기까지, 흔들리던 작가가 견고한 틀을 이룬 작가가 되기까지, 오에 겐자부로는 얼마나 고군분투했을까? 남동생의 추천으로 읽게 된 소설인데, 다 읽고 나서 동생에게 문자를 보냈다. "대가大家가 왜 대가인지 알겠네!"

베를린 일기

최민석 ― 민음사 ― 2016년 12월

증평은 중부 내륙에 위치한 나라 안에서 가장 작은 군이다. 여기에 21세기문학관이 있다. 지난해 마지막 달에 짐과 책을 싸들고 레지던스 작가로 들어와 머물고 있다. 증평의 날은 빨리 저문다. 아침이 밝고 이윽고 저녁이 온다. 종일 책상머리에 앉아서 원고를 들여다보니, 오후만 되면 눈이 침침하기 일쑤다. 하루 12시간 이상씩 책상 앞에 엎드려 일한다. 중노동이다. 서울의 서교동 집과 P가 해주는 집밥이 그립다.

지난 연말 어느 날, P와 함께 서교동 땡스북스를 거쳐 커피산책자 '소요'까지 걸었던 게 떠올랐다. 땡스북스에서 『릿터』 3호와 최민석의 『베를린 일기』를 사고, '소요'에서 차를 마셨다. 차를 마시는 동안 『베를린 일기』를 반쯤 읽었다. 최민석은 시종 웃음을 자아내는 유머를 구사한다. 그새 겨울 해가 졌다. 해가 떨어지자 어둠이 불빛들과 뒤섞였다. '소요' 주인 성혜경씨의 시인 등단 축하를 위해 상수역 근처 '춘삼월'로 자리를 옮겨 밥을 먹었다. 세 사람은 굴국밥을 먹었는데, 밥값은 성혜경씨가 냈다.

명리

강헌 – 돌베개 – 2015년 12월

요조와 김관이 진행하는 팟캐스트 〈이게 뭐라고〉의 열혈 청취자로서, 팟캐스트에 소개된 책 『명리』를 사야겠다고 소리치자 JJ 왈ㅌ. "집에 있어!" 진짜? 이럴 수가.

솔직히 나는 우리집에 무슨 책이 있고 없는지 잘 모른다. 왜냐하면 우리집엔 책에 미친 간서치가 살고, 그가 엄청나게 많은 책을 사들이기 때문이다. 나는 무슨 책이 있고 없는지 다 알기를 포기했다. 책을 사기 전에 대부분 JJ에게 물어보는 편이다. 이 책이 있는지 없는지. 때문에 책 사는 즐거움을 다소 잃어버린 편이다(억울하다). 간혹 나만 읽고 싶어 안달하는 소설이 있어(가즈오 이시구로 소설 같은) 작은 기쁨이 돌아오기도 하는데, 그런 책만 골라 직접 산다.

JJ의 책장에서 냉큼 『명리』를 꺼내 읽기 시작했다. 앉은자리에서 한눈도 안 팔고 책의 반을 읽었다. 재미있다! 읽다보니 없어서는 안 될 것 같은 애플리케이션이 있어(강헌 선생이 만든 앱) 거금 만원을 주고 구입했다. 나는 유료 앱은 사용하지 않는데, 정말 특별한 경우다. 친한 사람들에게 '생년월일시'를 빨리 대라고 카톡을 보냈다. 답이 온 순차대로 애플리케이션에 입력했다. 이제부터는 선무당이 사람을 잡는 시간이다. 내 맘대로 해석을 해봤지만(책 읽은 지 반나절 만에), 너무 서툴러 친구들에게 말해주진 못했다. 책은 재미있게 읽히다 중간 이후로 어려워져 덮었다. 어떻게 하지? 나머지 반을 읽을 엄두가 안 난다.

액체근대

지그문트 바우만 - 이일수 옮김 - 강 - 2009년 6월

외신들이 폴란드 출신의 저명한 사회학자 지그문트 바우만이 죽었다는 소식을 전한다. 향년 91세. 바우만은 근대사회를 움직이는 원리인 구조, 제도, 풍속, 도덕 따위가 무너지면서 유동성이 느는 것을 근거로 '유동하는 근대liquid modern world'라는 프레임을 착안해낸다. 그간 『액체근대』를 포함해 한국어로 번역된 『유동하는 공포』 『쓰레기가 되는 삶들』 『모두스 비벤디』 『이것은 일기가 아니다』 『유행의 시대』 『리퀴드 러브』 등등을 찾아 읽고, 『고독을 잃어버린 시간』(동녘)에는 꽤 긴 해제 글도 썼다.

스티븐 핑커는 독서를 "관점 취하기perspective-taking의 기술"이라고 말한다. 책을 쓰는 이들은 이미 있는 것들의 세계에서 새로운 것을 '발견'하고, 새로운 관점을 '발명'한다. 타인이 쓴 책을 읽는 행위는 그의 머릿속에 들어가 보기, 그의 시선으로 보기, 그의 입장에서 생각하기와 같다. 책읽기는 누군가의 관점을 빌려 세상과 사물을 보고, 감정 이입empathy을 하는 행위인 것이다. 타인이 빚어낸 이 앎의 집적체를 뒤적이고 읽는 것은 낯선 사람, 나와 다른 감각의 존재, 즉 외국인, 탐험가, 역사학자의 눈으로 세상을 본다는 뜻이다. 책을 읽으며 편협한 주관성을 벗어나서 타자와의 공감 능력, 타자의 이해와 앎을 내 것으로 취하면서 문해 능력을 확장한다. 바우만에게서 나는 어떤 관점을 취했던가? 오후에는 『액체근대』를 서가에서 꺼내 다시 읽었다.

#근대를_액체로_설명한_책

빌러비드

토니 모리슨 · 최인자 옮김 · 문학동네 · 2014년 3월

토니는 남자 이름이라지만 이 책을 쓴 토니는 여자다. 그것도 노벨문학상을 수상한 최초의 흑인 여성. 토니 모리슨을 처음 만난 순간을 기억한다. 『재즈』라는 책을 통해서였다. 『재즈』는 동생이 도서관에서 빌려온 책이었는데, 첫 페이지를 읽자마자 홀딱 반해서 동생에게 소리쳤다. "누나 이 책 좀 빌려 갈게!" 빌려온 책을 다시 빌려온 일이 생각난다. 첫눈에 토니 모리슨 문체에 반한 것이다.

『빌러비드』는 특히 좋아하는 작품이라 틈이 날 때마다 읽는 책이다. 사랑과 귀신에 대한 이야기. 이건 정말 내 취향이다. 흑인 노예의 삶을 물려주기 싫어 스스로 자기 아기를 죽인 어느 여성의 지독한 사랑 이야기. 그녀의 사랑이 너무 짙다고 나무라듯 말하는 남자에게 여자는 말한다.

사랑이 그런 거야. 그렇지 않으면 사랑이 아니지. 옅은 사랑은 사랑이 아니야.

낮의 목욕탕과 술

구스미 마사유키 - 양억관 옮김 - 지식여행 - 2016년 7월

"나는 실패한 시인이다. 아마 모든 소설가는 먼저 시인이 되길 꿈꿨으리라." 치명적인 알코올중독자로 산 미국 작가 윌리엄 포크너의 말이다. 포크너를 떠올리며 만화가이자 에세이스트인 구스미 마사유키의 『낮의 목욕탕과 술』을 읽는다. '정통파 도쿄 목욕탕'이나 아다치구에 있다는 '목욕탕의 제왕'을 포함해 여러 지역의 목욕탕 순례기. "넓은 탕은 피로를 풀어주는 강도가 다르다." 목욕탕에서 땀을 흠뻑 흘리고 나온 뒤엔 으레 술 한잔. 그가 안주로 삼은 은어소금구이나 백합조개달걀찜은 어떤 맛일까? 진심으로 궁금하다. 술 끊은 지 오래이지만, 어쩐지 술을 진탕 마시고 싶게 유혹하는 책. 출판사에서는 '목욕'과 '술'이라는 주제를 결합한 쾌락 에세이라고 소개하는데, 어쩐지 '목욕탕'과 '낮술'은 묘하게 어울린다. 평이한 문장. 더러는 낄낄대며─목욕탕 "물위에 똥덩어리 하나가 동동 떠 있었다는 것" 따위─, 더러는 사라진 것들에 대한 애잔함으로 멜랑콜리에 젖는다. 지식 정보보다는 정서적 정보가 압도적으로 돋보이는 책이다. 마사유키의 뇌가 쾌락 기억으로 자극을 받을 때 문장들은 돌연 유쾌하고 화사해진다. 책을 후루룩 읽고 나니, 한낮인데 찬 맥주를 한잔 마시고 싶다는 욕구가 그르렁거린다.

#술_마시고_싶게_하는_책

문장강화

이태준 − 창비 − 2005년 3월

책장을 뒤지다 2009년 일기장을 발견했다. 자리에 앉아 넘겨보는데, 이태준의 『문장강화』를 읽고 쓴 일기가 있다.

이태준의 『문장강화』를 읽고 있다. 좋다. 문장에 혹독해질 필요가 있다. 산문을 안 쓰다 쓰려 하니 잘 안 풀린다. 역시 몸에 배도록 반복, 연습하는 수밖에 없다. 끊임없는 반복! 반복과 열정만이 옥석을 빚는 법. 허송세월이나 하다간 삼류 시인, 삼류 작가가 되겠지. 치열하지 않고 절박하지 않은 예술은 겉멋에 지나지 않는다. 기억하자. 처음의 나, 절박하고 치열하게 썼던 나를.

사뭇 진지했던 태도, 내가 이런 다짐을 했었구나. 2009년이면 서른이 되던 해다. 그다음 페이지엔 이런 구절이 있다.

가장 작은 애벌레를 깨워 함께 있어달라고 부탁해볼까? 온몸이 물집 투성이다. 보이지도 않는 물집 때문에 잠들 수 없다.

기억난다. 그때 온몸에 가상의 물집이 잡혀 있는 기분이었고, 밤엔 잠도 안 잤다. 옛날 일기장 앞에서 잠시 감상에 젖었다. 생각난 김에 『문장강화』를 찾았다. 내가 아껴 읽던 범우사판 옛 책은 찾을 수 없고, 2005년 창비에서 새로 나온 『문장강화』가 있다. 종이 귀를 살짝살짝 접어 읽던, 범우사판 『문장강화』는 어디로 간 거지?

마음을 흔드는 글쓰기

프리츠 게징 – 이미옥 옮김 – 흐름출판 – 2016년 12월

새벽 3시에 증평에서 출발해 서울로 올라왔다. 집에 들렀다가 다시 나와 매일신문 신춘문예 시상식에 참석하러 대구행 케이티엑스를 탄다. 날씨가 귀때기가 떨어져나갈 듯 쌩하다. 열차 안에서 프리츠 게징의 『마음을 흔드는 글쓰기』를 읽었다. 삶과 읽기와 글쓰기는 하나! 버지니아 울프의 "누구를 위해 쓰는지 아는 것은 바로 어떻게 써야 하는지 안다는 뜻", 라이너 마리아 릴케의 "예술가가 된다는 것은 계산하지 않는다는 뜻입니다. 열매를 빨리 맺으려고 재촉하지 않고, 봄날의 악천후 속에서도 여름이 오지 않을까 두려워하지 않는 나무처럼 성숙해야 합니다"라는 문장이 기억에 남는다. 글쓰기는 삶을 새롭게 빚는 일. 글쓰기에는 규칙이 있다. 재능, 상상력, 영감도 빠질 수 없는 요소지만 지켜야 할 글쓰기 규칙들이 있는 것이다. 나는 솔직히 기술과 규칙에 대한 설명보다 "페터 한트케는 연필로 글을 썼고, 마르틴 발저는 볼펜으로 글을 썼다" 같은 문장에 마음이 더 움직인다. 글을 잘 쓰고 싶은데요, 하는 사람에게 건네주어도 좋겠다. 매일신문 신춘문예 시상식장에서 자그맣고 단아한 오정희 선생을 뵙고, 날 저문 뒤 복집에서 송재학, 장옥관, 엄원태, 김선굉 등 대구 시인들을 만나 밥을 먹고 얘기를 나누며 웃었다.

잠의 반덕

강금희 · 시와표현 · 2016년 3월

어떤 시는 이렇게 시작한다. "오래 운영하던 약국을 접었다/ 노는 약손에게 다가와/ 처음 보는 이웃들이 악수를 청했다/허탈, 허전, 허무, 허기 같은 모두 허氏였다/ 등등하던 힘을 빼는 고수였다" 작년 봄에 이 시집을 받고 좀 놀랐다. 오래 약사로 재직하다 첫 시집을 냈다 했는데, 생각한 것보다 시가 훨씬 더 좋았다. JJ가 해설을 쓰게 된 인연으로 강금희 선생님과 식사를 할 기회가 있었는데 그때도 놀랐다. 선생님의 우아하고 겸손한 태도 때문이었다. 연세가 꽤 있으신데, 아랫사람을 그리 대접해주는 어른은 만나기 쉽지 않다.

약사를 오래하다 그만두고 시를 쓰는 삶은 어떤 시간으로 이루어져 있을까? 가끔 시집을 꺼내 읽는다. 가령 "손은 세 번째 귀가될 수 있다./ 왼손 오른손 번갈아 귀가 될 수 있다./ 감정을 듣는귀/ 놀란 가슴을 금방 알아듣는 귀다." 이런 구절. 또 "나에게로 가는 기차를 타요/ 밤이 오기 전 내 안에 도착해야 해요" 이런 구절. "가끔 담배를 배우고 싶을 때가 있는데/ 그건, 입술의 치장 같기 때문이다" 이런 구절을 마주하면, 내가 돌고래가 되어 당신의 바다 밑에서 헤엄치고 있는 기분이 든다.

시는 세상 무엇과도 다른 방식으로 말하기다. 읽고 통하면, 내가 파랑 속에 잠긴 기분이 된다. 설명할 수 없는 기분.

천천히, 스미는

리처드 라이트 외 - 강경이 옮김 - 봄날의책 - 2016년 9월

영미권 작가들의 산문을 엮은 『천천히, 스미는』을 읽는다. 버지니아 울프, 조지 오웰, 스콧 피츠제럴드, 윌리엄 포크너, 마크 트웨인, 찰스 디킨스, 오스카 와일드 같은 유명 작가에서 알도 레오폴드, 헨리 데이비드 소로우 같은 생태주의자들에 이르기까지 25명 작가들이 쓴 32편의 산문 모음집이다. 관습은 늘 무지와 익숙한 것에 기댄다. 반면 창의적인 사유는 익숙한 것에서 벗어나 낯선 앎의 발랄함에서 나오는 법이다.

옛 산문들인데 생동감이 물씬하다. 날것으로서의 다양한 체험들—상실과 고통을 자아내는 인생의 여러 국면들—을, 산업화가 불러온 생태의 불길한 변화를, 인생의 우여곡절들, 상실과 죽음, 가정생활들을 비관습적으로 들여다본 탓일 게다. 울프는 「나방의 죽음」에서 "나방을 쳐다보고 있으려니 세상의 거대한 힘으로 이루어진 매우 얇지만 순수한 섬유 하나가 그의 연약하고 조그만 몸속에 들어차 있는 것처럼 보였다. 나방이 파닥이며 유리창을 가로지를 때마다 생명으로 반짝이는 실 한 가닥이 보이는 듯했다. 그는 생명 그 자체였다"라고 쓴다. 자연에서의 생명은 작더라도 위엄이 있다. 울프는 생명의 기운을 다 짜내서 죽음과 맞서는 나방을 묘사하며 그 마지막 저항의 웅장함에 대해서 적는다. 죽음과 버둥거리며 싸우는 생명의 경이로운 투쟁!

#마음에_스미는_책

무서록

이태준 · 범우사 · 1999년 2월

예전엔 "운문은 지용, 산문은 상허"라는 말들을 했단다. 그 정도로 이태준은 산문을 잘 쓰는 작가! 이태준의 「달밤」이나 「복덕방」 같은 단편소설도 좋지만, 사실 내가 가장 좋아하는 것은 산문집 『무서록』이다. 순서 없이 묶은 글이라 해서 제목을 '무서록'이라 지었단다. 이 책은 틈틈이 자주 읽는 책이다. 필사를 안 좋아하는 내가 20대 초반에 여러 꼭지를 필사하기도 한 책. 기품과 유머와 솔직함이 들어 있는 산문집. 그밖에 뭐가 더 필요하지?

죽음은 두렵지 않다

다치바나 다카시 – 전화윤 옮김 – 청어람미디어 – 2016년 11월

증평의 21세기문학관으로 돌아왔다. 아침 일찍 구내식당으로 밥 먹으러 갈 때 공기는 냉각된 듯 차갑고 구두 밑에서 언 잔디는 서걱거린다. 삼성그룹 부회장 이재용이 특검에서 스물두 시간이나 조사를 받았다. 이재용은 혐의를 다 부인했다. 아침밥 먹고 구내식당 밖으로 나오니 눈 온다. 양잠하는 누이의 마음같이, 암흑의 탑에서 울려오는 종소리같이. 죽은 자들이 살지 못한 시간들이 목책 너머 바람 잔 빈들에 쌓일 때, 나는 죄를 씻는 마음으로 운다. 혹은 안 운다. 오후에는 다치바나 다카시의 『죽음은 두렵지 않다』를 앉은자리에서 책의 3분의 2를 읽었다. 그가 방광암에 걸려 두 차례 대수술과 죽음의 고비를 넘긴 뒤, 생명과 죽음에 대한 사유를 펼치며, 연명치료, 자살, 존엄사, 안락사, 뇌사, 장례문화, 종교와 사생관 따위에 대해 쓴다. 관념주의자나 신비주의자의 태도를 배제하며 죽음을 객관적 사실로 다루는데, 시종 담담하고 솔직하다. 떠오른 생각 하나. 작가는 제 하찮음과 비루함을 팔아 명성을 사고, 또한 그 하찮음과 비루함을 넘어가는 자가 아닐까? 비용이나 『도둑 일기』를 쓴 장 주네, 『인간 실격』을 쓴 다자이 오사무, 『고백』을 쓴 김신용, 『네이키드 런치』를 쓴 윌리엄 버로우즈 같은 이들이 다 그렇다.

빛과 물질에 관한 이론

앤드루 포터 · 김이선 옮김 · 21세기북스 · 2011년 3월

앤드루 포터의 소설집 『빛과 물질에 관한 이론』은 김영하의 팟캐스트를 통해 알게 되었다. 김영하가 읽어준 표제작 「빛과 물질에 관한 이론」은 엄밀히 말하자면 사랑 이야기지만, 어떤 형태의 사랑 이야기인지 요약하기는 어렵다. 어려운 게 아니라 불충분하다. 젊은 여자와 나이 많은 교수 사이에 오가는 미묘한 감정과 사랑, 이라고 말하고 나면 곧바로 후회가 밀려온다. 단순하지 않고, 깊은 것이 있기 때문이다. 나는 언제나 말할 수 없는 것을 쓰고 읽는 일에 끌렸다. 한마디로 얘기할 수 없는 것, 서사가 단순하거나 모호하지만 그 안에 많은 이야기가 '숨어' 있는 작품. 소소한 이야기들. 삶에 밀착된, 삶의 거울 같은 이야기들. 말로 그려내지 않으면 시간 속에서 흐릿하게 묻히고 말 이야기들. 특별하지 않지만 무거운 것들. 오랫동안 열리지 않은 창고 속에 사는 것들.

아침식사를 준비하면서 김영하 작가가 읽어주는 표제작을 또 들었다. 이 작품은 읽는 것보다 김영하 작가의 목소리로 듣는 게 더 좋다. 내용을 다 알면서도 듣다보면 입술을 깨물고 가슴이 미어지는 지점이 있다. 책에 실린 열 편의 작품이 다 좋지만, 첫번째 단편 「구멍」은 10페이지도 안 되는 분량인데 강렬하다. JJ는 두번째 단편 「코요테」가 정말 좋다고 말했다.

다른 사람이 당신을 채워줄 수 있다거나 당신을 구원해줄 수 있다고―이 두 가지가 사실상 다른 것인지는 모르겠지만―추정하는 것은 순진한 생각이다.

오늘은 이 문장을 오래 들여다보기로 한다.

니코마코스 윤리학

아리스토텔레스 - 천병희 옮김 - 도서출판숲 - 2013년 10월

아리스토텔레스의 『니코마코스 윤리학』은 인간 행위와 선택과 관련하여 미덕, 행복, 쾌락, 우애에 관해 다룬다. 어쩌면 미덕, 행복, 쾌락, 우애 등은 궁극적인 것에 귀속한다. 엉뚱한 문장에 눈길이 오래 머문다. "사람들은 한 가지 방법으로 좋지만, 온갖 방법으로 나쁘기 때문이다." 출전 미상의 인용문인데, 이 문장을 두고 반나절을 곰곰 생각한다. 아리스토텔레스는 중용을 높이 산다. 그는 "지나침과 모자람은 악덕의 특징이고, 중용은 미덕의 특징"이라고 쓴다. 지나침은 악의, 파렴치, 질투의 형태로, 또는 타락과 방탕함으로 불거진다. 모자람과 지나침은 약자의 특징이다. 반면 중용은 강한 자의 절제와 미덕으로, 남에게 무언가를 베풀 때 도덕적 관용과 두터운 호의로 나타난다. 용기, 자비심, 중용은 의심할 여지없이 강한 자의 미덕이다. 중용에서 벗어난 자는 그렇지 않은 사람에 견줘 불평과 불만을 더 자주 털어놓는다. 『니코마코스 윤리학』은 궁극적으로 '중용 예찬'이다.

#윤리학을_생각하며_읽은_책

모멸감

김찬호 · 문학과지성사 · 2014년 3월

올해 작은 독서모임을 결성했다. 인원은 세 명이고 모임 이름은 '잠망경'이다. '잠재적 망나니들의 경經 읽기'의 줄임말이다. 여기서 방점은 '잠재적'에 찍혀야 한다. 우리는 현재 망나니임을 숨기고 있지만 언제든 망나니로 돌아설 준비가 되어 있다는 뜻이다. 시인 두 명과 편집자 한 명으로 구성되어 있는 회원들은 맥주와 수다와 책을 사랑하는 여자들이다. 한 달에 한 번 만나, 선정된 한 권의 책에 대해 자유롭게 생각을 말하고 듣는 게 활동의 전부다.

오늘은 잠망경의 첫 모임이 있는 날. 첫 책은 김찬호의 『모멸감』이다. 우리는 망원동의 작은 카페에 앉아 잠망경의 발족發足을 기뻐했다. 회원 모두 책을 다 읽어온 것만으로도 성공이라며, 우리의 수다는 시작됐다. 제목과 표지 디자인이 세련되게 어울린다는 의견이 있었고, 무거운 주제일 수 있는데 생각보다 술술 읽히는 게 장점이라고 입을 모았다. 책에 나온 구절 중 인상적이었던 부분을 돌아가며 읽었고, 새로 알게 된 점을 나눴다. 무엇보다 우리는 한국 사회에 살면서 얼마나 자주, 무방비 상태에서 모멸감을 느끼는지에 대해 각자의 경험을 말했다. '모멸'의 사전적 의미는 "업신여기고 얕잡아봄"이다. '모욕'은 "깔보고 욕되게 함"이란 뜻이다. '모욕'이 좀더 직접적이고 공격적인 특징을 드러내는 말이고, '모멸'은 은근하고 드러내지 않는 방식으로 멸시하는 말이란 것을 알 수 있다. 우리를 숨막히게 하고 무기력하게 하는 것은 후자일지 모른다. 모욕감이 화를 불러일으키는 반면, 모멸감은 수치와 환멸을 불러일으킨다는 점에서 더 나쁘다. 내 잘못이 아닌데 나를 탓하는 사회 구도, 모순적 시각들이 우리를 모멸감에 빠지게 한다. 다음 모임의 책 추천은 내가 했다. 존 버거의 소설 『A가 X에게』.

슬픈 불멸주의자

셸던 솔로몬 /제프 그린버그 /톰 피진스키 – 이은경 옮김 – 흐름출판 – 2016년 11월

새벽 5시, 증평은 영하 15도이고, 서울은 영하 8도다. 새벽에 증평에서 출발해 아침에 서교동 집에 도착한다. 사과 반쪽과 고구마 한 개로 요기를 하고 책 한 권을 들고 집 앞 카페로 나왔다. 『슬픈 불멸주의자』는 죽음의 사회심리학을 다룬 책으로 "삶을 이끄는 강력한 힘에 대한 독창적인 연구 성과"라고 격찬을 받은 책이다. 셸던 솔로몬, 제프 그린버그, 톰 피진스키는 실험사회심리학자들이다. 이들은 인간 행동의 근원적인 동기가 죽음의 공포에서 벗어나려는 것임을 지난 서른 해 동안 500건이 넘는 연구 관찰과 실험을 통해 입증하고 세계 심리학계에 인정을 받은 '공포관리이론Terror Management Theory, TMT'을 정립한다. 죽음은 공포 기제를 낳는다. 죽음은 어린 시절부터 내 뇌의 가장 깊은 곳에 검은 콜타르처럼 달라붙어 끊임없이 두려움을 만들었다. 죽음, 그 낯선, 두렵고도 떨리는 순간과 마주치는 경험! 나는 인간이 소멸하는 존재라는 사실에서 비롯된 공포 기제와 싸워왔다. 인간 행동의 뿌리가 죽음의 공포에서 벗어나려는 것이라는 전제 아래 연구를 펼치고, 그 결과물을 책에 담아낸 것이다.

#실험사회심리학자들이_쓴_책

흰

한강 · 난다 · 2016년 6월

책 제목과 표지 디자인과 내부 편집, 소제목들을 훑어보고 읽기도 전에 반한 책. 작년에 맨부커상 인터내셔널 부문 수상자로, 한강 작가 붐이 일었지만 새삼스럽다. 왜냐하면 한강 작가는 상을 받기 이전부터 이미 훌륭한 작가였기 때문이다. 일찍이 그의 내밀하고 우아한 문체를 흠모해온 사람이 많았다.

제목이 독특하다. 흰, 하면 뭐가 생각나나? 얼굴, 백설기, 눈, 기저귀, 구름, 종이, 그리고 텅 빈 마음. 읽고 있으면 배내옷을 짓는 손의 움직임, 가만가만 수화를 하는 듯한 손의 일렁임이 떠오른다. 누군가를 위해 옷을 짓는 시간은 어떤 일일까? 한 번도 해보지 못한 일이다.

그리고 또 드는 생각. 어린 사람이 죽는 것, 그것은 반칙 같다. 세상의 반칙. 이 아름다운 책이 품은 씨앗은 세상의 반칙에서 비롯됐다.

과학을 읽다

정인경 – 여문책 – 2016년 9월

박근혜를 감싼 베일이 한 꺼풀씩 벗겨질 때마다 경악을 금치 못한다. 동네 아파트 부녀회조차 꾸릴 자격도 없는 이들이 권력을 쥐고 온갖 편법으로 사익을 취하면서 나라 살림을 거덜낸 것이다. 박근혜는 작년 12월 10일 국회에서 탄핵소추를 당했다. 탄핵소추에 찬성한 국회의원 234명, 반대한 국회의원이 56명. 박근혜가 국민을 향해 내놓은 3차 국민 담화문은 모호한 '워딩'이다. 이런 워딩의 모호함은 진실을 호도할 때 흔히 나온다. '친박' 국회의원 16명과 청와대 비서실장 김기춘 같은 이들은 '거창한 것과의 병리적 자기 동일시'에 갇힌 병자들이다. '거창한 것'의 실체는 박정희–박근혜–국가를 하나의 몸통, 즉 일체로 보는 맹목의 국가주의다. 그렇지 않고는 이들의 행태를 달리 합리적으로 설명할 방법이 없다.

한국의 정치 현실에 염오감이 몰아친다고 해서 책읽기를 멈출 수는 없다. 정인경의 『과학을 읽다』는 과학책들에 대한 리뷰집이다. 칼 세이건의 『코스모스』에서 러치드 도킨스의 『이기적 유전자』를 거쳐 찰스 다윈의 『인간의 유래』에 이르기까지 과학 지식의 향연이라 할 만하다. 역사, 철학, 우주, 인간, 마음으로 섹션을 나누고, 문명, 인간 본성, 뇌과학, 진화생물학, 우주학, 앎의 본질들 등등에 대한 학자들의 책을 읽고 리뷰를 쓰면서 자기 생각을 풀어놓는다.

#과학에_대해_말하는_책

소소한 사건들

롤랑 바르트 - 임희근 옮김 - 포토넷 - 2014년 11월

소소하고 에로틱하고 쓸쓸하다. 삶의 뒷문에 서 있는 기분. 비루하게 사는 틈틈이 아름다운 시간이 끼어드는 것. 그게 인생 아닐까?

메디나. 저녁 여섯 시, 물건 파는 어린애들이 드문드문 서 있는 거리에서, 서글퍼 보이는 한 남자가 길가에서 딱 한 자루 남은 식칼을 사라고 권한다.

사고파는 일. 어느 누가 이 일에서 빗겨나 살 수 있을까? 내가 가진 것을 팔고, 당신이 가진 것을 사면서 저무는 날들. 바뀌어도 바뀌지 않는 것들 사이에서.

헤테로토피아

미셸 푸코 – 이상길 옮김 – 문학과지성사 – 2014년 5월

증평에서 다시 올라왔다. '문화예술위' 충정로 사무실에서 '인문 360도' 에세이 공모전 원고 심사 일정 때문이다. 오전에 알랭 드 보통의 인생학교 시리즈 중 사라 메일랜드의『혼자 있는 법』을 읽고, 공모전 원고 심사를 마친 뒤 돌아와서는 미셸 푸코의『헤테로토피아』를 부지런히 읽는다. '헤테로토피아'는 푸코가 '유토피아'에 대비시켜 쓰던 용어이다. 이소성異所性, 혹은 어떤 곳도 아닌 곳, 모든 장소의 바깥에 있는 장소. 푸코는 "생물학적 헤테로토피아, 위기의 헤테로토피아는 점점 사라지고 일탈의 헤테로토피아가 그 자리를 대체"라고 쓴다. 푸코가 말하는 헤테로토피아는 다락방, 목요일 오후 엄마 아빠의 침대, 묘지, 사창가, 휴양촌이고, 때로는 요양소, 정신병원, 양로원, 감옥, 기숙학교, 병영 같은 곳이다. 이런 장소는 당연히 축제가 아니라 "통과, 변형, 갱생의 노고"와 연관된다. "주변 환경으로부터 고립시키는 열림과 닫힘이 체계"를 갖춘 곳. 우리는 그런 장소에 자발적으로 가지는 않는다. 강제로, 혹은 특정한 의례나 정결의식에 따라 그곳으로 들어간다.

여름 별장, 그 후

유디트 헤르만 · 박양규 옮김 · 민음사 · 2015년 3월

아아, 설날도 아니고, 겨울도 아니고, 봄도 아니다! 내가 기다리는 것은 2월 초 오키나와 여행이렷다! 기대된다. 비행기 티켓을 끊고 '에어비앤비'를 통해 숙소까지 예약했다. 원래 혼자 여행을 다녀오겠노라 JJ에게 선언했는데, 동참하겠다고 해서 같이 가게 됐다. 여행은 기다리는 시간이 진짜다. 설렘 속에서 상상하고 기대하는 일.

저녁엔 유디트 헤르만의 단편 「소냐」를 읽기 위해 『여름 별장, 그 후』를 집어들었다. 이 단편을 얼마나 많이 읽었는지, 이 소설집을 얼마나 자주, 오래 보았는지! 단편 「소냐」는 이렇게 시작한다.

소냐는 나긋나긋했다. '나긋나긋'이라는 말은 새싹같이 가녀리다는 뜻인데, 몸매가 그렇다는 것이 아니다. 소냐는 나긋나긋했다. 머릿속이. 설명하기가 참 힘들다. 어쩌면 그녀는 내게 모든 접근을 허락했는지 모른다. 그녀는 내가 상상하는 대로 그녀의 내면을 보여주었다.

인용할 문장을 끊기 힘들었다(정말이다). 매력적인 부분이 끝도 없이 계속 이어지기 때문에. 이 단편은 소냐와 주인공 남자에 대한 이야기다. 무엇에 대한 이야기인지 말할 수는 없다. 왜냐하면 단편 「소냐」는 모든 것에 대한 이야기이기 때문이다. 다 읽고 나면 울고 싶어지는데, 눈물이 펑펑 나오는 게 아니라 가슴이 아파 그저 조금, 울상을 짓게 된다. 유디트 헤르만은 신작이 언제 나오는지 알기 위해 내가 수시로 검색해보는 첫번째 작가다. 그녀의 글은 우아하고 심플하고 예리하다. 치명적인 단도短刀다.

블랙홀과 시간여행

킵 S. 손 - 박일호 옮김 - 반니 - 2016년 10월

킵 S. 손의 『블랙홀과 시간여행』은 블랙홀과 우주 원리를 설명하며 우리의 상상을 우주 오디세이로 이끈다. 숱한 이론물리학자, 광학천문학자, 천체물리학자, 실험물리학자, 관측물리학자 들이 등장하고, 그들이 내놓은 이론을 비롯해 여러 추론과 가설이 펼쳐진다. 몇 번을 거듭해서 읽어도 완전한 이해는 불가능하다. 블랙홀 부분이 더욱 그렇다. 아인슈타인이 시공간은 휘어졌으며, 조석중력은 이 휘어짐의 발현이라는 걸 알아낸 것은 1912년이다. 아인슈타인은 블랙홀이 실재 우주에선 존재할 수 없다고 생각했지만, 이후 이론물리학자들은 공간의 소용돌이가 거대한 블랙홀을 만든다는 것을 증명해낸다. 우리 은하에 블랙홀이 있다는 증거는 1993년쯤 소개된다. 가스와 별들이 은하의 핵으로 모여들고, 이들이 형성한 덩어리의 중력이 세지면서 내폭파한다. 이 내폭파로 거대 블랙홀이 생겨났는데, 작은 블랙홀들은 다른 블랙홀들, 다른 별들과 가스와 충돌하면서 크기를 키워간다. 내폭파, 충돌, 병합을 통해 거대 블랙홀이 탄생하는 것이다. 은하의 핵들은 저마다 거대 블랙홀들을 갖고 있다. 100만 태양질량 이상의 무거운 블랙홀을 거대 블랙홀이라고 한다. 이 블랙홀은 은하와 퀘이사의 중심에 있는 것으로 추정한다. 블랙홀, 백색왜성, 중성자별, 특이점, 중력파, 웜홀, 내폭파, 곡률, 시간 뒤틀림 등등은 뇌를 자극하는 낯선 지식들이다. 마음이 어수선하니 진도가 쉬이 나가지는 않는다.

마음사전

김소연 · 마음산책 · 2008년 1월

존 버거의 책을 읽는 중에 부고를 들었다. 김소연 시인의 부친상. 바로 어제 김소연 시인과 일 관련된 문자를 주고받았다. 간단한 일을 도왔을 뿐인데도 김소연 시인은 "연준씨 감사해요! 담에 뵈면 업어드릴게요!"라고 메시지를 주셨다. 그런데 오늘, 상갓집에 가야 한다. 마음이 이상하다. 그녀의 선하고 다정한 마음 어디를 비집고, 죽음은 들어가려 했을까.

나가기 전에 『마음사전』을 펼쳐들었다. 이 책을 처음 읽었을 때 정말 좋아서, 한 번도 본 적 없는 작가에게 편지를 썼다. 쑥스러워 보내진 못했지만.

그녀는 쓸쓸함에 대해 이렇게 적고 있다.

마음을 둘러싼 정경을 둘러보고는 그 낮은 온도에 영향을 받아서 마음의 온도가 내려가는 게 바로 '쓸쓸함'이다

지금 내 마음이 그렇다. 마음의 온도가 내려가 가장 안쪽이 으슬으슬 떨린다.

행복에 관한 마술적 연구

뱅상 세스페데스 – 허보미 옮김 – 함께읽는책 – 2015년 12월

특검이 이재용에 대해 청구한 구속영장이 기각되었다. 특검 행보에 제동이 걸린 셈이다. 박근혜의 탄핵 인용과도 상관이 아주 없지는 않을 테다. 아침 신문에서 소설가 정미경씨의 부고 기사를 보고 놀랐다. 그이를 이런저런 자리에서 스치듯 서너 번 본 적이 있다. 좋은 소설을 써낼 수 있는 경험과 연륜을 쌓았는데 너무 일찍 맞은 죽음이 그 기회를 다 앗아갔다.

『행복에 관한 마술적 연구』는 누구나 행복하기를 갈망하지만 다 행복하지는 않다는 사실을 일깨운다. 우리는 종종 개인의 행복을 위해 작은 죄악을 저지른다. 성직자, 정신의학자, 장사꾼, 호색가들 역시 마찬가지다. 주변에 "행복하려면 '이것'을 하세요, '저것'을 하세요" 하는 사람들은 차고 넘치지만 행복은 쉬이 붙잡히지 않는다. 행복의 수단으로 철학, 소비, 심리치료, 종교 들은 미심쩍은 데가 있다. 영속적인 행복이란 없다. 오직 행복에 대한 긍정적인 태도들이 있을 뿐이다. 행복이 지속의 약속에서 실현되는 것이라면 행복을 찾기란 어려운 일이다. 지금 이 찰나의 기쁨과 만족이 있을 뿐이다. 모두를 행복하게 만드는 '행복의 마술'이란 어디에도 없다는 쓰디쓴 결론을 얻는다.

울고 들어온 너에게

김용택 · 창비 · 2016년 9월

망원역에서 신미나 시인과 만나 수다를 떨었다. 언니는 전날 한 파마가 마음에 안 드는지, 연신 "베토벤 같지 않냐"고 물었다. 웃음을 간신히 참으며 베토벤 같지 않다고, 귀엽고 상큼하다고 말해주었다(다들 그런 대답을 원하는 것 아니겠어요?). 그런데도 언니는 자꾸만 베토벤 같지 않냐고 물었고, 나는 배트맨 같지 않은 게 어디냐고 말했다. 언니는 파마를 자주 하는데 컬이 안 나오면 안 나왔다고 컬이 잘 나오면 너무 과하게 나왔다고 투정한다. 글쎄, 여자들에게 미용실이란? 욕구불만일 때 들어가는 주유소이지만 한 번도 기름을 가득 채우고 나온 적 없는 밉살맞은 주유소랄까. 내 경우도 미용실에 갔다가 만족해서 나온 적이 거의 없던 것 같다. 초등학교 1학년 때는 최신 유행이었던 바가지머리를 하러 갔다 정말 바가지머리가 되었다고 1시간 동안 울며불며 난리 친 적도 있다. 그때 요청한 대로(요청에 따랐을 뿐인데!) 바가지머리로 잘라주신 동네 미용실 아주머니께 심심한 사과를······

집으로 돌아와 김용택 선생님의 새 시집을 읽는다. 좋다! 고졸古 拙한 맛! 그런데 이상하지. 왜 자꾸 제목을 '울고 돌아온 너에게'로 읽는 걸까? 울고 들어온 너보다는 울고 돌아온 너에게 마음이 가서 일까? '울다'와 '돌아오다'를 합쳤을 때 생기는 감정(슬픔, 사연, 후회, 절망 등)의 무게가 더 묵직하고, 말 속에 시간의 경과도 담기기 때문일까? 상상의 여지가 더 많은 것이다. 뭔들 어떠랴. 시들이 참 좋은데!

굿 라이프

마크 롤랜즈 – 강수희 옮김 – 추수밭 – 2016년 11월

졸저인 『글쓰기는 스타일이다』에서 "책읽기에 빠져드는 사람들은 고독 속에 칩거하며 저마다 '하나의 도서관'을 설립한 자들이다. 오직 자신에게만 속하는, 짧지만 수많은 삶들로 이루어진, 이 '기적의 도서관'에서 그들은 '타인의 삶'이라는 책을 열람한다"(중앙북스, 2015)라고 썼다. 누구나 자기만의 '굿 라이프'를 꿈꾼다. 책으로 가득찬 서재가 있고, 정원이 있는 집에서 살며, 하루 사과 한 알을 먹고, 날마다 햇볕을 쬐고 바람을 맞으며 산책을 할 수 있는 여유가 있고, 모란과 작약을 키우며 우정을 나눌 벗 몇 명과 비밀 몇 개를 기를 수 있는 삶, 그게 내가 꿈꾸는 '굿 라이프'다. 철학자 마크 롤랜즈는 『철학자와 늑대』(추수밭, 2012)로 처음 만났다. 전작을 정말 흥미롭게 읽었던 터라 새책 『굿 라이프』가 나오자마자 구했다. 하지만 책을 펼쳐 읽기 시작한 지 10분이 지나지 않아 내 기대는 빗나갔다. 어딘지 내 취향과 맞지 않는다. 전작보다 몰입도에서 떨어질 뿐만 아니라 상상력과 사유에 아무 자극도 주지 않는다. 이 차이는 도대체 어디에서 비롯되는 것일까?

#기대에_미치지_못한_책

프리다 칼로 & 디에고 리베라

르 클레지오 · 신성림 옮김 · 다빈치 · 2001년 6월

일어나보니 오전 11시 10분이었다. 12시에 '알마'의 안지미 대표님과 점심 약속이 있는데 늦었다. 다행히 약속 장소가 집 근처였다. '오늘 날씨는 따뜻할 거야'라고, 근거 없는 생각을 품고 밖으로 나갔다. 맙소사. 거리가 온통 눈으로 덮여 있었다. 내가 잠든 사이에 눈이 이토록 많이 왔다니. 게다가 바람이 세차게 불어 나뭇가지에 쌓인 눈덩이가 마구잡이로 허공에 날리고 있었다. 지진 후의 여진처럼, 눈 온 후 흩날리는 눈가루들. 이걸 '눈의 여흥'이라고 부르자! 길을 걷는데 우스운 광경이 보인다. 걸어다니는 사람들의 머리통과 어깨에 툭툭 떨어지는 눈덩이들! 그들의 낮은 비명으로 소란스러운 거리. 입꼬리를 살짝 올린 채 삐져나오는 웃음. 원! 사람들, 우습기도 하지, 덤벙대는 모습이란, 생각하는 순간 한쪽 무릎을 꿇은 자세로 미끄러졌다. 하마터면 눈길에서 반달 무릎을 가질 뻔했다. 바람은 작은 눈회오리를 만들며 신나 있었다. 목이 V자로 훅 파인 하늘색 니트에 코트를 걸치고 있었기에 머플러로 목덜미를 감싸쥐며 걸었다.

알마의 안지미 대표님과 스파게티를 먹으며 다음에 낼 책 이야기를 짧게 하고 여행 이야기를 길게 했다. 프랑스, 핀란드, 일본 이야기. 먼 나라에 대한 이야기.

프리다 칼로를 주제로 산문집을 내기로 했다. 집으로 돌아와 대학 시절 내가 흥미롭게 읽은 책 『프리다 칼로 & 디에고 리베라』를 다시 읽었다. 오랜만에 프리다 칼로의 그림을 찬찬히 보았다. 쓸 수 있을까? 새책을 시작하기 전, 맘속 깊은 곳에서부터 고개를 내미는 두려움.

야전과 영원

사사키 아타루 - 안천 옮김 - 자음과모음 - 2015년 11월

사사키 아타루의 『야전과 영원』의 출간 소식을 접하자마자 서점으로 뛰어가 책을 사들고 읽었다. 그만큼 기대가 컸기 때문이다. 900여 쪽이 넘는 책이어서 읽기가 만만치 않았다. 완독하려는 의욕은 넘쳤지만 읽다가 중단하기를 몇 차례. 결국 한 달여 만에 완독했다. 다시 이 책을 읽는다. 이 책은 색깔로 치자면 검은색. 검은색은 그 바닥을 가늠할 수 없는 심연의 색이다. 그것은 철학의 심연이고, "영원한 야전"의 심연이다. 누구라도 900쪽 넘는 책을 손쉽게 읽어치울 방법은 없다. 단숨에 독파할 수 없는 두께 때문이기도 하거니와 과속방지턱이 많아 속도를 내며 질주할 수가 없다. '야전'과 '영원'이라는 개념은 모호하고 내용은 방대하다. 밀도가 높은 책을 집중해서 읽어내기가 쉽지 않다. 이 명민한 철학자는 거울상, 신체, 주권, 대타자, 향락, 규율 권력, 국가, 세속화, 종교, 법, 윤리…… 따위의 개념을 가로지르며 푸코와 라캉과 르장드르의 철학에 대해 끊임없이 새로운 이해를 시도한다. 하지만 논점과 논의는 자주 엉키고 방향 없이 소용돌이치며 독자를 따돌리기 일쑤다.

베를린 일기

최민석 · 민음사 · 2016년 12월

흐린 크리스마스 같은 날씨. 종일 눈이 내린다. 한쪽 면이 통유리로 된 카페에 앉아 눈 내리는 것을 구경 삼아 책을 읽는 토요일이다.

일기를 쓰는 건 자신의 마음이 갖고 있는 지도를 스스로 그려가는 일이다.

좀 멋진 말인데! 베를린에서의 체험을 실감나게 쓴 그의 일기는 정말 잘 읽힌다. 솔직하고 자연스럽고 명쾌하다. 이 책의 유일한 단점은 공공장소에서 읽지 말아야 한다는 점이다. 읽다 너무 크게 웃어 사람들이 째려볼 수 있다. 나도 그랬다. 킥킥거리는 웃음이 아니라 그야말로 빵, 터지는 웃음 때문에 여러 번 째려봄을 당했다. 웃음을 참을 수 없게 만드는 것, 그건 정말 재능이다. 유머가 있는 사람을 좋아하지 않기란 불가능하다. 유머는 자신이 처한 상황과 마음의 정황 사이에 침착하게 거리를 유지하고, 객관화할 수 있을 때 태어난다. '여유'에서 나오는 것이다. 조급한 사람들, 화를 잘 내는 사람들은 한결같이 유머가 없다.

그러니까 정치인들이여, 이왕 우리를 화나게 만들 작정이라면 유머 실력이라도 좀 갖춰주시오. 제발!

사유의 거래에 대하여

장-뤽 낭시 – 이선희 옮김 – 길 – 2016년 10월

민음사 박맹호 회장이 새벽에 돌아가셨다는 부음이 날아들었다. 그는 '지의 거인'은 아닐지 모르지만 매우 뛰어난 시대 감각과 에디터 감각을 가진 출판인이다. 같은 해에 태어난 이로 고은, 이어령, 남재희 등이 있다. 그의 부음은 거인들의 시대가 저물고 있다는 신호다. 말년에 만난 그는 많이 쇠약해져서 살아 있음의 고통에 대해 툭툭 내뱉곤 했다.

오늘은 장-뤽 낭시의 『사유의 거래에 대하여』를 읽는다. 책은 활자가 찍힌 덩어리, 혹은 낱장들을 묶은 종이 뭉치다. 물론 책은 펼쳐지고 읽히려고 만든다. 책은 펼쳐 읽기 전까지는 침묵의 덩어리이다. 그 안에 무수한 목소리가 숨어 있지만 듣는 귀가 없다면 그것은 우둔한 사물일 뿐이다. 장-뤽 낭시는 책이 "'목소리'라고 부르는 것의 표식과 흔적"이라고 말한다. 책은 말 걸기, 부름이며, 일반적으로는 초대, 요청, 부름, 기도의 영역에 속한다. 책은 펼쳐져 있거나 닫혀 있다. 그 사이에는 흐름이 있고, 긴장이 있다. 그것은 고정적이거나 불변하는 것이 아니라 끊임없이 유동하고 운동한다. 책에서 흐름을 이루는 사유는 액체와 같은 상태로 유동한다. 책이 흐름, 유동, 운동이라는 점에서 그것의 살아 있음을 부정할 수는 없다.

살아남는다는 것에 대하여

무라카미 류 · 이정은 옮김 · 홍익출판사 · 2016년 8월

무라카미 류는 대학 다닐 때 도서관에서 발견한 작가다. 무라카미 하루키와 나란히 배치되어 있어 읽어봤다. 야한 얘기가 많아 흥미를 갖고 읽었지만, 내가 제일 좋아한 소설은 성장소설로 제목이 『69』였다. 야릇한 제목이지만 야릇한 이야기는 아니었다.

오늘 읽은 『살아남는다는 것에 대하여』는 제목이 전투적이다. 표4에 "무라카미 류가 전하는 이 시대에 살아남기 위한 35가지의 조언"이라고 적혀 있다. 읽기 좋게 편집되어 있고, 문장도 훌륭하고, 생각은 더더구나 훌륭한 이야기들이다. 아마 신문 칼럼이나 잡지에 연재했던 글을 묶은 것 같다. '각박한 현대 사회에서 바른 사고를 가지고 살아가려면 어떻게 해야 하는가'에 대해 지당한 말씀을 써놓았는데, 너무 당연하고 옳은 말씀이라 그럴까? 소파에 기대 책을 읽다 잠들어버렸다. 그래도 곱씹어보게 되는 문장 발견!

돈으로 살 수 없는 것은 없다. 돈이면 행복도 살 수 있다는 등의 상반 되는 말을 자주 듣는다. 나는 굳이 말하자면 돈으로 행복을 살 수 있 을지 없을지에 대해 아무 관심이 없는 사람이다. 그만큼 행복은 애매 한 개념이기 때문이다.

돈의 모자람이 불행을 불러올 순 있어도, 돈의 넘침이 항상 행복을 불러오진 않으리라고 본다. 돈이 넘친다는 것은 사는 데 가장 커다란 불안 요소 하나를 없애주는 것일 테지만, 행복은 별개의 문제다. 돈으로 남의 마음(환심)을 살 순 있어도, 돈으로 내 마음까지는 못 살 테니까. 행복은 만족의 문제지, 물질의 많고 적음의 문제가 아니다.

다치바나 다카시의 서재

다치바나 다카시 – 박성관 옮김 – 문학동네 – 2016년 12월

레지던스 작가로 증평에 머물며 일에 파묻혀 있다가 문득 답답
해지면 차를 몰고 나와 강원도 일대 여기저기를 떠돌았다. 다시
서교동으로 돌아왔다. 차는 흙먼지를 뽀얗게 뒤집어쓴 채 연립주
택의 주차장에서 가쁜 숨을 고르고 있다. P는 빨랫감으로 벗어놓
은 옷에 코를 박고 냄새를 맡더니, "흠, 옷에 방랑자의 냄새가 뱄
네" 한다. 증평에서 두 달을 보냈는데, 오랜 방랑 끝에 돌아온 느낌
이다. 예정보다 일찍 돌아온 것은 박맹호 회장이 돌아가셨기 때문
이다.

어젯밤 서울대학 병원의 빈소를 찾아가 문상을 하고 돌아왔다.
영안실 입구에 화환들이 늘어서고, 문상객들은 넘쳐났다. 영안실
입구에서 급하게 나가는 북디자이너 정병규 선생을 만났다. 문상
객 중 장은수 민음사 전 대표, 한국출판마케팅의 한기호 소장, 김
중식, 이영주, 김언, 서효인 시인 등은 잘 아는 이들이다. 밤 10시쯤
자리에서 일어났다. 오늘 읽은 책은 『다치바나 다카시의 서재』다.
기왕에 읽은 다치바나의 전작들과 겹치는 내용이라 설렁설렁 읽었
다. 사진작가가 공들여 찍은 서재 사진은 정말 훌륭하다. P와 함께
아침식사를 한 뒤 동교동에 있는 카페꼼마에 나가 창가 자리에서
읽었다.

암, 생과 사의 수수께끼에 도전하다

다치바나 다카시 · 이규원 옮김 · 청어람미디어 · 2012년 1월

지난주에 이어 이번 달에만 문상을 두 번 연이어 다녀왔다. 겨울이 고비가 아니라 봄이 고비다. 봄을 보는 것은 기적. 우리 할머니도 봄을 이기지 못하셨다. 벚나무 가지가 휘청이도록 꽃이 만발한 날 가셨다. 빈소에서 오랜만에 만난 사람들과 웃고 떠들었다. 원래 죽은 자를 위한 슬픔은 한 명씩 '홀로' 있을 때 찾아오는 법이니까.

죽음을 피하기 위해서가 아니라, 알고 두려워하지 않기 위해 이 책을 들었다. 이 책은 다치바나 다카시가 방광암을 선고받고 치료받는 전 과정이 실려 있으며, 암의 실체에 대해 샅샅이 파헤쳐놓은 책이다. 종이를 뚫을 것처럼 집중하며 읽다가도 자꾸 딴짓하게 된다. 커피를 끓이고, 냉장고를 열었다 닫고, 거실 방충망에 알 낳은 곤충을 타박하며(왜 여기다 알을 낳아놓은 거야? 여기서 부화가 되겠냐?) 이쑤시개로 떼어낸다. 그러다가도 어느새 집중하게 된다. 암의 가장 중요한 특징 세 가지가 흥미롭다.

'악성 신생물'이라는 말은 암의 또다른 이름이다. 왜 '악성'이냐 하면, 정상 세포에서는 볼 수 없는 암세포만의 3가지 특질, 즉 무한한 증식 능력, 정상 세포 속으로 빠르게 파고들어가는 침윤 능력, 엉뚱한 곳으로 건너뛰어 그곳에서 또다른 식민지를 만들어버리는 전이 능력을 가지고 있기 때문이다. 그래서 '악성'이라고 하는 것이지, 암세포가 자체의 성장 과정에서 무서운 독소를 만드는 것은 아니다.

무서운 사실은 "암은 생애의 대부분을 보이지 않는 존재로 보낸"다는 것. 보이지 않는 것과 싸우는 게 얼마나 무서운 일인지! 띄엄띄엄 발췌해 읽었지만 나중에 다시 정독할 예정이다.

개와 웃다

마루야마 겐지 - 고재운 옮김 - 바다출판사 - 2016년 5월

더러는 킥킥거리고 더러는 심각한 얼굴로 책을 읽는다. 애써 의미를 찾을 필요도 없다. 자리에서 일어날 때 그 무엇도 기억하지 못하더라도 죄책감을 가질 필요도 없다. 알라딘 중고서점 합정점에서 구한 마루야마 겐지의 『개와 웃다』를 소파에서 한가롭게 읽었다. 개를 기르며 느낀 소회들. "마당에 나올 때마다, 개집 앞을 지날 때마다, 나를 거쳐간 개들이 떠오른다. 조로, 맥, 바롱, 조르바, 장고, 류, 구마, 구로…… 이들과 보낸, 다시는 돌아올 수 없는 날들이 파도처럼 밀려온다. 좋은 녀석들이었다. 적어도 나보다는 훨씬 나은 녀석들이었다." 나 역시 시골에 살 때 여러 마리의 개를 길렀다. 개들은 어떤 인연으로 내 곁에 왔다가 떠났다. 이 녀석들은 한결같이 좋은 녀석들이었다. 개들은 나를 행복하게 만들었기에 인연이 다하여 헤어질 때마다 마음이 괴로웠다. 마루야마 겐지의 책에서 공감한 것은 이런 문장이다. "제대로 된 개 주인이 되었을 무렵 나는 그 개와 하나가 되어 웃고 있을지 모른다. 그때까지는, 꿈속에 나오는 커다란 개들과 함께 웃는 것으로 만족하려고 한다." 개와 하나가 되지 못한 것은 나란 존재가 '제대로 된 개 주인'이 못 되었던 탓이다. '제대로 된 개 주인'이란 훌륭한 인격을 가진 인간이다. 훌륭한 주인에게 좋은 개가 있는 법이다. 언젠가 굳센 마음으로 인격을 갈고닦아 '제대로 된 개 주인'이 되어볼 참이다.

완벽한 날들

메리 올리버 · 민승남 옮김 · 마음산책 · 2013년 2월

올해 나올 세번째 시집의 순서를 전반적으로 바꾸고, 1부에서 4부까지 소제목을 붙여놓으니 좋았다. 그러니까 '실물'로서 시집이 나오기 전에 틀이 거의 잡혔다는 것, 비로소 만삭이 되었다는 얘기다. 책이 나올 때까지 몸이 무거울 것이고 찌뿌둥할 것이며, 얼른 해산하고 싶을 테지. 그러나 기다려야 한다. 너무 이르게 해산하면 미숙아가 태어나 위험해질 수 있다. 일단 끌어안고 고치고 다듬고, 무엇보다 시들을 다독여야 한다. 기다리라고, 더 팽창하거나 수축하지 말고 가만히 기다리라고. 나는 산모다. 불룩한 배로 알라딘 중고서점에 다녀왔다. 아무튼 만삭일 때의 기분은 나쁘지 않다. 배가 홀쭉할 때에 비하면야.

집에 돌아와 저녁식사 전까지 『완벽한 날들』을 읽는다. 자주 읽는 책 중 하나다. 가볍고 깊은 책. 그녀의 산문과 시가 고루 담겨 있다. 「가자미, 일곱」이란 시의 시작은 이렇다.

세상에 시작하고 전진하는 능력을 갖추지 못한 연필은 없어. 우선 많이 쓰는 게 최선이야.

그리고 네번째 연은 이렇다.

태양도 작업 스케줄이 있어. 눈도, 새들도, 초록 잎사귀도. 너도 그래야 하지 않을까?

창문으로 옆집 목련나무 한 그루가 보인다. '정적으로 바쁜' 모습. 저 나무가 바쁜 게 보이지 않는 날엔, 나도 끝장일 테지.

면역에 관하여

율라 비스 – 김명남 옮김 – 열린책들 – 2016년 11월

#면역에_대해_생각하며_읽은_책

민주당의 표창원 의원은 자제할 필요가 있다. 그는 반듯한 말과 정치적 올바름을 가진 정치인인데, 최근 언동과 정치적 제스처는 과도하다. 과도한 것은 항상 위태롭다. 절제와 균형감각은 훌륭한 인격의 필수 성분이다. 오후에 P와 함께 삼청동 수류산방에 들러 박방장님, 심실장님, 김유정씨, 한빛비즈의 편집자 최진씨와 만나 일종의 '편집회의'를 한 셈이다. 『조르바의 인생수업』의 본문과 표지 디자인을 수류산방에서 맡기로 결정했다. 올해 나올 책들의 원고를 혼자 셈해보니 1만여 매 안팎. 대략 2500여 쪽. 참 미욱스럽게도 많이 썼구나!

율라 비스의 『면역에 관하여』는 복잡한 면역학의 역사와 백신에 대해, 건강과 질병에 대해 더 균형잡힌 사고를 갖게 이끈다. 율라 비스는 우리가 서로의 몸에 빚지고 있고, 면역은 함께 가꾸는 정원이며, 우리 운명은 하나로 연결되어 있다고 말한다. 그의 면역을 둘러싼 은유들을 첫아이를 낳고 기른 경험과 다른 어머니들의 경험을 겹쳐낸 것들이다. 앎은 불확실하고, 우리는 이 불확실함을 견딜 수 있는 내구성을 키워야 한다. 그것은 "문제들을 직접 살아보"는 것이고, 안다고 하는 오만에서 벗어나는 것이다. 율라 비스가 웬델 베리를 언급하고, 레이첼 카슨의 『침묵의 봄』이나 수전 손택의 『은유로서의 질병』을 사유의 촉매로 삼을 때 반가웠다. 그 반가움은 익숙한 앎에서 오는 안도감일 테다.

일본의 아름다운 계단 40

BMC · 임윤정/한누리 옮김 · 프로파간다 · 2015년 4월

계단은 보이지 않는 장소로 연결해주는 통로다. 위, 혹은 아래에 어떤 공간이 있음을 암시하며 걸음을 유도하는 매개체다. 계단은 건물이 가지고 있는 기다란 혓바닥이며 알 수 없는 계이름으로 이루어진 악보다. 무수한 발들이 오르락내리락, 걸음으로 연주하는!

요새 대부분의 건물에 엘리베이터가 있어 계단을 오르내릴 일이 줄어들었다. 엘리베이터는 나를 날라주지만, 계단은 나를 데려다 준다.

이 책은 제목처럼 일본의 아름다운 계단(40군데 장소!)에 대한 근사한 사진들과 짧은 글들로 이루어져 있다. 사진을 들여다보고 있으면 각 장소에 숨어 있는 이야기들이 떠오른다. 상상력을 자극하는 책이다.

시선의 저편

김병익 – 문학과지성사 – 2016년 11월

존경하는 원로 비평가인 김병익 선생의 『시선의 저편』을 다시 살펴 읽었다. '만년의 양식을 찾아서'라는 부제가 붙어 있다. 지난해 12월 1일, 수원 고궁박물관에서 고은재단 초청으로 '고은과 세계문학'이라는 주제의 강연을 가는 기차 안에서 『시선의 저편』을 반 넘어 읽었다. 2013년 여름부터 '한겨레신문'에 '특별기고'한 원고들을 모아 엮은 책이다. 소설에서 과학 교양서, 경제서, 문명의 변화 등을 다룬 70여 권의 책들을 읽은 소회와 일상의 소소한 느낌을 섞고 비비며 차분한 성찰을 보여준다. 먼저 떠나보낸 친구와 죽음에 대해 사유할 때 문장은 쓸쓸함으로 깊어진다. 오래 품고 다듬은 생각들을 펼쳐낸 문장에는 이 원로 비평가의 고요한 인격이 깃들어 있어 잔잔한 감동이 인다. 오후에는 P와 함께 광화문 시네큐브에 영화를 보러 나왔다. 시네큐브에서 마지막으로 본 영화가 〈타인의 삶〉인가. 내 기억인데 확신할 수는 없다. 오늘 본 영화는 에단 호크, 줄리언 무어, 그레타 거윅 등이 나오는 〈매기스 플랜〉이다.

#존경하는_문의_책

고맙습니다

올리버 색스 · 김명남 옮김 · 알마 · 2016년 5월

JJ와 광화문 시네큐브에서 〈매기스 플랜〉이란 영화를 보았다. 가방을 가볍게 하려고 얇은 책 『고맙습니다』를 가지고 나왔다. 『아내를 모자로 착각한 남자』로 오래전 올리버 색스를 알게 되었고, 그의 자서전 『온 더 무브』를 통해 팬이 되었다. 『고맙습니다』는 신경과 전문의이자 탐험가이며 작가인 올리버 색스가 죽음을 앞두고 쓴 네 편의 짧은 글로 이루어진 책이다.

마침내 갈 때가 되면, 프랜시스 크릭이 그랬던 것처럼 마지막 순간까지도 일하다가 갔으면 좋겠다. 크릭은 대장암이 재발했다는 소식을 듣고도 처음에는 아무 말도 안 했다. 그냥 일 분쯤 먼 곳을 바라보다가 곧장 전에 몰두하던 생각으로 돌아갔다. 몇 주 뒤에 사람들이 그에게 진단이 어떻게 나왔느냐고 물으면서 들볶자 크릭은 "무엇이든 시작이 있으면 끝이 있지"라고 말할 뿐이었다. 그는 가장 창조적인 작업에 여전히 깊이 몰입한 채로 여든여덟 살에 죽었다.

나도 그럴 수 있을까? 죽음을 앞두고도 하던 일을 계속하며, 살아온 날들과 '똑같이' 삶을 이어갈 수 있을까? 그랬으면 좋겠다.

다만 이야기만 남았네

김상혁 – 문학동네 – 2016년 11월

김상혁 시집 『다만 이야기만 남았네』는 좋은 시집이다. 시인들은 대개 회의주의자들이다. 예외가 아주 없는 것은 아닐 테다. 내가 보는 김상혁은 회의주의자다. 그의 시선이 자주 가닿는 곳은 "영영 후회하는 상태에 사로잡힌 삶", "영영 이별하는 상태에 사로잡힌 삶"이다. 아버지를 잃었을 때 어머니의 나이를 생각하는 아들 마음의 저변에 깔리는 회색빛 슬픔이 생생하게 만져진다. 슬픔에 대한 보상으로 가을 동안 마가목 열매를 모으고, 11월에 그걸로 술을 담그는 일 따위에 열중한다. 마가목 열매로는 술을 담그고 잎은 잘 말려서 차를 끓인다. 그 차는 숙면에 도움이 된다고 한다. 김상혁의 시는 정서 정보뿐만 아니라 생활에 보탬이 되는 지식을 전달한다. 마음에 남는 시는 「기쁨의 왕」과 「슬픔의 왕」이다. 사람은 누구나 기쁨의 왕이기도 하고, 슬픔의 왕이기도 할 테다. 기왕이면 '기쁨의 왕' 쪽에 서고 싶다. 기쁨의 왕에게 배달되는 미래, 추억, 기쁨의 시간을 노래할 때 그의 시는 밝아진다.

열매가 쏟아지는 미래, 정성스럽게 채색된 추억, 잠든 이들이 기쁨에 사로잡히는 안전한 시간, 거기서 깨어나지 않는 사람은 없다. 깨지지 않는 기쁨 같은 건 없다.

곧 깨어지는 것이라 할지라도, 나는 잠시 이 기쁨과 보람을 붙들어 매두고 싶다.

비행공포

에리카 종 · 이진 옮김 · 비채 · 2017년 1월

JJ가 읽어보라고 권한 책이지만 내 취향은 아니었다. 매혹적인 데도 있지만, 읽는 내내 교감하지 못하고 피로를 느낀 이유는 뭘까? 정제되지 않아서? 진행이 촘촘하지 않아서? 잘 모르겠다. 뭔가 분출은 대단하지만 받아낼 그릇이 작다는 느낌이다. 내용물이 여기저기 튀어 나에게 다 묻고, 좀 짜증스러운 기분이다. 어떤 글은 흠뻑 뒤집어쓰고도 몸에 묻은 것조차 모르는데, 어떤 글은 필사적으로 거리를 유지하며 한 방울도 묻히지 않으려고 노력하며 읽는다. 교감 문제겠지.

이 소설은 1973년 전 세계를 발칵 뒤집어놓으며 발간된 이래 지금까지 2700만 부가 판매되었단다. 책 발간 뒤 에리카 종은 "욕설을 담은 협박편지와 찬사를 담은 편지들이 동시에 쏟아지는 나날"을 보냈다고 말했다. 욕설을 뱉고 싶지는 않지만, 찬사를 늘어놓을 마음도 없다. 570쪽 중에 397쪽까지 읽었다.

날씨의 맛

알랭 코르뱅 외 - 길혜연 옮김 - 책세상 - 2016년 3월

알랭 코르뱅 외 여럿이 쓴 『날씨의 맛』은 비, 햇빛, 바람, 눈, 안개, 뇌우같이 변화무쌍한 기상 조건이 감수성과 감정생활에 어떻게 관여하고 변화를 만들어내는지를 펼쳐낸다. 기상 조건은 다양한 생체 리듬과 그에 따라 춤추는 '감정의 사회사'를 만든다. 사람들은 '나는 더위가 싫어. 여름 오는 게 두려워'라거나, '나는 비가 좋아. 비 오는 날은 기분이 차분해지거든'이라거나, '나는 추위가 싫어. 올겨울은 또 어떻게 견디지?'라고 걱정한다. 우리는 궂을 때는 궂은 대로 맑을 때는 맑은 대로 다양하게 변하는 날씨와 기후를 견디며 살아간다. 우리가 해, 바람, 눈, 안개, 비와 같은 달라지는 기상에 따라, 날씨와 계절의 변화에 따라 기분과 감정에 영향을 받는 존재이기 때문이다. 날씨는 중요한 실존의 조건 중 하나여서 우리는 '일기예보'에 귀를 기울인다. 안개는 "야수 같고", "착각을 일으키는 눈속임꾼"이며, 인생과 미래의 모호함에 대한 은유를 불러온다. 뇌우는 "매우 한정된 순간에 '여기' 예기치 못한 뇌우와 '저기' 번개 사이에 집약"되는 것으로 운명의 으르렁거림과 "대기의 광태", 그 음산함을 드러낸다. 날마다 다른 날씨는 생활상에 미묘한 변화를 만들고, 기후 변화는 문명사적인 영속성과 안정성의 문제를 제기한다.

베개를 베다

윤성희 · 문학동네 · 2016년 4월

설날이지만 특별할 건 없다. 우리집은 명절이라고 별스러운 일이 생기지 않는 집. 어릴 때부터 지금까지 한결같이 그랬다. 상당히 좋은 팔자라고 생각한다. 아침 일찍 JJ와 떡국을 끓여 먹고, 오후엔 잠깐 친정에 들러 명절 음식을 싸왔다.

베개를 베다. 두부를 자르듯 명료한 제목이다. 작년에 나오자마자 샀고, 리포트를 쓰기 위해 단편 몇 편을 읽었지만 일에 치여 다 읽지 못한 소설집. 오늘은 끝까지 읽어버리겠다! 쉽고 견고하고 유려한 문체(이게 얼마나 어려운지!)를 가진 윤성희 작가에겐 따뜻함과 유머가 있다. 무엇보다 소설의 중요 요소라는(김연수 작가 책에서 읽은 것 같은데) 핍진성이 있다. 나는 소설의 첫 문장에 집착하는 편인데, 일부 단편들 중 흥미로운 첫 문장을 인용해보겠다.

-스물여섯에서 스물일곱이 되는 동안 언니는 슬리퍼만 신는 남자와 연애를 했다.
-그거 참 이상한 질문이구나.
-담임선생님이 전학생의 이름을 칠판에 적자, 반 아이들이 일제히 그를 쳐다보았다.
-엄마는 스물다섯 살에 엄마가 되었다.
-감기에 걸려 출근을 못할 것 같다고 전화를 하자 김비서가 거짓말하지 말라며 웃었다.

첫 문장에 내포되어 있는 것들. 앞으로 일어날 사건! 총구의 방향!

철학, 기쁨을 길들이다

프레드릭 르누아르 - 이세진 옮김 - 와이즈베리 - 2016년 10월

설 연휴인데 서교동 일대의 여러 카페가 문을 열었다. 한동안 길 건너 스타벅스에서 원고를 쓰고 책을 읽었다. 여기서 일하는 젊은 이들은 미소를 짓고 목소리는 명랑하다. 낭랑한 목소리로 주문을 외칠 때 그 명랑성에서 세상의 부림에 지지 않겠다는 의지가 선명하다. 내 기분도 덩달아 환해진다. 어디에 있든 무슨 일을 하든 그를 응원하고 싶다. 아메리카노 한 잔을 앞에 놓고 어제 쓰던 원고를 펼치거나 더러는 원고를 밀쳐두고 책을 읽는다.

오, 누가 내게 말해다오. 공중의 달이 뿜어내는 빛과 땅 위 깨진 유릿조각 위에서 반짝이는 한줄기 빛은 어떻게 다른가? 내 인생의 빛나는 것은 어디로 사라졌는가? 한때 빛나던 것은 그 자취가 흐릿하고, 빛을 잃은 꿈은 깨진 유릿조각처럼 나뒹군다.

오늘은 『철학, 기쁨을 길들이다』를 읽는다. 기쁨, 이 무상하고 예측 불가능한 것! "기쁨은 지성으로 헤아릴 수 없고 제멋대로 넘쳐나는 경향이 있기 때문에 철학자들은 기쁨의 긍정적 성격을 인정하면서도 사유의 대상으로 삼기를 꺼렸다." 스피노자는 기쁨을 철학의 대상으로 삼은 최초의 철학자다. 그는 기쁨이 "완전성에 다가가는 것"이고, "존재 역량을 증진시키는 것"이라고 말한다. 잘사는 사람은 기쁨을 찾고 누리는 사람들이다. 기뻐하라! 기쁨은 잘살고 있다는 유력한 징표. 기쁨이 생명의 약동이고, 아무 조건 없는 행복에의 수락이기 때문이다.

심플하게 산다 1

도미니크 로로 · 김성희 옮김 · 바다출판사 · 2012년 9월

옷을 적게 소유하면 인생을 고달프게 하는 문제 하나가 사라진다.

운동으로 생기를 얻은 사람은 빛, 카리스마, 아우라를 발산한다.

적게 먹고 몸을 가볍게 만드는 건 일종의 철학이고 지혜다.

행복하려면 남에게 기대지 말라.

맞는 얘기인데, 너무 맞아서 탈이랄까? 모두가 이렇게 살면 종교
도 문화도 예술도 병원도 필요 없을 것이다. 특히 청유형의 문장(~
하자)과 빈번하게 등장하는 "우리는"이라는 주어가 거슬린다. 심
플하게 살기 위해서는 절제하는 태도가 전제되어야 하는데 절제가
통제로 변하고, 통제가 강박이 되고, 강박은 곧 스트레스로 변할 수
있다(이렇게 내가 부정적이다). 물론 소박하고 단순하게 사는 삶이
아름답다는 것은 인정한다. 문제는 단순하고 소박한 삶에서 내가
행복을 느끼는가, 하는 것! 정말 나다운 것이 뭘까? 내가 편하게 느
끼는 것, 알맞은 태도를 찾는 것이 평생의 숙제일 것이다.

행복의 형이상학

알랭 바디우 – 박성훈 옮김 – 민음사 – 2016년 12월

알랭 바디우의 『행복의 형이상학』은 철학의 주요 관심사 중 하나인 행복이라는 것을 일러준다. 행복보다는 불행의 감수성에 더 깊이 침윤된 이 시대에 행복에 대해 말하는 것은 어렵다. 알랭 바디우는 한 편의 시, 사랑, 배움의 기쁨, 거리 시위같이 '가까운' 거리에 있는 것들에서 시작한다. 이것은 사뮈엘 베케트의 시다. "짐승의 썩은 고기 조각 하나도 더이상 남아 있지 않은. 뭐 입맛만 다실 수밖에. 아니. 조금만 더. 아주 조금만. 이 공백을 열망할 시간. 행복을 알아갈 시간." 이 불행한 나라에서 사는 우리가 행복을 거머쥐기 위해 할 수 있는 일은 무엇인가? 바디우는 철학과 그 욕망을 자극하는 "참의 정동情動"으로서의 행복을 다룬다. 행복은 "진리들에 이르는 모든 통로를 가리키는 틀림없는 표지"이거나, "미덕의 보상이 아니라 미덕 그 자체"이다. 행복은 사랑, 봉기, 시가 그렇듯이 어쩌면 "우연한 마주침"의 결과일지도 모른다. "완전한 실재적 행복은 우연한 마주침에서 나타나며, 행복해져야 할 필연성이란 결코 실존하지 않는다." 얇은 책인데 진도가 더디다. 잘 읽히지 않는다는 뜻이다. 이것은 바디우 철학의 난삽함 때문인가, 혹은 관념어를 우겨넣는 식의 투박한 번역 탓인가.

섬

장 그르니에 · 김화영 옮김 · 민음사 · 1993년 7월

차도 위에 길고양이 한 마리가 죽어 있다. 아직 다 자라지 않은 고양이다. 길 건너 미용실의 앞치마를 두른 젊은 여자가 고양이 앞에 서 있다. 휴대폰으로 누군가에게 이곳 위치를 알려주고 있다. 아마도 경찰이나 지구대에 쪽에 연락한 것 같다. 여자는 작은 몸이 으깨지지 말라고, 차도에 내려서서 고양이 주변을 지키고 있다.

귀가 떨어져나갈 것 같은 추위 속에서 죽음에 대해 생각했다. 숨 쉬던 것이 숨을 멈춘 것, 움직임을 멈춘 것, 몸에 깃든 시간을 멈춘 것. 걸음을 멈추고 고양이의 탈을 쓴 죽음을 한참 바라보았다. 한겨울의 칼바람처럼 세상이 네게 그랬겠구나, 어린 고양이야. 밤에 장그르니에의 『섬』을 찾았다. 그중 「고양이 물루」라는 글을 읽었다.

오후에는 침대 위에 가 엎드려서 앞발을 납죽이 뻗은 채 가르릉거리는 소리를 내며 잠을 잔다. 어제는 흥청대며 한바탕 놀았으니 아침 일찍부터 내게 찾아와서 하루종일 이 방에 그냥 머물러 있을 것이다. 이때다 싶은지 여느 때 같지 않게 한결 정답게 굴어댄다. 피곤하다는 뜻이다—나는 그를 사랑한다. 물루는, 내가 잠을 깰 때마다 세계와 나 사이에 다시 살아나는 저 거리감을 없애준다.

"나는 그를 사랑한다" 이 부분을 읽을 때마다 가슴이 저릿하다. 작가가 고양이를 바라보는 시선, 설명하는 태도가 좋다. "물루는" 하고, 물루가 주어가 되는 문장을 읽을 때면 마치 건빵 봉지에서 별사탕을 발견할 때처럼 마음이 환해진다. 이 글을 읽을 때마다 늘 똑같은 농도의 슬픔이 도착한다. 죽은 이를 위해 떠다놓은 한 그릇의 물처럼, 깊고 고요한 슬픔.

옷장 속 인문학

김홍기 - 중앙북스 - 2016년 9월

우리는 날마다 옷을 입는다. 영혼의 갑옷이라는 이것! 옷은 제2의 피부이자 내면에서 작동하는 무의식의 욕망과 자아를 표출한다. 옷이 주체의 취향과 스타일을 넘어서서 존재감을 드높이거나 덜어내는 일이 드물지 않다. 패션이 시대와 유행을 읽는 눈, 개성과 미적 감각을, 그리고 취향과 가치관과 교양을 세계에 드러내는 까닭이다. 푸코의 말을 패러디하자면, 패션은 인간이 자신을 주체로 바꾸는 한 방식이고, 자기 테크놀로지의 구현 양식이다. 나는 입는다, 고로 존재한다, 라는 명제는 높은 설득력을 얻는다. 『옷장 속 인문학』은 옷만 아니라 구두, 안경, 단추, 지퍼, 포켓 따위를 아우르며 패션의 유구한 역사를 더듬는다. 옷입기라는 작은 주제에서 출발해 패션을 중심으로 한 문명사 탐험으로 사유를 확장한다. 책을 읽는 내내 그의 인문학적 사유에 공감하고, 활달한 글쓰기에 감명을 받는다.

#추천사를_썼던_책

오키나와에서 헌책방을 열었습니다

우다 도모코 · 김민정 옮김 · 효형출판 · 2015년 12월

내일 오키나와에 간다. 오키나와 관련된 책을 몇 권 샀지만 그다지 맘에 드는 책을 찾지 못했다. 전에 JJ가 재밌어하며 읽던 모습이 생각나, 서재로 가서 『오키나와에서 헌책방을 열었습니다』를 찾았다. 작은 책이라 찾는 데 꽤 오래 걸렸다.

3박 4일의 여행을 위해 짐을 싸는 저녁. 작은 트렁크 하나에 우리 둘의 여벌 옷 한 벌씩과 속옷, 화장품, 컵라면 두 개, 읽을 책을 여러 권 챙겼는데도 공간이 남는다. JJ가 요새 관심을 갖고 구입하는 물건(선물한다고)인 '휴대용 블루투스 스피커'도 챙겼다. JJ는 스피커를 구입한 날부터 우리집 DJ가 됐다. 신청곡을 청하면 잘 틀어준다. 어느 날 아침에는 〈기차는 7시에 떠나네〉를 틀어달라고 청했는데 거절당했다. 그건 아침에 들을 곡이 아니라나.

간소하게 짐을 꾸린 뒤 『오키나와에서 헌책방을 열었습니다』를 약간 읽었다. 조금 후엔 며칠 전 리브로 서점에서 구입한 『100배 즐기기—오키나와』를 읽었다. 두 책을 번갈아가며 뒤적이느라 맘만 바빴다. 책이고 뭐고, 내용이 안 들어온다. 드디어 내일 떠난단말이지!

February

February

잔혹함에 대하여

애덤 모턴 – 변진경 옮김 – 돌베개 – 2015년 8월

새해 첫 달이 머문 자취도 없이 쏜살같이 지나갔다. 2월은 또 얼마나 빨리 지나갈까. 2월에는 2월의 일들이 기다리고 있을 테다. 장자는 세월을 벽과 벽 사이 열린 틈으로 흰말이 내달려 사라지는 것에 견준다. P와 함께 오키나와로 짧은 여행을 떠난다. 공항철도를 타고 인천 국제공항으로 나가면서 오키나와 여행 가는 일정을 트위터에 올렸더니, 일본에 사는 친절한 마사코 씨가 "선생님 다녀오세요.^^ 혹시 술을 좋아하면 오키나와에서 유명한 포성泡盛 아와모리를 드세요. 알코올 도수는 평균 35–36도예요"라고 인사를 남겼다.

애덤 모턴의 『잔혹함에 대하여』를 읽는다. 악은 다양한 동기에서 불거지는 병리적 행동이다. 우리는 늘 악인이나 악한 행동과 대면하면서 산다. 연쇄 살인범, 소시오패스, 빈 라덴, 히틀러, 아이히만, 스탈린, 베리아 들은 우리 주변에 편재해 있다. 악은 특별하지 않고, 악인이라고 우리와 다르지 않다. 한나 아렌트가 지적했듯이 악의 평범성은 예상을 벗어난다. 악인은 보통 사람보다 조금 더 과도한 탐욕과 야심과 질투심을 가졌을 뿐이다. 애덤 모턴은 악이 "평범하지만 특별한" 것이라고 지적하면서 악의 양태들, 그리고 악의 심리적이고 도덕적인 측면에 대해 설명한다.

1

낮의 목욕탕과 술

구스미 마사유키 · 양억관 옮김 · 지식여행 · 2016년 7월

비행기 안에서 『낮의 목욕탕과 술』을 읽었다. 너무 재밌어서 킥킥 웃으며 옆에 앉은 JJ의 팔뚝을 쳤다. 낮, 목욕탕, 술! 이 얼마나 아름다운 조합인가? 표지 그림(한쪽 다리를 탕 밖으로 내민 채, 혼곤한 표정으로 입욕을 즐기고 있는 늙은 남자)은 딱 내 취향, 글도 삽화 그림도 취향 저격이다. 특히 62쪽부터, 목욕탕에 온 손님들을 관찰해 표현한 글과 그림은 배를 잡고 웃게 했다. 작가가 만화가라 그런지 센스가 돋보이는, 익살맞고 사랑스러운 책이다.

오후 4시, 나하공항에 도착했다. 오키나와는커녕 일본 땅이 처음인 나는 기대로 부풀었다. 택시를 타고 나하 시내에 예약해둔 숙소로 갔다. 에어비앤비를 통해 예약해둔 작고 오래된 아파트였다. 주인 아이코는 친절했다. 건물 입구에 한글로 "오키나와에 오신 것을 환영합니다"라는 문구를 붙여놓았는데, 그 밑에 우리 둘의 이름까지 적혀 있었다. 아파트는 방 하나, 2인용 식탁이 있는 작은 부엌과 욕실이 딸려 있었다. 낡았지만 깨끗하고 아늑했다. 침대와 테이블 위에 한글 손글씨로 "잘 자요"라고 써놓은 쪽지와 직접 그린 오키나와 지도를 발견했을 땐 다시 한번 감동! 이게 바로 말로만 듣던 일본인의 친절인가? 얼떨떨했다. 짐을 풀고 쉬다가 아이코가 추천해준 라멘집으로 저녁을 먹으러 갔다. 이국에서 맞는 첫날, 어둑해 질 무렵의 낯선 거리를 걸어보는 기분이 나쁘지 않았다. 집에서 20분 정도 떨어진 라멘 가게는 훌륭했다. 맥주 한잔을 곁들여 후루룩 들이켜는 라멘맛, 캬! 이게 인생 아니겠냐며 까불었다. 숙소로 돌아오는 길에 마트에 들러 아침으로 먹을 샐러드와 도시락, 소소한 먹거리를 샀다.

아듀 레비나스

자크 데리다 - 문성원 옮김 - 문학과지성사 - 2016년 8월

인천에서 오키나와 나하공항까지는 두 시간밖에 소요되지 않는다. 어제 오후 5시, 오키나와 나하공항에 내렸다. 오키나와에는 비가 뿌리고 바람이 불었다. 섭씨 18도. 공항에서 택시를 타고 에어비앤비를 통해 얻은 오키나와 시내의 작은 원룸 아파트에 도착했다. 여행용 트렁크를 끌고 숙소 입구로 들어서는데 벽면에 우리를 환영하는 작은 포스터가 붙어 있다. 집주인 아이코의 친절한 마음씨를 엿보게 한다.

여행 이틀째. 오늘은 『아듀 레비나스』를 읽는다. '아듀, 레비나스'라는 제목이 암시하듯이 레비나스가 1995년 12월 25일에 죽은 뒤 그를 떠나보내는 데리다의 글 두 편, 조사弔詞와 강연으로 이루어진 책이다. 데리다는 애도 작업으로, 레비나스 철학의 핵심 요소들, 즉 "맞아들인다"는 말, 환대의 법칙으로서의 이성, "정의 앞에서의" 공-현존, 죽음—무가 아닌—이 응답-없음에 대하여, 그리고 얼굴—"우리는 타인의 얼굴에서 죽음을 만난다"라고 할 때—의 무한 등에 대해 말한다. 자크 데리다의 책을 읽으며 다시 확인한 바지만 레비나스는 항상 레비나스 너머를 말한다.

온갖 것들의 낮

유계영 · 민음사 · 2015년 10월

오키나와는 겨울인데 춥지도 않고 적당히 선선하다. 숙소에서 40분을 걸어 국제거리로 나갔다. 눈여겨봐둔 레스토랑이 있어, 들어가 점심을 먹었다. 요리사가 직접 철판에서 스테이크를 구워주는 곳이었다. JJ는 카페에서 독서하며 글을 쓰겠다고 해서, 혼자 세로로 길게 뻗은 국제거리를 돌았다. 일본 과자를 몇 개 사고, 200밀리리터 우유팩 같은 데 들어 있는 '소유'를 샀다. 상점 주인과 서로 의사소통이 안 돼 끙끙거린 게 재미라면 재미였다.

나: 이게 뭐지? What is this? Is it Alcohol?

주인: NO! '소유!'.

나: O.K. I see! 소주! 코리언 드링킹! 소주? Isn't it?

주인: (격렬하게) No, no no! (어쩌구저쩌구 일본말……) 소유!

정종 케이스처럼 생긴(그러니까 우유팩) 것에 술 말고 뭐가 들었다는 건지 상상할 수 없었다. 주인과 나는 '불신'으로 가득찬 미소를 지으며 서로를 바라봤다. 답답해 죽을 지경이었다. 조금 후 JJ가 와서 우유팩(내 눈에 그렇게 보였다)에 들은 게 일본 간장이란 것을 알아냈다. 한자가 가득한 설명 글을 읽고서. 나는 쯔유 간장을 좋아한다. 소유 간장도 맛있겠지, 싶어 세 개 구입했다(사실은 멋쩍어서 세 개나 샀다).

숙소에서 차를 마시며 읽은 책은 유계영 시집 『온갖 것들의 낮』이다. 작년에 한 잡지에 발표된 시들이 좋아서 구입한 시집이다. 시를 읽다 열린 창으로 베란다를 바라보았다. 빨랫줄에 걸어놓은 JJ와 내 점퍼, 티셔츠 두 장이 바람에 펄럭이고 있었다. 어둠이 내리고, 옆방에서 아기가 칭얼대는 소리가 들렸다. 살림을 하는 사이는 이렇게 남의 나라에 와서도 곧잘 살림 흉내를 내는구나, 싶었다.

오키나와에서 헌책방을 열었습니다

우다 도모코 - 김민정 옮김 - 효형출판 - 2015년 12월

반기문이 대선 후보에서 전격 사퇴했다. 야권 주자 중 새 대통령이 나올 가능성이 더 커졌다. 이것은 문재인의 대권 행로가 평탄해졌다는 뜻은 아니다. 문재인이 가장 유력한 대권 후보인 것은 분명하지만 그의 대권 행로에 불확실성이 커졌다고 봐야 한다. 한 달 동안 야권 대권 주자의 지지율이 요동칠 것이다.

오키나와 여행 사흘째. 날씨는 쾌청하다. 국제거리의 회전 초밥집에서 초밥을 먹고, 스타벅스에서 두어 시간 원고 퇴고를 했다. 한국말이 심심치 않게 들린다. 『오키나와에서 헌책방을 열었습니다』를 쓴 우다 도모코의 헌책방을 나하 국제거리 안쪽의 시장통에서 찾아낸다. 도모코는 도쿄의 한 대형 서점에서 일하다가 오키나와에 온 뒤 사표를 던지고 헌책방을 연다. 왜 가게를 시작했는지도 모르겠고, 언제까지 가게를 열 수 있을지도 모르는 상태에서 '헌책방'이라는 미답의 세계로 첫발을 디딘다. 누군들 자기 앞날을 헤아릴 수 있으랴. '코딱지만한 가게'라는 표현은 과장이 아니다. 도모코의 '헌책방'은 정말 작았다. '일본에서 가장 좁은 헌책방' 문은 어쩐 일인지 닫혀 있다. 폐업을 한 건지, 주인이 일보러 나간 사이 문을 닫은 건지는 알 수가 없었다. 반가운 마음에 서가 전면을 등지고 가게 앞에서 시장통을 바라보며 사진 한 장을 찍었다.

멀고도 가까운

리베카 솔닛 · 김현우 옮김 · 반비 · 2016년 2월

화가 나서 입을 꼭 다물고, 침대에 옆으로 누워 『멀고도 가까운』을 읽었다. JJ는 내가 검색해서 알아낸 카레집에 가지 않겠다고 했다. 편의점에서 산 치즈와 컵라면을 먹겠다는 것이다. 성질 못된 청개구리! 나는 마지막날 저녁을 숙소에서, 편의점 음식이나 먹으며 보내고 싶지 않았다. JJ는 편의점에서 사온 맛있는 치즈(아주 반한 모양이지)를 같이 먹자고 했다. 나는 못 들은 척하고 침대에 드러누워 책을 읽었다. 책을 읽다가 배가 고파 죽어버리길 바라면서(싸우면 왜 이렇게 유치하게 되는지). 옆으로 돌아누워 책 읽는 내 모습이 우스워 보일 거라는 것을 안다. 등에는 '건드리지 마시오'라고 쓰여 있겠지. JJ는 꾸준히 말을 걸었지만 나는 절대로 입을 열지 않기로 작정한 비전향 장기수처럼, 미동도 않고 책을 읽었다. 술술 읽혔고, 읽는 중엔 화난 것을 잠시 까먹기도 했다.

당신의 문이 나에겐 벽이고, 당신의 벽은 나에게 문이다.

JJ는 내 견고한 벽을 두드리며 자꾸 화해를 시도하려 했다. 두어 시간 동안 적막이 흘렀다. 밤 10시가 넘으니 식탁에 앉아 봉지를 부스럭거리며 치즈며, 샐러드를 먹는 소리가 들렸다. 흥, 자기도 배가 고프긴 고픈가보지? 그런데 JJ가 그놈의 치즈를! 조금 뜯어서는 침대로 와 내미는 게 아닌가? 나는 조개처럼 입을 다물고, 열렬히 독서하는 척했다. JJ가 치즈를 내 닫힌 입술에 뭉개면서, 열려고 안간힘을 썼다. 킥킥 웃으면서! 최대한 거부의 몸짓을 하며, 입을 다물었지만 웃음이 터져 입이 벌어졌다. 치즈가 입에 들어가는 순간, 나는 또 패배하고 말았다! 아, 칼로 물 베는 일이여.

늙는다는 건 우주의 일

조너선 실버타운 - 노승영 옮김 - 서해문집 - 2016년 2월

오키나와 여행 나흘째. 절기로는 입춘이다. 오늘은 내 생일이자 오키나와 여행 마지막날이다. 오키나와 여행은 그럭저럭 좋았다. 숙소 근처 요기 공원, 일본의 재래시장, 동네 등을 한가롭게 산책하고, 끼니때는 소박한 음식을 찾아 먹었다. 오후 5시 반 나하공항으로 나가 인천행 비행기를 탄다.

조너선 실버타운의 『늙는다는 건 우주의 일』을 읽는다. 고니와 코끼리가 그렇듯이 우리는 여러 여름 뒤에 죽음을 맞는다. 노화는 피할 수 없는 "우주의 일"이자 불가피한 생물학적 현상이다. 수명, 노화, 유전, 식물, 자연선택, 자살, 속도, 메커니즘을 진화생물학의 관점에서 살펴보는 과학 에세이는 잘 읽힌다. '암'에 관한 문장이 기억에 남는다.

> 형태를 막론하고 모든 암은 장수가 '빠른 세포분열의 무차별적 힘에 맞서 지켜내야 하는 위태로운 성취'임을 무자비하게 상기시킨다. 암 발생 위험은 동물의 다세포성과 이로 인한 수명 연장의 대가다.

노승영의 번역이 매끄럽고, 이 책이 다루는 지식의 수준이 전문적이지 않아서 더 잘 읽히는 것인지도 모른다.

#생일에_읽은_책

자화상

에두아르 르베 — 정영문 옮김 — 은행나무 — 2015년 3월

여행 마지막 날. JJ의 생일이다. 아침 식탁에 앉아 JJ에게 그토록 맛있는 '치즈'를 권했다. 근사한 밥상이 아니라 미안하지만, 좋아하는 치즈가 있으니까 뭐. 떠나기 전 시내를 한 바퀴 더 둘러보았다.

"이런, 우리 오키나와에 와서 바다를 보지 못한 2인이 되었네."

내가 말했다. 어제 바다에 가려고 했는데, 피곤해서 그만두었다. 그것도 재밌다. 오키나와에 가서 바다를 못 보고 돌아온 두 사람. 나중에 다시 오게 되면 오키나와 북부로 가서 바다가 보이는 고급 리조트에 묵자고 했다. 종일 바다와 책만 보는 것, 그게 좋겠다.

JJ는 오키나와에 와서도 매일 아침, 점심, 그리고 저녁에도 틈틈이 글을 썼다. 오늘은 나도 급하게 쳐낼 마감이 있었다. 공항으로 가기 전, 두 시간 동안 스타벅스에 앉아 원고를 썼다. 일을 끝내고 시간이 남아 『자화상』을 읽었다. 신기한 소설이다. 처음부터 끝까지 이런 식이다.

내가 가장 사랑했던 여자애는 나를 떠났다. 나는 검은색 셔츠를 입는다. 나는 열 살 때 제분소에서 손가락을 베였다. 나는 여섯 살 때 차에 치여 코가 부러졌다. 나는 열다섯 살 때 경오토바이에서 떨어져 엉덩이와 팔꿈치 살갗이 까졌는데 손을 사용하지 않고 뒤를 보며 길거리를 무시하기로 했기 때문이다.

서사는 없고 순서 없이 '나'의 기호나 체험, 생각 따위를 나열한다. 화자의 말을 따라 퍼즐 조각을 맞춰가는 재미랄까? 파편적인 문장들로 이루어진 거대한 자화상 한 점 같았다.

생활의 사상

서동욱 - 민음사 - 2016년 10월

오키나와 여행에서 돌아오니 다시 서울에서의 밋밋한 일상이 이어진다. 일상의 반복이 주는 피로는 모종의 과잉에 대한 방어기제다. 그런 까닭에 피로로 인한 죽음은 생기지 않는다. 오늘 도착한 책들.『횔덜린 시전집』(책세상),『인간본성의 역사』(에피파니),『공터에서』(해냄) 등등. 집 앞 카페에 나오면서 시인이자 철학자인 서동욱의 새책『생활의 사상』을 백팩에 넣었다. "혼돈 속에서 생각의 나침반을 들고 길을" 찾아 나선 칼럼들을 모았다. 전작『일상의 모험』보다 각각의 글이 짧아졌다. 그래서일까? 밀도는 성기고 깊이는 얕다. 짧은 글 중 하나인「우아함 또는 스완 부인과 마주친 오후」가 기억에 남는다. 프루스트의『잃어버린 시간을 찾아서』의 한 문장, 햇빛 환한 5월의 어느 오후, 그늘이 파라솔 아래로 서늘한 액체처럼 퍼지고 그 아래 아름다운 젊은 부인이 서 있는 모습을 그린 문장이다. 모든 디테일과 내용은 다 시간 속에서 휘발해버리고 오후의 짧은 마주침 속에서 오직 "단지 예절과 파라솔의 그늘을 놀라운 질감으로 채우는 빛의 요술과 부인의 아름다운 모습으로 가득한 한 순간"뿐만 남는다는 것! 인생의 모든 아름다운 순간은 덧없다. 그것은 기억의 소멸과 함께 곧 사라지고 말 테니까.

#여행지에서_돌아와_읽은_책

모두들 하고 있습니까

기타노 다케시 · 권남희 옮김 · 중앙북스 · 2014년 10월

졸렬함과 비겁함, 솔직함과 명쾌함, 불편함과 흥미로움이 함께 있는 책. 웃다가도 불쑥, 찡그리게 만드는 책.

"불륜은 절대 안 돼!"라고 말하는 아줌마들은 아마도 자신들에게는 불륜을 저지를 기회가 오지 않아서 그런 게 아닐까.

이런 식이다. 맞은편 집 창문으로 보이는 커튼 주름을 세면서 툭툭, 아무 말이나 던지는 것 같달까? 꼼꼼하게 읽을 책은 아니다. 재치 있는 의견도 있으니(작가가 기본적으로 센스가 있다) 대강 훑으며 발췌독.

오후엔 에두아르 르베의 『자화상』의 남은 부분을 끝까지 읽었다. 여행지에서 읽던 책을 돌아와 다 읽어야, 비로소 여행이 끝난 기분이다.

내일 증평 21세기문학관에 입주 작가로 선정되어 들어간다. 4월 중순까지 있을 예정이다. 어쩌다보니 JJ와 바톤 터치. 올해 반드시 써서 넘겨줘야 하는 원고가 있으니, 게으름 부리지 말아야지. 오키나와에 들고 갔던 짐을 풀지 않고 그대로 두었다. 몇 가지만 빼고 더해서 챙겨가리라.

눕기의 기술

베른트 브루너 – 유영미 옮김 – 현암사 – 2015년 9월

『소란』의 작가이자 나와 경제공동체를 이루며 한 집에 사는 P시인이 증평 21세기문학관 레지던스 작가로 내려간다. 짐이 많아 운전수 노릇을 자청했다. 경부고속도로 기흥휴게소에 들러 커피를 마신다. 내가 이러려고 결혼했나 하는 자괴감 따위는 일 점도 없다.

오늘은 『눕기의 기술』을 읽는다. 눕기의 기술이라고? 눕는 데 무슨 기술이 필요해? 눕기에 관련된 생리적이고 심리적인 국면들에 대한 고찰. 더 나아가 눕기의 고고학, 눕기의 동양적 뿌리, 침실과 눕는 습관의 현장 연구, 여행중에 눕기, 낯선 사람과 함께 자기 따위에 대한 사유를 펼친다. 눕기는 일을 멈추고 정동靜動 속에 웅크리는 일이다. 사지를 뻗고 누우며 에너지 소모를 최소화하고 신체와 자아에 새로운 힘을 충전시킨다. 잠과 휴식을 위한 비활동적인 자세는 "피곤, 냉담, 의욕 결여, 게으름, 어정쩡함, 수동성, 휴식" 같은 낱말들과 짝을 짓는다.

눕기는 머묾의 기술이고, 죽은 자가 취하는 자세다. 무덤 속에는 얼마나 많은 자가 누워 있는가! 이것은 "무위의 기술, 겸손의 기술, 누림의 기술, 휴식의 기술, 또한 그 유명한 사랑의 기술"과 겹쳐진다. 눕기의 기술이 심오함을 얻는 것은 다른 것들과 융합하며 존재의 기술로 변환될 때다. 눕기는 자본주의 세계에 널리 퍼진 성과주의에 대한 태업이고, 피착취자를 착취자로 둔갑시키는 음모와 착종된 현대의 폭력에 맞서는 싸움의 한 방식이다.

콩 이야기

김도연 · 문학동네 · 2017년 1월

증평에서 첫날. 책 짐이 많아 JJ가 차로 데려다주었다. 먼길을 달려와 다시 돌아가는 JJ의 뒷모습이 눈에 밟힌다.

3년 전 토지문화관에서 만나 친해진 소설가 김도연 선배를 만났다. 반가운 마음에 휴게실에서 증평 막걸리를 한잔했다. 선배와 이것저것 수다를 풀어놓는 사이. 선배, 제가 갑자기 결혼 발표했을 때 놀라셨죠?라고 물었는데 김도연 작가가 이렇게 말했다.

"전혀. 왜 놀라? 나는 네가 이미 완성되었다는 것을 알았어. 외부의 무언가가 너를 자극하고 영향을 끼치지 않을 거라는 얘기야. 뭘 놀랄 게 있어? 중요한 건 지금을 충실히 사는 거야. 지금 사랑한다면, 충실히 사랑하는 거."

완성이라, 무섭고도 충만한 말. 선배, 그런데 제가 뭘 완성되었겠어요. 그저 고집이 셀 뿐이지. 방안에 들어와 잊기 전에 선배가 한 또다른 말을 적어둔다. 오래 생각해보려고.

"너는 네가 좋아하는 것을 그 자리에서 잡아채어 취하는 애야. 다른 사람들이 계산기를 두드릴 때 너는 좋아하는 것을 잡지."

그런가요 선배? 나는 소처럼 순하고 정직한 선배의 눈을 믿으니까, 오늘은 그렇다고 믿을게요.

새로 나온 선배의 소설집 『콩 이야기』를 읽는다.

술 취한 아버지는 잠들었고 돋보기를 쓴 어머니는 둥근 상 위에 콩을 가득 올려놓고 하나하나 고르는 중이었다. 오래된 경전을 읽듯이.

오래된 경전을 읽듯 돋보기를 쓰고 콩을 고르는 삶이 있는 것이다.

읽는 인간

오에 겐자부로 – 정수윤 옮김 – 위즈덤하우스 – 2015년 7월

오에 겐자부로의 『읽는 인간』은 노작가의 독서 편력을 보여준다. 개인적 회고는 진솔하고 감동적이다. '읽는 인간'으로 일관한 긴 인생과 더불어 읽어온 책들을 톺아보며, '평생을 이런 책들을 읽으며 살아왔구나' 하는 회고, '그래 분명 이런 인생이었지' 하는 범속한 깨달음이 그리운 감정 속에서 번져간다. 지나간 것들은 다 그리운 법이다. 책들은 오래된 영혼의 간절한 외침들을 들려준다. 책을 통해 자신을 발견하는 것, 그것이 독서의 보람이다. 대학교 진학할 무렵 프랑스 문학을 전공으로 선택하게 되는 과정과 같이 인생의 중요한 고비마다 책들이 있었음을 돌아보는 것이다. 고상한 영혼은 책들과의 합작으로 빚어진다.

오에 겐자부로는 T. S. 엘리엇, 랭보, 오든, 블레이크 시집들, 그리고 대학 시절 도서관에서 옆 사람이 읽던 윌리엄 블레이크의 책을 슬쩍 훔쳐보는데, 그것이 반평생 동안 소설가로 산 제 삶에 영향을 끼쳤음을 고백한다. 블레이크와 장애 아들을 연계시킨 소설을 써낸 것이 그 직접적인 예다. 노작가는 『일리아스』나 『오디세이』 같은 고전에서 단테의 『신곡』 따위를 거쳐 에드워드 사이드의 『말년이 양식에 관하여』에 이르기까지 인생의 고비마다 책들과 만난다. 읽는다, 고로 존재한다라는 에피그램을 실천하며 평생 독서의 길을 걸어오는데, 그런 태도는 기필코 "오로지 읽고 쓰는 삶"으로 이끌고, "쓰는 것으로 완성된 삶"에 귀착한다.

어떤 푸른 이야기

장 미셸 몰푸아 · 정선아 옮김 · 글빛 · 2005년 4월

증평에 온 지 이틀째 되는 날이다. 『어떤 푸른 이야기』를 읽었다. 다 읽고 너무 좋아서, 내가 먹지가 된 것 같았다. 먹먹한 기분으로 앉아 있는데 책의 맨 뒷장에 이런 글귀가 보인다.

사랑에는 무엇인지 모를 세상의 끝 같은 것이 있다.
Il y a dans l'amour un je ne sais quoi de fin du monde.
—폴 발레리

모두스 비벤디

지그문트 바우만 - 한상석 옮김 - 후마니타스 - 2010년 10월

지그문트 바우만의 『모두스 비벤디』를 여러 번에 걸쳐 다시 읽었다. 200쪽이 채 안 되는 책. 얇은 책이지만 이 안에 담긴 사회적 전언이 가벼운 것만은 아니다. 부제는 '유동하는 세계의 지옥과 유토피아'이다. 이탈리아어 '모두스 비벤디Modus Vivendi'는 '삶의 양식 morde of life'으로 번역할 수 있다. 바우만의 공포에 대한 성찰은 되새겨볼 만하다. 자본과 권력의 경계를 없애고 이동의 제한을 풀어 버린 자유주의적 지구화의 물결은 종교적 광신주의, 파시즘, 테러리즘도 함께 퍼뜨린다. 공포는 스스로의 동력으로 자라난다. 이 공포가 끔찍한 것은 괴물이 따로 있는 게 아니라 공포가 스스로 몸피를 키우며 퍼진다는 점 때문이다. 테러가 부른 공포가 테러보다 더 무서운 법이다. 유동하는 근대 이후 공포는 우리가 처한 "실존적 조건의 금과 틈새로부터 불안의 진정한 근원과는 대체로 무관한 삶의 영역들로 전치"된다. 개인 내면으로 스민 공포가 외부의 도움 없이 "자기 영속적이고 자기 강화적인 것"으로 바뀔 때 우리는 쉽게 이 공포의 먹잇감으로 전락한다. 공포와 불행은 항상 하나의 짝패로 움직인다. 이때 공포는 방어기제와 행동을 불러온다. 우리는 전염병처럼 번지는 공포의 지옥과 싸우는데, 실체가 없는 것과 맞선다는 점 때문에 이 싸움은 불합리하다. 여기저기서 공포에 대해 경고하지만 공포를 피해 달아날 데가 없다. 공포와 불안이 만든 지옥이 넓어질수록 유토피아의 가능성은 고갈되고 사라지는 것이다.

리틀 포레스트 1

이가라시 다이스케 · 김희정 옮김 · 세미콜론 · 2008년 10월

얼마 전 〈리틀 포레스트(여름 가을 편)〉란 영화를 봤다. 문득 이러저러한 생각이 들었다. 시골에 사는 것은 어떤 일일까? 아니, '시골'이라고 한정 짓지 말자. 산다는 것은 어떤 일일까? '잘'이라는 부사를 붙여볼까. 잘사는 일은 어떤 일인가?

채소를 조금 더 맛있게 볶아보는 것. 밤과 호두, 으름나무 열매를 양식으로 삼아 계절을 나는 것. 일을 하고 밥을 먹고 잠을 자는 것. 그 사이사이에 마음에 맞는 누군가를 사귀고 그들과 같이 음식을 만들어 먹고, 기침을 하고, 깔깔 웃고, 사랑을 하고, 싸우는 것. 그런 걸까?

만화와 영화는 비슷하지만 각각 다른 맛이 있다. 그게 움직이는 그림과 움직이지 않는 그림의 차이겠지만, 둘 다 좋다. 영화와 만화를 보는 내내 '의연함'이라는 단어에 대해 생각했다. 내게 부족한 것. 의연할 수 있다면 얼마나 좋을까?

만화를 보며, 요리를 늘 '대강' 해치우듯 해온 나를 돌아보게 되었다. 음식을 만들어 먹는 일을 간과하거나 싫어하는 일은 어쩌면 사는 일 역시 간과하게 되는 걸지도 몰라. 대충 아무거나 먹고 사는 삶은 대충 흘러가는 인생이 되어버릴지도 모르겠다는 생각이 들었다. 무시무시한 깨달음. 이래서 사람은 남들 하는 것을 봐야 한다. 그게 영화든 만화든 글이든. 다른 사람이 그리는 세계에서 작은 돌멩이라도 내 세계로 옮겨와보는 일. 타산지석他山之石. 이게 사는 거지! 괜히 호기롭게 외치고 싶은 오후. 산책을 나가야겠다. 아직 2월인데도 겨울은 꼬리 잘린 고양이처럼 맥이 없다.

지구의 속삭임

칼 세이건 외 - 김명남 옮김 - 사이언스북스 - 2016년 9월

『지구의 속삭임』은 "우주 탐사 40년을 맞이한 보이저호와 골든 레코드, 미지의 외계 문명에게 칼 세이건의 지구의 메시지"를 전한다. 저 캄캄한 우주 너머에도 지적 생명체가 있을까? 외계 지적 생명체에게 지구와 인류를 소개하는 118장의 사진과 지구의 소리와 음악을 16과 3분의 2회전의 엘피LP판에 담아 보이저호에 싣는다. '지구 소리들'에는 음악, 화산, 지진, 천둥, 끓어오르는 진흙탕, 바람, 비, 파도, 귀뚜라미, 개구리, 새, 하이에나, 코끼리, 침팬지, 들개 발걸음 소리, 심장 뛰는 소리, 웃음소리, 불과 언어, 양치기, 대장간, 톱질, 트랙터와 리베터, 모스 부호, 배, 말과 기차, 트럭, 버스, 자동차, 키스, 어머니와 아기, 생명의 신호 들이 있다.

로버트 E. 브라운이 선정한 우주로 보낼 월드 뮤직에는 르네상스 시대의 다성부 성악곡, 중국의 고금 독주, 북과 노래를 곁들인 서아프리카의 춤곡, 모차르트의 아리아, 불가리아의 2성부 민요, 바흐와 샤쿠하치와 연관 지을 수 있는 멜라네시아 팬파이프곡, 베토벤 교향곡 중 8번 들이 포함된다. 존 롬버그는 보이저 레코드판을 위해 1시간 분량의 곡들을 천거한다. 수족의 치유 노래, 〈세야 와 마마 은달람바〉, 바흐의 《평균율 클라비어 곡집》 1권 중 푸가 2번 C 단조, 바흐의 《무반주 바이올린을 위한 소나타와 파르티타》의 파르티타 3번 중 〈론도풍의 가보트〉, 모차르트의 《환호하라, 기뻐하라》 중 〈알렐루야〉, 베토벤 교향곡 5번, 애런 코플런드의 〈평범한 사람을 위한 팡파르〉, 아르놀트 쇤베르크의 《여섯 개의 피아노 소품》 중 첫번째 곡, 조지 거슈윈의 《서머타임》, 비틀스의 〈서전트 페퍼스 론리 하츠 클럽 밴드〉.

A가 X에게

존 버거 · 김현우 옮김 · 열화당 · 2009년 8월

아껴 읽던 『A가 X에게』를 방금 다 읽었다. 좀 울고 싶어졌는데, 누가 코끝에 고추냉이를 쑤셔넣은 것처럼 찡해졌다. 어떤 밤은 감정을 쏟아내고 싶지 않고 쟁여놓고 싶어지기도 하는 법이다. 그런 밤이 있다. 감정을 아끼게 되는 밤. 아모스 오즈의 단편을 더 읽고, 음악을 들으려 했는데 아무것도 할 수 없었다. 어떤 책은 읽고 난 뒤에 마음을 다치게 한다. 상처 나서 벌어진 틈새로 피가 고이고, 아물 때 즈음이면 결국 마음의 결이 바뀌게 되는 글. 이 책은 정치범으로 독방에 갇힌 남자를 그리워하는 여인이 그에게 쓰는 편지 형식으로 이루어져 있다. 단 한 번의 면회도 허용되지 않는 상황에서 그리움으로 야위는 여성의 말들이 담겨있다.

기대는 몸이 하는 거고 희망은 영혼이 하는 거였어요. 그게 차이점이랍니다. 그 둘은 서로 교류하고, 서로를 자극하고 달래주지만 각자 꾸는 꿈은 달라요. 내가 알게 된 건 그뿐이에요. 몸이 하는 기대도 어떤 희망만큼 오래 지속될 수 있어요. 당신을 기다리는 나의 기대처럼요.

누가 마음을 채칼로 획, 한 번 그은 것 같다. 세로로 길게 찢어져 펄럭이는 내 마음. 존 버거의 글은 시를 향해 있다. 그는 아주 기다란 문장으로 시를 짓는 작가다. 어떤 작가는 자기 안에 시인이 있다는 사실을 알고, 그것을 자유롭게 이용한다. 그러니 독자의 코에 고추냉이를 시시때때로 발라 넣는 것은 일도 아닐 테고. 당신을 보고 싶으면 볼 수 있는 것. 이게 기적이다. 책을 읽고 나니 지금 다른 곳에서 잠들어 있을 사람의 구부정한 등이 보고 싶다. 잠든 등을 사랑하는 것, 내 취미다.

공터에서

김훈 – 해냄 – 2017년 2월

입춘 지났건만 추위가 맹위를 떨친다. 제주도와 호남 일대에 눈보라. 오늘 아침 서울 아침 기온이 영하 10도 아래로 곤두박질쳤다. 새벽 서재에서 정좌를 하고 김훈의 『공터에서』를 꾸역꾸역 읽는다. 첫 문장에서 벌써 기시감이 질펀하다. 긴장감이 떨어진다. 문체의 익숙함이 빚는 사태인가. 사실에 입각한 저 문체는 김훈 소설의 미덕이자 한계다. 이 문체의 기시감은 강력해서 이전 소설과 새 소설 사이에서 분별을 지운다. 이 기시감은 한 소설 안에서 앞서고 뒤따르는 인물 사이에도 나타난다. 아비 마동수와 아들 마차세가 동일인인 듯 착시를 불러온다. 이 기시감은 문체의 문제가 아니라 사람과 세상을 보는 눈의 고착됨에서 비롯되는 것이리라.

#기대에_미치지_못한_책

여자의 빛

로맹 가리 · 김남주 옮김 · 마음산책 · 2013년 12월

내 알량한 저울 위에 크고 작은 모든 것을 올려놓고 싶어 안달하던 시간을 반성하는 밤이다. 저울은 얼마나 내가 한심했을까? 저울보다 더 큰 것들을 가져와 올려놓으려 낑낑거렸으니. 모든 존재는 거대하다. 너무 거대해 누구도 잴 수 없다. 그게 사람이다. 한밤중의 깨달음. 술도 없이. 밤과 나 둘이 앉아.

로맹 가리의『여자의 빛』을 읽다, 무릎을 치게 되는 대목.

아무리 노력해도 삶을 이해할 수가 없는데 나에게 '이성'을 잃지 말라고 할 수 있겠소? 진실이라고 해서 모두 받아들일 만한 건 아니오. 진실에는 난방장치가 없어서 진실 속에서 사람들이 얼어죽는 경우가 종종 있다오.

그러니 진실이 무엇이란 말인가. "내게 진실의 전부를 주지 마세요"라고 하우게도 말했지. 진실은 "거짓이 없는 사실"이란 뜻이다. 우리가 행복하기 위해서는 비참할 정도로 많은 '거짓'이 필요하다. 진실이라니. 진실이라니. "얼어죽는" 진실 따위.

가끔 옷을 다 벗고 있을 때, 나는 진실과 마주하고 싶어진다. 벌거벗은 진실과. 1대 1로. 얼어죽을지라도.

97

마르케스의 서재에서

탕누어 - 김태성 외 옮김 - 글항아리 - 2017년 2월

어제저녁 증평 21세기문학관에서 올라온 P와 저녁식사를 하고 산책에 나섰다. 칼바람에 귀때기가 떨어져나갈 듯하다. 산책을 포기하고 카페에 들러 뜨거운 카모마일 한잔을 마시고 돌아왔다. 탕누어의 『마르케스의 서재에서』를 카페꼼마에 가서 펼쳐들자마자 빨려들 듯이 읽었다. 탕누어의 독서 방법은 전작주의 방식이다. "문자의 기호적 결여와 은유적 본질 때문에 언어를 이용해 직접적으로 표현할 수 없는 게 너무 많기 때문이다. 아무런 손실도 없이 문자로 모든 것을 드러내는 일은 불가능하며 모든 것을 형태 그대로 책 안에 넣을 수도 없기 때문에 좀더 많은 단서가 있어야만 정확한 의미를 포착할 수 있다. 따라서 단편적인 생각을 담고 있는 여러 권의 책을 다시 하나의 시간 축에 연결시켜 작가가 걸었던 길의 정확한 궤적을 따라가야 하고 책과 책 사이의 유기적인 연결망을 뒤적여야 한다." 타이완 출신의 대단한 독서가 한 사람을 만난 셈이다. 요네하라 마리의 『대단한 책』이나 다치바나 다카시의 『나는 이런 책을 읽어왔다』를 읽었을 때와 같이 놀라움을 준다. 좋은 작가들은 항상 훌륭한 독자들이다. 보르헤스, 움베르토 에코, 나보코프, 오르한 파묵, 오에 겐자부로, 무라카미 하루키…… 그리고 세상 어디에나 고수들이 있는 법이다.

#놀라운_독서광을_알게_해준_책

빌뱅이 언덕

권정생 — 창비 — 2012년 5월

11일로 넘어가는 새벽이다. 다시 강추위가 온다지만 낮엔 봄을 봤다. 입춘 지나면 겨울이 뒤집어쓴 얇은 망토처럼 여기저기서 봄이 필럭이는 게 느껴진다.

증평에서 연이어 악몽을 꿨다. 건물 가까이에 고압선이 있어서 그런가? 자다 몇 번이나 깬다. 잠이 오지 않을 때는 아예 일어나 책을 펼친다. 오늘은 잠들 때까지 『빌뱅이 언덕』을 읽어야겠다. 기댈 때 없을 때마다 기대고 싶은 언덕이 되어주는 권정생 선생. 『빌뱅이 언덕』은 힘들어 사나워질 때, 처방약 삼키듯 읽는 책이다.

날이 밝으면 서울에 가야 한다. 오늘은 잠망경 두번째 모임이 있는 날. 먼저 위트앤시니컬에 가서 상냥한 사람들(친구들과 만든 길고양이 돕기 모임)과 회의를 한 뒤, 잠망경 모임에 참석할 예정이다.

불과 글

조르조 아감벤 – 윤병언 옮김 – 책세상 – 2016년 11월

평화로운 일요일 아침, 『불과 글』을 단숨에 읽었다. '불과 글'은 문학의 두 요소, '신비와 서사'에 대한 환유이다. 이 둘은 함께 있을 수 없다. "글이 있는 곳에 불은 꺼져 있고 신비가 있는 곳에 서사는 존재하지 않는다." 불은 신비로운 힘이다. 창조의 잠재력은 불과 같아서 삶을 하나의 비화秘話로 구축할 수 있지만 이것이 양식화(서사)로 전환되면서 신비를 잃는다. 아감벤이 '무위'에 대해 살피는 것은 흥미롭다. 훌륭한 피아니스트는 연주를 하지 않을 수 있는 힘으로 피아노를 연주하고, 가장 훌륭한 화가는 그림을 그리지 않을 수 있는 힘으로 그림을 그린다. 예술가의 창조 능력에서 하지 않을 수 있는 힘을 배제한다면, 그는 대상을 복제하거나 재현하는 기술자나 다름없다. 무위를 모르는 예술가는 이류다. 예술가의 하지 않을 수 있음, 즉 휴지, 멈춤, 무위는 창조의 능력을 키우는 기반이다. 예술가에게 '무위'는 내면에서 작동하는 자율적인 원리이다. 또한 이것은 할 수 있는 힘의 뿌리이자 이것을 키우는 자원이다. "'하지 않을 수 있는 힘'은 '할 수 있는 힘' 옆에 머무는 또다른 형태의 힘이 아니라 '할 수 있는 힘'의 무위無爲, 즉 힘/행위라는 도식의 해제로부터 비롯된 결과다." 노래를 못하는 사람은 서툰 휘파람을 분다. 무위는 무능력이 아니라 능력이 실행으로 전이되지 않은 휴지休止 상태다. 이것이 무능력이라면 이는 언젠가 '할 수 있음'의 양태인 것. 무위는 무능력이 아니라 언젠가 할 수 있음에 깃든 창조와 저항의 힘이다. 무위는 할 수 있음을 멈춘 채할 수 있음에 대해 돌아보는 행위, 그리고 게으름이나 자기 방기가 아니라 잠재적 실행이고 실천의 잉여일 따름이다.

바쇼 하이쿠 선집

마쓰오 바쇼 · 류시화 옮김 · 열림원 · 2015년 10월

어제 모임에서 늦게 들어와 잠든 JJ가 일어나면 볼 수 있게 편지
공책(소소한 정보와 사랑을 전하는 노트임)에 메모를 써놓았다. 선
물과 함께. 선물은 카페 프렌테에서 산 나무와 금속이 어우러진 막
대 모양의 문진이다. 아침에 일어나보니 감동에 겨운(?) JJ는 문진
을 옆에 두고 원고를 쓰고 있다. 고맙지 않느냐고 물으니 고맙다고
대답한다. 고마워 죽겠냐고 물으니 몸 둘 바를 모르겠다고 대답한
다. 웃음.

사과 한 알을 깎아놓고 『바쇼 하이쿠 선집』을 읽는다. 류시화 시
인이 옮기고, 해석을 달아놓은 시집. 책을 쪼개듯 휙, 아무 곳이나
펼친다. 그렇게 한 편 읽고 나면 다시 책을 덮고, 다시 책 쪼개기.
하이쿠를 읽을 때 내가 쓰는 방법이다. 그리고 오래 생각한다.

아침 차 마시는
승려 고요하다
국화꽃 피고

한번 더! 뽑기하듯 시 고르기.

번개가 친다
얼굴은 어디인가
참억새 이삭

인간 본성의 역사

홍일립 – 에피파니 – 2017년 1월

사과 한 알, 치즈 한 조각, 두유 한 잔. 아침식사는 그것으로 충분하다. 홍일립의 『인간 본성의 역사』는 참고문헌과 주석 120여 쪽을 포함해 1200쪽 넘는 '벽돌책'이다. 홍일립은 대학에서 사회사상, 정치경제학, 미술사 등을 공부하고, 예술사회학으로 박사학위를 받은 사람이다. 정치와 사업에서 경력을 쌓고, 스탠포드 대학 아시아태평양연구센터에서 연구원을 지냈다. 에드워드 윌슨에서 영감을 얻은 『인간 본성의 역사』는 고대 동양과 서양의 철학자들, 근대 계몽기 철학자들, 현대 사회과학자들, 현대 생물학과 신경과학자의 연구 성과에 이르기까지 아우르는 독서를 바탕으로 삼은 책이다. 중국의 철학자 맹자, 순자, 한비자에 플라톤과 아리스토텔레스의 철학을 출발점으로 마키아벨리, 데카르트, 토마스 홉스, 존 로크, 데이비드 흄, 루소 등으로 넓히며 『인간 본성의 역사』를 공작 날개처럼 펼쳐낸다. 이것은 마르크스와 다윈을 거쳐 프로이트의 '본능론'과 스키너의 '환경결정론'에서 절정을 이룬다. 다윈의 공동 조상 이론을 잇는 스티븐 핑커나 에드워드 윌슨의 '아래로부터의 인간학'을 검토한다. 핑커의 마음, 뇌, 유전자, 진화는 새로운 인간학으로 이끄는 키워드이고, 윌슨이 제창한 사회생물학의 원리는 인간 본성의 기원을 탐색하는 중요한 도구다. 인간 본성에 대한 통시적 이해에 도전하는 이 야심 찬 책을 통독한다 해도 인간이 무엇이고, 어떤 존재인지, 궁금증과 호기심은 사라지지 않을 테다. 책을 중간에 덮으며 "왜 다시 '인간 본성'인가?"라는 서론을 곱씹으며 척추를 펴고 일어날 때, 창을 통해 비껴 들어온 햇볕으로 횟횟하게 달궈진 오른쪽 뺨을 무심코 손으로 비빈다.

#이주_두껍고_무거운_책

천천히, 스미는

리처드 라이트 외 · 강경이 옮김 · 봄날의책 · 2016년 9월

어떤 사람을 생각하는 밤이다. 소박함과 화려함, 결핍과 충만이 공존하는 사람. 아니다. 누군가를 안다는 것은 거짓말이다. 알 수 없다. 알 수 없는 영역이 있다.

19-20세기 영미 작가들의 산문을 모아놓은 책『천천히, 스미는』을 읽는다. 말 그대로 몸에 천천히, 스미는 글들이 묶여 있다. 이런 글들은 약을 먹듯 한 봉씩, '흡향'하는 기분으로 섭취해야 한다. 산문의 품격을 보여주는 책이다. 작년에 읽었을 때는 1845년, 토머스 드 퀸시가 쓴「어린 시절의 고통」이 가장 좋았다. 어린 시절 겪었던 누나의 죽음에 대해 쓴 글이다.

"하지만 아이도 슬플 때는 빛을 싫어하고 사람의 시선을 피하는 법이다."

이 구절에 포스트잇이 붙어 있다. 아이도, 아마 동물도, 아마 식물도, 어쩌면 사물도 그렇지 않을까.

"죽음은, 특히 순진한 아이에게 내려앉은 죽음은 너무도 거룩한 것이어서 뒤에서 수군거리길 좋아하는 사람들조차 그 일에 대해서는 수군대지 않았다."

어린 사람의 죽음 앞에서는 할말이 없는 것. 죽음을 앞에 두고 이런저런 말들이 오가지만 아이의 죽음 앞에서 어떤 말을 하겠는가? 유구무언有口無言.

책에 실린 모든 글이 좋지만 헨리 데이비드 소로의「소나무의 죽음」이나 앨리스 메이널의「삶의 리듬」은 특히 좋았다. 틈틈이 여러 번 읽을 것이다.

우리 모두는 시간의 여행자이다

크리스티안 생제르 - 홍은주 옮김 - 다른세상 - 2012년 7월

극심한 권태를 불러오는 일 중 하나가 자기 책의 원고 교정을 보는 일이다. 이 과정을 건너뛰고 책을 내는 것은 상상할 수 없다. 크리스티안 생제르의 『우리 모두는 시간의 여행자이다』를 읽는다. "누구나 여행을 하고 있다. 여행이 곧 삶이다. 서로 다른 풍경 속을 사람들은 저마다의 방식으로 건너간다." 여행을 삶에 견주는 것은 평이한 발상이지만 읽을수록 점점 더 좋아진다. 인생에 대한 따뜻하고 비범한 통찰이 깃들어 있다. 다음과 같은 문장. "우리 삶의 절반은 귀한 한 덩어리의 흑요석 안에서 다듬어졌다. 엄마의 뱃속, 매일 찾아오는 밤들, 그리고 죽음." 아, 좋다! 인생의 어느 지점에 멈춰 서서 숨을 고르고, 삶과 우주, 그리고 혈관 속에 뜨거운 피가 흐르는 누군가의 생 전체를 응시하는 시선은 웅숭깊다. 지식 정보보다는 정서 정보가 뛰어난 책. 몇 번째 거듭해서 읽어도 좋을 에세이이다.

프리다 칼로

헤이든 헤레라 · 김정아 옮김 · 민음사 · 2003년 10월

르 클레지오가 쓴『프리다 칼로 & 디에고 리베라』는 무리 없이 잘 읽혔는데, 이 책은 웬일인지 읽는 내내 거부감이 느껴졌다. 374쪽까지 읽다 멈춘 이유는 이 책을 읽는 게 오히려 내가 글을 쓰는 데 방해 요소가 될 것 같아서다. 학창 시절 프리다 칼로가 남자친구에게 보낸 연애편지까지 샅샅이 뒤져 읽을 필요가 있을까, 회의감이 들었다. 그만큼 이 책은 그녀의 사생활이 낱낱이 파헤쳐져 있다. 그에 대해 쓰려면 그와 나 사이에 유지해야 할 '신비로운 거리'가 필요하다는 생각이 들었다. 그래야 내가 생각하고 탐구할 여지가 있을지 모른다. 상당한 양을 읽었지만 덮기로 한다.

작가나 유명인들이 죽으면 간혹 일기가 발간되는데, 읽으면서도 죄책감이 든다. 본인 허락 없이, 검열 없이 공개되는 글들. 실비아 플라스의 일기를 읽을 때도 괴로웠다. 보고 싶은 마음과 보고 싶지 않은 마음이 공존. 나는 몇 년 전에 상당히 많은 분량의 일기장을 종량제 봉투에 넣어 버렸다(시의 초고들이 있었기 때문에 아까웠다). 유명한 사람이 아니니 일기장이 세상에 공개될 일은 없겠지만, 유비무환! 작가는 작품으로만 평가받고 싶을 것이다. 이렇게 책 발간을 목적으로 쓰는 일기를 제외하곤, 누군들 일기장을 내보이고 싶겠는가? 그건 입던 팬티를 내보이는 일, 혹은 섹스 비디오가 공개되는 일과도 같을 텐데(그보다 더할지도 모른다). 비슷한 얘기로, 나는 샐린저를 사랑하는 독자로서 작가와 의리를 지키기 위해 그의 동거녀가 쓴『호밀밭의 파수꾼을 떠나며』를 읽지 않았다. 사생활 노출을 극도로 꺼리는 샐린저에게 이 책은 재앙과 같았을 터. 혼자만의 의리로 죽을 때까지 그 책은 읽지 않겠노라 다짐했다. 말하길 원하지 않는 자의 다문 입술이 열리길 바라지 않는 것, 의리!

모모도 선禪을 말하다

시게마츠 소이쿠 – 유진우 옮김 – 스타북스 – 2016년 5월

새벽에 텔레비전을 켜니 '비운의 황태자'라는 김정일의 장남 김정남의 피습 사망 뉴스를 쏟아낸다. 말레이공항에서 김정남이 여성 두 명에게 피습당해 목숨을 잃었다. 주말레이시아 북한 대사는 이 '북한인'의 사체를 북한에 인도해달라고 요구했다. 오늘 아침은 밥 반 공기, 뭇국, 김치, 계란프라이, 치즈 한 조각. 아침을 챙겨먹고 집을 나왔다. 날은 쾌청하고 햇볕은 따뜻하다. 카페꼼마 창가 자리에서 책을 읽는데, 남향인 창문으로 쏟아져 들어오는 햇볕에 얼굴 오른쪽이 점점 벌겋게 달구어진다.

시게마츠 소이쿠는 『모모도 선禪을 말하다』에서 미카엘 엔데의 동화 『모모』에 기대어 선의 신비를 설명한다. 자아 중심의 '주지주의'에서 벗어나 "자아의 안쪽에 펼쳐진 '무아'의 세계, '무심'의 세계, 그리고 거기에 뿌리박힌 인간관"을 권한다. '삼매'가 산스크리트어의 '사마디samadhi라는 말을 음역한 것이라고 설명할 때, 그리고 "하나의 대상에 마음을 쏟으면 마음은 저절로 차분하게 가라앉으며 자아의 색안경"도 사라지고 이런 상태를 "'정定' 혹은 '선정禪定'"이라고 말할 때, 상식의 수준을 크게 넘어서지 못한다. 대체로 평이하지만 선을 위한 입문서로는 읽을 만하다.

손바닥소설

가와바타 야스나리 — 유숙자 옮김 — 문학과지성사 — 2010년 2월

엽편소설蕈篇小說을 좋아한다. 손바닥 '掌(장)'을 써서 장편소설掌篇小說이라고도, 우리말로 손바닥 소설이라고도 한다. 편린처럼 떨어져 있는 누군가의 삶을 하나씩 집어, 들춰보는 기분. 게다가 가와바타 야스나리의 고매한 시선이라니. 가와바타 야스나리가 쓴 장편소설을 더 좋아하지만 가끔 『손바닥소설』을 들춰본다. 쓰러진 액자를 바로 세워 찬찬히 들여다보듯이.

입 속의 검은 잎

기형도 - 문학과지성사 - 1989년 5월

오후 2시 40분에서 4시까지 분당 에이케이AK백화점 아카데미에서 초청강연을 했다. 한 부끄러움이 많은 조선 청년이 사상 의심자라는 혐의로 일본 경찰에 붙잡혀 수감되었다가 죽은 것은 1945년 2월 16일. 윤동주, 28세에 몰. 그는 후쿠오카 감옥에서 정체가 밝혀지지 않은 수상한 주사를 맞았는데, 추측건대 생체 실험을 당한 듯싶다. 개인 시집을 열망했지만 생전에 그 꿈을 이루지 못했다. 육필 시집 세 권을 만들어 지인 둘에게 주었는데, 후배 정병욱이 보관했던 육필 시집을 바탕으로 윤동주 사후에 『하늘과 바람과 별』이 나올 수 있었다. 「서시」 「별 헤는 밤」 「자화상」 「참회록」 들은 국민 애송시가 되었다. 오늘 강연은 윤동주의 기일을 맞아 백화점 아카데미에서 기획한 것이다. 평일 한낮이라 강연장에 온 분들이 많지는 않았다. 강연을 마치고 돌아와 기형도 시집 『입 속의 검은 잎』을 펼쳤다. 윤동주와 기형도는 흡사 쌍둥이처럼 닮았다. 음력陰曆이지만 윤동주가 죽은 날(1960년 2월 16일) 기형도가 태어났다. 둘 다 연세대학교 출신이고, 미혼이었다. 이런 우연도 흔치 않다. 기형도는 연세대학교 다닐 때 윤동주문학상을 받고, 중앙일보 기자를 하다가 돌연 서울의 한 심야극장에서 죽은 채 발견되었다. 29세 몰. 살아서 시집을 내지 못하고 사후에 시집이 나온 것도 똑같다.

#윤동주_강연을_하고_돌아와_읽은_책

안녕 주정뱅이

권여선 · 창비 · 2016년 5월

이 소설집의 모든 소설에 술을 마시는 인간이 등장한다. 술이 필요한 사람과 사람이 필요한 술 얘기가 나온다. 술 때문에 관계가 망가진 사람과 몸이 망가진 사람, 마음이 망가진 사람이 나온다. 일전에 작가에게도 실토했지만 나는 오래전부터 권여선 작가의 '왕팬'이다. 권여선 작가는 삶에 대해 뭘 좀 알고 있는 것 같다. 정곡을 찌르고, 봐주는 법이 없다. 그러니까 '얄짤'이 없다. '작가의 말'에서 그녀는 이렇게 쓰고 있다.

그 당시 나의 신데렐라적 불안은 오후 다섯시부터 시작되었다. 다섯시는 학생식당에서 석식을 제공하는 시간이었다. 아무도 나에게 술 먹으러 가자는 말을 하지 않고 우르르 일어나 식당으로 가버릴까봐 나는 초조하고 두려웠다. 말수가 줄고 표정이 우그러졌다. 가만히 있지 못하고 과 사무실 탁자 주변이나 써클룸 창가를 서성였다.

초조한 얼굴로 창가를 서성이며 누군가 불러주기를, "영혼이 먹는 음식(이렇게 말한 시인이 있다)"을 나누러 가자고 불러주기를 기다리는 가엾은 영혼이여. 술 마시다 인생이 저문 사람을 나도 조금은 안다. 시작하면 보름 내내 곡기를 끊고 내리 술만 마시던 사람. 맨 정신으로 돌아오는 게 두려워 몸과 영혼을 자꾸 흐리게 희석하려던 사람. 때로 주정뱅이가 되기도, 동굴에 숨은 뱀이 되기도, 몸은 두고 영혼을 마실 보낸 껍데기가 되기도 했던 사람. 그이들에게 술은 뭐였을까? 어떤 음식이었을까? 깊고 어려운 문제다. 『안녕 주정뱅이』는 세상에 존재하는 온갖 주정뱅이들의 잠든 얼굴에 슬쩍 덮어주고 싶은 책이다.

모든 사람은 혼자다

시몬 드 보부아르 - 박정자 옮김 - 꾸리에 - 2016년 10월

비 내리는 새벽이다. 1박 2일의 지방 여행을 마치고 돌아왔다. 뉴스가 전하는 바에 따르면, 이재용에게 구속 영장이 발부되었다. 박근혜의 탄핵 인용 가능성이 더 커진 것이다. 오후에 시몬 드 보부아르의 『모든 사람은 혼자다』를 읽는다. 저기 한 여자가 울고 있다. 나는 울고 있는 여자를 본다. 울고 있는 여자는 나의 타자다. 타자는 그저 저기에 있는 대상이 아니라 나와 마주하고 있는 다른 존재다. 타자란 영원히 응고된 채 부동하는 사물이 아니라는 뜻이다. 나는 "왜 저 여자는 저기에서 울고 있지?"라는 의문을 품는다. 저기 있는 한 여자는 울고 있는 행위로 내 안에 작은 파장을 일으킨다.

타자는 우리 앞의 "무한한 초월성"이다. 보부아르는 "타인은 그저 거기, 자신 속에 웅크려 있는데, 무한 앞에서 열려 있는 채, 내 앞에 있을 뿐이다"라고 쓴다. 저기 한 여자가 울고 있을 때 그 여자는 "끊임없이 지평선을 후퇴시키며 돌진하고 있는 무한한 초월성"이다. 인간은 말하고 욕망하며 움직이는 존재다. 따라서 가만히 멈추어 있는 법이란 좀체 없다. 운동성을 가진 채 움직이는 인간은 그런 운동성으로 말미암아 서로 스치고 만나고 갈망하고 헤어지기를 반복하며 살아가는 존재인 것이다.

당신의 자리 — 나무로 자라는 방법

유희경 — 아침달 — 2017년 2월

희경이가 등단했을 때, 약력을 보고 혼자 몰래 좋아했다. 동갑이 잖아, 나랑! 게다가 등단작 「티셔츠에 목을 넣을 때 생각한다」라는 시는 강렬했다. 고백하건대, 한동안 티셔츠에 목을 넣을 때마다 유희경이 떠올랐다.

오늘은 유희경의 새 시집이 나오는 날. 저녁엔 그가 운영하는 시집 서점, '위트앤시니컬' 합정점에서 낭독회가 있었다. 신미나 시인과 서점에 들르니 준비가 한창이었다. 앉을 자리가 모자라 서성이는 독자들이 보였고, 우리는 괜히 미안해져 시집만 사들고, 낭독회가 시작되기 전에 조용히 나왔다. 밤늦게 희경이에게 문자가 왔다. 정신없어서 가는 것도 못 봤다는 문자. 꼼꼼히 다 챙기려다 먼저 야위는 나무. 시집을 읽다 나는 자주 정물靜物이 된다. 내 마음이 정물이 되고, 종이 위에 내려앉는 눈길이 정물이 되고, 나를 둘러싼 시간이 정물이 된다.

당신에게서 숲이 무럭무럭 자라나는 현상 또한 靜物이다 그 숲을 알고 있고 그 숲이 종일 불러대는 이름을 듣고 있는 나도 靜物이다 그렇게 靜物, 하고 입 밖 소리를 내자니 문득 창밖을 지나가는 여자가 깃을 여미고 고개를 숙인다 靜物이다

그와 가끔 진지한 얘기를 하고, 대부분 우스운 소리를 하지만 서로 알 거라고 생각한다. 어두워지지 않으려고 자주 웃는 우리의 얼굴이 혼자 있을 때 어떤 정물이 되는지. 이미 공적인 나무로 자리잡은 위트앤시니컬을 운영하느라 괴롭고 외롭고 고단한 시간들이 있겠지만, 그가 상하지 않고 튼튼한 나무로 자랐으면 좋겠다.

풍경에 대하여

프랑수아 줄리앙 – 김설아 옮김 – 아모르문디 – 2016년 11월

　　프랑수아 줄리앙의 『풍경에 대하여』를 읽는다. 풍경은 항상 먼 곳, 손을 뻗어도 닿을 수 없는 곳에 펼쳐진다. 중국의 산수화가들이 그린 것은 멀리 있는 산과 물이다. 그것은 멀리 있음으로 자아를 비추고 주체의 감정을 보여주는 거울이다. 우리는 풍경 속에서 태어나 그 속에 살다가 사라진다. 풍경은 장소의 펼쳐짐이고, 산과 물의 어우러짐이며, 빛과 바람의 유희를 포함하는 그 무엇이다. 그것은 장소의 물질적 외관을 가리키지만 그 안에는 정신적인 것이 들어 있다. "풍경은 이곳에 있지만, 저 너머와 통해 있는 것이다. 풍경에 대한 사유를 그리도 중시하는 이유는 바로 풍경이란 것이 물질성을 열어 펼치기 때문에, 저 끝 보이지 않는 세계까지 펼쳐 열어놓기 때문이다." 풍경은 조망할 수 있는 먼 것의 외부성으로 인생과 그것이 펼쳐지는 자리를 지금 여기로 불러와서 내면화하게 이끈다. 그게 풍경의 힘이건만. 우리는 "풍경 너머의 풍경"에 이끌린다. 현재에 미래가 와 있듯 지금의 풍경에는 이상향이 깃든다. 산수화는 산과 물이 중심인데, 하나는 위로 솟구치고 하나는 아래를 향해 흐른다. 이 둘은 "종적인 것과 횡적인 것, 높음과 낮음"으로 대립하면서 균형과 조화를 이룬다. 이상향은 항상 현실에서 먼 곳이다. 풍경의 오라를 먼 것의 가까움으로 겪는 이유가 거기에 있다. 풍경이 윤리적 감각에 직접 매개되지는 않지만 그것에서 멀리 벗어남으로써 근경의 삶에 대한 반성적 매개가 되어 우리를 깨우침으로 이끈다.

아주 오래된 서점

가쿠다 미쓰요/오카자키 다케시 · 이지수 옮김 · 문학동네 · 2017년 2월

2박 3일 일정으로 문학캠프에 참가하기 위해 제주도에 왔다. 김정환 선생님 부부, 함성호, 김민정, 김선재, 박준 시인, 백가흠, 황현진 작가 등과 함께 참여하는 캠프. 얼마 만에 오는 제주인가? 계산해보니 7, 8년 만인 것 같다. 오키나와에 다녀온 지 얼마 안 됐는데, 제주라니. 올해 역마살이 낀 것 같다. 이동수가 많을 것 같은 예감이다. 좋다! 나는 돌아다니는 것을 좋아하니까.

비행기 안에서 김민정 시인이 『아주 오래된 서점』을 뒤적이며 일을 했고(SNS 홍보), 옆에서 구경하던 내게 일을 끝내고 책을 선물로 주겠다고 했다. 안 그래도 궁금했던 책이라 만지작거리며 몇 장 들춰보았다. 문학동네 '문학 3팀'에서 애정을 갖고 만든 책이라고 들었다. 도쿄 헌책방 순례라니 흥미롭겠군. 게다가 『종이달』의 작가 가쿠다 미쓰요와 『장서의 괴로움』을 쓴 오카자키 다케시가 함께 쓴 책이라니 구미가 당겼다. 언니에게 받아 읽어보리라(사실 이날 이동이 잦았고, 강연 일정 탓에 서로 정신이 없어 책을 못 받았다는 슬픈 사연. 사실 책은 사서 봐야 맛이다)!

지루하고도 유쾌한 시간의 철학

뤼디거 자프란스키 - 김희상 옮김 - 은행나무 - 2016년 12월

뤼디거 자프란스키의 『지루하고도 유쾌한 시간의 철학』을 읽는다. 시간의 권력은 대개 현재에 집중해 있다. 시간이 "과거를 저장하고 미래를 경영하며 시간 사건들의 촘촘하게 짜인 네트워크를 현재에 씌우는 것"이라는 뜻일 테다. 사회화한 시간은 우리를 포박하고 압박한다. 우주 시간은 순환을 통해 사라지는 시간의 무한함이 일으키는 섬뜩함을 누그러뜨린다. 근심의 시간은 "시간의 불확실성, 예측 불가능성"에서 비롯되고, 그것은 항상 과거가 아니라 미래를 겨눈다. 근심은 실현되지 않은 것, 언제가 될지도 모르는 시간에 일어날 것을 두고 걱정하는 태도를 포괄한다. 존재 바깥에 흐르는 시간을 마음대로 포착할 수 없는 것은 우리 내면에서 움직이는 시간이기 때문이다. 이 시간은 "지향적 긴장"으로, 하이데거는 이것을 "펼쳐진 자기 펼침"이라고 명명한다. 우리가 겪는 시간에는 지루함의 시간, 출발의 시간, 몰입의 시간, 기다림의 시간, 근심의 시간, 사회화한 시간, 경제화한 시간, 종말의 시간, 유희의 시간이 다 들어 있다. 지루함에 사로잡힐 때 "자아는 경직되고, 탈脫인격화"한다. 우리는 지루함에서 허우적거리면서 "세계로부터 일탈할 뿐만 아니라, 자신의 자아로부터도 멀어"진다. 남는 것은 오로지 견뎌야 하는 권태뿐이다. 시간은 지루할수록 꼼짝도 않고 멈추거나 더디게 흘러간다. 이 지루함에서 겪는 것은 공허감과 "포괄적 마비"다. 반면 새 출발의 시간은 희망과 설렘을 동반한다. 이 역동하는 시간은 주체와 시간이 하나가 되는 일체감과 더불어 "횃불처럼 환한 순간"의 경험을 안겨준다.

너무 시끄러운 고독

보후밀 흐라발 · 이창실 옮김 · 문학동네 · 2016년 7월

점심때 박준 시인과 '월정리' 바닷가에 다녀왔다. 그곳에서 잠든 개를 봤다. 죽었나, 생각이 들 정도로 미동도 없이 해변에서 잠든 개. 피로했을까, 살아가는 일이. 구부정한 잠든 등.

저렇게 잠든 등을 사람에게서도 본 적이 있다. 잠든 개의 모습을 사진으로 담으며 '무구한 잠'이라는 제목을 붙여본다. 가까이 다가가 개의 모습을 찍는 준이의 모습을 뒤에서 찍었다. 참, 준이는 수의사가 되고 싶었던 아이지. 수의사를 꿈꿨던 시인이라. 우리는 바람을 잔뜩 묻히고 일행들이 있는 곳으로 돌아갔다. 오후에 오은 시인이 합류했다.

바쁘게 다니느라 책을 거의 못 읽은 날. 서울에서 가장 얇은 책을 챙겨왔다. 『너무 시끄러운 고독』이다. 작년에 카페꼼마에서 산 책이다. 너무 재미있을 것 같아서(무슨 근거지?), 부러 안 읽었다. 이런 책은 정좌하고 집중해서 읽어야 해.

아주 오래된 서점

가쿠다 미쓰요/오카자키 다케시 – 이지수 옮김 – 문학동네 – 2017년 2월

기온이 영하로 떨어졌다. 입춘도 우수도 지났건만 날은 차고 봄은 아직 멀다. 오전 10시, 파주의 달출판사로 출발. 『가만히 혼자 웃고 싶은 오후』 교정지를 편집자에게 전하기 위해서다. 새책은 3월 중순경에 나올 예정이다. 파주를 다녀와서 점심을 먹고 난 뒤 오후 내내 북티크에서 글을 썼다.

해 저문 저녁 카페꼼마에 들러 가쿠다 미쓰요와 오카자키 다케시가 쓴 『아주 오래된 서점』을 읽는다. 전작 『장서의 괴로움』도 흥미 있었다. 다케시는 헌책도의 대가로 소설가 가쿠다 미쓰요에게 헌책도에 대해 한 수 가르친다. 가쿠다 미쓰요는 스승에게 '미션'을 받는다. 이를테면 진보초, 다이칸야마와 시부야, 와세다, 니시오기쿠보, 가마쿠라 등지의 헌책방을 순례한다. 그리고 '헌책의 왕도인 진보초에서 어린 시절 즐겨 읽던 책을 찾아라' '헌책방의 미래형, 다이칸야마와 시부야에서 책 진열법을 배워라' '와세다 헌책 거리에서 청춘 시절의 책을 찾아라' '니시오기쿠보에서 균일가 매대를 노려라' 등등 과제를 수행한다. 헌책방 순례는 다만 책을 사러 가는 게 목적의 전부가 아니다. 헌책방에 도착할 때까지 "책을 읽듯 거리를" 읽으며 걷는 것이다. 소설가 김연수는 뒤표지에 "책벌레들이라면 공감하지 않고는 못 배길 장엄한 세계"라고 썼으나 정보의 밀도는 성기고 문장은 경박하다. "아앗! 벌써 1년이 지난 건가?" 이런 만화 투의 문체가 거슬린다. 추천사와는 달리 그다지 '장엄한 세계'는 아니다.

#추천사에_기대에_못_미쳤던_책

어디에도 어디서도

김선재 – 문학실험실 – 2017년 2월

눈을 떴을 때는 새벽 4시였다. 창밖으로 믿기지 않는 풍경이 펼쳐져 있었다. 제주 바다, 그것도 새벽에 잠긴 바다가 창을 가득 메우고 있었다. 커다란 침대에 혼자 누워 제주 바다를 바라보는 새벽이 내 삶에 있구나. 뭉클했다. 뭉클한 순간도 잠시, 화장실로 달려가 한차례 토했다. 어젯밤 한라산 소주를 붙들고 "한라산이 너무 좋아! 너무 좋아! 서울에 가져갈래!"라고 소리치며 줄기차게 들이켜던 생각이 났다. 부끄러워 숨고 싶은 기분. 몇 시간 더 자고 아침 7시에 깼더니 창밖으로 더 기이한 풍경이 보였다. 엄지만하게 보이는 여자 셋이 바람 부는 들판에(나무가 휘청일 정도의 광풍) 서서 춤을 추고 있었다. 셋이 둥그렇게 모여 마주보고는 양팔과 다리를 휘저으며, 춤을, 정말 열심히, 추고 있는 것이다. 처음에는 헛것을 보는 거라고 생각했고, 나중에는 외계인일지 모른다고 생각했다. 아니 외계인을 영접하려는 사람들로도 보였다. 분명히 여자 셋이었다. 춤을 추는 세 여자라니. 무슨 까닭일까, 미친 걸까, 궁금해하다 다시 잠들었다. 9시에 깨어보니 그들은 없었다. 저녁 비행기로 먼저 돌아가기 위해 공항에 가는 길. 인사를 하는데 김정환 선생님이 말씀하셨다. "가서 장석주에게 꼭 전해! 횡재한 거라고!"(선생님 말씀을 더 잘 전하기 위해 저는 여기, 이렇게, 남겨놓습니다!)

공항에 세 시간 일찍 도착해 김선재 시인이 준 신간 소설을 읽었다. 얇고 가볍고 단단한 책, 『어디에도 어디서도』. 시끄러운 공항에서 헤드폰을 끼고 집중해서 읽었다. 시와 소설의 경계에서 태어나는 말들이 더듬더듬 흘러나오는 책. 가끔 고개를 들어 주위를 둘러보면 "어디에도 어디에서도" 보지 못했던 사람들이 나와 별개로, 공항 안을 떠돌고 있었다. 딴 세상에 와 있는 것 같았다.

사라짐에 대하여

장 보드리야르 – 하태환 옮김 – 민음사 – 2012년 5월

박근혜 탄핵 정국에서 보수 집단은 광기에 들린 듯 막말들을 쏟아낸다. 이들은 건강한 보수가 아니다. 이들의 '멘탈'은 심각한 병증 상태다. 오늘 아침 서울의 기온은 영하 7도다. 내륙에 한파주의보. 새벽에 한국전력공사 사보 원고 20매를 써서 보내고,『현대시』와『애지』에 신작시 각각 2편씩을 골라 보낸다. 쌀 한줌, 서리태, 현미찹쌀을 씻어 전기밥통에 안치고, 내친김에 개수대에 쌓인 그릇들을 씻었다. 엊저녁 제주도에서 2박 3일 강연 여행을 마치고 돌아온 P는 아직 숙면중이다. 인사동 '사천'에서 점심식사 약속이 있어 나간다.

장 보드리야르의『사라짐에 대하여』를 다시 읽었다. 사람, 시간, 자원 들은 사라짐의 도상에 있다. 물리적 과정이나 자연 현상으로서의 고갈이나 멸종이 아니다. 보드리야르는 이것들을 둘러싼 "특수한 사라짐의 방식"에 대해 말한다. "사물을 재현하고, 명명하며, 개념화하면서 인간은 그것을 존재하게 하고, 동시에 사라짐 속으로 떠밀며, 그 생경한 현실성으로부터 절묘하게 멀어지게 한다." 환상, 유토피아, 꿈과 욕망도 그 실현의 시점에서 에너지를 잃고 사라진다. 사물 역시 명명되는 순간 사라짐을 시작한다. 장 보드리야르는 바로 그 사라짐, 인류가 고안하고 발명한 '사라짐'의 형이상학에 대한 사유를 펼쳐내는 것이다.

#한파주의보가_내려진_날_읽은_책

동사의 맛

김정선 · 유유 · 2015년 4월

유유출판사의 책들을 좋아한다. 오늘은 『동사의 맛』. 영수증이 껴 있어 살펴보니 JJ가 2015년 7월 8일에 교보문고에서 산 책이다. 읽기 시작. 차례를 살펴보고 구미가 당기는 꼭지 위주로 읽는다. 내가 언제나 헷갈리는 동사부터 알아본다. 253쪽. "붇다/붓다". 처음 설명이 이렇다. "물에 젖어서 부피가 커지거나 분량이나 수효가 많아진 건 붇은 것이고, 살가죽이나 몸속 장기가 부풀어오른 건 부은 것이다." 지금은 알겠지만, 나중에 이 동사를 쓸 때 또 "헷갈려! 모르겠어! 사전!" 하고 외치겠지. 죽어도 몸에 안 붙는 말들이 있는 것이다. 내겐 붇다와 붓다가 그렇다. 웬만한 동사들이 잘 정리되어 있으니 글 쓸 때 이 책을 옆에 두고 유용하게 쓸 수 있겠다.

작가와 술

올리비아 랭 – 정미나 옮김 – 현암사 – 2017년 1월

새책들이 왔다. 뤼디거 자르판스키의 『하이데거』, 올리비라 랭의 『작가와 술』, 장-뤽 낭시의 『사유의 거래에 대하여』, 진중권의 『고로 나는 존재하는 고양이』, 민음사의 '쏜살문고' 두 권, 버지니아 울프의 『자기만의 방』과 헤밍웨이의 『깨끗하고 밝은 곳』. 시벨리우스의 교향시 〈핀란디아〉를 다른 교향악단의 연주로 거푸 듣는다. 실내에는 음악, 바깥에는 봄을 재촉하는 비. 기분이 가라앉는다.

KBS1 FM의 '오후 2시 명연주 명음반'을 들으며 올리비아 랭의 『작가와 술』을 읽는다. 나도 잘 아는 술꾼들, 스콧 피츠제럴드, 헤밍웨이, 테네시 윌리엄스, 존 치버, 존 베리먼, 레이먼드 카버 등 미국 작가 여섯 명이 여기에 있다. 다들 어쩌다 술꾼이 되었을까. 알코올중독은 불가사의한 조합에 따른 것으로 현대 병인학病因學도 그 이유를 다 밝히지 못한다. 현대 의학은 그 병인으로 음주자의 성격적 특성, 유년기 경험, 사회적 영향, 유전적 성향, 뇌의 비정상작화학작용 등으로 추정한다. 올리비라 랭은 알코올중독자인 미국문학의 거장으로 꼽히는 작가들을 불러내 알코올이 망쳐버린 그들의 하염없는 인생과 내면 심상을 파헤친다. 책은 흥미롭지만 다 읽고 난 뒤 밀려드는 허무감은 알코올을 찾게 한다.

슬픈 짐승

모니카 마론 · 김미선 옮김 · 문학동네 · 2010년 3월

숨도 안 쉬고 읽었다.

사랑이 해방되어 우리들 자신인 감옥을 부수고 나오는 데 성공하는
일은 가끔씩 일어난다. 사랑이 감옥을 부수고 나온 종신형 죄수라고
상상해보면, 얼마 안 되는 자유의 순간들에 사랑이 왜 그렇게 미쳐 날
뛰는 것인지, 왜 그렇게 무자비하게 우리를 괴롭히고 온갖 약속 안으
로 우리를 밀어넣었다가 곧바로 온갖 불행 안으로 몰아넣는 것인지
를 가장 빠르게 이해할 수 있다. 마치 우리가 사랑을 내버려두기만 하
면 사랑이 무엇을 줄 수 있을지를 우리에게 보여주려는 것처럼, 사랑
이 지배하도록 내버려두지 않기 때문에 우리가 어떤 벌을 받아 마땅
한지를 보여주려는 것처럼 말이다.

사랑이 나를 지배하도록 내버려둬야 한다. 그렇지 않으면 날뛰
는 사랑 때문에 더 괴로워질 뿐이니. 읽는 내내 괴로워서 몸이 뒤틀
렸고, 이야기에 빨려들어가 영혼이 수축되는 기분이었다. 사랑에
'미치면' 어떻게 되는지, 적나라하게 보여주는 소설이다.

중국 철학은 어떻게 등장할 것인가?

리쩌허우 – 이유진 옮김 – 글항아리 – 2015년 8월

거짓과 기만, 국정농단의 뿌리는 의심할 바 없이 박근혜다. 최순실은 곁가지다. 박근혜는 그 존재 자체만으로 분노 요인이고, 구질구질한 민폐이며, 공동체를 좀먹는 병인病因이다. 자진 사퇴하는 게 도리에 맞을 것이다. 박근혜의 변호인으로 나선 김평우와 서석구의 뜬금없는 작태와 막말들이 아드레날린 분비를 자극한다. 아무래도 이들은 박근혜 못지않은 병적 증상을 보인다. 이들의 거짓과 망언에 스트레스 수치가 치솟는다. 국민 정신건강을 위해서라도 헌재는 박근혜의 탄핵 선고를 서둘러야 한다.

리쩌허우의 『중국 철학은 어떻게 등장할 것인가?』는 살아 있는 중국 사상계의 거목으로 평가받는 저자의 담화록이다. 중국의 철학, 미학, 사상사를 가로지르며 본질을 헤집고, 동서 사상의 차이를 밝힌다. 리쩌허우는 "노동의 실천을 통해 우주 전체와 자연의 물질 존재의 형식 관계를 발견"하는 것을 높이 산다. 물질을 다루는 인류의 오랜 역사 속에서 만들어진 "형식감과 형식 역량"은 보다 근본적이라는 것이다. 타자와 우주와 교섭하고 소통하는 "개체 생명의 생동하는 동작과 느낌"은 직관의 원천이고 창조성의 바탕이다. 이 책에서 빛나는 부분은 바로 '중국의 지성'인 리쩌허우의 자전적 체험들이 뿜는 오라일 것이다.

유에서 유

오은 · 문학과지성사 · 2016년 8월

창비학당에서 "우리는 다 詩" 강독 수업을 하는 날. 수강생들과 함께 오은 시인의 새 시집 『유에서 유』를 읽었다. 수업에 들어가기 전에 시집을 여러 번 읽고, 내 의견을 꼼꼼히 달력 뒷장에 적어 갔다. 동그랗게 모여 앉아 서로 『유에서 유』를 어떻게 읽었는지 자유롭게 의견을 나누었다. 이야기하는 틈틈이 몇 편을 골라 같이 낭독하는 시간도 가졌다. 나는 달력에 메모한 것을 토대로 이렇게 말했다.

"사람들이 오은의 시를 좋아하는 이유는 이런 게 아닐까요? 자, 지금부터 대단한 것을 쓸 거야, 라고 외치는 듯 근엄한 태도를 보이던 기존 시인들과 반대 지점에 서서, 그는 줄넘기를 뛰어넘어요. 뛰어넘는데 그 높이가 때로 어마어마하게 높아 지구 한 바퀴를 훌렁, 가볍게, 뛰어넘기도 하지요. 우리가 시에 바라는 것은 가르침이 아니니까, 도덕성이 아니니까, 우리는 때로 가벼운 점프로 다른 세상으로 가고 싶으니까요."

오은 시인의 시에는 '밝아서 슬픈 표정'이 있다. 그는 꼰대와 가장 먼 지점에 있다. 내가 생각하는 꼰대는 더이상 새로운 것을 배우지 않는 사람, 자신이 아는 것으로 이미 충만한 사람, 마음의 창을 닫은 사람이다. 자신이 틀릴 수 있다는 것을 인정하지 않는 사람, 두려움을 숨기는 사람, 두려워서 화내는 사람, 결국 오류에 빠진 불쌍한 사람이다. 확실히 오은은 꼰대와 가장 먼 지점에 있다. 사람들이 그를 좋아하는 이유가 아닐까?

무엇이 삶을 예술로 만드는가

프랑크 베르츠바흐 – 정지인 옮김 – 불광출판사 – 2016년 5월

아르헨티나로 이민 간 초등학교 동창 조재복이 50여 년 만에 고국으로 돌아왔다. 재복은 청운초등학교를 함께 다닌 동네 친구다. 재복의 아버지를 따라 재복과 뚝섬유원지에 가서 헤엄을 친 기억이 난다. 우리는 과외공부를 같이 했는데, 각각 다른 중학교로 진학하면서 소식이 끊겼다. 그는 선린중학교 2학년 때 경복고 생물 교사인 아버지를 따라 아르헨티나로 이민 갔다. 청운초등학교 1968년 졸업생 여섯 명이 조재복을 만나려고 모였다. 소년으로 헤어진 이들이 초로 신사로 나타난 현실이 내내 낯설었다.

프랑크 베르츠바흐의『무엇이 삶을 예술로 만드는가』를 읽었다. 행복하기 위해 안락이나 물질적 풍족이 반드시 필요한 조건은 아니다. 저마다 꿈꾸고 열망하는 행복의 모습은 다를 테다. 지혜, 사랑, 올바름, 고요함, 영성, 초월 따위의 가치를 좇고 따를 때 더 행복해질 수 있다. 내가 바란 것은 창조적 활동과 그것을 기반으로 하는 삶이다. 좋은 삶은 고요함과 자발적인 노동을 통해서 이루어진다. 그러니 노동과 삶을 하나의 전체로 만들라! 베르츠바흐가 찾은 결론은 "좋은 노동과 좋은 삶은 서로 어울려 하나의 전체를 이룬다는 것", 생계형 노동과 여가가 어긋나는 것이 아니라 조화를 이루며 하나가 되는 삶이다. 베르츠바흐는 말한다. 포용하라, 놓아라, 멈춰라, 행동하라!

산책 안에 담은 것들

이원 · 세종서적 · 2016년 9월

작년에 이원 시인이 보내주신 산문집 『산책 안에 담은 것들』을
이제야 집중해서 읽었다. 책을 받자마자 훑어보긴 했지만, 작년에
너무너무(진짜다) 바빠서 정독하지 못했다.

표지를 넘기고 '시작'하기 위해 페이지와 페이지가 만나는 부분
을 살짝 누르는 일, 이 의식을 '책 가르마 타기'라고 생각한다. 정
말 설레는 순간이다. 앞으로 넘길 페이지들의 길을 잡아주는 일!

읽다보니 탄식이 절로 나왔다. 귀한 보석이 있는 줄도 모르고 몇
달이나 책장에 꽂아두었네! 읽지 않은 책은 잊힌 책이다! 빛나는
것들도 들여다봐야 보석인 거지, 내 바쁨과 게으름을 반성했다. 한
용운 시인도 "바쁜 것이 게으른 것"이라고 했다.

산책에 대한 글들 중 '엄마'에 대해 이야기하는 부분이 가장 아름
다웠다.

> 세상에 와서 제일 많이 발음한 단어. 나를 세상에 나타나게 한 장본
> 인. 엄마와 나는 하나에서 분리된 둘. 하나가 품었던 하나. 큰 하나가
> 품었던 아주 작은 하나. 부르면 즉각적으로 나타나는 사람. 오늘도 힘
> 들어서 어쩌니, 나보다 먼저 나의 하루를 살아보는 사람. 내가 걸을
> 밤길에 마음이 늘 마중나와 있는 사람. 엄마라고 불리는 사람.

책을 읽다 멈추고 노트를 많이 펼쳤다. 사유를 활발하게 만드는
책을 사랑한다. 쓰고 싶게 만드는 책! 이 책은 그런 책이다. 끊임없
이 노트에 내 생각을 적었고, 맘에 드는 글감도 얻었다. 책장을 다
시 꼼꼼히 살펴볼 일이다. 조도를 낮추고 숨어 있는 보석들이 얼마
나 많을까, 내 게으름 때문에.

헤밍웨이의 말

어니스트 헤밍웨이 - 권진아 옮김 - 마음산책 - 2017년 2월

'책읽는수요일'에서 택배로 보낸 교정지가 도착했다. 새책들도 같은 시각에 왔다. 어니스트 헤밍웨이의 『헤밍웨이의 말』, 김현진의 『진심의 공간』, 장 샤를르 부슈의 『악성 나르시시스트와 그 희생자들』, 사이토 미나코의 『문단 아이돌론』, 마이클 킨슬리의 『처음 늙어보는 사람들에게』.

헤밍웨이의 말년 인터뷰 세 개를 정리한 『헤밍웨이의 말』을 반쯤 읽었다. 노벨문학상을 받을 무렵인 1954년 5월과 12월의 인터뷰, 4년 뒤인 1958년의 두 인터뷰, 모두 네 편의 인터뷰를 한 책에 모았다. 헤밍웨이는 마지막 인터뷰를 하고 2년 뒤 쿠바에서 추방당하고, 1년 뒤 아이다호주 자택에서 자살한다. 헤밍웨이는 선 채로 독서대에 반투명한 타자 용지를 올려놓고 연필로 소설을 썼다. 더러는 타자기로 글을 썼다. 매일 아침, 해가 뜨자마자 글을 썼다. 하루에 두 번 연필 일곱 자루가 다 닳을 때까지. 헤밍웨이는 만인에게 '파파' 행세를 하며 투우, 심해 낚시, 사냥, 권투에 몰두하는데, 격렬함을 요구하는 이런 활동 때문에 그에게 '마초 셀러브리티'라는 이미지가 덧씌워진다. 물론 그게 헤밍웨이의 진짜 모습은 아니다. 그는 훨씬 더 복잡한 인격체다. 인터뷰는 헤밍웨이가 파리에서 보낸 문청 시절에서 술과 낚시에의 탐닉을 거쳐, 노벨문학상을 받고 호시절을 구가하며 보낸 노년기까지의 작가적 면모와 인생의 굴곡을 따라간다. 기억에 남는 헤밍웨이의 말. "한 여자를 위해 썼습니다. 내 모든 책들 뒤에는 여자가 있었어요."

#헤밍웨이의_말들_모은_책

충분하다

비스와바 쉼보르스카 — 최성은 옮김 — 문학과지성사 — 2016년 2월

말하지 않는 일의 그득함.

말하고 나면 이미 무언가 '벌어진' 일 사이에서, 저울 위에 올라가 평가받아야 한다. 내 말이 적절한지 그렇지 않은지, 거짓인지 참인지, 내 말과 일어난 일(사실) 사이에서 무참히 흔들려야 한다. 말을 많이 하지 않으면, 그득해진다. 할 수 있는 것도 할 수 없는 것도, 하지 않아도 되는 것조차 많아진다. 그러니 속이 든든해지고 싶으면 말을 참아야 한다. 그것을 알면서도 사람을 만나면 늘 많은 말을 하게 되고 가난해진다. 이럴 땐 시를 읽고 싶어진다. 말을 최대한 아끼는 시들. 하고 싶은 말을 함축해서, 귓속말로 겨우 말을 흘리는 시들.

쉼보르스카의 시집 『충분하다』에 이렇게 시작하는 시가 있다.

살아남기 위해 우리는 다른 생명을 먹는다./사망한 양배추를 곁들인 돼지고기 사체死體./모든 메뉴는 일종의 부고訃告.

이 부분에서 놀란다. 멈춘다. 메뉴판을 '부고'로 읽는 사람. 지독한 직업병, 시인의 일이다.

문단 아이돌론

사이토 미나코 - 나일등 옮김 - 한겨레출판 - 2017년 2월

사이토 미나코의 『문단 아이돌론』에서 하루키에 대한 비판은 비하로 느껴질 만큼 신랄하다. 일본 문단의 '아이돌'로 지목한 것은 하루키를 포함해 요시모토 바나나, 무라카미 류, 다치바나 다카시 등 여덟 명의 대중 '스타급' 작가와 지식인이다. 대중 소비 시대의 도래와 함께 떠오른 이들 지식인 '아이돌'을 소환해 난도질한다. 하루키는 도저한 탐미주의 같은 일본문학의 전통에서 비켜서 있기 때문인지 일본 문단에 하루키 문학에 대한 날선 비판과 회의론이 있는 것은 사실이다.

'하루키 현상'을 일본의 '거품 경제 시대'와 포스트모더니즘의 부상과 맞물린 '오타쿠 문화'에 편승한 오락 문학의 한 범주라고, 하루키 소설을 애니메이션이나 게임 문화의 한 변종으로 취급하는 것이다. 하루키 문학이 "독자의 참여를 부추기는 인터랙티브 텍스트"이고 "퍼즐이나 게임을 풀고 싶은 욕망을 자극하는" 측면을 지적하면서 "수수께끼를 푸는 솜씨를 자랑하고 싶어 안달난 젊은 비평가"들을 유혹하는 '문학 거품'으로 그 가치를 깎아내린다. "'자, 이제 오락실 영업은 끝. 게임 오버. 스위치 OFF.'를 선언했다" 투의 문장은 노골적인 비아냥이다. '전공투' '상실' '소외' '자폐' '다른 세계' 같은 코드를 숨긴 하루키 소설 독자들을 게임 중독자들과 같은 부류로 취급하는 것은 지나친 감이 없지 않다.

자기만의 방

버지니아 울프 · 이미애 옮김 · 민음사 · 2016년 11월

글쓰기는 세상을 바꿀 수 있는 가장 우아한 무기다. 그것을 알기 때문에 기득권을 가진 많은 남성이 오랜 시간 동안 여성이 글을 쓰는 행위를 탄압하고 비웃으며 "병적인 현상"으로까지 몰아갔을 것이다. 버지니아 울프를 비롯한 선배 여성들은 숱한 차별과 멸시, 부당한 대우에 저항하며 자기 목소리를 내왔다. 그래서 오늘의 내가 드디어, 거의, "여성으로서, 자신이 여성이라는 것을 잊어버린 여성으로서" 글을 쓸 수 있게 되었다. 적어도 여성이기 때문에 글쓰기를 망설이거나 방어적인 자세로 글을 쓰진 않아도 되었지만 갈 길이 멀다. 곳곳에서 여성에게 자행되는 다양하고 집요한 폭력과 '열등한 젠더'라는 사회의 편견이 다 사라지진 않았다.

버지니아 울프의 "앞으로 100년이 지나면, 집 문 앞에 이르러 생각하건대, 여성은 보호받는 성이기를 그만둘 것입니다. 필연적으로 그들은 한때 자신들에게 허용되지 않았던 모든 활동과 힘든 작업에 참여할 것입니다."라는 예언은 적중했다. 이제 많은 여성들이 더 이상 보호받는 성으로 취급받길 원하지 않는다. 여성의 진입이 불가능한 분야는 없다. 그러나 울프가 말한 '만약'이라는 가정(자기만의 방을 갖는다면, 연간 500파운드의 돈을 갖는다면, 100년이 지난다면)에서 여성이 완전히 자유로워졌다고는 생각하지 않는다. 약자로 치부되어 뒤로 밀리거나 짓밟힌 여성들이 여전히 존재한다. '만약'이란 말은 빈약한 지붕이다. 그 지붕을 머릿속으로 그려보며, 지붕 없는 불완전한 집에 사는 여성들이 수두룩하다. "만약" 한 명의 여성이라도 그녀가 단지 여성이라는 이유만으로 고통받고 있다면, 우리는 함께 목소리를 내고 행동해야 한다. 선배 여성들이 한 것처럼.

쓸모없는 것들의 쓸모 있음

누치오 오르디네 – 김효정 옮김 – 컬처그라퍼 – 2015년 4월

오늘은 『쓸모없는 것들의 쓸모 있음』을 읽었다. 모든 쓸모 있음, 그 지배적인 유용성에 대해 다시 한번 생각하게 이끄는 '쓸모없는 것의 쓸모 있음'이라는 모순어법! 쓸모없는 나무만이 높이 자랄 수 있다는 역설! 2500년 전 동양의 철학자 장자는 천 년 동안 수명을 유지한 거목을 바라보며 "이 나무는 쓸모가 없었기 때문에 이렇게 큰 나무로 자랄 수 있었어!"라고 말한다. 시나 예술, 놀이에는 직접적인 유용성이 없다. 특히 "모든 예술은 완벽하게 쓸모없다." 그럼에도 사람들은 시를 쓰고, 상상하고, 그림을 그리며, 놀이에 몰두한다. 이것이 즉각적인 쓸모는 없더라도 아름다움, 재미, 즐거움을 주는 활동이기 때문이다. 이런 통찰은 어떤가? "존재의 범위 안에서 오직 인간만이 쓸모없는 행동을 한다." 동물은 본성과 생존에 부합하는 유용성, 즉 목전의 필요에만 반응한다. '쓸모없는' 것에 대한 이 다른 반응과 태도가 인간과 동물을 가르는 큰 차이다. 인류는 쓸모없음에 제 일생을 다 바칠 수 있는 유일한 종이다. 그랬기에 인류는 위대한 문명의 건설자로 나아갈 수 있었던 것.

#뜻밖에도_좋은_책

시골 생활 풍경

아모스 오즈 · 최정수 옮김 · 비채 · 2012년 1월

얼마 있으면 경칩이라 개구리들이 잠에서 깰 텐데 아직 봄의 얼굴은 보지 못했고 봄이 왔다는 소문만 들었다. 그래도 볕과 바람이 달라졌다. 오긴 온 걸까? 낮에 신동엽 시인의 시를 타이핑하는데, 놀라운 구절과 마주했다. 시구절이 명확히 기억나지 않지만 봄은 어디 멀리서부터 오는 게 아니라 우리 가슴에서 움튼다는 이야기가 인상적이었다. 그렇다면 우리 모두 모가지를 빼고 봄이 오는 길목에 서서 기다릴 게 아니라, 다들 방에 들어앉아 가슴을 부여잡고 자기 안에 있는 봄이 부화하기를 기다릴 일이다.

봄을 부화시키려는 마음으로 가슴을 부여잡고 요새 내가 가장 사랑하는 작가인 존 버거의 글을 섭취한 다음(실제로 매일 비타민 먹듯 읽고 있다), 아모스 오즈의 『시골 생활 풍경』을 읽었다. 냇 킹 콜 음악을 들으면서. 아모스 오즈가 살았던 '키부츠'는 어떤 곳이었는지 궁금했는데 소설을 읽으니 상상할 수 있었다. 아모스 오즈가 똥간을 묘사하더라도 그건 참 그윽하게 읽힐 거다. 아모스 오즈 자체가 그윽한 사람 같다. 몇 해 전 아모스 오즈가 '박경리 문학상' 수상자로 선정돼 내한했을 때, 그의 강연을 들으러 갔다. 강연이 끝나고 나란히 서서 사진도 찍고, 악수도 했다. 책에 사인도 받고, 짧은 영어 실력으로 당신의 책들을 좋아하노라 수줍은 고백도 했다. 그렇게 대단한 작가가(내 기준에서) 옆집 할아버지처럼 소박하고 푸근한 이미지라니 놀라웠다. 강연에서 아모스 오즈는 '타협'과 '견딤'을 강조하며, 타협과 견딤이 없었다면 지금의 아내와 그토록 오랜 시간 결혼생활을 유지할 수 없었을 거라고 농담했다. 귀엽기도 하시지. 아모스 오즈가 건강을 유지하며 오래 살아서 더 많은 책을 써주면 좋겠다.

책의 맛

로제 그르니에 – 백선희 옮김 – 뮤진트리 – 2016년 12월

오늘은 "프랑스 문단의 살아 있는 역사"로 불리는 로제 그르니에의 『책의 맛』을 읽는다. 아홉 개의 주제, 아홉 개의 각도로 글쓰기와 책에 관해 말하는 책. 체계적인 교습서는 아니다. 로제 그르니에는 기다림과 영원에 대해, 기억에 대해 자유롭게 글을 이어간다. 소설가는 기억의 창의력에 기대어 소설을 쓴다. 알베르 카뮈는 기억이 "내면 깊이, 평생 동안 자신의 모습과 자신이 하는 말에 양분을 제공할 유일한 샘"이라고 말한다. 이렇게 말할 수도 있으리라. "기억 자체가 소설이다. 이제 우리는 기억이 저장장치가 아니라 과거를 끊임없이 재구성한다는 사실을 알고 있다. 기억은 재생하기보다는 지어낸다. 기억은 역동적이며, 우리의 상상을, 우리의 개성을, 우리의 열정을, 우리의 상처를 먹고 자란다." 기억은 이야기의 변주, 창의적 약동 그 자체다. 세계문학사에 살아남은 그 많은 작품은 놀랍게도 다 '미완성작'들이다. 심리학자 폴 자네는 이렇게 말한다. "미완성의 감정은 결핍감缺乏感이라고 불리는 질병"이라고. 미완인 것과 끝나버린 것들 사이로 삶의 시간은 흘러가는 것.

#책의_맛에_대해_생각하며_읽은_책

이게 다예요

마르그리트 뒤라스 ‒ 고종석 옮김 ‒ 문학동네 ‒ 1996년 3월

아무리 읽어도 질리지 않는 책이 있다면? 내 경우엔 『이게 다예요』. 자주 읽진 않고 이따금 읽는다. 치사량의 매혹을 더 '잘' 느끼고 싶어서. 역치를 높이고 싶지 않아서.

"내 얼굴 속으로 오렴."

내가 뒤라스를 좋아하는 이유는 그녀가 어떤 글을 쓰든 무대 위에서 쓰기 때문이다. 내가 아주 좋아하는 방식이다. '시'는 무대 아래에서 시작해도, 종국엔 자꾸 무대로 올라가려는 습성이 있는 장르다. 왜냐고? "쓴다는 것은 말의 리듬과 아주 가깝다." 무대는 춤과 리듬과 시가 활개치는 곳이니까.

March

March

우상들과의 점심

대프니 머킨 – 김재성 옮김 – 뮤진트리 – 2016년 9월

3월의 첫날이다. 대프니 머킨의 『우상들과의 점심』을 펼치는데, 책 맨 앞장에 적힌 "상처 입은 우상들, 돈, 섹스, 브론테 자매, 그리고 핸드백의 중요성에 관하여"라는 문장이 눈길을 끈다. 이런 헌사가 적힌 책을 어찌 읽지 않을 수 있으랴! '매혹과 먼지'라는 제1부 제목, 그리고 "이것은 슬픔과 글쓰기, 예정되었던 명성, 그리고 내 어머니에 대한 이야기이자, 물론 우디 앨런에 대한 이야기이기도 하다"라는 첫 문장은 매혹적이다. 가방에 대한 매혹을 적을 때, 가방이 "여성의 자아의식을 보여주는 휴대용품"이고, 그것이 "그녀의 내면 지형을 자세히, 놀랄 만큼 또렷이 나타낸다"고 적을 때 내 독서욕은 자극을 받는다. 마치 삼합을 처음 맛보았을 때 식욕이 돋워졌듯이. "자신의 핸드백에 싫증이 난 여자는 삶 자체에 완전히 싫증이 난 것이 확실하다." 게다가 버지니아 울프, 브론테 자매, 제발트, 그리고 스콧과 젤다 피츠제럴드, 샐린저와 조이스 매이너드, 테드 휴즈와 실비아 플라스에 관한 이야기들이지 않은가! 전체적으로 흥미로운 책이긴 했지만 기대가 너무 컸던가? 책을 다 읽고 난 뒤 정보의 밀도와 해석력이 조금은 평이하다는 느낌이 사라지지 않는다.

#읽는_네가_좋아_흥미로운_책

부엌은 내게 사랑하는 법을 가르쳐주었다

사샤 마틴 · 이은선 옮김 · 북하우스 · 2016년 9월

작년 달력을 재활용 분리수거함에 넣어두면 JJ는 펄쩍 뛴다. "두 번 접어(A4용지 크기가 됨) 이면지로 사용해봐라, 이보다 더 시 쓰기 좋은 종이가 어디 있냐(드라마 〈디어 마이 프렌즈〉의 신구를 떠올리면 딱이다)!" 처음엔 "집에 노트가 수두룩한데 웬 청승이람!" 하며, 투덜거렸다. 저렇게 아끼는 모습에 적응하는 게 어려웠다. 도대체 1950년대에 태어난 사람들은 어떤 가난을 겪었길래, 머리를 갸웃거린 적도 있다. 그런데! 이 해 지난 달력이 요물이다. A4용지보다 견고해 구겨지지도 않고, 낱장으로 들고 다니며 메모하기에도 좋았다. 그 효용가치를 알게 된 후론 커다란 달력 한 장을 착착 접어가며, 시의 초고를 쓰거나 떠오르는 생각을 메모하게 되었다.

사샤 마틴의 『부엌은 내게 사랑하는 법을 가르쳐주었다』를 읽으며 달력 뒷장에 메모를 많이 했다. 여러 번 코가 빨개지도록 울었는데, 사랑이 아주 없었던 것은 아니나 아련하게 주어졌던 어린 시절이 떠올랐다. 스물한 겹의 페이스트리로 이루어진 '바움쿠헨' 케이크를 만드는 이야기는 인상적이었다. 바움쿠헨을 먹어보고 싶어 인터넷으로 검색해보기도 했다. 이 책에는 요리뿐 아니라 한 사람의 인생을 이루는 모든 이야기가 담겨 있다. 가족, 만남, 이별, 사랑, 죽음, 고통, 불안, 기쁨, 슬픔, 도전…… 부엌에서 일어나는 일들, 사랑하는 사람을 먹이기 위해 요리를 하는 일이 삶에서 얼마나 귀한 부분인지 생각하느라 달력 한 페이지를 다 썼다. 그러고는 철없이 불쑥, 끼어드는 생각. 여기에 나오는 대부분의 요리는 오븐이 필요한데, 나는 오븐이 없어서 못 만들잖아? 다양한 요리를 하지 못하는 이유는 오븐이 없기 때문이 아닐까, 우겨본다.

진심의 공간

김현진 - 자음과모음 - 2017년 2월

2박 3일의 짧은 여행에서 돌아왔다. 제천에서 원주로 넘어오는 새벽, 비안개로 앞이 자욱했다. 교정지를 싸들고 다녀오는 짧은 여행이다. 오후 북티크에서 5월에 출간할 책의 편집자들과 즐거운 미팅. 한국출판마케팅 한기호 대표도 함께 자리했다. 저녁 무렵 광화문에 나갔다가 교보문고에 들러 시집 세 권을 샀다. 서효인의 『여수』, 에드몽 자베스의 『예상 밖의 전복의 서』, 이브 본프와의 『움직이는 말, 머무르는 몸』.

오늘은 건축가인 김현진 에세이 『진심의 공간』을 읽는다. "계단은 우리 몸의 특성과 건축의 속성을 보여준다. 건축의 고전에서도 계단의 치수는 명확했고, 인체 치수와 그 비례로 계단의 기준은 설명되었다", 혹은 "하나의 집에서 창들이 따르는 규칙은 건축의 원리, 구조와 구획의 원리다. 대체적으로 건물 고유의 구조와 구획의 분절에 따라서 창은 뚫린다" 같은 문장은 건축가의 시선을 날카롭게 드러낸다. 문, 계단, 창, 지붕, 대문, 책장, 탁자, 부엌, 방에 대한 건축가의 독자적인 시선과 내밀한 사유를 보여주는 글들. 건축가의 사유를 받아내는 문장은 촘촘하다. 뒤늦게 책읽기를 시작해서 차츰 그것에 몰입해가는 과정이 퍽 인상적이다.

2

우리는 이렇게 살겠지

신용목 · 난다 · 2016년 7월

나를 '삼촌'이라고 부르며 조카가 문자를 보내왔을 때 생각했다. 내 몸속에는 삼촌이라는 성분이 들어 있는 것일까? 상점에 들렀을 때 교실에 들었을 때, 내 몸속에 '손님'이라는 성분과 '선생'이라는 성분이, 그리고 정말 내 몸속에는 '애인'이라는 성분이 들어 있는지 궁금했다.

이 문장을 읽다 나를 이루는 성분들에 대해 생각하느라 잠시 멈췄다. 가족 안에서 나는 누군가의 딸이며 누나, 언니, 아내, 조카, 손녀가 된다. 그러나 나는 아이와 조카가 없기 때문에 누군가의 엄마, 이모, 고모, 숙모, 큰엄마, 작은엄마는 (아직) 아니다. 사회에서 나는 장소와 입장에 따라 손님, 학생, 선생, 시인, 환자, 방문객, 회원이 된다. 나는 얼마나 복잡한 성분으로 구성되어 있는가? 그 성분을 정말 다 가지고 있는가? 어떤 성분이 들어 있을 때 가장 나다운가?

이 책은 생각에 브레이크가 자주 걸리는 책이다. 멈추고, 처음부터 다시 생각하게 하는 책. 때로 놀랍고, 때로 뭉클하고, 때로 아름답다. 이 책에서 글보다 더 나를 사로잡았던 것은 시인이 직접 찍은 사진들이다. 그가 세상을 어떤 앵글로 바라보는지 알 수 있는 사진들을 유심히 바라보았다.

저녁에는 창비학당에서 강독 수업을 했다. 게스트로 시인 오은이 나오는 날이라, 오은이 좋아하는 '주황색' 코트를 입고 갔다. "이건 엄밀히 말해 주황색이 아니야"라고 은이가 말했지만 좋아하는 눈치였다. 수업이 끝나고 우리는 위트앤시니컬로 넘어가, 친구들을 만났다.

안녕 주정뱅이
권여선 – 창비 – 2016년 5월

새 책들이 왔다. 『한국의 논점 2107』, 우에노 치즈코의 『누구나 혼자인 시대의 죽음』, 히라야마 료, 후투카와 마사코의 『나는 형제를 모른 척할 수 있을까』, 장클로드 카우프만의 『각방 예찬』, 도종환의 『그대 언제 이 숲에 오시렵니까』, 하타케야마 소의 『대논쟁! 철학 베틀』, 모두 6권. 지인과의 점심 약속 때문에 공항철도를 타고 영종도 가는 길.

권여선의 소설집 『안녕 주정뱅이』는 불행에 깊이 침윤된 이들의 얘기다. 작품마다 술꾼이 나오고 질펀한 술자리가 벌어진다. 술이 인생의 수고와 불행을 견디게 하는 묘약이라고 암시하는 듯하다. 「이모」와 「봄밤」이 특히 좋다. 「이모」에서는 가족 뒷바라지에 평생을 바치고 속절없이 늙어버린 '이모'의 시난고난한 인생의 우여곡절과 속사정을 조곤조곤 펼쳐낸다. '이모'의 인생에 빨대를 꽂고 피를 빨아먹는 흡혈귀들은 다름 아닌 가족이다. 소설들을 통독하고 난 뒤 '불행의 양태는 참 다양하구나!' 하는 느낌. 우리는 저마다 다른 상처와 질병들을 안고 사는데, 그게 덧나면서 존재의 안쪽에 불행이라는 천공穿孔이 생긴다. 성병, 실명, 환청 따위의 안쪽에는 질투, 강박, 의심 따위의 병리적 흐름들이 있다. 술에의 도취는 자기 방어 능력이 없는 자들이 그 질병에서 달아나는 유일한 도주선이다. 최근 읽은 한국 소설 중 가장 뛰어난 성취를 이룬 소설로 꼽을 만하다.

혼자를 기르는 법

김정연 · 창비 · 2017년 2월

'혼자' 사는 일이라면 나도 좀 안다. 스물다섯에 '무작정' 집에서 나와 코딱지만한 고시원에서 세 달 살았다. 고시원에서 신춘문예 당선 소식을 들었고, 상금 500만 원으로 원룸을 얻었다. 원룸에서 나와 오피스텔을 얻고, 오피스텔에서 나와 방 두 칸짜리 연립주택으로 옮겨다니며 '혼자' 산 기간만 10년. 얼마나 (고생이 많고) 귀한 시간이었는지! 떼돈을 벌거나 많은 금액을 저축하진 못했지만 열심히 살았다. 비빌 언덕? 그런 게 어디 있담. 앞만 보고 걸었다. 그나마 힘든 줄 몰랐던 건 어려서였다. 웹툰 『혼자를 기르는 법』을 보면서 자꾸 옛날 생각이 났다.

JJ는 셀 수도 없이 이사를 많이 다니던 시절이 있다고 했다. 가난해서. 가난하다는 것은 자리를 옮겨다녀야 한다는 뜻이니까. 조금씩, 조금씩 나아집니다, 힘을 내세요, 라고…… 요즘 젊은 친구들에게 말할 자신이 없다. 내가 겪은 시간과 지금 20대가 겪는 시간이 다르기 때문이다. 힘내라는 말도 미안하지만, 이 책을 같이 읽어보자고 권하고 싶다! 338쪽까지 읽다가 벌떡 일어나 컴퓨터를 켜고, 온라인 서점에 들어가 책을 한 권 더 주문했다. 내일이면 남동생이 받아볼 수 있겠지?

예상 밖의 전복의 서

에드몽 자베스 – 최성웅 옮김 – 읻다 – 2017년 2월

새벽 5시. 전기밥통에 쌀 씻어 안치고 밥이 되어가는 동안 에드몽 자베스의 시집 『예상 밖의 전복의 서』를 읽는다. '전율!', 전두엽에 뇌우가 울린다. "나는 분명 내 책들의 기억이다. 그러나 나의 책들은 어디까지 내 기억이었던가?" 누구에게 알려주지 않고 혼자만 읽고 싶은 시집이다. 에드몽 자베스의 정체성은 모호한데, 그럴 수밖에 없다. 국적은 이탈리아. 이집트 카이로에서 태어나 프랑스어로 글을 썼다. 그는 이탈리아, 이집트, 프랑스 어디에도 속할 수 있지만, 뒤집으면 그 어디에도 속할 수가 없다. 시집은 철학적 아포리즘으로 가득차 있다. 이를테면 "사람은 사람에게, 기원이자 동시에 그 너머다" "눈이 먼 자가 시선을, 귀가 먼 자가 언어를 간직하고 있다.—그들은 각각, 보이지 않는 것과 말할 수 없는 것을 위탁받은 자들이다" "생각은 공허를 짓뜯는 섬광이다. 망각은 한순간 생각의 공간이다" "망각은, 모든 추억에서, 기억을 괴롭히는 사산된 추억이다" 같은 아포리즘이 망막을 강타한다. 우리 현존은 무에서 무로 건너가는데, 무는 "영원한 망명의 장소"이다. 우리는 끊임없이 무의 전복顚覆을 기도한다. 마치 전복만이 헤아릴 수 없는 공허와 죽음을 넘어서서 찾아야 할 살길이라는 듯이. 이 전복의 현실태는 "전율하는 삶, 웃음 짓는 죽음"이다. 이 시집은 전복 예찬일 뿐만 아니라—"책들은 오직 책의 죽음 속에 있다"라고 할 때의—'책을 위한 책'이다. 에드몽 자베스라는 이름을 오래된 기억을 더듬어보니 폴 오스터의 소설에서 스치듯 보았던 게 떠오른다. 반드시 에드몽 자베스의 시집을 읽고 난 뒤 죽어라!

#지성의_불꽃을_느끼게_한_책

어떤 날들

앤드루 포터 · 민은영 옮김 · 문학동네 · 2015년 9월

앤드루 포터의 단편소설집 『빛과 물질에 관한 이론』에 열광했던 터라 장편 『어떤 날들』도 읽기 시작. 276쪽(책의 반)까지 읽었는데, 지루하다. 언제, 언제, 언제 재미있어질 생각입니까? 책을 붙들고 물어볼 수도 없고. 끝낼 수 있을까? 유독 장편이 지루한 작가가 있다. 이유는 역시, 모르겠다.

오후에는 멀리서 귀한 친구가 오기로 했다. 그 친구를 떠올리며 「그애가 저녁에 하는 행동」이란 시를 썼다. 오랫동안 서로 메일만 주고받다 오늘 처음 만나는 터라 떨린다. 나보다 한참 어린 친구인데 취향이 서 있고, 자세가 우아하고, 생각이 깊다. 그 친구는 내게 종종 자신의 걱정을 털어놓지만 나는 염려하지 않는다. 자기가 좋아하는 것을 정확히 알고 있는 친구니까. 그것을 이미 아는데, 뭐가 문제란 말인가? 20대 때는 흔들려서 흔들리는 게 아니라, 흔들리고 싶어서 흔들리는 걸지도. 흔들리는 원인이 외부가 아니라 내부에 있다는 얘기다.

밀라노, 안개의 풍경

스가 아쓰코 – 송태욱 옮김 – 문학동네 – 2017년 3월

경칩이다. 날씨 온화함. 매체 원고를 탈고해 보낸 뒤 '책읽는수요일'에서 보낸 『사랑에 대하여about love』의 교정지를 종일 들여다본다. 교정을 끝내고 편집자에게 전해야 한다.

새책들이 왔다. P는 요즘 존 버거에 푹 빠져 있다. 『존 버거의 글로 쓴 사진』『A가 X에게』『다른 방식으로 보기』『그리고 사진처럼 덧없는 우리들의 얼굴 내 가슴』『아내의 빈 방』. P가 주문한 책은 모두 존 버거의 책들이다. 내가 주문한 책은 스가 아쓰코의 『밀라노, 안개의 풍경』, 한병철의 『타자의 추방』. 오늘은 스가 아쓰코의 『밀라노, 안개의 풍경』을 읽는다. 이탈리아인과 결혼해 밀라노에 정착해 살면서 일본문학을 이탈리아어로 번역하는 일을 했던 스가 아쓰코의 에세이집이다. 가족 이야기, 이국 풍물, 만났다 헤어지는 인연, 삶과 사랑에 대한 그윽한 응시, 모두 잔잔하다. "남편이 세상을 떠나고 얼마 후 밀라노 중심가의 제과점에 들렀다가 계산대에서 마주친 여자도 떠올랐다. 그녀는 계산을 하러 온 나에게 내 남편의 이름을 말하며, 실례지만 혹시 부인이냐고 물었다. (……) 내가 고개를 끄덕이자 순식간에 그녀의 눈에 눈물이 그렁그렁해졌다." 때로는 이런 평이한 사실을 전달하는 문장에서 뜻밖에도 깊은 위로를 받는다.

#이국_풍경의_검미로운틈을_깨우는_책

고로 나는 존재하는 고양이

진중권 · 천년의 상상 · 2017년 1월

요조와 김관이 진행하는 팟캐스트를 듣다 서점으로 달려가 『고로 나는 존재하는 고양이』를 구입했다. 책이 궁금해 견딜 수 없었다. 부제가 '지혜로운 집사가 되기 위한 지침서'다. 나는 장차 집사가 될 몸이니까(부디, JJ를 설득할 수 있기를) 읽기 시작.

벌거벗음

조르조 아감벤 – 김영훈 옮김 – 인간사랑 – 2014년 10월

정당 대변인들이 '금도襟度'라는 말을 자주 쓴다. 문맥을 보면 잘 못 쓰는 경우가 잦다. "국민의당이 더불어민주당 문재인 후보에게 가하는 공격이 금도를 넘어서는 느낌이다." 이 문장에서 '금도'는 엉뚱하게 쓴 예다. '금도'는 옷깃 금襟과 법도 도度를 쓴다. 옷깃을 펼쳐 남을 넉넉하게 품어 안을 줄 아는 마음이란 뜻이다. 금도襟度 는 禁道나 禁度와 아무 상관이 없다. '금도'를 정도가 지나치거나 도 리에 어긋난다는 맥락에서 쓰면 틀린 것이다.

소파에서 뒹굴며 조르조 아감벤의 『벌거벗음』을 읽는다. '벌거벗 음'에 대한 철학적이고 신학적인 고찰들. 벌거벗음은 정치의 맥락 에서, 그리고 포르노그래피의 맥락에서 그 의미를 얻는다. 아감벤 이 말하는 벌거벗음은 "신학의 서명으로부터 분리될 수 없"는 어떤 것이다. 아감벤은 현대 신학자 에릭 페터슨을 불러온다. "벌거벗음 은 의복의 부재를 전제하나 그것과 일치하지는 않는다. (……) 우리 는 벌거벗음은 알아채지만 옷의 부재는 간과한다." 벌거벗음은 옷 의 결여다. 죄가 들어오고 인간 본성의 왜곡이 있기 전에는 옷을 걸 치지 않은 신체는 '벌거벗은' 게 아니라 신의 "초자연적 은총"을 입 고 있었다. 죄가 들어오고 신의 영광을 잃자 비로소 벌거벗은 신체 가 나타났다. "이는 순수한 육체의 벌거벗음이며, 육체의 순수한 기 능성을 야기하는 벌거벗김이다." 아감벤에게서 벌거벗은 신체는 벌거벗은 생명의 은유다. 그것은 정치권력에 예속된 생명의 헐벗 음을 가리킨다.

글쓰는 여자의 공간

타니아 슐리 · 남기철 옮김 · 이봄 · 2016년 1월

『글쓰는 여자의 공간』은 가까이 두고 수시로 들춰보는 책이다. 어느 날은 앉아 있는 도리스 레싱의 두 무릎만 보고, 어느 날은 푸랑수아즈 사강의 면바지만 본다. 어느 날은 뒤라스의 늙은 얼굴만 보고, 어느 날은 메리 매카시의 벗은 등만 본다. 어느 날은 버지니아 울프의 관자놀이만 보고, 어느 날은 안네마리 슈바르첸바흐의 옆모습만 본다. 이따금 사진 옆에 적혀 있는 글을 약간 읽는다. 오늘은 수전 손택의 커다란 책상을 오래 들여다본다.

손택은 자신에게 글쓰기는 차가운 호수에 뛰어드는 것과 같다고 말했다. 즉, 처음에는 호수에 뛰어들 엄두가 나지 않지만, 어느 순간 뛰어들고 나면 나오고 싶지 않게 된다는 말이다.

수전 손택조차 글쓰기의 두려움을 느끼는 시간이 있다니 위로가 된다. 나도 그렇다. 시작하기 전에는 어떻게든 피하고 싶어(내가 할 수 있을까?) 주변을 서성이지만, 일단 시작하면, 그러니까 작게라도 '비빌 언덕'이 생기면 그걸 붙들고 매달린다. 허공에 내려온 밧줄이 동아줄인지 썩은 줄인지 모르지만 일단 매달리고 보는 것이다. 밧줄이 몸의 무게를 감당하지 못해 허공에서 요동치겠지만 시간이 지나면 고요해지리라. 핀셋으로 사금파리를 골라내듯 의심을 골라내면, 밧줄을 타고 위를 향해 올라갈 수 있다.
항상 '시작'이 어렵다. 타잔처럼 용감하게 밧줄 잡기.

내 삶의 의미

로맹 가리 – 백선희 옮김 – 문학과지성사 – 2015년 11월

강원도 산봉우리를 덮었던 흰 눈 다 녹고 골짜기는 잿빛 음영을 머금었다. 강원도 휴양지의 한 호텔 창가에서 자양분이 듬뿍 든 봄날의 햇볕을 쬔다. 오늘은 로맹 가리의 『내 삶의 의미』를 읽는다. 부피가 얇다. '로맹 가리'와 '에밀 아자르', 두 작가의 운명을 산 그는 이주민으로 프랑스에 정착하여 전투기 조종사, 외교관, 해방무공훈장을 받은 영웅, 소설가, 영화감독, 영화배우 진 세버그의 남편으로 살았다. 1980년 12월 2일, 이 뛰어난 소설가는 자살로 생을 마감한다. 책을 읽는 내내, 우리가 삶을 살아가는 것인가, 아니면 삶이 우리를 소유하는가에 대해 곰곰 생각한다. 지금 내가 있는 공간에 흐르는 음악은 바흐의 무반주 첼로 조곡이다. 제주도 천혜향을 까먹고 음악을 들으며 한가로운 시간을 보낸다. 할 일이 없어서 한가로운 게 아니라 할 일을 뒷전으로 밀어놓은 채 능동적으로 게으름을 피운다. 게으를 권리를 찾아 누리는 것이다. 게으름은 일한 자에게 주어지는 포상이다.

고통과 환희의 순간들

프랑수아즈 사강 · 최정수 옮김 · 소담출판사 · 2009년 11월

이 책은 사강의 산문집으로, 사강의 소설보다 좀 특별한 데가 있다. 나는 언제나 이 책의 맛만 보려고 살짝 들췄다 정신없이 빠져들곤 한다. 그중 '도박'에 대해 쓴 챕터는 얼마나 많이 읽었는지! 내용을 다 알면서도 읽을 때마다 흥미롭다.

사강은 비범한 인간이다. 비단 문학적 재능에 대한 이야기만이 아니다. 인생이 백 가지의 색깔로 이루어졌다면, 사강은 아흔 가지 이상의 색을 고루 사용해본 사람이다. 비범하다는 것은 그런 것이 아닐까? 평범한 사람이 해오던 일을 계속하려는 경향이 강하다면 비범한 사람은 다양하게 경험하고 폭넓게 취하며 다른 곳으로 나아가려 한다. 호기심과 적극성, 용기와 담대함, 삶에 투신하려는 의지가 필요한 일이다. 사강의 문학적 재능에 대해서라면 말해 무엇하랴. 그녀는 어린 나이에 어쩌다 우연히 히트작을 낸 게 아니다. '천재적인 재능'이 있다. 마약 소지 혐의로 법정에 섰을 때 "나는 나를 파괴할 권리가 있다"고 증언한 사강의 말은 유명하다. 스스로 자멸하는 자들, 파멸의 길을 걷는 자들은 무수히 많다. 그러나 프랑수아즈 사강처럼 자신이 스스로에게 무슨 짓을 하는지 정확하게 인지하며 자멸하는 자는 드물다. 매우 드물다. 대부분 자신이 무엇을, 왜 하는지 객관적으로 파악하지 못한 채 무너진다. 프랑수아즈 사강이 어떤 사람인지 알고 싶다면 이 산문집에 실린 '도박'과 '스피드' 꼭지만이라도 읽어보라고 권하고 싶다.

#사랑하는_책

산책 안에 담은 것들

이원 – 세종서적 – 2016년 9월

올여름은 시드니에 머물 예정으로 일찍이 비행기 티켓을 예매한다. 시드니에서 40여 일 정도 머물며 새책을 쓸 작정이다. 시드니 다음 행선지는 베를린이 될까. 베를린을 다녀온 지 어느덧 스무 해가 넘었다. 베를린에서 이방인으로 한 달쯤 빈둥거리다 오고 싶다. 에어비앤비를 통해 숙소를 알아보는 중이다.

이원 시인의 산문집『산책 안에 담은 것들』을 읽는다. "산책은 들뜬 몸을 말리고 푸석해진 마음을 적시는 의식". 무엇보다도 "한가로운 시간인 동시에 뜨겁고 깊은 시간"인 산책을 하면서 그 경험에서 길어낸 산책에 대한 풍부한 언술들. 산책 예찬으로 읽어도 되겠다. "산책을 좋아한다"가 이 책 본문을 여는 첫 문장이다. 산책자라는 정체성을 내면 깊이 각인한 내가 이 책에 끌리지 않을 수 없다. 산책은 행선行禪이다! 산책을 큰 기둥으로 삼고, 그 옆으로 사이, 극단, 골목, 광장, 시장, 묘지, 명동, 홍대 앞, 그리고 엄마와 천재 작가 이상에 대한 사유가 주르륵 펼쳐진다.

#산책의_기쁨을_공감하며_읽은_책

너랑 나랑 노랑

오은 · 난다 · 2012년 3월

갈색의 사전적 의미는 "검은빛을 띤 주황색"이다. 갈색이 주황에서 나왔다니! 일전에 시에 "연노랑은 노랑의 이복남매"라고 쓴 적이 있다. 그러면 '갈색은 주황의 손자' 정도 되겠다. 연두는 "노랑과 녹색의 중간 빛깔"이란 뜻이다. 녹색은 "청색과 황색의 중간색", 남색은 "파란색과 자주색의 중간색", 자주색은 "짙은 남빛에 붉은빛을 띤 빛"이다. 내가 좋아하는 청록색을 찾아보니 "청색을 띠는 녹색"이란다. 결론: 모든 빛깔은 저마다 계통이 있고 근본이 있다! 저혼자 찬란하게 솟아난 게 아니란 말씀.

사전을 찾다보니, 사전을 끔찍하게 좋아하는 오은 시인이 생각난다. 오은 시인이 자신의 책들 중 가장 안 팔린다고, 사라고 부르짖는 책 『너랑 나랑 노랑』이 떠올랐음도 물론이다. 노랑은 "노란 빛깔"이란 뜻이고 노란색은 "개나리꽃이나 달걀노른자와 같은 색"이란 뜻이다. 그런데 재미있는 점 하나(나만 재미있으면 어쩌나)! 노랑老娘에 '늙은 여자'라는 뜻도 있다는 것, 처음 알았다. 사전을 찾다보면 언어에 숨어 있는 길이 무궁무진하다는 것을 알게 된다.

오은 시인이 목놓아 부르는 "너랑 나랑 노랑(생일축하곡에 가사를 입혀 부름)" 노래를 듣지 않아도 되도록, 많은 사람이 이 책을 읽어보면 좋겠다. 다양한 명화와 함께 톡톡 튀는 오은의 '색깔론', 시적 사유를 보는 재미가 있다. 오은의 글에는 수학적 관찰력과 시적 상상력이 함께 들어 있어 흥미롭다. 가령 "나무가 풀 한 포기가 되어 떨어져나갈 때, 그린의 마음은 갈기갈기 찢어진다." 이런 문장을 읽을 때 놀랍다. 사물을 꿰뚫어 보는 통찰력과 독특한 상상력, 적확한 표현력을 갖춘 문장이기 때문이다.

비평의 고독

권성우 – 소명출판 – 2016년 6월

방금 도착한 계간지 『라메드RAMEDE』 2017년 봄호에 우리 부부의 인터뷰 기사가 실렸다. "우리는 서로 사랑한다고 말하며 걸었다." 우리 책 제목을 비틀어 기사 제목으로 달았다.

권성우 비평집 『비평의 고독』을 읽는 중이다. 이 중견 비평가의 비평집에서 내 눈길이 오래 머문 것은 3장 '망명의 문학, 이산離散의 문학'이다. 그는 재일 조선인 작가와 지식인들인 김석범, 서경식, 강상중, 유미리 등의 책을 꼼꼼하게 검토하면서 언어의 문제, 탈민족주의, 디아스포라의 내면에 각인된 트라우마 같은 주제들에 천착한다. 특히 김석범의 제주 4·3 사건을 다룬 원고지 22000매에 달하는 대하소설 『화산도』를 극찬한다. 이 소설이 영어나 프랑스어로 번역되었다면 노벨문학상을 받았을 것이라는 평가나, "일본어 문학을 대표하는 금자탑"이라는 일본 내부의 드높은 평가는 놀랍다. 아직 『화산도』를 읽지 않은 탓에 선뜻 동의하기는 애매한 바가 있지만 그는 이 작품을 "디아스포라 정체성과 망명, 밀항, 인물 형상화의 의미, 혁명에 대한 사유"라는 관점에서 읽어낸다. 『화산도』가 망명문학의 높은 성취를 이뤄냈다는 것, "검열이나 사상적 금기, 사회 전반에 각인된 반공 이데올로기"를 넘어서서 "최대치의 미적 형상화"에 성공했다고 평가한다. 김석범의 『화산도』를 꼭 읽어봐야겠다는 생각을 갖게 한다.

#비평의_고독을_생각하며_읽은_책

쇼코의 미소

최은영 · 문학동네 · 2016년 7월

나는 차가운 모래 속에 두 손을 넣고 검게 빛나는 바다를 바라본다.
우주의 가장자리 같다.

표제작 「쇼코의 미소」는 이렇게 두 문단으로 시작한다. 두 문장
이자, 두 문단이다. 매료되는 시작이다.

처음 이 소설을 읽은 것은 『젊은작가상 수상작품집』에서였고, 두
번째는 소설집으로 묶이고 나서였다. 최은영 작가는 시 쓰는 내 친
구의 아내로 알다가, 다음엔 막 등단한 소설가로 알았고, 지금은
'장차 중요한 작가가 될 최은영'으로 알고 있다.

처음 『쇼코의 미소』를 읽던 시간을 기억한다. 특별한 이야기가
아닌데, 이상하게 마음을 잡아두는 데가 있었다. 눈을 떼지 못하고
집중해서 읽다 급기야 가슴이 뻐근해졌고, 눈물을 뚝뚝 흘렸다. 이
힘은 뭘까? 어디에서 오는 것일까? 책을 덮고 놀랐던 기억이 있다.

작품집에 실린 「쇼코의 미소」를 다시 읽었을 때, 역시 같은 부분
에서 눈물을 흘렸다. 다른 작품들도 읽어보니 자극적이지 않고 안
정적인 서사 속에 빛나는 부분이 꼭 하나 이상 있었다. 흙속에 박힌
사금파리 같아서 무심결에 걸으면 찔리기 쉽고, 조심조심 걸으면
그 반짝임에 매혹되어 한참을 머물게 하는 데가 있었다. '드물게 귀
한' 작가가 탄생한 것이다.

나는, 오늘도 5: 먹다

미셸 퓌에슈 글 / 안느 주르드랑 그림 – 심영아 옮김 – 이봄 – 2013년 11월

나라 명운이 걸린 날이다. '헌재'에서 내릴 탄핵 심판의 결과를 기다리는데, 기상청은 오늘 날씨가 맑고 낮엔 포근하다고 했다. 헌재 판결이 박근혜의 운명을 어떻게 바꿀지에 대해서는 관심이 없다. 중요한 것은 우리의 안녕과 공동체의 운명이다. 마침내 헌재가 헌법재판관 만장일치로 박근혜를 대통령직에서 파면 결정했다는 뉴스가 삽시간에 퍼진다. 헌재는 8 : 0으로 탄핵 인용 결정을 내렸다. 이것은 몰상식(김평우, 서석구, 김진태, 윤상현 등등)에 대한 상식(헌법적 가치)의 심판이고 '촛불'로 표출된 민의의 승리다. 지난 겨울 주말마다 광화문을 메운 '촛불'들이 이 승리의 훌륭한 촉매고 동력이었다.

점심때 합정동에서 문정희 선배와 만나고, 저녁에는 '얼떵앤키친'에서 시인들과 만났다. 오은, 박준, 김민정, P와 나. 식사와 유쾌한 담소. 밤에 돌아와 미셸 퓌에슈의 『먹다』를 읽었다. 사람은 식물처럼 광합성 작용을 해서 스스로 영양분을 만들어낼 수 없다. 평생 바깥에서 취하는 음식에서 영양분을 공급받는 처지다. 먹어야 산다. 그러니까 "먹는 것은 본능적 욕구"이자 "정치적이고 경제적이며 생태적인 행위"이다. 무엇을 먹느냐에 따라 우리가 어떤 존재인가가 결정된다는 사실은 먹는 것이 우리 실존의 중요한 부분이라는 점을 일깨운다.

하늘과 바람과 별과 시

윤동주 · 소와다리 · 2016년 2월

오늘은 이미 종영된, 김두식과 황정은이 진행하는 팟캐스트 〈라디오 책다방〉 시즌 1을 들으며 된장찌개를 끓였다. 게스트로 서경식 선생이 나왔다. 서경식 선생이 프리모 레비와 윤동주를 비교하며, 그들의 공통점에 대해 말해주어 주의깊게 듣고 있었다. 윤동주와 프리모 레비. 한 번도 겹쳐 생각해보지 못한 조합이었는데, 과연 겹쳐지는 부분이 있었다. 디아스포라라는 점, 비극으로 점철된 역사의 희생양이라는 점, 이방인(혹은 주변인)으로 사는 게 무엇인지 알았다는 점 등등. 흥미로운 해석이었다. 이야기 중간에 진행자가 서경식 선생께 윤동주 시 중 한 편을 낭독해달라고 부탁했다. 서경식 선생은 "윤동주의 별 세는 밤"을 읽겠다고 하셨고, 그 순간 나는 식칼을 든 채로 배를 잡고 웃어야 했다. '헤다'와 '세다'의 차이가 분위기를 이렇게 전복시키다니. 재일교포 지식인으로 우리나라에서도 꽤 많은 독자를 거느린 선생은 우리말 발음이 어색한 분이다. 선생은 바로 "별 헤는 밤"이라고 정정하셨지만 내 터진 웃음보는 꽤 매지지 않았다. 별 세는 밤. 이게 뭐가 그렇게 웃기냐고 물으면 할 말은 없지만. 오늘부터 서경식 선생의 팬이 되었다. 그런 의미에서 윤동주의 시집과 프리모 레비 책들을 다시 꺼내 읽어봐야겠다. 윤동주. 초심을 바로 잡아야 할 때 이 이름만한 게 없다.

참, 오늘은 웃을 일이 많다. 현직 대통령 탄핵이 인용된 날이다. 당연한 일이 당연하게 왔는데, 그게 참 어려웠다. 당연한 것이 늘 당연하게 당도하진 않으니까. 저녁에 사랑하는 친구들과 작은 모임이 있는데 이 일기를 쓰며 기다리고 있다. 탄핵을 축하하며, 서로 당연하게 얼굴을 맞대고 수다떠는 것에 감사하며, 적당히 취한 기분으로 '별 세는 밤'이 되기를.

엄마의 골목

김탁환 – 난다 – 2017년 3월

김탁환의 『엄마의 골목』은 초등학교 교사를 지낸 칠순의 엄마와 작가가 진해의 길들을 걸어보는 얘기다. 작가의 '엄마'는 1942년 일본 나고야에서 태어나고 진해에서 자라 진해여중과 진해여고를 나와 초등학교 교사를 지내다 결혼을 했다. 1985년 봄, 남편과 사별하고 혼자가 되었다. 아들이 진해를 걸어보자고 제안을 하자 엄마는 요구 조건을 내건다. "봄과 여름과 가을과 겨울, 사계절 진해를 함께 걷고 쓸 것." '진해'는 진해만이 아니다. "진해가 진해에만 있는 게 아니라고. 옛날부터 마산과 창원에 이어진 곳이 바로 진해라고. 바로 네가 산증인이 아니냐. 진해에서 태어나고 창원에서 유년기를 보내고 마산에서 청소년기를 지나간 사람. 마창진이니 창마진이니 하는 얘기가 헛말이 아니란다. 그만큼 셋은 가까이 붙어 있어." 이런저런 우여곡절 끝에 두 사람은 함께 진해를 걷고, 작가는 글을 쓴다. 작가가 쓴 많은 부분이 엄마의 회상에 의존한다. 늙은 엄마는 항상 이야기 덩어리, 이야기의 집적체다. "엄마의 이야기가 끝나고, 나 혼자가 되었을 때, 녹음을 돌려 듣거나 기억을 더듬으며 엄마 이야기 곁에 내 이야기를 비로소 끼적인다." 매우 쉽고 잘 읽힌다. 다 읽고나면 진해를 걸어보고 싶은 마음이 생긴다.

주기율표

프리모 레비 · 이현경 옮김 · 돌베개 · 2007년 1월

어제 주문해서 오늘 받았다. 이토록 '묵직하고 깊은' 책을 어떻게 읽어야 할지 모르겠어서 멍하니 바라보고만 있다. 한참을 바라보고 만져보다, 맨 뒤 필립 로스와 프리모 레비의 대담 먼저 읽기로한다. 필립 로스가 한 이 말이 인상적이라 적어둔다.

작가들이 세상 모든 사람들과 마찬가지로 두 부류로 나뉜다는 사실을 알게 되는 것이, 사람들이 애초에 생각하듯 그렇게 놀라운 일은 아닐 것이다. 그 두 부류란 바로 당신에게 귀를 기울이는 사람과 그렇지 않은 사람이다. 레비는 귀를 기울이는 쪽이다. 그것도 온 얼굴로, 완벽한 모델이 될 만한 얼굴, 턱끝에 살짝 하얀 수염이 달린, 예순일곱의 나이에 목신 판인 동시에 전문가처럼 보이기도 하는 젊음을 간직한 얼굴, 참을 수 없는 호기심이 어린 동시에 존경받는 '박사'의 모습도 보이는 얼굴로 말이다.

아는 사람은 알 테지만, 유명하고 나이든 작가를 만나보라. 타인의 말에 귀기울이는 작가? 매우 드물다. '자신'이 너무나 거대해져서, 다른 사람의 이야기가 들어올 자리가 없어지는 게지.

청동정원

최영미 – 은행나무 – 2014년 11월

박근혜가 청와대를 떠나 삼성동 집으로 돌아가는 걸 텔레비전 중계로 지켜본다. 시종 잘못이 없다는 태도, 그 뻔뻔함과 생각 없음에 분노한다. 일말의 연민이 없었던 것은 아닌데, 그나마 사라진다. 그는 애초 자기를 객관화해서 볼 수 있는 이성과 사유 능력이 현저하게 부족한 사람인 것일까.

최영미의 『청동정원』은 중산층 철부지 아가씨가 '불의 연대'를 통과하면서 겪는 의식 성장사를 축으로 하는 자전소설이다. 공지영의 후일담 소설과 견주게 되는데, 생동감이 있고 순정이 빛나는 대목에서는 미소가 저절로 나온다. 소설의 상당 부분은 자전적 체험에 기대고 있는 것이 분명하다. 그러나 "일기장에 뽑아올린" 대목들과 취재로 엮은 소설은 서술의 객관화가 덜 되어 소설로서는 불완전하고 미숙하다는 느낌을 떨쳐내기 힘들다.

랩걸

호프 자런 — 김희정 옮김 — 알마 — 2017년 2월

우주가 나만을 위해 정해놓은 작은 비밀을 잠깐이나마 손에 쥐고 있었다는, 그 온몸을 압도하는 달콤함은 아무도 앗아갈 수 없었다. 나는 본능적으로 내가 작은 비밀을 손에 쥘 가치가 있는 사람이라면 큰 비밀도 쥘 가치가 있다는 것을 알았다.

과학자와 시인의 공통점은 아직 알려지지 않은, 혹은 알려져 있지만 새로운 시각으로 다루어진 적이 없는 비밀을 발굴해 세상에 내놓는 일을 한다는 점일 거다. 식물학자이자 과학자인 호프 자런의 『랩걸』을 읽으면서 여러 번 전율했다. 비단 식물에 대한 이야기뿐 아니라, 인간을 바라보고 삶을 겪어내는 방식에도 놀라운 통찰이 있었다. 결국 모든 것을 어떻게 보느냐의 문제이고, 바라보는 방식에 따라 '새로운 발견'이 따라오는 것이리라.

눈 속에서 사는 식물들에게 겨울은 여행이다. 식물은 우리처럼 공간을 이동하면서 여행하지 않는다. 일반적으로 식물은 장소를 이동하지 않는다. 대신 그들은 사건을 하나하나 경험하고 견뎌내면서 시간을 통한 여행을 한다. 그런 의미에서 겨울은 특히 긴 여행이다.

호프 자런은 식물을 밖에서 들여다보고 관찰하고 실험한 것을 넘어서, 식물 안이 되어보기, 식물로 생각하기를 실천한 사람이다. 예술뿐 아니라 학문 연구에서도 통용되는 법칙, 역지사지易地思之! 이것을 대체할 게 있을까? 되어보기. 어느 분야든 뛰어난 사람들은 '되어보기'를 잘한다. 일단 되어본 후, 거리를 유지한 채 재배열하는 것. 그게 예술이고 학문이고, 정치고…… 다 그런 거 아닐까.

일의 기쁨과 슬픔

알랭 드 보통 - 정영목 옮김 - 은행나무 - 2012년 2월

박근혜 파면으로 이 국정농단 사태를 아퀴질 일이 아니다. 박근혜뿐만 아니라 그 주변에서 호가호위하며 산 맹신자들, 김기춘과 우병우, 변호사 김평우나 국회의원 김진태 등이 보여준 것은 자기 비판적 사유의 마비와 신념 기억의 이상 비대화다. 그들은 무례, 비논리, 생떼쓰기, 말 뒤집기 등을 밥 먹듯이 쏟아낸다. 신념 기억의 이상 비대화는 학습 기억이 준 데 따른 필연의 결과다. 학습 기억이 줄면 대뇌피질이 굳어지고 뇌의 사고 기능에서 유연성이 사라진다. 그 결과로 회의가 없는 자기 신념만 강화된다. 따라서 신념 기억의 이상 비대화는 사고의 빈곤, 생떼쓰기로 이어지는 경우가 잦다. 학습 기억이 준 이들의 전형적 행태가 말의 무질서함과 생떼쓰기다. 한 얼뜨기 트위터 사용자가 나를 겨냥해 '붕신'이라고 유치한 욕설을 남겼다. 짧은 몇 문장이 그의 사람됨을 말한다. 속어로 덧칠된 문장, 형편없는 문어 해독력, 비논리적 문장이 그 증거이다. 그는 유치하고 편협한 사유에 묶인 사람일 테다. 오후 늦게 새책 교정지를 넘기고 카페에서 책을 읽는다. 알랭 드 보통의 『일의 기쁨과 슬픔』. 예전 이레판을 읽었는데, 그새 표지도 새로 바뀌고, 발행처도 은행나무로 바뀌었다. 글을 쓰는 데 참고하려고 은행나무판을 새로 사서 읽는 것이다.

예상 밖의 전복의 서

에드몽 자베스 ─ 최성웅 옮김 ─ 읻다 ─ 2017년 2월

한 권의 거룩한 책이 있는 게 아니라, 거룩한 책의 침묵에 열린 책들이 있는 것이다.
쓰기란, 이러한 침묵에서 시작하여, 영원의 책을, 우리의 변신이 담긴 필멸의 책으로 틈입시키는 일이다.

JJ는 이 시집을 읽다가 전율했고(벌떡 일어섰지), 자신의 트위터에 "반드시 에드몽 자베스의 시를 읽고 죽어라!"라고 써서 내 배꼽을 잡게 했다. 아니, 무슨 책 추천을 그토록 열정적으로(차라리 분노에 차서) 하냐고! 정말 많이 웃었다. 얼마나 좋길래? 궁금해서 시집을 잡았다. 과연 천재적인 데가 있다. 저 솟구치는 천재성을 갈무리하기 위해 시인은 스스로 고단하지 않았을까?

나는 말의 볼모며, 또한 말은 침묵의 볼모다.

이렇게 멋질 수가! 읽으면서 『침묵의 세계』를 쓴 막스 피카르트가 자주 떠올랐는데 비슷하면서도 다르다. 막스 피카르트가 안으로 침잠하는 소용돌이 혹은 하나의 돌멩이라면, 에드몽 자베스는 밖으로 분출되는 회오리이자 튕겨나가는 물방울(거꾸로 내리는 비)들이다. 피카르트가 침묵을 얘기할 때 고요하고 깊은 말투로 지나간다면, 에드몽 자베스는 압축된 언어로 비약과 전복을 사용해 공중을 뛰어 건넌다. 아마 산문과 시의 차이겠지만, 나름의 매력이 있다.

침묵의 책

세라 메이틀런드 – 홍선영 옮김 – 마디 – 2016년 7월

동교동의 카페꼼마에 들어서는데, 한 낯선 젊은이가 다가와 꾸뻑 인사한다. 에드몽 자베스 시집을 번역한 최성웅씨다. 그는 내 동선을 어렴풋이 꿰고 있어서 이곳에 왔노라고 한다. 내가 여기에 자주 들른다고 하니 우연히 만날 수도 있으리라고 생각했을 테다. 뜻 맞는 젊은이들이 동인을 꾸려 만들었다는 일다출판사에 대한 얘기를 들었다.

세라 메이틀런드의 『침묵의 책』은 인류가 겪은 다양한 침묵 경험들을 반추하며 그 매혹과 의미를 짚어본다. 메이틀란드는 영국의 소설가이자 논픽션 작가다. 나는 '침묵'을 다룬 책들을 좋아한다. 당연히 이 책도 좋았다. 침묵이 서린 곳은 소음과 잡음으로 뒤덮인 이 세상에서 드문 피정 지역이다. 침묵을 찾을 수 있는 곳은 사막들이다. "은둔자부터 현대 여행자에 이르기까지 사막에 대해 글을 쓴 사람들은 한결같이 사막의 밀도 높은 침묵을 얘기한다." 사막에서 침묵과 고독은 "뚫을 수 없는 장막처럼 온 사방에 내려앉"는다. 이를테면 시나이 사막. 여기에는 "광막하고 뜨거운 무無"와 "심오한 침묵" 외에는 아무것도 없다. 이 사막에서 침묵을 겪는 일은 "'바람과 모래와 별들'이 조직한 사막 피정"에 참여하는 일이다. 토머스 칼라일은 "침묵은 영원처럼 깊고 말은 시간처럼 얕다"라고 말한다. 왜 아니겠는가! 침묵은 말의 부재가 아니라 의미의 충만으로 이루어진다. 내적 고요와 본성이 깃들인 아름다운 말들은 오직 침묵 속에서만 나타난다. 침묵의 정화 과정을 거쳐 방울방울 떨어지는 말들은 영롱하고 아름답다.

일일일락

황인숙 글/선현경 그림 · 마음산책 · 2007년 6월

책장을 뒤지다 잊고 있던 책을 발견했다. 황인숙 시인의 산문과 선형경 작가의 삽화가 담긴 『일일일락』. 책을 펼치니 책갈피에 동물원 입장권이 껴 있다. 2007년 9월 29일 날짜가 적혀 있다. 2007년이면 내가 시인 신미나를 처음 만난 해다. 그해 초가을, 그녀와 동물원에 갔었지. 10년 전 일이라고 생각하니, 가슴속으로 조그마한 돌멩이 하나가 떨어지는 기분이 든다. 우리는 동물원이 문을 닫는 시간까지 있다가, 동물들이 어둠에 잠겨 서 있는 풍경을 뒤로하고 걸어나왔다. 그때 우리는 성큼성큼 나오지 못하고 자꾸 뒤를 돌아봤다. 무언가를 남겨두고 떠나는 기분이 들었기 때문이다. 어스름 속에서 동물들은 검은 얼룩처럼 서 있었다. 그날 밤 「기린숲」이라는 시를 썼다. 기린이 빼곡하게 숲을 이루고 서 있는 풍경을 상상하며. 마음에 안 차 발표하진 못했지만.

그날로부터 딱 10년 뒤인 2017년 9월 29일에 동물원에 가자고, 신미나 시인에게 말해볼까? 10년이 지나 우리는 어떻게 달라졌는지, 동물원을 거닐며 말해보자고. 책 안에 내 지난 '10년'이 담겨 있는 듯, 자꾸 쓰다듬어본다. 그때 나는 황인숙 시인의 산문집을 자주 읽었다. 그녀처럼 산뜻하고 정확하고 유머러스하며 통찰이 가득한 글을 쓰고 싶었다.

젊음과 아름다움이 한창인 나이에 겪는, 대상도 정처도 없는 그 막무가내의 그리움. 젊다는 건 다름 아니라 그리움이 한창일 때라는 거다.

한꺼번에 옛 기억이 우르르 쏟아지니 조금, 울고 싶어진다. 아마 나는 아직은 어린가봐(조용필식으로).

비극의 탄생

프리드리히 니체 – 김출곤/박술 옮김 – 읻다 – 2017년 2월

오후 늦게 광화문에 나갔다. 일을 다 본 뒤 교보문고에서 니체의 『비극의 탄생』을 사들고 카페에 가서 읽었다. 『비극의 탄생』은 잘 알다시피 "니체라는 비극적 영웅을 세계의 무대에 출현시킨 디오니소스적 분출"이라는 평가를 받은 철학자 니체의 기념비적인 첫 저작물이다. 니체는 20대 중반 무렵인 1869–1972년 사이에 초고를 쓴다. "숭고한 우연의 날들—심오한 순간의 날들". 1870년 초 바젤 박물관에서 행한 두 번의 강연 〈그리스 음악극〉과 〈소크라테스와 비극〉이 『비극의 탄생』의 밑그림이 되었다. 아폴론적인 요소와 디오니소스적인 요소는 끊임없이 충돌한다. 니체는 이 둘의 투쟁을 살피며, 그리스 비극의 기원과 본질을 탐문한다. 니체는 아폴론적인 것과 그 대립인 디오니소스적인 것을 예술가의 권력으로 고찰하고 놀라운 밀도로 수놓는데, 어떤 문장들은 곱씹어 봐야 겨우 의미를 짐작할 만큼 난삽하다.

저녁 7시, 승효상 건축가 사무실 '이로재'에서 열리는 '동숭학당' 첫 강의를 들었다. '동숭학당' 올해 테마는 '기억'이다. 첫 강연자는 서울대 규장각한국학연구원의 김하라씨. 1775년부터 1787년까지 하루도 빠짐없이 적은 24권의 일기 흠영欽英으로 '한양선비 한해살이'의 낱낱을 드러낸 선비 유만주(1755–1788)의 '집과 기억'을 다룬다. 혜화동 로터리의 혜화 칼국숫집에 들러 칼국수 한 그릇 먹은 뒤 이 강의를 들으러 갔다.

지금은 간신히 아무도 그립지 않을 무렵

장석남 ― 문학과지성사 ― 1999년 4월

못 견디겠는 날이 많았을 무렵, 자주 들춰보던 시집이 있다. 『지금은 간신히 아무도 그립지 않을 무렵』이라는 긴 제목의 시집. 이렇게 긴 제목에 이렇게 완벽한 리듬이라니. 벽에 기대 그 제목을 읊조려보기만 해도 좋았다. 제목만 읽어도 충분했다. 여섯 어절에 들어 있는 여섯 번의 다짐, 여섯 번의 무너짐, 여섯 번의 꽉 쥔 주먹, 여섯 번의 눈물 참음. 요새도 멀리에 있는 사람, 볼 수 없는 사람이 그리울 때면 습관처럼 중얼거리는 말. 지금은 간신히 아무도 그립지 않을 무렵. 이 속도와 리듬이 좋아서 몰래 내 주문으로 삼았지. 20년도 더 지난 시들 앞에 서면, 장석남 시인께서는 어떠시려나? 회한에 젖을까? 언제 안부 여쭈어야겠다.

출퇴근의 역사

이언 게이틀리 – 박중서 옮김 – 책세상 – 2016년 10월

이언 게이틀리의 『출퇴근의 역사』는 우리가 별 의미 부여를 하지 않은 채 관습적으로 치르는 출퇴근에 대한 인문학적 성찰을 보여준다. 익숙한 일상의 일부가 되어버린 '출퇴근의 역사'라니! 생업 변화와 그에 따른 출퇴근 역사가 열리며 생활상의 거의 모든 것이 바뀐다. 일터와 집이 분리되고, 직장은 도시 중심에, 집은 교외에 자리하는 게 일반적인 방식이다. '철도 열풍'과 더불어 약진의 계기를 맞은 통근은 직장인에게 이동의 자유를 열며 낯선 사람들과 섞이는 것을 자연스럽게 받아들이도록 조련한다. 통근은 식사 습관, 생활의 리듬, 연애의 방식마저도 바꾼다. 대중교통을 통한 출퇴근은 이전에는 없던 생활상의 "파격적인 행위"이고, 과거에는 없었던 "새로운 삶의 방식을 상징하는 행위"였다. 날마다 먼 거리에 있는 직장을 오가는 출퇴근이 사회혁명의 기폭제가 되었던 것. 생활의 혁신은 의식의 혁신을 부르는 법.

#출퇴근의_뜻을_곱씹으며_읽은_책

여수

서효인 · 문학과지성사 · 2017년 2월

'위트앤시니컬'에서 서효인 신간 시집 『여수』 낭독회가 있는 날. JJ와 함께 참석했다. 사실 그동안 효인이의 시보다 산문의 열렬한 팬이었다. 그도 그럴 것이 효인이가 쓴 두 권의 산문집 『이게 다 야구 때문이다』와 『잘 왔어 우리 딸』은 쉽고 재미있게 읽히는데다 울다가도 웃게 하고, 웃다가도 울게 만드는 마력이 있기 때문이다. 뛰어난 글쟁이인 것이다. 산문을 잘 쓰는 시인들이 많지만 효인이는 '특히' 잘 쓰는 부류다. 그런데 오늘 낭독회를 보고 깜짝 놀랐다. 그가 자기 리듬을 완벽히 몸에 입고 시를 쓰는 시인이라는 것을 낭독을 들으며 처음으로, 깨달았기 때문이다(효인아, 미안해). 뭐라고 말하면 좋을까? 가수 장기하가 몸을 흔들며 자기 노래를 자기 리듬에 맞춰 자기식으로 부를 때 느꼈던 경탄을 오늘 무대에서 목격했다. 끊어질 것 같은데 이어지는 기이한 리듬, 말과 노래의 중간에서, 걷기와 달리기를 오가며 멈추고 이어지는 낭독은 최근 본 여러 무대 중 가장 인상적이었다. 서효인의 시는 서효인의 음성으로 들어야 '완전히' 취할 수 있다(그렇다고 독자들이 서효인을 따라다니며 한 번만 읽어달라고 청할 수도 없고, 안타깝네요). 낭독에 반하게 되는 시집이 있는데 이번 시집에 실린 시들이 그랬다. 지루할 틈이 없었다. 서사와 상상력, 세련된 비약과 유머, 날카로운 통찰까지. 혼자 있을 때 그의 시집을 다시 읽어봐야겠다. 그의 리듬으로!

가장의 근심

문광훈 – 에피파니 – 2016년 12월

문광훈의 『가장의 근심』은 미학 에세이로 580쪽이 넘는다. 이만한 두께의 책을 읽으려면 세상과 절연하는 시간이 필요하고, 책을 읽는 데는 시간과 노고가 반드시 투자되어야 한다. "그 책을 읽게 만드는 그 무엇—찬탄할 만한 것에 대한 숨은 갈망이 있다. 우리는 읽으면서 어떤 다른 삶을 엿보고, 어떤 현자에 귀기울이며, 또다른 생활을 추체험한다. 그러면서 삶의 바탕과 세계의 모태 그리고 그 고향을 떠올린다. 좋은 책과의 만남에는 마음의 이런 깊은 움직임—을 갈구하는 마음이 자리하는 것이다." 문광훈은 대학교수이자 가장으로서 자기 삶의 안팎을 두루 응시하고 깊은 성찰 끝에 얻어낸 맑은 깨달음을 투명하게 드러낸다. 그 드러냄은 감정이라는 프리즘을 통해 굴절되는데, 슬픔, 부끄러움, 덧없음, 안타까움 따위의 감정들이다. 처남의 죽음에 대한 회고가 있고, 이런저런 삶의 국면을 통해 쌓인 해묵은 피로와 회한이 녹아들고, 예술의 촉매로 일어나는 마음의 파장이 스민다. 그는 "내가 내 삶을 살아가고, 내 스스로 그 삶을 만들어가야 한다"는 실존의 엄중한 요청 속에 있다. 그 요청을 받아들일 때 비로소 윤리적 올바름이 단단하게 자리할 것이다. "내가 내 삶을 산다는 것은 스스로 묻고 판단하고 결정하면서 자기를 좀더 높은 진선미의 수준에서 변형시킨다는 뜻이다. 비록 서툴고 때로는 위태롭지만, 매일매일 자기 삶을 하나하나 만들어가는 일만큼 놀랍고 기쁜 일이 어디 있는가?" 자기 마음의 결을 세세하게 살피면서 적은 에세이를 읽는 것은 매우 의미 있는 독서 경험이다.

담

지경애 · 반달 · 2014년 3월

그림책을 읽는다. 빨리 보면 1, 2분도 안 돼 끝낼 수 있고, 느리게 보면 한 시간도 더 걸릴 수 있는 독서가 그림책 읽기다. 작가는 담(담벼락)에 대해 쓰고 그린다. 담에서 할 수 있는 일—기대고, 숨고, 낙서하고, 놀고, 기다리고—에 따라 담의 역할과 용도가 달라진다는 것을 시적으로 표현해낸다.

수묵담채화의 순한 그림이 좋아서 오래 들여다보게 된다. '벽'이라고 쓰면 차가운데, '담'이라고 쓰면 따뜻한 이유가 뭘까? '담'을 가림막으로 보지 않고, "쏟아지는 별들, 밤새 안아"주는 존재로 그리는 작가의 시선이 어여쁘다.

지금 머물고 있는 21세기문학관 근처에 구멍가게(목련나무 한 그루 환하게 서 있는 집)가 있다. 있는 것보다 없는 것이 훨씬 많은 가게다. 그런데도 그곳을 지날 때면 마음이 훈훈해져 걸음이 느려진다. 담이 내 키보다 낮아서 목련나무 가지가 통째로 다 보이는 집! 대문도 작아 들어가려면 고개를 숙이고 들어가야 하는 집. 마음이 간다. 같이 지내는 장수진 시인을 세워놓고 사진도 찍고, 마당에 묶인 개 두 마리가 짖는 소리에도 귀기울이게 된다.

담, 담, 낮은 담. 어여쁘다. 담이 낮다는 것은 가릴 게 없는 게 아니라, 지킬 게 없는 게 아니라, 마음이 열려 있다는 증거 아닐까. '담담'한 기분으로 세상을 산다는 증거.

헤밍웨이, 파리에서 보낸 7년

어니스트 헤밍웨이 - 윤은오 옮김 - 아테네 - 2004년 9월

책 한 권을 찾으려고 안성을 다녀왔다. 수졸재 서가에서 책을 찾다보니 별의별 책들이 다 쏟아진다. 『헤밍웨이 파리에서 보낸 7년』. 절판되어 찾을 수 없는 책이 수졸재에 있었다! 프랑스어판 『파리는 축제다』를 번역한 것. 생미셸의 카페, 당대 예술 천재들만 출입이 가능하던 파리 플뢰뤼스 27번가의 아파트 살롱, '잃어버린 세대', 오데옹가 17번지에 있던 헤밍웨이가 책을 빌려 읽던 실비아 비치의 책방 '셰익스피어', 그리고 거트루드 스타인, 스콧 피츠제럴드, 에즈라 파운드, 제임스 조이스에 관한 책이고 젊은 헤밍웨이가 초보 작가 시절을 보낸 파리, 1921-1926년까지의 기록이다. "기자 생활을 그만두고 미국에서는 아무도 사지 않는 이야기들만 쓰고 있었을 때", 가난과 허기, 경마에의 집착은 도드라진다. 파란 노트 한 권, 연필 두 자루, 연필깎이, 그리고 행운의 토끼발톱. 이 책은 무명작가 헤밍웨이의 순정한 시절과 대작가로 도약하는 데 어떤 대가를 치렀는지를 보여준다. 파리 시절이 끝나고 28년 지난 뒤 헤밍웨이는 노벨문학상을 수상한다. "쓴다는 것, 그것은 최고로 고독한 삶이다. 작가는 고독 속에서 작품을 완성하며 그리고 정말 훌륭한 작가라면 날마다 영원성의 부재와 맞서 싸워야만 한다." 그가 수상 소감에서 남긴 말을 되새긴다. 오후에는 카페꼼마에 나와 『새로 쓰는 한국문학사』 원고 교정을 본다. 반은 어제 편집자에게 넘겼다. A4로 160매 분량. 만만치 않은 분량이다.

세노야 세노야

고은 · 청하 · 1990년 3월

JJ와 안성 서재에 들러 보물찾기하듯, 오래된 물건과 책들을 찾아온 날. 나는 구석에 처박혀 있던 작고 어여쁜 연적 네 개를 신문지에 싸서 담아왔다. 이런 보물을 팽개쳐두었냐고 핀잔을 주니 JJ는 "몰랐어? 여긴 내 보물 창고야"라고 대답했다. 보물 창고라니, 먼지도 좀 있을 수 있고, 할말이 없군. 그리고 정말 귀한 책 한 권을 뽑아왔다. 오래전 고은 시인이 30대 때 쓴 산문집 『세노야 세노야』. 몇 장 훑어보니 "이거 진액이네"라는 말이 저절로 나왔다.

그 밖에도 자주색 편지봉투 아홉 장, 아프리카에서 만든 인형(고추가 디테일하게 붙어 있는), 쇠붙이로 만든 부엉이 작은 것 두 개, 부처 두상 두 개. 마음에 쏙 드는 보물들과 그중 제일 보물인 책 한 권을 발굴(?)한 날.

약자의 찬가

알렉상드르 졸리앙 - 이충민 옮김 - 새물결 - 2005년 10월

일요일 오후, P와 함께 파주 헤이리의 카메라타에 다녀왔다. 일
요일이라 카메라타에는 사람이 많았다. 햇빛 환한 자리를 차지하
고 앉아 원고 교정. 음악에 귀기울이지 못했다. 네 시간쯤 일하다가
돌아왔다. 알렉상드르 졸리앙의 『약자의 찬가』를 읽었다. 가장 나
약한 자야말로 가장 강한 자다. 알렉상드르 졸리앙, 그는 장애를 가
진 철학도다. 이 책은 그 "특이하고 놀라운 사람의 자전적 이야기"
다. 그는 뇌성마비를 앓은 뒤 신체적 장애를 갖게 되었는데, 그런
까닭에 보통 사람이 손쉽게 할 수 있는 일들을 아주 어렵게 배운다.
그는 이렇게 고백한다. "'밥' '손' '눈' '물' '잠' 같은 간단한 단음절
단어를 발음하려고 무자비한 전투를 치러야 했어요." 가족을 떠나
'센터'로 보내진 그에게 인생의 목표는 거창한 것이 아니다. 그것은
"발전하고, 변화하고, 남들과 조금이라도 더 비슷해지고, '정상인'
의 범주에 가까워지"는 것이다. 그는 철학을 전공했다. 그에게 철
학이란 무엇일까. 철학은 영혼의 감응, 모든 가치에 대한 새로운 발
견, 그리고 삶의 혁신을 이루게 하는 사유의 핵심이다. 이 책은 연
약함 속에 깃든 인간의 위대함을 돌아보게 하는 '철학'책이다.

팀 버튼의 굴 소년의 우울한 죽음

팀 버튼 — 임상훈 옮김 — 새터 — 2012년 4월

JJ와 헤이리 음악 카페 카메라타에 왔다. 『팀 버튼의 굴 소년의
우울한 죽음』이라는 얇은 책을 들고 왔다. 내가 이 책을 읽는 이유
는 작년에 이기성 시인의 「굴 소년의 노래」라는 시를 재미있게 읽
었고, 그 시가 팀 버튼의 『굴 소년의 우울한 죽음』에서 소재를 빌려
왔다는 것을 알았기 때문이다. 이기성 시인은 '시시한 다방' 팟캐스
트 녹음할 때 딱 한 번 뵈었는데, 자꾸 생각나는 시인이다. 기이하
고 우습고 슬픈 이야기가 가득한 책. 유령의 가느다란 손가락을 빨
아먹는 기분이라고나 할까. 이 이야기들과 그녀가 그리는 세계가
어디인지 닮았다고 생각하니 쓸쓸했다.

동물원 기행

나디아 허 - 남혜선 옮김 - 어크로스 - 2016년 8월

월요일 오후, 산책을 하다가 동교동에 있는 호미출판사 사무실에 들렀다. 홍현숙 대표, 박지웅 시인, 그리고 P와 서교동 골목 안 작은 인도 음식점에 가서 저녁식사를 했다. 커리, 난, 인도 쌀로 지은 밥, 커리 치킨. 풍성한 식탁, 유쾌한 자리다.

나디어 허의 『동물원 기행』은 대만 출신의 젊은 작가가 쓴 독특한 동물원 기행문이다. 넓게 훑고, 깊게 들여다본다. 얀 마텔의 원작을 영화로 만든 이안 감독의 〈라이프 오브 파이Life of Pi〉 장면들과 겹쳐진다. 런던동물원, 파리식물원, 파리 다클리마타시옹 공원, (서)베를린동물원, (동)베를린동물원, 몽펠리에동물원, 싱가포르 야간동물원, 상하이동물원, 창춘동식물공원, 하얼빈 북방삼림동물원, 바라링야생동물세계, 베이징동물원, 로마동물원, 타이베이동물원. 동물원은 그저 동물들을 모아놓은 곳이 아니다. 동물원은 인간의 호사 취미, 계급과 착취, 침략의 산물, '공공'의 공간으로 바뀐다. 따라서 동물원에는 늘 "제국주의와 식민 통치, 전쟁과 분단, 독재 등 어두운 그림자"가 드리워진다. "'동물원'은 야만과 진보의 역사를 함축적으로 담아낸 인류 역사의 '축소판'"인 것이다.

#동물원을_상상하며_읽는_책

백내장

존 버거 글 / 셀축 데미렐 그림   장경렬 옮김   열화당   2012년 9월

사전을 펼쳐 단어의 의미를 확인하다보면, 당신은 특정 단어의 정확
한 의미를 재확인하거나 처음으로 발견하게 될 것이다. 그 단어가 의
미하는 바의 정확한 의미뿐만 아니라 언어의 다양성 한가운데 그 단
어가 차지하는 정확한 위치까지도.

어떻게 이렇게 정확하게 표현하지? 내가 사전을 찾아보는 이유
가 바로 이것이다! 단어의 정확한 의미뿐 아니라 단어들 사이에서
차지하는 정확한 '위치'를 알아보려고. 그리고 의미를 재확인하거
나 '새로이 발견'하거나 처음으로 만나기 위해서. 단어의 무게와 결
을 파악하고, 내 세계로 재정비해, 유입시키려고 사전을 찾는 거다.
이 책은 노년에 백내장 수술을 받은 존 버거가 수술 전후의 눈
상태, 시각 능력을 회복하면서 '보는 일'에 대해 깨달은 바를 기록
한 얇은 책이다. 수술 후 그의 눈은 늘 그래왔듯 타성에 젖어 보던
일에서 벗어나 완전히 새로이, 마치 처음 보는 것처럼 원래의 색들
을 볼 수 있게 되었다. 흰 종이를 보고 "내가 그동안 익숙하게 보아
왔던 그 어떤 종이보다 더 하얗다"고 말하면서, 그는 이렇게 아름
다운 비유를 쓴다.

그냥 종이의 하얀색이 내 눈으로 몰려왔을 뿐이고, 내 두 눈은 잃어버
린 옛 친구를 맞이하듯 그 하얀색을 끌어안았을 뿐이다.

기다린다는 것

와시다 기요카즈 – 김경원 옮김 – 불광출판사 – 2016년 1월

와시다 가요카즈의 『기다린다는 것』은 '기다림'이란 주제를 착안한 것이 좋고, 글쓴이의 필력도 좋다. 기다림은 늘 현재의 시간으로 도래하지 않는 '지금'을 선취하는 자세다. 기다림은 기다린다는 자의식 속에서 기다림을 끊임없이 지워내며 치르는 자기와의 싸움이다. 기다림은 기다림을 망각함으로써 유지된다. "그러나 '기다림'은 기다리고 또 기다려도 응답이 없었다는 기억을 끊임없이 소거함으로써만 유지할 수 있다. 다 기다렸다. 끝까지 기다렸다는 생각을 끊임없이 내버리지 않으면 기다림은 있을 수 없다." 기다림들에 대한 책을 읽는 동안 새책들이 도착했다. 로베르토 발저의 『산책자』, 문광훈의 『한국 인문학과 김우창』, 한병철의 『선불교의 철학』, 헨미 요의 『먹는 인간』, 윌리엄 알렉산더의 『나이들어 외국어라니』, 카롤 마르티네즈의 『꿰맨 심장』, 마르그리트 유르스나르의 『알렉시·은총의 일격』, 피에르 자위의 『드러내지 않기 혹은 사라짐의 기술』. 일주일 동안 삼킬 양식들이다. 수류산방에서 디자인한 『조르바의 인생수업』 본문 교정지를 받았다. 296쪽. 오후에는 자동차를 끌고 용인의 신세계 그룹 연수원에 가서 강연을 하고 돌아왔다.

#저자의_필력을_느끼게_한_책

게으름에 대한 찬양

버트런드 러셀 · 송은경 옮김 · 사회평론 · 2005년 4월

꿈을 꿨다. 수업에 지각해 헐레벌떡 들어오는데, 선생님이 나를 지목해 "늦게 들어왔으니 이 신문을 읽어보게"라고 말했다(왜인지는 모르겠지만 선생님은 이성복 시인이었다). 가방을 내려놓고 텍스트를 받아들고 읽으려는데 반 이상이 한자였다. 더듬더듬 읽어 내려가다, 모르는 한자에 걸려 "저 이 글자는 모르겠어서……"라고 말하며 말끝을 흐렸다. 옆자리에 앉은 짝꿍이(왜인지는 모르겠지만 서효인 시인이었다), "이런 것도 못 읽어?"라며 눈을 찡긋거리며 속삭였다. 진땀을 흘리던 나는 "야, 가르쳐주지도 않을 거면 입 다물어라, 응?" 하고 속삭이며 가자미눈을 하고 째려보았다. 그러다 깼다. 몸이 찌뿌둥해 한동안 침대에 엎드려 있었다. 꿈속에서도 스트레스의 연속이라니까. JJ에게 이야기하니 개꿈이네, 라고 말했다.

종일 『게으름에 대한 찬양』을 들고 다녔지만 한 글자도 읽지 못했다. 제목이 '게으름에 대한 찬양'이니 괜찮겠지, 우겨보면서. 무거운 날이다.

선불교의 철학

한병철 – 한충수 옮김 – 이학사 – 2017년 3월

아침 일찍 북티크에 나와 『새로 쓰는 한국문학사』 원고 교정을 본다. 내일까지 원고 교정을 끝낼 예정이다. 그다음은 출판사의 몫이다. 오후 3시, 남산 문학의집에서 마련한 '수요 문학 초대석'에 다녀왔다. 청중이 마흔 명쯤 되어 보였다.

한병철의 『선불교의 철학』은 선불교에 대해 다룬 책이다. 선불교는 먼저 교외별전教外別傳과 불립문자不立文字를 내세운다. 경전과 다른 방식으로 전승되고, 말과 문자에 의존하지 않는다. "스님, 깨달음이 무엇입니까?"라고 물으면, 선사는 냅다 몽둥이질을 한다. 말과 문자, 이론과 담론 일체를 부정하는 선불교는 말의 부재 위에 세워진다. 또한 엉뚱한 초논리의 문답을 통해 깨달음을 꾀한다. "부처가 무엇입니까?" "마 세 근입니다." 엉뚱 발랄하게 말법의 논리 따위를 간단히 뛰어넘는다. 한병철은 헤겔이 해석한 선불교의 무에 대하여 조목조목 따지며 '그게 아니다'라고 한다. 헤겔의 실체, 존재자, 신, 권력, 지배와 창조 같은 개념 설정 자체가 잘못되었다는 것. 선불교의 무는 의지나 주체성이 없는, 자기가 비워진 무, 내면의 텅 빈 중심일 뿐이다. 자기를 비우고 제거하라! 텅 빈 상태가 되면 일체의 근심과 걱정에서도 해방되는 것이다. 무, 비어 있음, 아무도 아닌 자, 어디에도 거주하지 않음, 죽음 등등의 주제를 통해 선불교가 지향하는 무, 공, 무아, 무주, 입적, 자비 개념의 핵심에 닿고자 한다. 그런 과정에서 하이데거, 에크하르트, 라이프니츠, 쇼펜하우어, 플라톤 등 서양 철학자를 불러들여 그들이 받아들인 것과 선불교 철학의 차이를 따진다.

장서의 괴로움

오카자키 다케시 · 정수윤 옮김 · 정은문고 · 2014년 8월

어쩌다보니 '장서의 괴로움'을 아는 몸이 되었다. 어쩌다보니 장서의 즐거움을 아는 사람과 결혼해서.

이 책을 보며 한숨을 푹푹 쉬었다. 나는 물건이 많은 것을 좋아하지 않는데, 물욕이 없어서라기보다 간수와 정리를 귀찮아하기 때문이다. 하물며 매주, 매달, 매년 늘어나는 책이라면! 예전에 나는 읽고 싶어 못 견디겠는 책만 사들이는 사람이었다. 책을 사오면 가슴에 품고 몇 날 며칠을 '공들여' 읽었다. 왜냐고? 읽고 싶어하던 책이니까! 지금은 정말 읽고 싶은 책이 어디 있는지 한참 찾아야 한다. 복에 겨운 소리라고? 나도 그렇게 생각한다!

지금은 우리집을 '정리가 안 된' 서점, 혹은 자유분방한 책들이 사는 도서관 정도로 생각한다. 책들에게도 자유의지와 나름의 성격이 있다고 믿으며 찾는 책이 어디로 갔는지, 집을 나갔는지, 언제 돌아올지 걱정을 하는 편이다. JJ는 책을 놓을 자리를 확보하기 위해 더 넓은 집으로 이사를 가자고 한다. 책에 들이는 돈은 몇 배로 돌아온다고, 책이야말로 완벽한 물건이라고, 우리집 가훈이 "책값을 아끼지 마라" 아니겠냐고 외치는 사람이 옆에 있다는 것은 복된 일이지만…… 괴로움은 있는 법! JJ는 책을 사고, 읽고, 쌓고, 찾고, 끼고, 늘어놓고, 들고 다니는 일을 사랑하지만 '정리'는 싫어하기 때문이다. 물론 나도 책이라면 누구 못지않게 사랑하는 사람이지만, 역시 정리는 싫어한다. 그러니 누가 우리집에 와서 책 좀 정리해주시겠어요?

수전 손택의 말

수전 손택/조너선 콧 - 김선형 옮김 - 마음산책 - 2015년 4월

바닷속에 가라앉은 '세월호' 선체가 3년 만에 수면 위로 모습을 드러냈다! 그동안 숨겨진 또다른 진실이 드러나기를 바란다. 2014년 4월 16일은 아무도 예견치 못했지만 박근혜 정부의 총체적 부실을 드러내며 몰락을 예고한 날이다.

『수전 손택의 말』은 1978년 6월 중순 파리에서, 다섯 달 뒤 11월 뉴욕에서 조너선 콧이 '뉴욕의 지성'인 수전 손택과 인터뷰한 내용을 담은 책이다. 이 인터뷰들은 수전 손택이 40대일 때 한 것이다. 독자는 역동적 사유를 하는 '젊은' 수전 손택을 만날 수 있다. 수전 손택의 웬만한 저작물들은 거의 다 한국어로 번역 소개되고, 그것들 대부분을 읽었으므로 그의 '말'들이 낯설지는 않다. 내가 가장 좋아하는 책은 『은유로서의 질병』이다. 내 뇌가 반응하는 것은 "다섯 달 후, 11월 어느 쌀쌀한 오후에 나는 그녀가 소위 '자기만의 복구 시스템'이며 '그리움의 아카이브'라고 칭한 8000권의 장서에 에워싸여 살고 있던, 106번가와 리버사이드 드라이브의 교차로에 자리해 허드슨강을 내려다보는 널찍한 펜트하우스 아파트에 도착했다. 그 신성한 곳에서 그녀와 나는 밤늦은 시각까지 함께 앉아 이야기를 나누었다"와 같은 문장이다. 수전 손택은 1933년생이다. 우리 시인 고은과 갑장이다. 인상적인 한 구절. "독서는 제게 여흥이고 휴식이고 위로고 내 작은 자살이에요. 세상이 못 견디겠으면 책을 들고 쪼그려 눕죠. 그건 내가 모든 걸 잊고 떠날 수 있게 해주는 작은 우주선이에요." 그렇다. 독서는 작은 자살이다!

사랑에 대하여

장석주 · 책읽는수요일 · 2017년 3월

JJ 신간 『사랑에 대하여』가 나왔다. 내가 제안한 대로 표지에 에곤 실레의 크로키가 담겼고, 그것만으로도 이미 마음에 든다. 책이 나오는 날은 본인이 쓴 책을 '실물'로 처음 만나는 날, 즉 품었던 아기의 얼굴을 처음 보는 날이다. 보통 자기가 쓴 책을 두고두고 들춰 보는 일은 하지 않으므로(사람마다 다르겠지만), 첫날 꼼꼼히 들여다본다.

가끔 등을 구부정하게 하고 타닥, 타다닥 자판을 두드리며 글을 쓰는 JJ를 보며, 몰래 하는 생각. '알아요? 정말? 사랑이 뭔지?' 아무리 오랜 시간 말해도 충분하지 못한 것. 그러나 우리는 말할 수 없는 것만 골라 말하려는 사람들. 없는 날개로 푸드덕거리는 날갯짓, 언어가 꾸는 불가능한 꿈에 도전하는 일이 문학의 일이겠지.

우직한 태도가 기꺼워 그를 좋아한다. 바보, 아니면 성자. 아니고선 현재 90권을 쓰고도, 묵묵히 또 쓸 수가 있을까. 누가 시키지도 않았는데. 종종 사람들이 그에게 묻는다. 어떻게 그렇게 많은 양의 글을 쉽게, 빨리 쓰냐고. 그럴 때 가슴이 저릿하다. 직접 써보라고. 쉽게, 또 빨리 쓸 수 있는 책이 있는지. 그가 글을 많이 쓴 것은 사실이지만 '언제나' 어렵게, 또 느리게 쓴다. 다만 날마다 남들보다 더 오랜 시간을, 더 많이 노력하는 것뿐이다. 새처럼 날아오르는 발레리나를 보고 어떻게 그리 쉽게, 빨리, 힘들이지 않고 춤을 추느냐고 묻는 것과 뭐가 다른가? 가까이서 발레리나의 근육을 만져보라. 토슈즈를 신고 3초만 발끝으로 서 있어 보라(나는 취미로 발레를 2년 배운 적 있다). 나뭇가지처럼 가늘고 단단한 근육을 가지기 위해, 힘들이지 않고 춤추는 것처럼 보이기 위해 얼마나 피나는 노력을 했을지!

드러내지 않기(혹은 사라짐의 기술)

피에르 자위 - 이세진 옮김 - 위고 - 2017년 3월

어느 찰나, 옳은 자를 강하게 하지 못하면 강한 자가 옳은 것이 된다는 파스칼의 말에 소름이 돋는다. 왜지? 종일 엎드려 코를 박고『새로 쓰는 한국문학사』원고 교정을 보았다. 최종 원고가 3000매를 넘겼다.

햇빛이 금빛으로 반짝이는 금요일 오후, 프랑스 파리7대학에서 철학을 가르치는 피에르 자위의『드러내지 않기(혹은 사라짐의 기술)』을 읽는다. 낯선 출판사에서 펴낸 얇은 책이다. 피에르 자위는 같은 책을 세 번 쓴다. 첫번째 원고는 형편없어 폐기하고, 두번째 원고는 백업을 해놓지 않은 상태에서 하드디스크와 함께 날린다. 편집자와 출판사 대표의 "격려와 곡예에 가까운 지원"으로 세번째 원고를 써낸다. 자기를 드러내지 않고 남을 관찰하려면 "어떤 행동도 취하지 않은 채" 시간의 흐름 속에서 자기됨을 유예해야 된다. 자기를 드러내지 않기는 바쁜 활동 속에서 잃어버린 자기 존재를 복원하려는 노력이고, 마음의 평화와 기쁨을 얻는 방식이다. "남들 눈에 띄지 않는 투명한 입장" 되어보기는 환상을 내려놓아야 가능하다. 어떤 환상들? "전능함에 대한 환상, 내가 없으면 안 된다는 환상, 만인과 각자를 책임진다는 환상"들. 그렇다면 왜 자기 드러내지 않기를 시도하는가? 타인의 시선에서 벗어나 자기도 없고 타자도 없는 순간에 닿기 위함이다. 그럴 때 "시야가 넓어지고 수많은 소실선이 무한으로 뻗어나가듯이 세상은 고정된 사고에서 벗어나 감미롭도록 다양하게, 아득하게 나타난다"는 것이다. 책은 뒤로 갈수록 사유의 밀도가 더해지며 흥미진진해진다.

#읽고_싶은_날_읽은_책

10대들을 위한 성교육

수잔 메러디스/로빈 지 · 박영민 옮김 · 세용출판 · 2007년 9월

초등학교 6학년 때 학교에서 성교육을 받았다. 6학년 전체 여학생만 강당에 따로 모아놓고 실시한 성교육이었다. 남학생들이 교육에서 제외되었다는 것도 이상하지만, 지금 생각해보면 교육 내용 또한 황당했다. 다른 기억은 흐릿하지만 외부에서 온 여자 강사가 만 열한 살가량의 여자아이들을 앉혀놓고 이렇게 말했던 것만은 기억하고 있다.

"남자들, 특히 너희 또래의 남자아이들은 무시무시한 '폭탄'과 다를 바 없으니 가까이 가지 않는 게 좋아. 언제나, 항상! 몸을 조심해야 해. 그들은 폭탄이니까, 폭탄!"

이 얼마나 무시무시한 발언인가? 도대체 어떤 식으로 폭탄으로 변하는지 궁금했고(혼자 있을 때 몸이 폭탄처럼 둥그레지고, 화가 나면 폭발하나?) 걱정됐다. 인류의 절반이 폭탄이라니, 절망스러웠다. 강사는 남자에게 몸을 가까이 대면 터진다고 강조했고, 나는 충격을 받았으며, 조심해야겠다고 다짐했다. 그래서일까? 우습게도 나는 여중, 여고를 다닌 6년 동안 단 한 번도 남자친구(그냥 친구조차)를 사귄 적이 없었다. 친구들이 소개팅이나 미팅을 나가자고 해도 거절했다. 폭탄을 왜 만나? 무섭게. 아마 나는 교육 효과가 상당히 좋은 학생이었나보다.

이 책은 어린 시절, 성교육을 엉망진창으로 받은 사람들이 다시 보면 좋을 책이다. 이 나이에 『10대들을 위한 성교육』이란 제목의 책을 들고 보는 게 멋쩍어서, 누가 지나가지 않나 주위를 살피며 보게 되는 것만 빼면, 아주 좋은 책이다.

갈망에 대하여

수잔 스튜어트 – 박경선 옮김 – 산처럼 – 2015년 12월

"어느 소년, 소녀들이나 알고 있다. 봄이 말하는 것을. 살아라, 뻗어라, 피어라, 바라라, 사랑하라, 기뻐하라, 새싹을 움트게 하라, 몸을 던져 삶을 두려워 말라." 헤르만 헤세의 봄을 노래하는 시 구절이 마음에 화살처럼 꽂힌다. 바야흐로 완연한 봄이다!

수잔 스튜어트의 『갈망에 대하여』는 읽을수록 곱씹을 게 많은 책이다. 먼 곳을 동경하고, 늘 어디론가 떠나고 싶어하는 것은 혹시 사라진 이상향을 향한 그리움 때문일까? 멜랑콜리한 감정이 바탕이 되는 노스텔지어가 메마른 가슴을 적시면서 고향이라는 낙원을 꿈꾸게 하는 건 아닐까? 먼 곳에 대한 동경은 거머쥘 수 없는 과거를 향한 사무침과 한통속이다. 노스텔지어는 잃어버린 것을 향한 가없는 구애요, 이미 현실에 없는 부재의 장소에 가닿으려는 불가능한 꿈에서 깊어지는 마음의 병이다. "노스텔지어는 모든 반복이 진짜가 아님을 슬퍼하고, 반복을 통해 동일성에 도달할 가능성을 부인하는 반복이다." 정신과 의사라면 향수병을 멜랑콜리아로 깊은 우울증이라고 진단할 테다. 이 질병은 생활의 활력을 앗아가는데, 방치하면 기어코 심신 상실과 죽음에 이르게 할 만큼 위험하다.

침묵의 책

세라 메이틀런드 ― 홍선영 옮김 ― 마디 ― 2016년 7월

한 일주일 즈음 묵언수행을 하면 어떨까, 오래전부터 생각했다. 언제 한번 꼭 도전해봐야지. 그러면 언어의 진액 같은 게 속에 고일 수 있을까? 언어의 정수는 아닐지라도, 투명하고 맑은 언어들이 종이 위에 고일까? 이 책에 의하면 카프카는 "글을 쓸 때에는 아무리 고요해도 고요하지 않다"고 했단다. 그게 어떤 의미일까? 이런 적은 있다. 음악을 들으며 글을 쓰다 글 안으로 깊이 들어가면 음악을 약간 줄이게 된다. 더 깊이 들어가면 음악이 단순히 '소리'가 되고, '잡음'이 되며, 급기야 '소음'으로 바뀌어 거칠게 꺼버리게 된다. 어떤 세계에 제대로 진입하게 되는 경우엔 침묵조차 소란스럽다는 이야기겠지.

'상냥한 사람들' 모임이 있어 위트앤시니컬에 가는 길, 『침묵의 책』을 넣어 간다. 오늘 왠지 말을 많이 하게 될 것 같은 기분이라서. 가방 속에서 달그락거리며 나를 따라오라, 침묵의 책이여.

난간

조원규 – 시용 – 2013년 12월

일요일 저녁, 바람이 상쾌해서 산책하러 집을 나섰다. P와 나는 신촌역 인근 '위트앤시니컬'에 들러 조원규 시집 『난간』과 김혜순 시집 『죽음의 자서전』을 샀다. 시집이 너무 싸다! 이 귀한 것을 거저 손에 넣고 뿌듯함에 잠시 취한다. 조원규의 시를 읽는 것은 실로 오랜만이다. 한 스무 해도 더 지나간 것 같다. 표제시 「난간」을 가장 먼저 펼쳐 읽는다. "난간이란 것에는/아득한 두근거림이 배어 있다/(……)/온 세상과 사람이 난간인 것을 안다//난간 너머엔 부르는 바람결 속에/난간 너머로 손을 뻗는 사람이 있다". 아시다시피 난간은 조망의 자리다. 당연히 평지보다 높은 곳에 있다. 따라서 난간은 추락의 위험이 잠재돼 있는 장소다. 사람들은 난간에 몸을 지탱한 채로 멀고 가까운 풍경들을 굽어본다. 풍경은 그 조망자의 안으로 흘러서 들어온다. 풍경은 조망자의 내면으로 들어오면서 "밖을 속삭"인다. 그런 기대에 차 있기 때문에 "아득한 두근거림"이 있을 테다. 시인은 어느 날 "온 세상과 사람이 난간"이라는 사실을 깨닫는다. 해설자 박성용은 "밖으로 나설 수 있는 문 대신 제시된 난간은 열려 있으나 갇혀 있는 동시성의 상징이고 내면성과 외향성의 겹침이기도 하다"라고 쓴다. 뭐, 그렇게도 읽을 수 있구나, 한다. 저녁 6시 30분. 이화여대 캠퍼스 안 극장 모모에서 홍상수 감독의 신작 영화 〈밤의 해변에서 혼자〉를 보고 돌아왔다.

Fine Little Day

엘리사베트 둥케르 · 황덕령 옮김 · 동아일보사 · 2015년 11월

　소파에 누워, 남의 살림을 들여다본다. 유명한 블로그 'fine little day'를 운영한다는 작가의 작업실과 소품들, 디자인 용품들이 담겨 있는 책이다. 그림 같은 집에서 그림 같은 생활을 하는 남의 나라 여성의 생활. 사진에 담긴 '가죽장화'가 갖고 싶어 한참을 들여다보는 일요일. 견물생심見物生心이다. 보지 않았다면 갖고 싶을 리 없는 물건들.

　멀리서 보면, 언제나 남의 삶이 더 나아 보이는 법.

아름다움의 구원

한병철 – 이재영 옮김 – 문학과지성사 – 2016년 5월

쓸 만한 책들은 언제쯤이나 다 나올까? 그래서 책 따위는 단 한 권을 읽지 않아도 괜찮은 날은 언제쯤 도둑처럼 오게 될까? 철학자 한병철은 『아름다움의 구원』에서 아름다움, 즉 미에 대해 이렇게 말한다. "미는 망설이는 자며, 늦둥이다. 미는 순간적인 광휘가 아니라 나중에야 나타나는 고요한 빛이다. 이런 신중함 덕분에 미는 품위를 지니게 된다. 즉각적인 자극과 흥분은 미로 접근하는 길을 막는다. 사물들은 우회로를 거쳐 사후에야 비로소 그 숨어 있는 아름다움을, 그 향기로운 정서를 드러낸다." 한병철은 매끄러움만을 추구하는 현대적 미를 줄곧 째려본다. 매끄러움은 제프 쿤스의 조형물이나, 점점 더 세련된 형태로 진화하는 스마트폰의 표면에서 돋보이는 특징이다. 이것이 현시하는 미란 "일체의 부정성이, 전율과 상해의 모든 형태들이 제거됨으로써 아름다움 자체가 매끄럽게 다듬어진" 아름다움이다. 매끄러움은 그 본질이 인공적으로 다듬어진 것이고, 오감의 쾌감이며, "순수한 긍정성의 현상"들로 이루어지는 까닭이다. 고통이 없는 아름다움, 부정성이 탈각된 매끄러움, 현대의 디지털 아름다움에는 숭고가 깃들지 않는다. 숭고는 부정성이고 고통의 다른 이름이기 때문이다.

아버지께 드리는 편지

프란츠 카프카 · 정초일 옮김 · 은행나무 · 2015년 9월

글을 쓸 때는 제가 실제로 한 걸음 자립하여 아버지를 벗어날 수 있었기 때문입니다. 비록 그 도피에서는, 뒤쫓아온 발에 밟혀 일부가 떨어져나간 몸뚱이를 옆으로 질질 끌고 가는 벌레가 연상되었을지라도 말입니다. 어느 정도는 안전했습니다. 숨을 들이쉴 수도 있었지요. 아버지는 저의 글쓰기에 대해서도 당연히 즉각적인 거부감을 보이셨지만, 그 거부감조차 예외적으로 반가웠습니다.

카프카는 아버지로 인해 괴로웠고, 글을 더 열심히 쓰게 되었다고 고백하고 있다. 아버지의 그늘에서 벗어나려는 도구로 글쓰기가 이용되었다면, 카프카의 아버지야말로 '문학의 아버지' 아닌가 (바흐를 '음악의 아버지'라고 하는 것처럼)! 카프카의 아버지는 아들이 장차 20세기를 대표하는 작가가 될 줄 상상이나 했을까?

끔찍해라. 동서고금을 막론하고 부모와 자식 관계(해주고 받고, 기대하고 실망하고, 사랑하고 미워하는)는 크게 다르지 않았나 보다.

한국 인문학과 김우창

문광훈 – 에피파니 – 2017년 2월

"시간만큼 우리를 가장 먼 곳으로 데려가는 것은 없다"라고 작가 테네시 윌리엄스는 말했다. 시간은 우리를 어디로 데려가는가? 문광훈의 『한국 인문학과 김우창』을 읽는다. 문광훈은 『구체적 보편성의 모험』(2001)을 처음 써낸 이후 김우창에 관한 연구서들을 잇달아 내놓고 있다. 김우창의 글들(혹은 책들)이 보여주는 것은 "어떤 정신의 궤적—사유의 궤적"이고, 그것은 "아직 오지 않은, 그러나 언젠가 올 수도 있는 어떤 고양된 삶을 향한 탐구정신"이다. 문광훈은 감각과 대상 사이에서 심미적인 것의 의미를 추구하는 김우창의 사유 궤적을 매우 진지하게 따라간다. 그것은 심미적 이성의 길이고, 인간성의 탐구와 자유로 나아가는 길일 테다. 문광훈은 아도르노와 김우창을, 한국 인문학과 김우창을 "문학적 사회정치적 철학적 문화적 비교 관점 아래" 겹치고 견주면서 김우창이 일군 사유세계의 위치와 가치를 가늠한다. 문광훈의 책을 읽을 때마다 느끼는 것은 학문에 대한 겸허한 태도와 사유의 성실성이다. 이 책에서도 그런 미덕은 여전하다. 개인적으로 문광훈의 책 중 가장 몰입도가 좋았던 책은 발터 벤야민에 대해 쓴 『가면들의 병기창』(한길사)이다. 이 책을 다시 한번 읽고 싶다.

#기대를_저버리지_않는_문광훈의_책

일방통행로

발터 벤야민 · 조형준 옮김 · 새물결 · 2007년 7월

오래전에 읽은 책을 다시 읽는다. 출판사도 바뀌었는데, 전에는 어느 출판사에서 나온 것을 읽었더라? 아무튼 벤야민이 책과 매춘부를 비교하며 써놓은 부분을 재밌어하며 읽은 기억이 있다. 이 책은 시적이고 심오한 동시에 사적이며 재치 있는 이야기로 이루어져 있다.

사랑에 빠지면 무엇보다 먼저, 어떤 대가를 치르더라도 그녀에게 가서 고백하기 전에 반드시 혼자가 되어 자기감정을 곰곰이 생각하고 그것을 혼자 음미하는 것보다 더 북유럽 사람들의 특징을 잘 보여주는 것도 없을 것이다.

이 문장을 오래, 곰곰이 생각하고 혼자 음미해본다. 북유럽 사람처럼. 얼마 전 읽은 『랩걸』에서도 비슷한 이야기를 읽었다. 작가가 어린 시절을 이야기하는 대목인데, 지금 찾아보니 이런 문장이다.

아빠와 나는 집까지 가는 3킬로미터 정도 되는 길을 걷는 동안 아무 말도 하지 않는 습관을 오래전부터 지켜오고 있었다. 조용히 함께하는 것이야말로 북유럽의 가족들이 자연스럽게 하는 일이고, 아마도 제일 잘하는 일인지도 모른다.

북유럽 사람처럼 살고 생각한다는 것, 어떤 일일까? 두 권의 책 앞에서 고요해지기.

추억에 관한 모든 것

다니엘 레티히 - 김종인 옮김 - 황소자리 - 2016년 5월

박근혜는 자신의 무죄를 강변한다. 아마 끝까지 자기 '죄'가 무엇인지를 모를 테다. 지난 몇 달간 우리가 겪은 미증유의 혼란은 지적 자산이 빈곤한 사람을 대통령으로 뽑은 우리의 업보다. 박근혜는 '인지의 한계'에 갇힌 사람이다. '인지의 한계'는 자신을 객관화하는 능력의 부재로 나타난다. 우리는 그런 사람을 대통령으로 뽑는 과오를 저질렀다.

다니엘 레티히의 『추억에 관한 모든 것』은 풍부한 자료와 예화들을 들면서 노스탤지어의 탄생과 효용가치를 들춰낸다. 노스탤지어는 오디세우스의 귀환과 관련해서 생긴 단어다. 그리스어로 귀환을 뜻하는 nostos와 고통을 뜻하는 algos가 합성된 이 단어는 귀환에 따른 지옥 같은 고통을 가리킨다. 고향은 부재의 이상향으로 빛난다. 미국 남북전쟁 때 병사들이 시름시름 앓다 죽는데, 그 원인이 향수병이었다. 기억의 신경심리학에 의하면 이 병사들이 어린 시절 경험한 전원의 아름다움은 그들의 내면에서 부풀려지고 이상향으로 탈바꿈된다. 그 이유는 "입증된 것과 알고 있는 것에 대해 기대고 싶어하기 때문이다. 이를 통해 복잡성을 줄이고 불확실성을 감소시키며 정신적인 긴장을 누그러뜨리고 실망의 위험성을 낮추"는 까닭이다. 고향은 위안과 힘을 주고, 정신의 닻과 같아서 세계에 대한 신뢰와 안정감을 갖게 한다. 향수를 자극하는 기억은 달콤하고, 험한 세상을 건네주는 다리지만 뒤틀리면 병으로 바뀐다. 어린 시절 내 묽은 슬픔이 사실은 노스탤지어nostalgia, 즉 향수병 때문이라는 걸 세월이 흐른 뒤에야 비로소 깨달았다.

우리가 아는 모든 언어

존 버거 · 김현우 옮김 · 열화당 · 2017년 3월

카페에서 일하는데 선영에게서 연락이 왔다. 마침 쉬는 날이라고, 근처에 있다고, 존 버거 전시회에 함께 가자고 했다. 선영은 창비 출판사의 편집자이자 상냥한 사람들(길고양이 돕는 모임) 멤버이며 잠망경 회원이지만, 이 모든 것을 떠나 지금은 그냥 내 친구이다.

전시는 좋았다. 여러 개의 작은 방에 그림과 육필 원고가 전시되어 있었다. 커다란 창밖으로 잎이 달리지 않은 나목裸木이 보이는 방이 좋았는데, 누가 살던 방에 몰래 들어온 느낌이었다. 선영은 벽에 기대 고개를 기울인 채 창밖을 바라보고 서 있었다. 곱슬거리는 머리카락을 목 근처에서 하나로 묶고, 베이지색 얇은 재킷을 걸치고, 입가에 엷은 우울이 맺힌 내 작은 나무. 멀찍이 떨어져서 그녀의 옆모습을 찍었다. 시간이 지난 후에도, 이 순간이 종종 생각날 것 같았다. 나는 그녀의 심연에 존재하는 외로움과 텅 빈 마음, 쓸쓸해서 부러 자주 웃는 얼굴에 대해 할 수 있는 일이 없어 무력해질 때가 있다.

다른 방에서는 꽃을 채색하는 존 버거의 모습을 VTR을 통해 보여주고 있었다. 우리는 나란히 서서 그 주름진 손의 움직임을, 조금씩 붉어지는 꽃송이를 바라보았다. 저 손은 어디로 갔을까? 이제 저 사람은 없지? 우리는 이런 대화를 나눴던가, 나누지 않았던가?

열화당에서 마지막으로 나온 존 버거의 책『우리가 아는 모든 언어』를 사서 전시회를 나왔다. 맞이한 첫 줄.

나는 거의 팔십 년간 글을 써왔다.

시간이란 알 수 없다. 전 생애가 한 줄에 담기기도 한다.

무라카미 하루키는 어렵다

가토 노리히로 – 김난주 옮김 – 책담 – 2017년 3월

새책들이 왔다. 라이너 슈타흐의 『어쩌면 이것이 카프카』, 미칼 엘 뢰비의 『발터 벤야민 화재경보기』, 존 버거의 『존 버거의 초상』, 『존 버거 아픔의 기록』, 가토 노리히로의 『무라카미 하루키는 어렵다』, 유카와 유타카/고야마 데쓰로의 『무라카미 하루키를 읽는 오후』. 총 6권.

『무라카미 하루키는 어렵다』는 하루키 문학 세계가 어떻게 변화하고 일본 사회는 어떻게 받아들이는지 그 궤적을 더듬는다. "근대의 끝과 포스트모던 시대의 시작을 산 최초의 아시아 소설가"로 국제성과 보편성을 얻은 하루키 소설들은 "상승 지향, 노력, 명랑, 쾌활" 따위의 긍정성이 사라진 뒤 "빈곤, 고독, 반역" 따위의 부정성을 반영한다. 하루키는 '전공투'를 겪으며 기존 제도에 저항하지만 아무것도 손에 쥐지 못한 채 물러선 '상실의 세대' 정서를 대변한다. 전후 세대가 폐허를 딛고 성공 신화를 썼다면 '전공투' 세대는 기성질서에 편입되기를 거부하고 정치적 대안을 모색한다. 하지만 이들은 기존 체제에 대한 저항과 투쟁의 연대에서 아이덴티티를 찾지 못하고 실패한다. 이들은 공허와 허무주의에 빠져 누에가 고치 속에 숨듯 자기만의 세계에 숨는다. 혼자 밥 먹고, 혼자 맥주를 마시며, 혼자 음악을 듣는 것은 자본주의 체제를 떠받치는 중산층 와해에 대한 아주 사소한 조짐이다. 고도 자본주의 사회에서 낙오되어 역동성의 고갈에 빠진 세대의 대변자 하루키 소설들은 어떻게 읽히는가. 하루키 소설에 열광하는 일본 사회의 현상과 그 심리적이고 문화사적인 의미를 엿볼 수 있는 책이다.

못다 한 사랑이 너무 많아서

황인숙 · 문학과지성사 · 2016년 11월

황인숙 시인이 형평문학상 수상자로 선정되었고, 영광스럽게도 수상자 대담을 내가 하게 되었다. 갈월역 근처 카페 아나키 브로스에서 황인숙 시인을 만나 한 시간 반 즈음 이야기를 나눴다. 대담 전, 시집을 읽고 읽고 또 읽었다. 오늘 이야기한 것들 중 자꾸 생각나는 대목.

박연준: 시에 "나는 왜 항상 늙은 기분으로 살았을까" 하는 구절이 있는데, 그냥 지나쳐지지 않았습니다. 선생님의 첫 시집, 가장 발랄한 목소리를 낼 때도 그 안에는 처연한 정서가 있어요. 소녀 같은 목소리와 이미 조로早老한 사람의 목소리가 같이 있더라고요. 이 화자들의 자세에는 '체념에서 오는 깊은 명랑'이 깃들어 있어요. 여기서 체념이란 좌절이나 절망과는 달라요. 왜 선생님의 모든 시에 이 체념이 어려 있을까요? 마음을 '접고' 시작하는 화자들의 자세가 외로워서, 자꾸 웅크리게 되더라고요. 어린 시절에도 선생님은 체념을 체득화한 아이였을까 궁금해지고요.

황인숙: 그러고 보니 정말 그런 것 같기도 하네. 내가 원하는 것을 못 가져본 적이 한 번도 없다는 생각에 해피하게 지낸 시절이 있어. 아, 나는 어쩌면 이리 운이 좋은가 음미하다가 그 비결이 떠올랐어. 내가, 가질 수 있는 것만 원했다는 거야. 갖지 못할 것은 아예 원하지 않았다는 것.

포장된 팥죽(JJ 주라고 황인숙 시인이 사준)을 들고 집으로 오는 길. 가질 수 있는 것만 원했다는 말이 쓸쓸해서, 전동차 안에서 따뜻한 팥죽을 끌어안았다.

아시아 ─ 일본: 사이에서 근대의 폭력을 생각한다
마사후미 - 조은미 옮김 - 그린비 - 2010년 7월

봄비가 고요한 속삭임으로 귓속 달팽이관을 가득 채우는 날이다. 땅에 깔린 풀과 낙엽을 가만히 적시는 봄비. 천지간에 봄비 내릴 때 시름 몇 가닥조차 어여쁘다. 『가만히 혼자 웃고 싶은 오후』가 나왔다는 연락을 받고 파주 출판도시의 달출판사로 달려가서 350부에 사인을 했다. 집으로 돌아와서 어제와 오늘에 걸쳐 집중해서 읽는 책을 살펴본다. 김항의 『제국일본의 사상』(창비, 2015), 우치다 타츠루의 『일본변경론』(갈라파고스, 2012), 요네타니 마사후미의 『아시아/일본 : 사이에서 근대의 폭력을 생각한다』가 그 책들이다. 하루키에 관한 책을 쓰기 위한 준비 작업이다. 요네타니 마사후미는 동아시아에서 근대성의 맹아가 싹틀 때 발생한 폭력의 문제를 탐문하고 그 의미를 따라간다. 일종의 동아시아 사상사를 재구성한 책. 대체적으로 딱딱해서 겨우겨우 장들이 넘어간다. 19세기 말과 태평양전쟁 패전 사이의 아시아 연대론이라는 프레임 속에서 후쿠자와 유키지, 요시노 사쿠조, 미키 기요시, 오자키 호쓰미 등의 담론을 통해 연대/침략의 이중성, 그리고 근대의 폭력성 문제를 파헤친다. 하루 내내 하루키 문학에 나오는 악과 폭력의 역사적 근원을 더듬고 그 의미를 되새기며 보낸다.

#필요_때문에_읽는_책

상자인간

아베 고보 ─ 송인선 옮김 ─ 문예출판사 ─ 2010년 12월

'일본의 카프카'라고도 불리는 아베 고보의 소설을 읽는다. 남동생이 읽어보라고 빌려준 책. 누군가에게 책을 추천받을 때가 좋다. 추천받는다고 다 읽는 것은 아니지만 정말 읽고 싶은 책은 느낌이 '단박'에 온다. 이 소설은 상자에 들어가 살기로 결심한 사람의 이야기다.

이것은 상자인간에 관한 기록이다. 나는 지금, 이 기록을 상자 안에서 쓰기 시작한다.

이렇게 시작한다.

오후에는 JJ의 신간 『가만히 혼자 웃고 싶은 오후』 저자 사인을 하러, 함께 달출판사에 다녀왔다.

April

April

느리게 걷는 즐거움

다비드 르 브르통 – 문신원 옮김 ·· 북라이프 – 2014년 3월

14년 전(2003년) 오늘 홍콩 영화배우 장국영이 죽었다. 장국영
은 홍콩의 만다린 오리엔탈 호텔香港文華東方酒店 24층 객실에서 투신
자살을 했다. 나이 47세. 알베르 카뮈가 죽은 47세와 같다. 27세에
도 많은 이들이 죽는다. 짐 모리슨, 지미 헨드릭스, 제니스 조플린,
커트 코베인 등등. 시인 이상도 27세에 죽었다. 27세, 33세, 47세는
위험한 나이다.

다비르 드 브르통의 『느리게 걷는 즐거움』을 붙들고 읽는다. 전
작 『걷기 예찬』에 열광했던 터라 반갑게 집어든 책. '걷기' 책들은
다 좋다. 죽은 자는 걷지 못한다. 걷는 것은 산 자들만이 누리는 특
권이자 몸과 정신을 다 함께 쓰는 움직임이다. 걷기의 효과는 "기
분 좋은 전망, 바깥 공기, 왕성한 식욕, 걸으면서 얻게 되는 건강,
선술집의 자유분방함, 내가 얽매여 있다고 느끼게 만드는 모든 것
으로부터의 해방감"을 누리고 거머쥐는 것. 산책자는 걸을 때 활력
을 얻고, 기분 전환을 이루며, 영혼의 자유를 얻는다. 시골에서 걷
는 게 더 기분을 고양시키지만 도시에서의 산책도 나쁘지 않다. "도
시의 보행자들은 지나면서 서로의 삶의 사건들을 간파하고, 존재
의 단편들을 주워모으고, 도시를 자신이 일등석을 차지한 극장으
로 바꾸어놓는다." 걷기에 관한 책을 읽을 때 행복하다. 산책자의
뿌듯한 자부심으로 어린 벗들에게 이렇게 권유한다. 행복해지고
싶다면, 걸어라!

#장국영이_죽은_날_읽은_책

파크애비뉴의 영장류

웬즈데이 마틴 · 신선혜 옮김 · 사회평론 · 2016년 12월

어퍼이스트사이드 엄마란 여기에서 아이를 낳았다고 해서 저절로 되는 것이 아니라 '만들어지는' 것임을, 나는 참 힘들게 배웠다. 이 책은 내가 어떻게 만들어졌고 어째서 다시 만들어져야 했는지, 그래서 얼마나 자주 자괴감에 빠졌는지를 기록한 이야기다.

작가의 고백처럼 뉴욕에서 가장 부유하고 안전한 동네(어퍼이스트사이드)의 최상류층 엄마가 되기까지 한 여자의 고군분투, 그후의 자괴감과 현실 인식이 담겼다. 다섯 살 아이의 생일 파티로 5천 달러(600만 원)를 쓰고, "촬영 준비를 마친 모델 같은 상태를 늘 유지하기 위해" "외모와 패션에 관한 한 절대 흠 잡히지 않겠다는 불굴의 의지와 노력"을 하는 여자들의 이야기가 끊임없이 나오는데 지루해 읽을 수가 없었다. 레고 나라 속 '알맞은' 모형으로 끼워지기 위해 노력하는 인조인간들 이야기 같아서다. 모든 게 최상으로 갖춰진 곳에서 최상위 계층으로 살면 행복이 보장될까? 샤넬 백을 매면 행복할까? 2천만 원짜리 코트를 걸치면 행복할까? 그게 사실이라면 나부터 당장 빚을 내서라도 사겠다! 단언컨대 행복은 겉치레 있는 게 아니다. 마음은 무형이라 어느 곳에 올려놓아도 금세 변한다. 호화로운 것에 둘러싸여 있다 해도 마음이 누더기를 걸치고 있다면! 금괴에 파묻힌들 무슨 소용이람.
　아무도, 진심으로 자신을 사랑하는 사람보다 행복할 수 없다. 내 맘에 들려고 노력해야지, 타인의 마음에 들려고 노력하는 건 바보다. 그건 끝이 없는 싸움이다.

여행 정신

장 피에르 나디르/도미니크 외드 – 이소영 옮김 – 책세상 – 2013년 7월

여행을 떠나고 싶어 마음이 달뜨니 엉덩이가 들썩이고 온몸이 근질근질하다. 벌려놓은 일들로 당분간 여행을 떠날 처지가 못 되니 더 안달이 난다. 이때 여행에 관련된 책을 읽는 것도 들뜬 마음을 가라앉히는 한 방법이다. 장 피에르 나디르/도미니크 외드의 『여행정신』을 읽으며 여행에의 갈망을 애써 달랜다. 심심할 때 두어 번 열어보았던 책인데, 여행과 관련된 아포리즘으로 가득하다. 기 드 모파상은 이렇게 쓴다. "여행은 문과 같다. 우리는 이 문을 통해 현실에서 나와 꿈처럼 보이는 다른 현실, 우리가 아직 탐험하지 않은 다른 현실 속으로 파고들어 가는 것이다." 여행에의 욕망은 낯선 장소, 풍속, 경험에 대한 열망이다. "하지만 안타깝게도 이 다른 곳 또한 그곳에 사는 사람들에게는 '여기'일 뿐이다." 왜 아니겠는가? 여행은 어딘가를 목적지로 삼고 도착을 목적하는 행위이긴 하지만 진짜 여행은 목적지에 도착하는 것이 아니라 "어딘가에 가는 행위 그 자체"인 것.

#여행_대신_읽는_책

노인과 소년

박완서 글/김명석 그림 · 어린이작가정신 · 2017년 1월

도서관에서 박완서 작가의 짧은 이야기로 만든 그림책을 보는 오후.

나라를 잃은 노인과 소년이 살 곳을 찾아 헤맨다. 노인과 소년은 어느 고장에서 죄수 한 명을 만난다. 그는 감자를 감자라고, 양파를 양파라고 거짓말한 죄를 지었다고 한다.

우리 고장 임금님은 사물의 이름을 바꿔 부르기를 좋아하십니다. 양파를 감자라고, 배를 사과라고, 사과를 배라고, 그리고 모든 백성에게 임금님의 거짓말을 따라 하도록 엄명을 내립니다. 그래서 감자를 감자라고 하면 거짓말이 되고 감자를 양파라고 해야만 참말이 되는 거랍니다.

그 말을 듣고 노인과 소년은 그 고장을 살 수 없는 곳이라며 당장 떠난다. 나도 떠나고 싶다. 대한민국이 오랫동안 이런 고장이었으니까. 그러나 어디로 간단 말인가?

텍스트의 포도밭

이반 일리치 – 정영목 옮김 – 현암사 – 2016년 7월

"세상에 발 없는 새가 있다더군. 늘 공중에서 날아다니다 지치면 바람 속에서 쉰대. 평생 딱 한 번 땅에 내려앉는데, 그건 바로 죽을 때지."(〈아비정전Days of being wild〉, 1990) 나 역시 또다른 의미에서 발 없는 새다. 나는 텍스트의 허공을 난다. 평생 한 번 텍스트의 허공에서 땅으로 내려앉는데, 그건 바로 죽을 때일 테다. 오늘은 이반 일리치의 『텍스트의 포도밭』을 읽는다. 총 335쪽의 책인데, 미주와 참고문헌 목록만 139쪽이다. 12세기 수도사 후고의 『디다스칼리콘』을 해설하면서 읽기의 역사와 쓰기의 역사를 더듬는다. 풍부한 은유들이 화사하게 펼쳐져서 읽는 내내 감탄한다. 이반 일리치는 박람강기를 바탕으로 우리를 지혜로운 책읽기로 안내한다. 인상적인 구절. "후고는 읽을 때 수확을 한다. 행들로부터 열매를 딴다. (……) 페이지의 행은 포도를 지탱하는 포도 시렁의 줄이었다."

#제목에_감탄하며_읽은_책

그들의 등 뒤에서는 좋은 향기가 난다

오사 게렌발 · 강희진 옮김 · 우리나비 · 2015년 8월

정말 마음에 쏙 드는 그래픽 노블을 읽었다. 오사 게렌발이라는 스웨덴 작가의 책.

모든 아이가 다 '바라서' 태어나는 것은 아니다. 어쩌다 생긴 아이도 있는 법이다. 나도 그랬다. 태어난 것만으로도 어른들을 난감하게 하는 아이, 어디 둘 데가 없어 '잠깐' 선반에 올려둔 존재 같은 아이, 삶의 피로를 미리 한 겹 두르고 세상에 온 아이들이 있는 법이다. 이 책은 그런 아이들의 어린 시절에 대한 이야기다. 우회하지 않고 정곡을 찌르며, 미화해 말하지 않는다. 침착하고 건조하게 그때를 돌아본다. 내가 좋아하는 방식이다. 오사 게렌발의 다른 책도 읽어봐야겠다.

자기 상태를 아는 것, 감정을 이해하는 것이 치유의 시작이다. 어린 시절에 상처받은 일이 있거나 해결하지 못한 일이 있다면, 아무리 시간이 지났다 해도 들여다보고 매듭을 풀어줘야 한다. 문제가 있으면 해결하려는 의지도 있어야 한다. 그게 건강한 태도라고 믿는다. 강한 사람이란 마음이 '건'강한 사람이다.

책을 다 읽고 나니 어떤 거대한 나무가 나를 스쳐지나간 것같이 서늘한 기분이 든다. 나를 포기하지 않는 것, 그리고 내 잘못이 아닐 때는 내 잘못이 아니라고 인정하는 것, 그거면 된다.

유럽의 붓다, 니체
야니스 콘스탕티니데스 – 강희경 옮김 – 열린책들 – 2012년 5월

대한항공 기내지 『beyond』 2017. 4. Vol. 127호 특집에 기고한 글이 실렸다. "천재 작가 이상"을 다룬다. 서가에 꽂힌 『이상과 모던뽀이들』(현암사, 2011)을 찾아서 공연히 뒤적여본다. 이 책을 쓰던 그해 여름, 탈진해서 병원에서 링거를 꽂고 누웠다. 글은 더디 나가고, 심신의 균형이 무너졌다.

야니스 콘스탕티니데스의 『유럽의 붓다, 니체』는 불교의 선종禪宗 사상에 니체의 철학을 겹쳐 그 의미를 읽어낸 책이다. 과문한 탓인지, 불교의 선종 사상과 니체를 겹쳐 탐구하는 책은 울산대학교 철학과 교수인 김진의 『니체와 불교적 사유』(울산대학교 출판부, 2004) 이후 처음이다. 니체는 "정오의 철학자"다. 정오는 인류가 가닿은 최고의 자기 성찰의 찰나다! 니체는 그 위대한 정오를 향해 나아간다. 위대한 정오는 불교에서 말하는바 불성을 깨우치는 각성의 찰나다. 그 니르바나의 찰나, 깨달음을 얻어 열반에 드는 자는 홀연 윤회의 고통에서 벗어난다. 니체가 꿈꾸었던 것도 그런 것이었을까? 니체는 자기만의 방식으로 득도得道를 꿈꾸었던 것. 니체는 불교에서 느슨한 허무주의를 읽어내고 "고통 앞에서 열반이라는 저 동양적 허무"에 관심을 드러낸다. 그의 영겁회귀 철학은 불교의 유럽적 형식이다. 니체가 불교를 가리켜 "종말을 위한, 지쳐 버린 문명을 위한 종교"라고 말한 것은 그런 맥락에서다. 콘스탕티니데스의 글과 함께 실린 다미앙 막도날드의 그림은 섬뜩하면서도 신선한 충격으로 사유를 자극하는 바가 있다.

벤투의 스케치북

존 버거 · 김현우/진태원 옮김 · 열화당 · 2012년 11월

별이 강해졌다. 점심을 먹고 21세기문학관에 거주하는 작가들과 뜰을 거닐었다. 살구나무에 작은 싹이 돋고, 작약 몽우리 잡힌 것을 한참 바라보았다. 어떻게 된 일일까? 나이가 들수록 봄에 일어나는 일들이 범상해 보이지 않는다. '어떻게'와 '이럴 수가'를 번갈아 말하며, 늙은이처럼 우뚝하니 서 있다. 미리 늙을 필요는 없는데……

방에 있기 답답해 정원 안쪽에 놓인 정자에 앉아 존 버거의 『벤투의 스케치북』을 읽었다. 레지던스에 함께 있는 심보선 선배가 추천한 책인데 첫 페이지를 읽자마자 마음에 들었다. 요새 '프리다 칼로'에 대한 책을 쓰고 있고, 존 버거의 글에 관심이 있다고 하니 심보선 시인이 이 책을 추천한 것이다. 며칠 전 다녀온 전시회 '존 버거의 스케치북'이 이 책 이름을 딴 것이다. 앞으로 읽을 수 있는 존 버거의 글이 많다는 것에 무한 행복을 느낀다! 작가를 늦게 알게된 만큼, 연장 가능한 행복이라니! 인생에서 이런 작가(영혼을 쥐고 흔드는)를 몇 번만 더 만나게 해주세요! 가능한 한 책을 많이 쓴작가로.

저녁에는 레지던스에서 일찍 퇴실하는 작가들을 위해 송별회를 가졌다. 소설가 은희경, 이현수 선생님이 저녁을 사주셨다. 바로 들어가기 아쉬워 입주 작가들과 레지던스 앞마당에 모여 맥주를 마셨다. 몇 달 동안 같은 장소에 머물며 식사를 함께하고, 담소를 나누며 친해지는 작가들. 인연이다.

나는 잠깐 섫읍다

허은실 – 문학동네 – 2017년 1월

새벽에 깨어나 허은실 시집 『나는 잠깐 섫읍다』를 찬찬히 읽었다. 어린 시절의 가난과 연애, 시골 체험의 멜랑콜리들이 체화되어 있는 듯하다. 시인의 원체험이리라. 봄비 속에서 아파트 화단의 명자나무에는 붉은 꽃이 피고, 길가에 도열한 벚나무들은 흰 꽃 활짝 피운 채 서 있다. 봄날 애써 꽃피는 것도 애련, 봄비 속에서 피었던 꽃이 지는 것은 아련. 허은실의 시집을 읽는 내내 가슴이 아릿했다. 시집을 덮고 점심을 먹은 뒤 집을 나선다. 여전히 봄비. 월간지 『뮤인』 기자와 인터뷰 약속이 잡혀 상수동의 한 카페로 걸어가는 중이다.

#봄비가_애련했던_날_읽은_책

행복한 그림자의 춤

앨리스 먼로 · 곽명단 옮김 · 뿔 · 2010년 5월

서울에서 태어나 서울에서 자라서일까? 증평 21세기문학관에 오래 있다보면 가슴이 답답해지고 좀이 쑤셔, 미치고 펄쩍 뛸 것 같은 상태가 될 때가 있다. 어느 날 저녁엔 도시가 그리워 무작정 서울 집으로 올라온 적도 있다. 상점과 카페가 즐비하고, 시끄러운 자동차 소리와 교통 체증, 매연이 가득한 도시가 그리운 것이다. 이놈의 서울, 지긋지긋하다고 외치면서도 도시가 주는 안락함과 익숙함에 젖어버린 탓이다.

오늘이 바로 그날이었다. 가슴이 답답해질 정도로 지루한 날. 점심을 먹고 택시를 불러 증평 읍내로 나갔다. 카페를 보니 숨통이 트였다. 커피를 마시며 글을 쓰다가(이 오래된 버릇!), 시장 구경을 하며 읍내 구석구석을 걸었다. 증평에서 제일 근사해 보이는 신발 가게에 들어가 분홍색 가죽 플랫구두를 샀고, 네일숍에 들어가 새빨간 색으로 젤네일 서비스도 받았다. 기분 전환이 되어 흡족했다. 작가들에게 줄 떡볶이와 튀김, 순대, 맥주, 막걸리를 사서 택시를 잡아타고 레지던스로 돌아오니 늦은 저녁이었다. 읍내에 가 손톱손질을 받고 온 작가는 21세기문학관에서 내가 처음일 거라고, 작가들과 수다를 떨었다.

읍내를 다니는 동안 앨리스 먼로의 단편집 『행복한 그림자의 춤』이 가방에 있었지만, 꺼내지도 못했다. 마음이 멀리, 콩밭(서울)에 있는 하루였다.

죽음에 대하여

블라디미르 장켈레비치 – 변진경 옮김 – 돌베개 – 2016년 11월

서교동 땡스북스 쇼윈도에 며칠 전 나온 책 『가만히 혼자 웃고 싶은 오후』가 진열되어 있다. 스마트폰으로 사진 한 컷을 남긴다. '인생파 철학자'로 불리는 블라디미르 장켈레비치의 『죽음에 대하여』는 대담을 모은 책이다. 인구통계학적이고 의학적인 현상으로서의 죽음을 넘어서서 죽음에 대한 형이상학적이고 아름다운 탐구를 눈앞에 펼쳐낸다. 죽음은 생이 품은 신비이자 미스터리, 그리고 공포의 원인이다. 장켈레비치는 "죽음은 삶에 의미를 부여하는 비의미", 즉 "의미를 부여하면서 동시에 그 의미를 부정"하는 것으로 이해한다. 죽음에 대한 불안의 시작점은 어디일까? 그 불안은 재현 불가능한 것의 체험에서 비롯된다. 죽음은 최초이자 최후로 겪는 경험이지만, 산 자로서 실제로 겪지는 못한다. 대부분의 죽음은 타자적인 현상으로 겪는다. 우리는 죽음과 마주치기 전에 이미 죽는다. 죽음이란 "아예 형태의 부재로 옮겨가는 것", 재현할 수도 없고 경험을 통해 인식할 수 없는 이것은 "완전히 다른 것이나, 아무것도 아닌 것 혹은 무無에 도달하는 것"이다. 누구도 "아무 곳도 아닌 곳으로 향하는 아무것도 아닌 것의 움직임"을 멈출 수는 없다. 그런 뜻에서 죽음은 모든 부정들 중 궁극의 부정이다. 이 부정은 너무나 압도적이어서 의식을 얼어붙게 만든다. 인상적인 한 구절. "삶이라는 활시위는 죽음에 의해 한껏 당겨져 있는" 것.

비 온 뒤

윌리엄 트레버 · 정영목 옮김 · 한겨레출판 · 2016년 6월

증평 군수께서 레지던스에 입주한 작가들에게 저녁을 사준 날. 작가들은 군수를 만난다고 화장도 하고, 추리닝을 벗고 청바지로 바꿔 입고 나갔다. 군수께서 우리에게 오리백숙을 사주셨다. 몇몇 작가는 '장어구이'가 먹고 싶다고 수군거렸지만, 우리는 잠자코 오리백숙을 먹었다. 누군가 사이다를 시켰는데, 증평 사이다 병이 특이하고 예뻤다! 장수진 시인, 장소미 번역가, 나는 이 사이다 병을 숙소로 가져가자고, 꽃을 꽂아두자고 귓속말로 속삭였다. 이때 군수께서 병따개로 사이다 병을 따서 우리에게 한 잔씩 따라주더니 병을 당신 앉은 상 아래로 깊숙이, 밀어넣어버렸다. 이렇게 원하는 것을 갖는 게 쉽지 않다니까.

식사 후 군수께서 증평 특산품인 '인삼 딸기'를 사주셨는데, 이건 정말 끝내주는 맛이었다. 시식을 하는 자리에서 우리 작가들은 체면도 안 차리고, 태어나서 딸기를 처음 먹어보는 사람처럼 딸기를 두 손 가득 들고 허겁지겁 먹었다(시식이었기 때문에 가능한 한 빨리, 하나라도 더 먹는 게 유리했다). 배가 터질 정도로 딸기 시식을 한 후(주인이 우리가 간 뒤 욕했을지도 몰라), 소화시킬 겸 호숫가 근처 둘레길을 걸었다. 한 시간 정도 지나니 어둠이 내렸다.

밤에는 혼자 맥주를 마시며 윌리엄 트레버의 『비 온 뒤』를 읽었다. '아무 맛도 아닌 것 같은데, 돌아보면 깊은 맛'이 나는 소설이 있다면 이 책이 그렇다. 윌리엄 트레버는 문학동네 강윤정 편집자의 소개로 알게 된 작가다. 단편집에 실린 이야기들은 아무 일도 아닌 듯 시작해서, 강렬한 '인상'(혹은 진실)을 남기고, 무심히 끝난다. 삶이 이런 식으로 계속 이어질 거라는 것을 알려주고는, 표표히 사라지는 스타일. 멋있다.

책이 입은 옷

줌파 라히리 – 이승수 옮김 – 마음산책 – 2017년 4월

변수가 돌출되지 않는 이상 대선은 야당 두 후보, 즉 문재인과 안철수 양자 구도로 좁혀졌다. 세 불리 속에서 초조함을 더 느끼는 후보 쪽에서 네거티브 선거전에 나설 것이다. 그게 어느 쪽이든 네거티브를 더 많이 하는 후보가 패배한다. 그게 순리다. 어제 오늘 내 '탐라'에 한 후보에 대한 네거티브가 잇달아 올라온다. '집단행동'이라는 혐의가 짙다. 개인이든 집단이든 균형감각을 잃은 네거티브는 삭제한다.

어떤 책은 단지 표지의 매력에 이끌려 산다. 표지는 책의 내용을 압축하고, 책에 화사한 개성과 정체성을 부여한다. 내용에 견주자면 표지는 아무것도 아니다. 줌파 라히리의 신간 『책이 입은 옷』을 읽는다. 대개 출판사는 표지 시안이 나오면 저자에게 먼저 보여준다. "표지는 책 안의 내용이 깔끔하고 명확하게 정리됐다는 의미다. 거칠고 다듬을 것, 변화의 여지가 더는 없다는 뜻이다." 표지 시안이 나오면 책의 출간은 되돌릴 수가 없다. 책의 표지는 "출판사 사람들의 비전, 견해, 갈망"이 깃든다. 그렇게 책은 표지가 입혀져서 세상에 나가 불특정 다수의 독자와 만날 채비를 한다. "글 쓰는 과정이 꿈이라면 표지는 꿈에서 깨는 것". 표지는 출판사 것만은 아니다. 표지들은 종종 저자의 "정체성을 투사하고 추측게" 한다. 표지가 "시각적 메아리"라고 한 게 기억에 남는다.

불안의 책

페르난두 페소아 · 오진영 옮김 · 문학동네 · 2015년 10월

새벽에 A에게 긴 메일을 써 보냈다. 화가 나서 쓴 글인데 보내고 나니 마음이 좋지 않았다. '수신 확인' 페이지에 들어가 발송 취소를 눌렀다. 나쁜 일을 하다 멈춘 것처럼 심장이 빨리 뛰었다. 화가 나서 쓴 글(편지)은 수취인은 물론 발신인에게도 좋지 않다. 게다가 '글(편지)'의 일방적인 형식 때문에 A는 대꾸도 못하고 상처받을지 모른다. 상처를 주려던 건 아니었다. 상처는 주고 받든, 받고 주든 나쁜 기운만 불러올 것이다. A에게도 사정이 있었을 거라는 생각이 들었다. A도 내가 상처받길 원하진 않았을 거야. 상대방이 아플까봐 날 선 소리를 거두는 것, 사랑의 일이다. 요새 걱정이 많다. 왜냐고 물으면 답할 수 없다. 걱정은 단답형이 될 수 없기 때문이다. 많은 것이 얽히고설켜 '걱정'이 되고, 걱정은 곧 불안을 몰고 온다. 불안한 영혼을 온전하게 돌려놓는 것은 책이 제일이다. 특히 새벽에 깨어 있는 불안한 영혼이 섭취하면 딱 좋을 책, 페르난두 페소아의『불안의 책』을 읽는다.

이해하기 위해서. 나는 나 자신을 파괴했다. 이해하는 것은 사랑하는 것을 잊는 것이다. 나는 어떤 대상을 이해한 후에야 그것을 사랑하거나 증오할 수 있다고 한 레오나르도 다빈치의 발언만큼 거짓인 동시에 의미심장한 발언을 알지 못한다.

사랑을 팽개치니(화나서 메일을 쓴 일) 뒤이어 이해가 당도했고, 메일은 필요 없게 되었다. '하고 싶은 말을 다 하고 살 순 없다. 좋아하는 사람 앞에서는 머뭇거리게 된다. 불안할 때는 책이 좋다.' 이런 것을 알아가는 게 인생의 맛일까?

노자와 에로스

신철하 – 삶창 – 2016년 11월

토요일 오후, 옥수동 생태공간 '목수다방'에서 강연을 하고 돌아왔다. 저녁 무렵 '스타벅스'에 나가 앉아 『노자와 에로스』를 꾸역꾸역 읽는다. 문학평론가인 신철하는 『도덕경』의 새롭게 읽기를 시도한다. "맑고 고요함이 도의 근본이다"라는 내용을 담은 『도덕경』 45장에는 '리좀의 네트워크'라는 제목을 붙인다. 노자와 리좀이라니! 노자 철학의 해제에 리좀, 네트워크, 엔트로피 같은 현대성을 품은 첨단 용어들이 튀어나온다. 독창적이고 신선한 느낌이다. 『도덕경』을 이루는 언어들, 즉 "그 언어의 그라마톨로지가 노자를 살아있는 포스트근대의 에너지로 환생하게" 하는 까닭일 테다. 노자를 "하나의 완결된 서사적 텍스트로 해체-재구성"하는 과정에서 신철하가 기대는 것은 플라톤에서 데카르트, 프로이트, 사르트르, 라캉, 들뢰즈로 이어지는 서양 철학의 맥락이다. 이제껏 읽은 노자 해석 중에서 가장 새롭고 이색적이다.

빛이 아닌 결론을 찢는

안미린 · 민음사 · 2016년 9월

증평에서 마지막날이다. 열흘 정도 빨리 퇴소하게 됐다. 갑작스럽게 4월 20일, 이사가 결정됐기 때문이다. 며칠 동안 증평에 있으면서 이삿짐센터를 알아보았고, 마음이 뒤숭숭했다. 아무래도 이사 전에 준비해야 할 일이 많을 것 같아 내일 JJ가 데리러 오기로 했다.

몇몇 작가는 근처 절에 갔고, 나는 혼자 택시를 불러 읍내에 나갔다. 점심을 먹고 도서관 맞은편의 공원에 갔다. 토요일이라 가족 단위의 사람들이 많았다. 증평에 이렇게 커다란 공원이 있다는 것을 떠나기 전날에야 알게 되다니. 벤치에 누워 나뭇잎이 바람에 흔들리는 것을 구경했다. 내가 좋아하는 일이다. 이파리들 사이로 햇빛이 아른거리고 바람은 선선했다. 여기저기서 꼬마들이 비눗방울을 불어대는 바람에 투명한 비눗방울이 둥둥 떠다니다, 사라졌다. 그 모습을 일없이 보고 있었다. 증평 사람들의 행복지수가 전국에서 1, 2위를 다툰다고 하던 증평 군수의 말이 허황된 말이 아닌가보지? 외지인인 나조차 이토록 행복한 기분으로 공원에 누워 있지 않은가.

누워 있는 것도 지루해질 때 즈음, 일어나 친구 안미린의 첫 시집 『빛이 아닌 결론을 찢는』을 읽었다. 전에는 들어오지 않던 구절이 들어온다.

내 날개를 열고 내가 들어갈 수 있을까/날고 있는 새에 대한 믿음을 가져야 하는데

시는 들어가는 문이 좁고, 가끔은 들어가는 길이 없는 듯도 보이지만 일단 들어가면 내부가 너무 깊고 넓어, 놀라게 되는 장르다.

구원으로서의 글쓰기

나탈리 골드버그 - 한진영 옮김 - 민음사 - 2016년 2월

오랜만에 안성 수졸재에 들렀더니 정원의 매화나무가 보아주는 이도 없는 빈집에서 저 혼자 꽃을 피우고 섰다. 아아, 기특하구나, 매화나무여! 데크에 의자를 내놓고 햇볕 아래서 나탈리 골드버그의 『구원으로서의 글쓰기』를 읽는다. 책을 읽는 내내 차가운 바람과 따뜻한 햇살이 얼굴을 간질이는 감촉이 기분 좋다. 좌선 수행과 글쓰기를 병행하는 나탈리 골드버그의 전작 『뼛속까지 내려가서 써라』에 이어지는 책이다. 골드버그에게 글쓰기는 수행의 한 방편이다. 글쓰기는 좌선과 걷기의 상호 연관성에서 비로소 의미의 심연을 얻는다. 우주와 평화의 느낌을 주고, 삶을 바꾸는 놀라운 계기를 주며, 몸과 마음을 옥죄는 모든 것에서 해방시키는 것이 아니라면 그것은 아무것도 아니다. 글쓰기는 자기 구원을 목표로 삼는다. 글쓰기가 구원에 이르는 자기 수행이 아니라면 그것은 소모적 취미에 지나지 않을 것이다.

부영사

마르그리트 뒤라스 · 장소미 옮김 · 그책 · 2013년 2월

어젯밤 늦게까지 송별회를 했다. 은희경 선생님이 가져온 위스키에 꽂혀서(꽂히면 위험해지는 나), 끝내주게 취했다. 눈을 뜨니 형광등이 코앞까지 내려왔다. 일어서려다 천장이 빙글빙글 돌아 다시 누웠다. 아침에 JJ가 데리러 오기로 했는데, 도저히 술이 안 깼다. 제발 늦게 도착하길 바라며 전화를 걸어보니, 지금 막 건물 앞에 도착해 주차하는 중이라고 했다. 이게 인생이지!

방은 폭격 맞은 것 같았다. 쓰러져 있는 커피포트 옆에 물이 고여 있고(언제 엎질렀지?), 방 한가운데 트렁크가 활짝 열린 채로 놓여 있었다. 물건들이 죄다 트렁크 밖으로 빠져나와 있었다! 무슨 일이냐고? 어제 짐을 막 싸려는데 술자리가 시작되었고, 나 몰라라 팽개치고 나갔다 온 거지 뭐. 그사이 JJ가 방으로 올라왔고 아수라장인 방을 한 번 보고, 나를 한 번 보더니 코를 막았다. 방에 술냄새가 진동해 취할 지경이라고 했다.

짐을 싸는 내내 울렁거려, 창문 앞으로 달려가 몇 번이나 쉬어야 했다. 내 입에서 "아이고 죽겠네"와 "미치겠네"가 자꾸 튀어나왔고, JJ는 "그러길래"로 시작하는 말을 주로 했다. 침대에 발을 쭈욱 펴고 누워 트위터를 하면서, 짐을 싸는 나를 구경하는 JJ가 얄미웠다. 차를 타고 갈 때도 괴로웠는데, JJ가 브레이크를 밟을 때마다 뒤통수를 때리고 싶은 것을 겨우 참았다. 차창 문을 열고, 밖을 구경하는 개처럼 틀어앉아, 겨우 집까지 올 수 있었다. 저녁이 되어 겨우 울렁거리던 속이 가라앉았다. 트렁크에서 화장품과 뒤라스 소설 『부영사』만 꺼냈다. 침대에 누워 『부영사』를 읽었다. 내가 뒤라스를 좋아한다고 하니, 레지던스에 함께 있던 이 책의 번역가 장소미 언니가 사인해서 준 책이다.

인생의 맛

앙투안 콩파뇽 – 장소미 옮김 – 책세상 – 2014년 9월

앙투안 콩파뇽의 『인생의 맛』은 저 유명한 몽테뉴의 『수상록』에서 뽑은 단상에 부친 해제다. 게으른 이들을 위한 몽테뉴 읽기. 몽테뉴는 죽을 때까지 『수상록』에 인용과 보충 사항을 더하면서 고쳐쓰기를 멈추지 않았다. 그러면서 "이것은 초과중량일 뿐 처음에 나온 책의 내용에 하등 지장을 주지 않는다"고 변명하듯이 말한다. 이 지독한 회의주의자는 나이를 더 먹으면서 책을 고치고 덧보탰지만 "과거의 생각이건 현재의 생각이건, 불확실하기는 매한가지다"라고 생각했다. 사람은 나이가 들며 취향이나 인격에도 변화가 생긴다. 몽테뉴도 그 사실을 인정한다. "현재의 나와 잠시 뒤의 나는 확실히 둘이다"라고 하면서도 "내 책은 늘 똑같다"라고 모순과 역설의 말을 뱉어낸다. 우리는 누구나 모순과 역설의 존재인 것이다. 저자와 책은 둘이면서 하나다. "하나를 건드리면 다른 것도 건드리는 것이다." 앞의 것은 책이고, 뒤의 것은 몽테뉴 자신이다.

#인생의_맛을_생각하며_읽은_책

나의 사적인 도시

박상미 · 난다 · 2015년 4월

'걸어본다' 시리즈에서 가장 좋아하는 책이다(우리 책 빼고). 작가, 글, 편집디자인 3박자가 똑 떨어져 완전한 책이 되었다. '일기'로 이루어진 이 책은 취향이 도드라진다는 면에서 사적이고, 다양한 예술비평이 담겨 있다는 면에서 사적이지 않다. 무엇보다 삶과 예술을 바라보는 시각이 고아하다. 이 책을 통해 나는 알지 못했던 '예술의 비밀'을 많이 캐냈다.

시인의 산문들은 시와 같은 '열정과 밀도와 속도와 내적인 근력'을 갖는다.

수전 손택의 '시인의 산문'이란 글과 스트랜드의 『빈방의 빛』을 얘기하면서, 작가는 시인의 산문을 이렇게 파악하고 있다. 열정과 밀도와 속도와 내적인 근력을 갖고 있다고. 그럴지도 모른다. 때때로 '시인의 산문'의 특별함에 대한 질문을 받을 때가 있는데, 이 책의 말을 인용해도 좋겠다. 다른 것은 모르겠고 속도와 내적인 근력은 시인들이 갈고닦는 요소임엔 분명하다. 일전에 산문을 마라톤으로, 운문을 발레로 비교한 적 있는데 '발레'가 요구하는 게 속도와 내적인 근력이다. 마라톤은 정직하게 한 발 한 발 땅을 짚으며 앞으로 나아가는 방식인 반면 발레는 불가능을 꿈꾸는 전진이다. 공중에 머무는 시간을 늘리고자 애쓰는 무용수의 도약. 마치 떨어질 것을 예감하지 못한 듯이 허공을 향해 솟아오르는 동작들. '좋은' 산문에는 그런 시적 취미들이 자연스럽게 개입되곤 한다. 허공에 머무르고자 하는 욕심! 한번 날아올라본 사람은 또다시 날 수 있을 것 같거든. 그러니 자꾸 뛰는 거다. 하염없이.

라오스에 대체 뭐가 있는데요?

무라카미 하루키 – 이영미 옮김 – 문학동네 – 2016년 6월

하루키는 여행을 자주 다니고, 여행 책도 여러 권 냈다. 『라오스에 대체 뭐가 있는데요?』도 그중 하나다. 제목과는 달리 전체가 '라오스' 여행기로 꾸린 책이 아니다. 보스턴(유일하게 보스턴만은 두 개의 장으로 나뉘어 있다), 아이슬란드, 포틀랜드, 미코노스섬, 스패체스섬, 뉴욕의 재즈클럽, 핀란드 토스카나, 구마모토 여행기들을 모은 것이다. 라오스의 루앙프라방 여행기는 열 개 장 중 하나일 뿐이다. 루앙프라방은 불교 사원들이 많이 흩어져 있는 오래된 불도佛都다. 스타벅스, 맥도날드, 주차 미터기, 교통 신호가 없고, 그 대신 탁발하는 승려들이 많은 고즈넉한 옛 도시 루앙프라방은 거대한 메콩강을 끼고 발달한 도시다. "메콩강은 마치 하나의 거대한 집합적 무의식처럼 땅을 파고들고, 중간중간 자기편을 늘려가며, 대지를 굵직하게 관통한다. 그리고 짙은 탁류 속에 자신을 감춘다. 강을 둘러싼 풍경에는 풍요로운 자연의 은총이 안겨주는 감촉과 더불어 대지를 향한 경외가 불러일으키는 긴장감이 어우러져 있다." 이 메콩강을 빼고는 루앙프라방에 대해 말할 수가 없다. 하루키는 메콩강을 끼고 살아가는 루앙프라방 사람들의 모습, 음식, 전통음악, 사원 순례, 종교적 설화들에 대해 말한다. 그리고 루앙프라방에 가는 자는 "보고 싶은 것을 스스로 찾아내고, 자신의 눈으로 진득하게 시간을 들여 바라"보라고 권한다.

#하루키_감성이_도드라진_책

나이 듦과 죽음에 대하여

몽테뉴· 고봉만 옮김· 책세상· 2016년 6월

땡스북스에서 몽테뉴의 '수상록' 선집인『나이 듦과 죽음에 대하여』를 샀다.

나의 사고思考는 앉혀놓으면 잠들어버린다. 나는 다리를 움직여주지 않으면 정신이 움직이지 않는다. 책 없이 공부하는 사람은 모두들 그 모양이다.

그러니 걸어야 한다. 산책할 때 생각들이 깨어나니까.

어떻게 나이들고 죽는 게 좋을까? 나는 '늙어' 죽고 싶다. 우리 할머니와 할아버지가 그러셨듯이. 90세가 될 때까지 지병 하나 없이, 사고도 없이, 연로해져 집에서 돌아가셨다. 자연사自然死다. 옛날에는 이런 순한 죽음이 드물지 않았다고 한다. 요새는 큰병을 얻거나 사고로 죽는 일이 많지만. 나는 침착하게 늙음을 겪고, 가능한 자연스럽게 죽고 싶다. 그게 얼마나 귀하고 어려운 일일지! 몽테뉴도 이렇게 말하고 있다.

인생을 자연스럽게 살아가는 것만큼 어려운 학문은 없다.

이란 — 페르시아 바람의 길을 걷다

김중식 – 문학세계사 – 2017년 4월

봄이 벌써 저만큼 달려가고 있다. 봄꽃들이 지는데, 왜 가슴이 꽉 막힌 것처럼 답답한가. 김중식 시인이 이란 문화원장으로 3년 반을 지내고 돌아와 적은 기행 산문집을 냈다. 『이란—페르시아 바람의 길을 걷다』. 이란은 지구상의 유일한 신정국가다. 한국과 같은 위도지만 다른 시대를 사는 나라, 조로아스터와 이슬람교의 전통이 혼재되어 있는 곳, 아침저녁으로 '살롬'과 '인샬랴'라는 인사말을 하는 나라다. 특히 '인샬랴'는 "인간의 무능과 무지몽매, 그리고 시간을 주재하는 유일한 존재 앞에서의 겸손을 표현하는 신앙 고백"이란다. 지구 최후의 여행지에 대해 아는 것이 거의 없다. 국가 전체가 경건한 신앙 공동체 같은 이란에서는 인터넷도 방송국도 국가가 관리하고 운영한다. 그런 탓에 "SNS는 불법이고, 세상의 모든 블로그는 열리지 않으"며, 위성을 통한 외국 방송을 보거나 듣는 것은 금지되어 있다. 수도 테헤란은 사정이 다르다. 테헤란은 "성과 속, 선과 악, 전통과 현대, 부자와 빈자"들이 동거한다. 현대 이란에서는 시인들이 융숭한 대접을 받는다. "현대 이란에서 시인들은 성웅聖雄이며, 그들의 묘지에는 참배객들이 이어진다." 11세기에 활동한 이란의 시인 오마르 카이얌(1048–1131)의 『루바이야트』는 국내에서도 널리 읽힌다. "시집 한 권, 빵 한 덩이, 포도주 한 병,/나무 가지 아래서 벗 삼으리/그대 또한 내 곁에서 노래를 하니/오, 황야가 천국과 다름없으리". 김중식 산문집은 자존심으로 무장한 채 세계화 시대를 거스르는 폐쇄 국가를 여행하는 데 필요한 것들을 조목조목 알려주는 안내서다.

싯다르타

헤르만 헤세 · 박병덕 옮김 · 민음사 · 2002년 1월

깨달음은 가르칠 수 없다

놀라워라! 책을 읽는 중 이 대목에서 감탄한다. 이거면 충분하다
(이 또한 스스로의 깨달음)!

깨달음을 얻기 위해 선생을 찾아다니지 말 일이다. 그러니 나를
닦아야 한다. 나를 졸라 공부하고, 스스로에게 구하고, 스스로를 탐
구해야 한다.

#깨달음을_주는_책

만주 모던

한석정 – 문학과지성사 – 2016년 3월

건축가 승효상 선생의 '동숭학당'에서 한석정 동아대 총장의 강연을 듣고 난 뒤 『만주 모던』을 구해 읽었다. 내가 가진 '만주'와 '만주국'에 대한 지식은 박경리의 『토지』나 안수길의 소설들에서 얻은 피상적인 것. 1930년대 '모던 만주'는 한반도인에게 기회의 땅, 신천지, 엘도라도였다. 1960년대 '재건 체제', 증산과 안보, 국가 개발의 모델이 된 게 바로 만주국이다. "1960년대에 형성되어 20년간 이어진 한국의 불도저 체제는 만주에서 흘러들어 온 확산의 산물이다." 건설만이 아니다. "생산, 안보, 위생 등 사회 전반에 걸친 국가적 정책 수행의 총체"를 만주국에서 본뜬다. 근대의 압축 성장을 일군 뿌리 정신은 '빨리빨리'인데, 그 속도의 기원이 1930년대 만주국이었던 것. 1932년 봄, 부산 '만몽박람회'에 인파가 몰린다. 당시 부산의 일본어판 신문은 "'만몽 신천지를 동경'하거나 '마적을 지원하려는' 가출 소년 등 '만주병 환자'와 '모험왕'이 속출했다"라고 전한다. 만주국은 한반도 문화 예술에도 깊은 영향을 끼친다. 하얼빈에는 러시아혁명 후 백계 러시아 음악가들이 대거 넘어온다. 바이올린 거장 하이페츠, 지휘자 에마뉘엘 메테르 등이 하얼빈교향악단을 창단하고, 단박에 아시아 최정상에 오른다. 만주 출신의 임원식과 김성태, 강제 징용과 학도병 징집을 피해 만주로 간 음악가들, 안병소, 이재옥, 김동진, 박용구, 김재현, 전봉초, 김생려 등이 하얼빈이나 신징 교향악단들에서 자리를 얻어 활동한다. 이들이 해방 뒤 모국으로 돌아와 현대 음악의 토대를 만든 것이다.

#만주국을_생각하며_읽은_책

우리 모두는 시간의 여행자이다

크리스티안 생제르 · 홍은주 옮김 · 다른세상 · 2012년 7월

어떻게 살아야 할까? 한 번뿐인데! 이번이 아니면 다음은 없는데! 결국 내 모습 그대로, 생긴 그대로 사는 게 가장 좋겠다는 생각이 든다. 어릴 때부터 우리는 미래를 위해 현재 행복을 유예하는게 옳다고, 아끼고 낭비하지 말라고, 미래를 계획하고, 나중을 위해 (그게 뭐든) 참으라고 배웠다. 그러나 나는 참는 게 싫다. 하지 않는것보다 하는 게 좋다. 미련을 갖는 것보다 후회하는 게 좋다. 잘못을 저지르지 않는 것보다 저지르고 깨닫는 게 좋다. 모범생으로 살기보다는 다채롭게 떠돌다 '돌아온 탕자'로 죽는 게 좋단 말이다.

여기서는 분별력으로 이해할 수 없는 것들, 다시 말해 상반되는 것들의 법칙과 궁극적인 불합리의 지혜가 군림한다. 낭비하는 사람만이 부자가 된다. 아낌없이 내주는 사람만이 곳간을 채운다. 스스로를 혹사하는 사람만이 강해진다. 피를 흘리는 사람만이 생명을 유지한다······

통쾌하여라! 낭비하는 사람만이 부자가 된다니!

나는, 오늘도 8: 버리다

미셸 퓌에슈 글 – 파스칼 르메트르 그림 – 심영아 옮김 – 문학동네 – 2013년 11월

봄꽃들이 비에 젖은 채 떨어진다. 가는 봄 덧없고, 오는 봄 아득하다. "어룰없이 지는 꽃은 가는 봄인데/어룰없이 오는 비에 봄은 울어라"라고 노래한 김소월의 시구가 가슴을 친다. 소월은 봄비 내려 꽃잎들이 하롱하롱 질 때 "내 몸은 꽃자리에 주저앉아 우노라"라고 했다. 앞서거니 뒤서거니 나왔던 『사랑에 대하여』와 『가만히 혼자 웃고 싶은 오후』가 비슷한 시기에 2쇄와 3쇄를 찍었다. 두 책 다 2주 만에 거둔 성과니 출판사에 최소한의 면을 세운 셈이다.

미셸 퓌에슈의 『버리다』는 버림의 철학, 버림의 미학에 대해 생각해보는 계기를 던져주는 책이다. 우리는 살아가면서 많은 물건을 쓰고 버린다. 소비되는 것들은 반드시 똥이 되고 쓰레기가 되어 버려진다. 버린 것들은 "검은 구멍" 속으로 사라지고 다시 돌아오지 않는다. 소비로 그 효용가치를 다한 물건들이 사라지지 않고 쌓인다면, 오, 끔찍해! "쓰레기통이라는 검은 구멍들이 없다면 이 소비 사회는 존재하지 못할 것". 우리는 다 쓴 물건들만 버리는 게 아니다. 어떤 인연으로 맺어진 사람들, 한때 죽고 못 살던 연인도 사랑이 다 소진되면 버린다. 가차없이 버리고 돌아서서 망각한다. 버린다고 모든 게 끝나는 것은 아니다. "아무런 결과나 흔적도 남기지 않고 무無로 사라질 수 있는 부분은 없다." 버린 뒤에도 사라지지 않는 결과나 흔적들이 남는다.

속초에서의 겨울

엘리자 수아 뒤사팽 · 이상해 옮김 · 북레시피 · 2016년 11월

JJ가 책 한 권을 가져왔다. 후배가 새로 연 출판사에서 만든 첫 책이라고 했다. 반양장으로 사선 방향의 물결무늬와 날개를 펼친 새 이미지를 표지로 쓴 책. 세로로는 한 뼘 정도, 가로로는 반 뼘 정도 되는 판형이라 들고 읽기에 좋았다. 180쪽밖에 되지 않아 가볍고, 쉽게 읽혔다. 처음 들어본 작가 '엘리자 수아 뒤사팽'은 프랑스인 아버지와 한국인 어머니 사이에 태어난 젊은 여성 작가다.

속초 펜션에서 일하는 프랑스계 혼혈 여성과 프랑스에서 온 고독한 만화가. 둘 사이에 아무 일도 벌어지지 않지만, 아무 일도 벌어지지 않는 것만은 아니다(이게 무슨 소리냐). 미묘한 감정선을 읽어내는 게 재밌다. 읽으면서 배수아의 초기 소설과 뒤라스의 『모데라토 칸타빌레』가 떠올랐다. 그러나 배수아 초기 소설보다 개성이 부족하고, 『모데라토 칸타빌레』보다 표현력과 완성도가 떨어졌다. 참고로 『모데라토 칸타빌레』는 내가 최고로 생각하는 소설 TOP 5에 드는 작품. 매력적인 소설임엔 분명한데, 끝이 아쉬웠다.

글쓰는 여자의 공간

타니아 슐리 - 남기철 옮김 - 이봄 - 2016년 1월

타니아 슐리의 『글쓰는 여자의 공간』은 여성 작가 35인이 어떤 공간과 환경에서 글을 썼는지를 살펴보고 말한다. 누군가는 도서관이나 카페에서, 누군가는 침대에나 부엌 식탁에서 쓴다. 심지어는 화장실 변기 위에 널판때기를 올려놓고 글을 쓴 작가도 있다. 반듯한 '자기만의 방'에서 글을 쓴 여성 작가는 드물다. 글의 분량이 적은 것은 아쉽지만, 사진들은 기대보다 훨씬 더 좋다. 시몬 드 보부아르(1908-1986)는 "글을 쓰지 않는 내 인생은 상상할 수도 없다"고 했다. 장 폴 사르트르와 '계약 결혼'을 했지만 두 사람은 한 호텔, 다른 방에서 각자 삶을 살았다. 사르트르가 그랬듯이 보부아르도 사적 장소를 갖지 않은 채 평생 호텔을 전전하고 카페에 앉아 책을 쓰고 식사를 하고 친구들을 만난다. 잉게보르크 바하만(1926-1973)은 높은 탁자에 올려놓은 타자기 아래에 방석을 깔고 불편한 자세로 글을 썼다. 바하만은 "글을 쓴다는 건 매우 특이한 노동으로 먹고사는 것을 의미하며, 그런 노동을 직업으로 인정해달라고, 그리고 사회에 유용하고 필요한 것으로 인정해달라고 사회에 요구할 수도 없다"라고 했다. 말년에는 약물에 의존하는데, 온몸이 담뱃불에 덴 자국투성이였다. 진정제 복용으로 통증을 느끼지 못한 탓이다. 호텔 객실에서 담배를 쥔 채 잠들었다가 화재로 세상을 떴다. 실비아 플라스(1932-1963)는 영국에 유학 와서 만난 테드 휴즈와 결혼하고 두 아이를 가졌다. 남편의 외도로 두 사람은 헤어지고 혼자 육아의 부담을 진 채 새벽에 시를 썼다. 실비아 플라스는 육아와 글쓰기 사이에서 고투하다가 가스 밸브를 연 채 오븐에 머리를 박고 자살을 한다. 서른한 살이었다.

바보 이반의 이야기

레프 톨스토이 글/이상권 그림 · 이종진 옮김 · 창비 · 2015년 7월

내가 이솝우화에 등장한다면 하루종일 앉아서 '뭐 좋은 수가 없을까?' 꾀를 내느라 고개를 하늘로 치켜들고 손톱을 깨무는 동물로 나오겠지. 게으름뱅이. 멍청이. 쪼다. 구제불능(오늘은 자괴감에 빠진 날이다).

반면 JJ는 이솝 이야기 옆에 꽂혀 있는 『바보 이반의 이야기』에 등장해야 한다. 바로 바보, 이반으로. 마귀들의 유혹에도 흔들리지 않고 무심히 땅을 파듯 글을 쓰는 저이를 보면 바보 이반이 생각난다. 가끔 마귀처럼 속삭이고 싶다. 꾀를 부려요, 꾀를!

그러나 나는 '바보 이반' 캐릭터를 좋아한다. 매련하다 싶다가도 성실한 거라 고쳐 생각하고, 아둔한가 싶다가도 선한 거라 믿는 일. 누구든 '바보 이반'을 만나면 당해낼 재간이 없지 않겠는가. 꾀 많은 사람이 꾀 많은 사람을 싫어하는 법. 어른이 돼서 읽어보면 더 좋을 책. 『바보 이반의 이야기』다.

꽃의 지혜

모리스 마테를링크 - 성귀수 옮김 - 아르테 - 2017년 4월

세월호 3주기를 맞는 날. 세월이 흘러도 슬픔은 여전하다. 서교동 골목을 산책하다가 공기 중에 녹아 흐르는 농밀한 꽃향기에 걸음을 멈추고 두리번거린다. 멀지 않은 곳의 집 담장 너머로 라일락이 가지마다 흰 꽃을 청초하게 매달고 서 있다. 흰 꽃들이 견딜 수 없다는 듯 가지 바깥으로 터져나와 만개했다. 아, 이 꽃시절이 좋다!

모리스 마테를링크의 『꽃의 지혜』는 "우리 삶의 곳곳에 꽃의 지혜가 만개할진대 어떻게 그 삶이 악과 죽음, 어둠과 허무에 대한 승리의 몸짓이 아닐 수 있겠습니까?"라는 문구에 마음이 동해 읽기 시작했다. 꽃과 나무들, 즉 식물 일반이 처한 운명의 한계에서 벗어나기 위해 펼치는 지혜와 투쟁은 감동 그 자체다. 꽃들은 "수술과 암술의 유희, 향기의 유혹, 조화로우면서도 화려한 색의 호소"를 넘어서는 '지성적 존재'들이다. 꽃들은 그저 아름답고 다소곳하기만 한 것은 아니다. 보이는 것만이 전부가 아닌 것이다. "그토록 평화롭고 다소곳해서 모든 것이 인고요, 침묵이요, 복종이요, 묵상으로 보이는 이 식물의 세계는, 그러나 사실은 숙명에 대한 저항이 가장 격렬하고 집요하게 펼쳐지는 곳입니다." 짝짝짝. 박수! 별 다섯 개 만점을 주고 싶은 책이다.

엄마. 나야.

곽수인 외 · 난다 · 2015년 12월

'단원고 아이들의 시선으로 쓰인 육성 생일시 모음'이란 부제가 붙어 있는 책. 시인들이 죽은 아이의 생일에, 죽은 아이가 되어, 남은 사람들에게 하고 싶은 말을 상상해 시로 쓴 책이다. 나도 「온유 소리」란 제목으로 시를 한 편 썼다. 쓰는 동안 얼마나 울었는지, 집에서도 울고 카페에서도 울고 걸어다니면서도 울었다. 온유의 마음을 생각해도, 남은 가족들을 생각해도, 이런 시대를 지나가고 있는 우리 모두를 생각해도 슬펐다. 시를 쓰면서 나도 한 뼘 자랐다. 시인의 본분이 내 몸을 빌려 남의 목소리, 세상의 소리를 내주는 일이라는 것, 그거야말로 진정 시가 해온 일이었다는 것을 깨달았다. 이 귀한 책 한 페이지에 무게를 보탤 수 있어서 좋았다.

매년 4월 16일에는 추모의 한 방식으로 『엄마. 나야』를 읽을 테다. 같이 읽어주고, 소리내주고, 기억해주는 일. 그게 내가 할 수 있는 일의 전부다.

책을 읽을 때 우리가 보는 것들

피터 멘델선드 – 김진원 옮김 – 글항아리 – 2016년 9월

이사를 앞두고 인터넷을 해지하려고 통신사에 연락을 했더니, 갖은 구실로 계약 해지가 안 된다고 해서 언쟁을 했다. 계약은 쉽게, 해지는 어렵게! 대형 통신사의 장삿속에 소비자가 희생을 치르는 것이다. 이른바 대형 통신사들의 '갑질'이다. 갑질이란 기득권을 이용한 돈과 이익 기회의 부당한 누림이고, 신체적 감정적 노략질이다.

피터 멘델선드의 『책을 읽을 때 우리가 보는 것들』은 시각 자료들을 대담하게 편집한 것이 눈에 띄는 책이다. '읽는다는 것'의 본질에 대한 성찰로 이끈다. 독서 행위는 기억과 상상을 순차적으로 겪어내는 것이 아니라 과거와 현재와 미래가 뒤죽박죽 엉키는 경험이다. "기억은 상상으로 짓고 상상은 기억으로 짓는다." 책을 읽는 순간 우리는 기억과 상상을 뒤섞고 그럴 때마다 과거와 현재와 미래는 무시로 뒤엉킨다. "띄엄띄엄 사이를 두고 뒤죽박죽 뒤엉킨다. 읽은 내용에 대한 기억(과거)과 '바로 지금' 의식하는 체험(현재)과 읽을 내용에 대한 추측(미래)이 서로서로 뒤엉킨다."

온

안미옥 · 창비 · 2017년 4월

낮에는 KT 통신사와 싸우고, 저녁에는 이사를 걱정했다. 인터넷 통신사는 손쉽게 가입하게 만들더니, 해지는 가능한 한 어렵게 만든다. 언성을 높이고, 논리를 요구하고, 답답해하다가 폭발! 거세게 항의하자 결국 KT 신촌전화국 직원에게 연결해준다고 하더니, 드디어, 약 6년 만에 해지할 수 있게 되었다. 고객을 '호구'로만 보는 통신사 업체에 화가 난다. 해지하는 데 이렇게 어려워서야!

저녁에는 이사 가기로 한 집의 세입자가 안 나가고 버티고 있다는 연락이 왔다(도대체 왜?). 입주 청소업체에 연락해 내일 하기로 한 입주 청소 스케줄을 간신히 변경했다. 인생이란 구질구질함의 연속이다. 마음먹은 대로 되질 않는단 말이지. 평정심을 찾고자 JJ와 함께 망원동 창비 카페까지 걸어갔다. 새로 나온 안미옥 시인의 시집을 사기 위해서! 커피를 마시며 시집을 읽으니 기분이 나아졌다.

얼굴 위로 얇은 이불을 덮으면/나는 조금 위로받는 기분이 된다

누가 내게 얇은 이불을 좀 덮어줬으면. 안미옥 시를 읽을 때면 얼었던 마음이 천천히 녹는 기분이 든다. 티 나지 않게, 마음이 층위를 바꾸는 기분.

시인 안미옥을 생각한다. 조용한데 잘 웃는 미옥. 센스가 있고 유머를 아는 미옥. 입술이 도톰하고 눈이 예쁜 미옥. 미옥의 손을 잡아보고 조금 놀란 적이 있다. 고운 얼굴과 달리 손바닥이 다소 거칠었다. 나는 손이 거칠다는 것은 삶에 대해 아는 게 많은 거라고, 밑도 끝도 없이 믿는 편이다. 내 손도 조금 거칠다.

제자리걸음을 멈추고

사사키 아타루 – 김소운 옮김 – 여문책 – 2017년 4월

'여문책'의 소은주씨를 서교동 '폴 바셋'에서 만났다. 소은주씨는 뿌리와이파리와 돌베개의 편집자를 거쳐 지금은 1인 출판사를 운영한다. 새로 나온 사사키 아타루의『제자리걸음을 멈추고』를 받아서 소은주씨와 헤어진 뒤 카페에서 반 넘어 읽었다. 지식이란 잉여가치다. 누구나 잉여가치를 거머쥐면 잉여향락으로 나아간다. 사사키는 라캉 전문가답게 라캉의 말을 빌려와서 지식을 "'욕망을 불러일으키는 근원적 대상이자 원인'으로 정의되는 대상a의 향락"이고, 앎의 주체인 자신은 "팔루스적 향락, '자신을 하나의 우뚝 솟은 전체 모습으로 제시하려는 향락'에 참여하는 것"이라고 말한다. 전문 지식이나 정보와 차단되었다고 해서, 즉 '모름'에 대해 불안하다는 강박관념 따위는 불필요한 것이다. 교수들이나 각종 연구서의 전문가 집단은 재화들, 즉 자신의 지식과 정보를 비싸게 팔려고 '모름'의 위험을 과장하며 겁박을 한다. "전체주의적 욕망, 권위에 대한 욕망"에 들려 있는 존재들. 들뢰즈는 "타락한 정보가 있는 게 아니라 정보 자체가 타락한 것이다"라고 말한다. '타락한 그까짓 것들은 개나 물어가라고 해!'라고 말하자! 내가 푸코와 라캉을 꾸역꾸역 읽고, 들뢰즈와 과타리가 쓴『천 개의 고원』을 통독한 것은 즐거움 때문이다. 책에 빠져드는 것은 기쁨에의 몰입이다. 그것은 춤이요, 음식이요, 음악이다! 라캉의 말을 빌리면 '잉여향락!' 하지만 나는 팔루스적 향락의 틀에 갇히는 것은 거부한다.

한 명

김숨 · 현대문학 · 2016년 8월

어제부터 종일 비다. 봄의 완숙을 재촉하는 비이기도 하고, 꽃의 요절을 재촉하는 비이기도 하다. 20일에 이사하기로 되어 있는데, 방금 집주인에게서 이사할 수 없다는 통보를 받았다. 현재 세입자와 집주인의 의견이 맞지 않아(도대체 무슨 의견?) 세입자가 짐을 빼지 않겠다고 계속 뻗대고 있단다. 이사가 이틀밖에 안 남았는데? 아무튼 부동산에서 우리보다 더 애가 달아 집을 알아봐주고 있는 중이다. 어디든 가게 되겠지. 한숨을 쉬며 김숨의 『한 명』을 읽는다. 책의 제목을 자꾸만 '한숨'이라고 기억하게 된다. 이상한 일. 아마 내 뇌 속에 '김숨'과 '한 명'을 합체해 생각하는 조그마한 인간이 살고 있나보다. 작가의 말을 먼저 읽는다.

1930년부터 1945년까지 20만 명에 달하는 여성이 일본군 위안부로 동원되었고, 그중 2만 명만이 살아 돌아왔다. 끝끝내 돌아오지 못한 나머지 여성들은 죽거나, 언어도 물도 낯선 땅에 버려졌다.

이 사실을 기억해야 한다. 그런 일이 있었다는 것. 이 책은 일본군 위안부로 동원되었던 할머니들이 모두 죽고 '한 명'이 남았을 때를 가정하고, 쓰인 소설이다. 벌써 심장 부근이 아프다. 읽기 전에 이 글을 써준 김숨 작가에게 먼저 감사의 인사를 드리고 싶다. 쓰면서 아팠을 것이다. 첫 장을 펼치니 들어온 첫 문장.

한 명밖에 남지 않았다고 했다.

나이 들어 외국어라니

윌리엄 알렉산더 – 황정하 옮김 – 바다출판사 – 2017년 3월

아침 일찍 서둘러 이사 갈 파주 문발동의 타운하우스를 보러 갔다. 청소업체에서 나와 입주 전 청소하는 걸 들여다보고 돌아왔다. 오후에 서교동 북티크에 와서 읽은 윌리엄 알렉산더의 『나이 들어 외국어라니』는 영어를 모국어로 쓰는 중년 남자의 프랑스어 학습 분투기다. 나이 들어 낯선 나라 말 배우기는 쉽지 않다. 낯선 언어의 동사 활용, 성, 어순 등을 일일이 다 외우기는 어렵다. 원어민과 똑같은 발음도 불가능하다. 언어는 좌뇌 영역에서 관장한다. 이해력이나 구문 독해력은 브로카 영역, 구어와 문어 이해에 관여하는 것은 베르니케 영역이다. 나이가 들면 이들 뇌의 기능이 떨어지고, 청력聽力도 문제를 일으킨다. 외국어 특유의 소리와 파동을 잘 구별하지 못한다. 또한 말하기, 듣기, 문법, 발음 따위를 열심히 배워도 하루이틀 지나면서 잊어버린다. 서른 해 전 프랑스어를 배우려고 열심을 냈던 적이 있다. 개인 선생을 들이고, 학원에도 다녔지만 일반 시제와 불규칙 동사 활용 따위를 외우는 데 꾸준함이 부족했다. 외국어를 가장 잘 배울 수 있는 방법은 그 외국어를 모국어로 쓰는 사람과 연애하는 것. 내게는 그런 행운이 없었다. 언어학자 데이비드 버드송의 말. "무언가 하기에 너무 늙은 법은 없어요. 가장 나쁜 건 시도조차 하지 않는 거죠. 그냥 하고 있는 일이 무엇이든 최선을 다하세요."

집과 작업실

캐럴라인 클리프턴 모그 · 김세진 옮김 · 오브제 · 2012년 4월

어제저녁, 무사히 집을 구했다. 다행이다! 이사를 이틀 남기고 107동이 101동이 되었다. "끝날 때까지는 끝난 게 아니다"라고 요기 하라가 말했던가? 이 말은 야구에만 해당되는 말이 아니다. 모든 분야에 적용시켜도 고개를 끄덕이게 만들기 때문에 명언이다. 이사 역시, 끝날 때까지는 끝난 게 아니다. 하루 남기고 주소가 바뀌었잖아!

이사할 집에 도착하니 입주청소 하시는 분들이 먼저 와서 청소를 하고 계셨다. 앞 동에 사는 김민정 시인도 출근길에 잠깐 들렀다. 좋은 기운이 느껴지는 집이라고 했다. 우리도 보자마자 맘에 들었다. 창문을 활짝 열어놓으니 기분좋은 바람이 불었다. 청소가 끝난 뒤, JJ와 가구가 하나도 없는 거실 바닥에 앉아 바람을 맞았다. 파주. 여기서 우리는 2년을 살게 되겠지. 창으로 비치는 전망이 좋았다. 가까이에 나무가 많고, 멀리에 산이 또렷이 보였다.

살던 곳으로 돌아와 이사 막바지 준비를 했다. 100리터짜리 종량제 봉투에 버려야 할 것들을 골라 담고 있으니, 사는 데 실제로 필요한 것은 '아주 조금'이라는 생각이 들었다. 있는지도 몰랐던 물건들, 더이상 찾지도 않고 없어진 줄도 몰랐던 것들이 이렇게 많았다니. 내가 이 짐들을 꾸리고 산 게 아니라 짐이 나를 데리고 산 것처럼 느껴졌다. 가득차 있지만 부유하고 있는 것 같은 우리집 가구들. 쟤들도 곧 떠날 채비를 하는 걸까. 소파에 누워 이사할 집의 배치도를 그려보며 『집과 작업실』이라는 책을 뒤적였다. 부제가 '우리집에 만드는 나만의 공간'이다. JJ와 나에게 집은 곧 작업실이다. 나만의 작업실을 어떻게 꾸미면 좋을지 생각하는 일은 아무리 해도 질리지 않는 일이다.

먹는 인간

헨미 요 – 박성민 옮김 – 메멘토 – 2017년 3월

서교동 연립주택을 떠나 파주 교하의 한 타운하우스로 이사했다. 김민정 시인과 같은 타운하우스의 앞 동과 뒤 동에 살게 된 건 우연의 일치! 김민정씨 초대로 화사한 안목이 돋보이는 집 구경을 했다. 좋은 그림이 많기도 하거니와 깔끔하고 절제된 인테리어가 돋보인다. 김민정씨가 우리 부부를 위해 준비한 저녁식사는 '진수성찬'이다. 와인 몇 잔을 곁들인 저녁식사를 끝내고 돌아와 서재에서 『먹는 인간』을 펴든다. 일본의 저널리스트, 시인, 소설가, 에세이스트로 활동하는 헨미 요의 책이다. 종일 이사하느라 기진맥진한 터라 목차만 들여다본다. 책 내용은 4장으로 나뉘어 있다. 1장 가난한 아시아의 맛―방글라데시, 필리핀, 타이, 베트남―, 2장 갈등하는 유럽의 맛―독일, 폴란드, 크로아티아, 세르비아, 오스트리아―, 3장 뜨거운 아프리카의 맛―소말리아, 에티오피아, 우간다―, 4장 얼음과 불이 빚은 혼돈의 맛―러시아, 우크라이나―, 5장 가깝지만 낯선 한국의 맛―대한민국. 책장을 후루룩 넘기다가 한국인에 관한 단락이 눈에 들어온다. "변화구가 없는 직구 진검 승부. 기분 나쁘게 에둘러 표현하거나 간접적으로 표현하지 않는다. 간명하고 솔직하다. 꾸짖음이 끝나면 그것뿐. 아무 말도 덧붙이지 않는다." 일본인이 본 한국인의 모습이다. 흥미가 와락 당기지만 당장은 책장을 더는 넘길 에너지가 1점도 남아 있지 않다. 그냥 널브러져 푹 자자. 잠이 보약이다.

매미 울음소리 그칠 무렵 ^{바닷마을 다이어리1}

오시다 아키미 · 조은하 옮김 · 애니북스 · 2009년 5월

이사하는 날. 서울과 파주는 물리적인 거리는 가까운 편이지만 심리적인 거리는 먼 곳이다. 포장이사를 신청해 특별히 내가 할 일은 없었다. 집 앞에 내놓은 의자에 걸터앉아 『바닷마을 다이어리』를 읽었다. 영화는 두 번이나 봤지만 원작 만화는 처음이다. 만화에서도 막내가 이복언니들 집으로 이사하는 장면이 나온다. 사실 사다리차를 통해 이삿짐이 끊임없이 내려와 책에 집중하지 못했다. 몇 장 넘기다 말고 내려오는 짐을 구경하거나, 위로 올라가 짐이 얼마나 빠지고 있는지 확인했다.

우리가 이사하는 단지에 김민정 시인이 사는데, 막판에 107동이 101동으로 바뀌는 바람에 바로 앞 동에 살게 되었다. 이사를 마치고 저녁 차릴 힘도 없는데 민정 언니가 밥을 차려놓았다고 해서 앞 동으로 건너갔다. 곤드레 솥밥, 각종 해산물을 넣은 된장찌개, 닭볶음, 샐러드, 다양한 밑반찬과 젓갈들, 파김치에 와인까지! 집에 갈 때는 언니가 음식 남은 것을 두 보따리나 싸줬다. "내가 친정이잖아"라고 하던 언니의 말. 이사한 집, 새 동네, 새 마음. 장소를 옮긴다는 것은 정신을 통째로 옮기는 일. 나를 둘러싼 것들이 바뀌었으니 마음도 새것처럼 바뀌기를.

자정 가까운 시간. 짐 정리는 멀었지만 차근차근 하기로 한다. 준이가 '얼씽'에서 사준 '쑥 입욕제(수수술솔)'를 뜯어 욕조에 풀었다. 금세 초록색으로 바뀌는 물 빛깔과 향이 기가 막혔다. 욕조 목욕을 해봐야 안다. 피곤이 왜 '풀어지는' 것인가를! 뜨거운 물에 몸을 담그며 낮에 읽은 만화에서 나왔던 글귀를 생각한다.

이런저런 일들이 있지만 다 그런 거지요

각주의 역사

앤서니 그래프턴 – 김지혜 옮김 – 테오리아 – 2016년 8월

파주 교하로 이사한 뒤 첫 밤을 보냈다. 첫날 새벽에 깨어나 원고를 쓰다가 어깨를 펴고 창밖을 내다보니 벌써 날이 환하다. 아침의 환한 햇빛, 맑은 공기, 새소리는 누군가 내게 주는 선물 같다. P가 밝고 너른 집을 정말 좋아한다. 아침식사를 한 뒤 출판도시 안의 카페에 가서 커피를 마시고 인터넷을 본다. 근처 '21세기북스'에서 일하는 함성주가 다녀갔다. 함성주는 곧 정년퇴직한다고, 퇴사 이후를 걱정한다. 날은 화창하고, 출판도시 안은 봄꽃이 만개해서 콧속으로 밀려드는 공기는 향기롭다.

집에 돌아와 프린스턴 대학의 역사학과 석좌교수인 그래프턴이 쓴 『각주의 역사』를 읽는데, '각주는 어떻게 역사의 증인이 되었는가'라는 부제가 붙어 있다. '각주를 갖고도 책을 한 권 쓸 수 있구나!'라고 감탄하며 주문했던 책. 각주는 읽지 않고 건너뛰기 일쑤다. 각주를 "부수적인 것과 주변적인 것의 은신처"로 여기기 때문이다. 다들 각주를 건너뛰지만 학자들은 제 책이나 논문을 쓸 때 이것을 제 지식이 믿을 만한 것이라는 증거로 내세우고, 진실의 담보로 여긴다. 각주 붙이기는 지식의 크레디트를 위한 요식 행위다. 그래프턴은 역사학에서 각주의 기원으로 알려진 19세기 독일의 역사학자 레오폴트 폰 랑케를 넘어서 고고학자처럼 교회사와 호고주의가 번성한 16세기와 17세기까지 시대를 거스르며 '각주의 탄생' 연원을 집요하게 추적한다.

속눈썹이 지르는 비명

박연준 · 창비 · 2007년1월

이사한 집이 마음에 든다. 내 방은 넓고 텅 비었다. 좋다. 고독이 깃들 여지가 많으니까.

밤에는 혼자 내 방에 앉아 나를 거쳐간 모든 방들을 떠올린다. 떠난 건 나지만, 방도 나를 떠났다는 생각이 들 때가 있다. 혼자 힘으로 얻은 첫 방(집이라기보다 방인)은 엘리베이터가 없는 6층 건물의 6층이었다. 스물다섯 살이었고 신춘문예 당선금 중 일부를 지불해 얻은 작은 원룸이었다. 꼭대기 층이라 여름엔 덥고, 겨울엔 추웠다. 커다란 붙박이 침대가 있는 방이었는데, 지금 같으면 그런 곳을 고르진 않았을 거다. 누가 사용했을지도 모르는 침대니까. 그땐 싫은 마음보다는 궁금해하는 마음으로, 이 침대에서 누가누가 잤을까, 상상하다 잠들었다. 어려서 그랬을 테지만. 그후 좀더 좋은 고층 오피스텔에서 비싼 월세를 내며 살아보고, 부엌과 거실이 있는 연립주택에서도 살아봤지만 그 무엇도 내가 얻은 '첫 방'만큼 인상적이진 않았다. 그 방에는 내 두려움과 슬픔뿐 아니라 성심과 맑음까지 어우러져 살았으니까. 그땐 '시' 말고 달리 좋은 게 없었다. 시상이 떠오르면 자다가도 불을 켜고 다시 앉았다. 내가 시를 좋아한 게 아니라 시가 나를 유난히 좋아하는 듯 보였다. 시 쓰는 게 연애하는 마음 같던 시절.

옛날을 생각하면 갸륵한 마음이 들고, 지금을 생각하면 기꺼운 마음이 든다. 옛날에 대해서라면 후회가 없다. 이사하고 첫날, 10년 전에 낸 내 첫 책을 품어본다. 첫 방에서 대부분을 쓰고 완성한 첫 시집이다(부끄러워 읽진 않는다). 그때 나는 내가 '엑기스'로 이루어진 액체라는 것만은 믿고 있었다. 그때로부터 나는 얼마나 멀리 흘러왔을까?

정원에서 보내는 시간

헤르만 헤세 – 두행숙 옮김 – 웅진지식하우스 – 2013년 7월

헤르만 헤세의 『정원에서 보내는 시간』은 헤세의 수채화와 문장이 잘 어울리는 책이다. '이레'에서 나왔던 것을 '웅진지식하우스'에서 다시 펴낸 것. 나는 두 출판사의 책을 다 갖고 있다. 세계대전의 광풍을 겪은 직후 헤세는 벗들과 사회와의 교류를 끊고 자아로 후퇴한다. 인류의 잔인함과 어리석음에 질리고 상처를 받은 탓. 헤세는 정원 일의 즐거움에서 인생의 메마름을 풍성함으로, 위기를 도약의 기회로 바꾼다. "정원에는 오래된 나무들이 바람과 빗속에서 흔들거리며 대견스럽게 서 있다. 좁고 가파른 내리막으로 되어 있는 정원 테라스에는 키가 큰 멋진 종려나무들과 아름답고 풍성한 동백나무, 석남류의 식물과 목련꽃이 피어 있다. 또 주목, 잎이 빨간 너도밤나무, 인도산 수양버들, 키가 큰 상록수인 여름 목련이 자라고 있다. 내 방에서 바라본 풍경들, 정원의 테라스와 덤불숲, 그리고 나무들은 내가 앉아 있는 방과 그 안의 사물들보다 더 가까이 내 삶에 속해 있다." 헤세는 정원의 나무들을 진정한 친구이자 이웃으로 여겼다. 세계대전을 겪으며 인간 내면에 깃든 무자비함, 폭력성, 대량 살육의 끔찍함에서 비롯한 그의 사람 기피, 사회 기피는 결국 그를 꽃과 나무들로 가득찬 정원으로 이끈다. 그것은 생명의 자연스러운 요청으로 보인다. 꽃피고 열매 맺는 것들이 일군 생명 세계 속에서 나무들과의 교감, 식물들의 내적 평화, 생명의 짧은 순환들에 대한 성찰의 경험을 치유의 자양분으로 바꾼다.

어떻게 죽을 것인가

아툴 가완디 · 김희정 옮김 · 부키 · 2015년 5월

읽는 내내 우울했다. 늙는 게 어떤 일인지, 얼마나 누추하고 초라해지는 일인지 적나라하게 말해주는 책이기 때문이다. 그러나 알아야 한다. 알고 겪는 사람과 모르고 겪는 사람은 '침착함'에 있어 큰 차이를 보이는 법이다.

어느 요양원에서든 노인들이 원하는 삶을 살 수 있도록 도와주는 건 고사하고, 그들 옆에 앉아 지금 주어진 상황에서 어떤 삶을 살기를 원하는지 묻는 사람조차 거의 없다. 이것은 바로 삶의 마지막 단계에 관해 생각하지 않으려는 태도로 일관하는 사회가 낳은 결과다.

요양원이나 양로원에 있는 노인들을 대할 때 우리는 그들을 '아직', 혹은 '여전히' 존재하는 잉여인간으로 생각할 때가 있지 않은가? 죽지 않는 한 우리는 모두 노인이 될 텐데. 끝이 나지 않는 한 늙은 사람도, 젊은 사람도 산 사람인데. 우리는 노인에게 굴레를 씌운다. '곧' 죽을 사람이라고.

늙음은 죄가 아니다. 누구나 결국 입어야 하는 '시간의 구겨진 옷'일 뿐이다. 나에게만은 오지 않을 것처럼 여기거나 생각하지 않으려 한다면, 늙고 난 뒤의 시간은 더 나빠질 것이다. 작가의 말처럼 우리는 노년을 어떻게 보내고 싶은지, 어떻게 늙고 싶은지, 나아가 어떻게 죽을 것인지 '선택'할 수 있어야 한다. 너무 이르다고? 그럴지도 모른다. 그러나 죽음은 정말 가까이 있다. '산과 바다'처럼 나란한, '삶과 죽음'인 것이다. 착각하지 말아야 한다. 노인에게 죽음이 더 자주 찾아가지만, 죽음에는 순서가 없다.

잃어버린 밤에 대하여

로저 에커치 – 조한욱 옮김 – 교유서가 – 2016년 7월

로저 에커치의 『잃어버린 밤에 대하여』는 밤에 대한 인문학적인 성찰을 듬뿍 담은 책이다. 본문 495쪽을 포함해 140쪽이 넘는 참고 문헌, 미주, 찾아보기, 별지 도판 목록이 달려 있다. 총 641쪽으로 꽤나 두껍지만 겁먹을 필요는 없다. 문장은 유려하고, 주제는 매혹적이다. '밤시간의 역사', 혹은 '밤, 사랑, 운명'에 대한 거의 모든 것을 개인 편지, 회고록, 여행기, 일기 등 광범위한 자료에서 이끌어낸다. 『가디언』지의 서평에서 "자료에 대한 에커치의 장악력은 감명적이다"라는 평가를 받는다. 책은 '문 닫을 때'로 시작해서, 제1부 죽음의 그림자, 제2부 자연의 법칙, 제3부 밤의 영토, 제4부 사적인 세계를 거쳐 '닭이 울 때'로 막을 내린다. 각 부가 '전주곡'으로 시작된다. 제1부를 시작하는 '전주곡'의 첫 문단은 다음과 같다. "밤은 인간 최초의 필요악이자 가장 오래되고 가장 자주 출몰하는 두려움이다. 모여드는 어둠과 추위 속에서 선사 시대의 선조들은 분명 태양이 다시 떠오르지 않을지도 모른다는 심한 두려움을 느꼈을 것이다." 밤의 시공은 장강처럼 흘러가고, 에커치는 문학, 사회사, 심리학, 사상사를 두루 넘나들며 그 밤을 탐사하는 여행에 나선다. 이제 이것을 읽고 지적인 유희를 즐기는 것은 당신의 몫이다.

무미 예찬

프랑수아 줄리앙 · 최애리 옮김 · 산책자 · 2010년 1월

오늘 '상냥한 사람들' 첫 행사를 위트앤시니컬에서 가졌다. 캣맘 대표로 조은, 황인숙 시인을 모시고 '야옹다옹 토크'를 했고, 작가들이 직접 그리고 제작한 길고양이 스티커를 판매했다. 모두 같은 마음으로 앉아 있는 사람들을 보니 흐뭇했다. "길고양이의 명랑한 생활을 응원하려고" 모인 사람들이다.

오늘 들고 다닌 책은 예전에 한 번 정독했던 『무미 예찬』이다. 책장을 넘기다 이 구절에 시선이 머무른다.

절구를 쓰는 데는 고도의 능력이 필요하다. 왜냐하면 절구에서 전개되는 모든 변용과 변형이 은연중에 우리 마음의 자연스러운 움직임을 따르기 때문이다.

'상냥한 사람들'이 원하든 원하지 않든 하나의 절구가 되었다면, 모인 사람들 한 명 한 명의 마음이 중요하겠구나. "은연중에 우리 마음의 자연스러운 움직임"을 따라, 절구 안의 내용물이 변용과 변형을 거쳐 생성될 테니까.

모임을 끝내고 집으로 가려는데, JJ가 이미지를 첨부한 메시지를 보내왔다. 내게 주려고 작은 가방을 샀단다. 내가 "가죽가방이네" 하고 말하자, "마음 같아서는 내 가죽을 벗겨서 가방을 만들어주고 싶어"라고 농담을 보내왔다. 이제 우리집은 파주. 광역버스를 타고 집으로 돌아가는 기분이 좋았다. 식구가 기다리고 있겠지.

온

안미옥 – 창비 – 2017년 4월

월요일 오전, P와 문발동 주변 산책에 나선다. 동네를 한 바퀴 돌고 난 뒤 주택가에 있는 커피발전소를 들른다. 주인은 친절하고, 커피맛은 훌륭하다. 돌아와서는 원고를 쓰고, 오후 늦게 다시 논둑길을 가로질러서 파주 출판도시까지 걸었다. 바람의 감촉이 상쾌하다. 돌아올 때는 이미 어두워져 마을버스를 탔다. 저녁을 먹고 다 치운 늦은 밤, 회사에서 퇴근하고 돌아온 이웃사촌 김민정 시인이 놀러와 담소를 나누다 돌아갔다.

안미옥의 첫 시집 『온』을 천천히 읽었다. 세상의 흐르는 것들을 붙잡아 사유와 상상력을 펼쳐내는데, 상투성이 없어서 좋다. 자기만의 화법이 있다. "멈춰 있는 상태가 오래 지속될 때의 마음을/조금 알고 있다" "옆집은 멀어질 수 없어서 옆집이 되었다" "어떤 기억력은 슬픈 것에만 작동한다" "목조 계단에 앉아 있었다/오랫동안 빛에 휘둘린 얼굴이었다"같이 무심히 툭, 툭 던지는 구절에도 사유의 예각이 드러난다. 물에 갇히거나, 숨을 참고 있는 고통에 대해 말하거나, 소풍 가서 돌아오지 않거나, 아직 쏟아지는 물 안에 남아 있거나, 죽은 사람을 애도하는 시편들은 '세월호'에서 영감을 얻은 것으로 보인다.

결혼·여름

알베르 카뮈 · 김화영 옮김 · 책세상 · 1989년 6월

수년 전, 카뮈가 쓴 산문집인 이 책을 퍽 좋아했다. 포스트잇을 한가득 붙여놓아 너덜너덜해진 책장이 증거다. 포스트잇이 표시되어 있는 부분을 읽으면, 예전에 나와 만나는 기분이 든다.

모든 것이 다 무의미하다고 말하는 사람은 그 순간에 의미 있는 그 무엇을 표현하고 있는 것이 된다.

절망한 문학이란 말 자체가 이미 모순이다.

한 인간이 자기의 마음이 깨끗하다고 느끼는 것은 자주 있는 일이 아니다. 그러나 그런 느낌이 드는 순간에는 적어도 자기를 그토록 기묘하게 순화시켜준 그 힘을 진실이라고 부르는 것이 그의 의무다.

지금도 나는 같은 부분에서 똑같이, 진심으로 감탄한다! 새로 알게 된 파주의 커피발전소에서 책을 읽다가, 전입신고를 하러 동사무소에 다녀왔다. 저녁에는 앞 동에 사는 김민정 시인이 잠깐 다녀갔다. 이사를 마친 우리집을 보더니 언니는 "절간 같네!" 하고 말했다. 집에 책 외에는 가구가 별로 없는데다, 아직 안성에서 소파와 테이블을 가져오기 전이라 그렇다. 우리는 식탁에 둘러앉아, 국화차를 마시며 담소를 나눴다. 언니는 "둘이 원래 살던 집 같다"고 말했고, 우리는 고개를 끄덕였다. 이상하다. 처음부터 낯설지 않았고, 벌써 익숙해지기까지 한 집이다.

장식

안토니 가우디 – 이병기 옮김 – 아키트윈스 – 2014년 8월

점심때 P와 출판도시에 나와 돈가스와 메밀국수를 먹었다. 점심을 먹고 활판공방을 찾아갔으나 박건한 시인을 못 만났다. 오후 6시, 달출판사 이병률 시인, 이희숙씨, 이재익씨, 문학동네 마케터 방부장, 유희경 시인, 오은 시인, 그리고 P와 중국 식당에서 저녁식사를 했다. 신촌역 부근 카페 프렌테에서 『가만히 혼자 웃고 싶은 오후』 출간에 맞춘 행사는 오은 시인의 발랄한 사회로 매끄럽게 잘 끝났다. 행사 끝 무렵 서효인 시인이 케이크를 사들고 왔다.

안토니 가우디의 『장식』은 가우디가 건축을 공부하던 1873년부터 졸업 이듬해인 1879년까지 썼던 노트에서 발췌한 것들을 편집하여 꾸민 책이다. 안토니 가우디는 '성가족 성당' '구엘 공원' '밀라 주택'을 설계한 스페인이 배출한 세계적으로 명성이 자자한 건축가다. 이 노트는 애초 출판을 목적으로 작성한 것이 아닌 '개인 기록물'이다. '장식'의 모티브는 동물과 식물, 지형이나 광물 세계의 재현, 그리고 "선, 면, 입체의 형태와 이 모든 것이 조합된 기하학"에서 얻는다. 장식의 물질적, 형태적, 기술적 기반을 통찰하는 청년 가우디의 날카로움이 그대로 전달된다. 상당히 전문적인 내용과 각종 도판들로 이루어졌다. "용도는 사물을 창조하는 동인動因이다. 성격은 도적 미학적 상황의 정의이며, 물리적 조건은 재료의 내구성과 보전에 관한 것이다." 안토니 가우디는 이 모든 것이 "넓은 의미로서의 장식" 범주에 든다고 말한다.

눈먼 올빼미

사데크 헤다야트 · 공경희 옮김 · 연금술사 · 2013년 5월

디자인이 예뻐서 그리고 첫 문장이 아름다워 사놓고 아직까지 읽지 못한 책 『눈먼 올빼미』. 오늘은 이 책을 읽어야지, 마음먹고 가방에 넣어 파주 출판단지로 나갔다. JJ가 '활판공방'을 운영하는 박건한 선생님을 만나러 가자고 해서 들렀는데 마침 자리를 비우고 안 계셨다. 다음을 기약하고 돌아나오는데 JJ에게 걸려온 전화 한 통. '끄레 디자인' 대표이자 북디자이너인 최만수 선생님이 돌아가셨다는 비보였다. 30년 넘게 우정을 나눈 친구의 부고에 JJ는 믿기지 않는 얼굴이었고, 나도 말을 이을 수 없었다. 지난가을과 겨울에도 자주 뵈었고, 웃으며 차를 마시곤 했는데⋯⋯ 죽음은 멀리서 보면 믿어지지 않고, 가까이에서 보면 잊히지 않는다.

저녁에는 달출판사에서 나온 JJ의 신간 『가만히 혼자 웃어보고 싶은 오후』의 행사가 있어 서울에 가야 했다. JJ는 담담한 척하고 행사도 잘 끝냈지만, 집으로 오는 택시 안에서 조용히 슬퍼했다.

오늘도 『눈먼 올빼미』를 제대로 읽지 못했다. 첫 문장만 여러 번 읽었다.

삶에는 서서히 고독한 혼을 갉아먹는 궤양 같은 오래된 상처가 있다.

발터 벤야민 : 화재경보

미카엘 뢰비 – 양창렬 옮김 – 난장 – 2017년 3월

어제 오후 4시, 끄레 디자인의 최만수씨가 세상을 떴다는 소식을 받았다. 생사의 고비에 있다는 전갈을 들은 게 엊그제. 일산 동국대 병원 장례식장 빈소에 문상을 하고 돌아왔다. 빈소에서 안지미 알마 대표와 조미현 현암사 대표를 보았다. 벗이 죽는 것은 기억을 하나씩 잃어버리는 것. 아는 이들이 다 죽으면 기억은 '제로'로 돌아가 존재의 영도零度로 전락하는 것. 최만수씨와는 서른 해쯤 만나고 사귀면서 사이좋게 나이들어가는 처지였다. 지난겨울, 갑작스러운 암 소식에 이은 부음은 당혹스럽다. 그는 훌륭한 북디자이너이고 유쾌한 성정의 사람이다. 시공사에서 펴낸 『20세기 한국문학의 탐험』의 본문과 표지 장정을 그가 맡으면서 두터운 친분을 쌓았다. 2015년에 나온 『일요일의 인문학』 장정도 그의 솜씨다. 그를 다시는 만날 수 없다는 게 도무지 믿기지 않는다.

침울한 기분 속에서 읽은 책은 미카엘 뢰비의 『발터 벤야민 : 화재경보』이다. 벤야민이 쓴 「역사의 개념에 대하여」, 즉 '비상사태' '현재 시간' '파국과 메시아주의' '성좌' '변증법적 이미지' '회억' 등의 테제들을 읽고 해제와 주석을 붙인 책. 비의적 표현들로 짜인 텍스트가 난삽한데다 기분이 가라앉고 머릿속이 어지러운 상태라 초점이 잡히지 않는다. 테제 18번에 인용된 생물학자의 말이 기억에 남는다. "이 지구상의 유기적 생물체의 역사와 비교하면 호모 사피엔스의 보잘것없는 5만 년은 하루 24시간의 마지막 2초와 같은 것이다. 이 척도를 적용해보면, 문명화된 인류의 역사 전체는 마지막 시간의 마지막 초의 5분의 1에 지나지 않을 것이다."

나무를 심은 사람

장 지오노 · 김경온 옮김 · 두레 · 2005년 6월

최만수 선생님의 장례식장에서 자꾸 눈물이 나왔다. 끄레 식구들을 보니, 참을 수 없었다.

저녁엔 장 지오노의 『나무를 심은 사람』을 다시 읽었다. 나무에 관한 시를 써야지. 나무에게서 위로받을 일이다.

낭비 사회를 넘어서

세르주 라투슈 – 정기헌 옮김 – 민음사 – 2014년 4월

P와 함께 집을 나서서 심학산 '장어집'에서 점심을 먹었다. 햇볕은 따사로운데 바람 끝이 차다. 식당 마당에서 개가 태평스레 잠들어 있다. 행간과여백 카페에서 커피를 마시며 원고를 들여다보는데, 호미출판사의 박지웅 시인이 한겨레신문에 최만수씨의 추모 원고를 써달라고 부탁을 했다. 오후에 동네 산책에 나섰다가 '땅콩문고'라는 서점 발견하고, 들어가서 둘러보고 황경택의 세밀화와 짧은 글이 실린 『꽃을 기다리다』(가지)와 조너선 밸컴의 『물고기는 알고 있다』(에이도스)를 샀다. 출간 소식을 들은 뒤 마음에 두었던 책들이다.

세라쥬 라투슈의 『낭비 사회를 넘어서』는 '계획적 진부화라는 광기에 관한 보고서'라는 부제가 붙은 책이다. 과잉 생산 사회는 부득이 소비의 광기를 부추긴다. 무한 생산과 무한 소비는 맞물려 있다. '진부화obsolescence'라는 개념은 20세기 접어들며 등장한다. 진부화는 세 가지의 형태, 즉 "기술적 진부화, 심리적 진부화, 계획적 진부화"로 나뉜다. 기업들은 상품 수명 주기를 짧게 만들고 소비 촉진을 위해 계획적 진부화의 전략을 쓴다. 소비자들은 물건들을 더 자주 바꾸도록 유혹과 압력을 받는다. '진부화' 전략에 따라 "원래 쓰던 것을 버리고 새것을 사기로 결심하는 심리적 문턱"은 낮아지고, 유행의 주기도 점점 짧아지는 까닭이다. 유행 효과는 심리적 진부화의 한 형태다. 이로 인해 더 많은 폐기물이 생겨나고 생태계는 부담을 떠안는다. 탈성장주의자인 세르주 라투슈의 낭비 사회에 대한 날카로운 비판에 이어 "창조성의 해방, 공생의 재발견, 존엄적 삶"으로 나아가는 대안적 삶에 대해 숙고하게 이끈다.

정원에서 보내는 시간

헤르만 헤세 · 두행숙 옮김 · 웅진지식하우스 · 2013년 7월

헤르만 헤세에겐 확실히 뭔가가 있다. 철학적이고 목가적이고 사색적이고 아름답지만, 그것만으로는 표현할 수 없는 뭔가가 있다. 이 책에서 헤세가 자신의 고양이에 대해 묘사한 부분이 인상적이다. 요새 작가들이 고양이를 어떻게 묘사하는지 유심하게 보고 있다. 그것만으로도 그 작가의 성품과 특색을 약간 알 수 있다고 믿는다.

나의 친구이며 나의 어린 동생인 고양이다. 녀석은 부드럽게 야옹거리며 머리를 숙이고는 내 몸에 제 몸을 비벼댄다. 마치 애원하듯 나를 쳐다보다가는 사지를 느슨하게 뻗어 땅 위로 뛰어내리며 눈처럼 흰 배와 목을 보여준다. 나보고 함께 놀자고 조른다. 고양이는 또 종종 내 어깨를 목표로 정하고는 정확하고도 재빨리 뛰어내리기도 한다. 제 몸을 비벼대면서 부드럽게 목을 그르렁거리며 만족스러울 때까지 머문다. 어떤 때는 조용히 스쳐지나가다 잠깐 인사를 건넬 뿐이다. 숲에서 할 일이 있어 그 생각으로 가득차 있는 것이다. 그래서 그렇게 우아한 걸음으로 사라진다. 리베라고 부르는 이 작은 고양이는 태국 샴 고양이의 후손이다.

오후엔 JJ와 '땅콩문고'에 들러 책을 몇 권 샀다. 친구 선영이 추천해준 서점이다.

물고기는 알고 있다

조너선 밸컴 - 양병찬 옮김 - 에이도스 - 2017년 2월

12시 45분 서울역에서 출발하는 KTX 열차를 타고 진주행. 황인숙 시인이 형평문학상을 받는데, 바람을 쐬고 축하도 할 겸 P와 함께 내려간다. KTX 열차 안에서 읽은 조너선 밸컴의 『물고기는 알고 있다』는 "물고기의 삶에 대한 깜짝 놀랄 만한 연구"가, 더 구체적으로 물고기의 감각, 느낌, 생각, 사회생활에 대한 새로운 지식으로 가득차 있는 책이다. 연구자 몇 명을 빼고 인류 대다수는 인간과 다른 환경에 사는 물고기에 대한 집단 무지 상태다. 지구상에 물고기 종류는 엄청나게 많다. "2011년 9월 현재 등재되어 있는 물고기는 32100종鍾, 482과科, 57목目"이다. 포유류, 조류, 파충류, 양서류를 다 합친 것보다 많다. 척추동물 중 60퍼센트가 물고기다. 물고기는 생각이 없는 생물이 아니고, 말할 줄 모르는 벙어리도 아니다. 물고기는 내비게이션, 전기수용, EOD, 촉각의 존재이고, 뇌를 써서 생존하고 번성한다. 연어는 "자연계 최고의 전 지구 위치파악시스템GPS 중 하나를 보유"하고 그걸로 몇만 킬로의 이동 경로를 파악하고 움직인다. 물고기는 척추, 감각기관, 말초신경계를 가진 생물로 의식적으로 인식을 하고 특유의 지각력으로 통증을 느낀다. 송어, 대구, 잉어의 몸에는 통증을 느낄 수 있는 통각수용체가 넓게 분포되어 있다. 물고기가 감정과 지능과 의식을 갖고 있다는 사실은 분명해 보인다. 알면 알수록 놀랍고 신비한 물고기의 세계!

82년생 김지영

조남주 · 민음사 · 2016년 10월

황인숙 시인이 '형평문학상'을 받게 되어 JJ와 기차를 타고 진주로 가는 날. 기차에서 『82년생 김지영』을 다 읽었다. 우선 너무나 공감되고 재미있었다. 내 친구 중에도 '김지영'이 있다. 성이 '김'이 아닌 지영은 더 많다. 이 땅에서 여성으로 산다는 일은 어떤 일인가? 인류의 반 이상을 차지하고 있음에도 날 때부터 '소수자'이자 '약자' 취급을 받으며, 숱한 차별과 시선폭력, 언어폭력, 신체폭력, 성폭력에 휩싸여 살아가는 존재. 지나친 생각이라고 말하는 사람은 필히 남자이거나 운이 '더럽게' 좋은 여성일 것이다. 여성이 모성애가 강하며 섬세하고 포용력이 넓어 누군가를 돌보기에 적합한 존재라는 생각은 사회가 인류(남성)의 편의를 위해 만든 것일지도 모른다. 책을 읽다 통쾌한 부분이 있어 옮겨 적는다. "세탁기와 청소기가 있는데 요즈음 여자들 뭐가 힘들다는 건지"라고 말하는 의사를 향해 주인공이 하는 생각(그나마 '말'도 아님)이다.

예전에는 일일이 환자 서류 찾아서 손으로 기록하고 처방전 쓰고 그랬는데, 요즘 의사들은 뭐가 힘들다는 건지. 예전에는 종이 보고서 들고 상사 찾아다니면서 결재받고 그랬는데, 요즘 회사원들은 뭐가 힘들다는 건지. 예전에는 손으로 모심고 낫으로 벼 베고 그랬는데, 요즘 농부들은 뭐가 힘들다는 건지……라고 누구도 쉽게 말하지 않는다. (……) 전업주부가 된 후, 김지영 는 '살림'에 대한 사람들의 태도가 이중적이라는 생각이 들 때가 많았다. 때로는 '집에서 논다'고 난이도를 후려 깎고, 때로는 '사람을 살리는 일'이라고 떠받들면서 좀처럼 비용으로 환산하려 하지 않는다. 값이 매겨지는 순간, 누군가는 지불해야 하기 때문이겠지.

각방 예찬

장클로드 카우프만 – 이정은 옮김 – 행성B잎새 – 2017년 1월

진주에서 하룻밤 잔 뒤 숙소를 나온 것은 오전 10시쯤이다. P와 함께 햇빛 화창한 진주 거리를 걸어 중앙시장 안쪽의 '제일식당'을 찾아간다. 아침 시간을 넘긴 탓에 해장국은 매진. 국밥과 육회비빔 밥을 주문했다. 식사를 마치고 중앙시장을 눈동냥을 하며 돌아다 니다가 서리태 한 봉지를 샀다. 좌판을 펴고 장사하는 할머니는 인심 좋게 덤으로 또다른 콩을 듬뿍 얹어준다. 풍성한 인심에 기분이 좋아진다.

장클로드 카우프만의 『각방 예찬』은 '각방 쓰기'에 관한 책이고 "웃음과 비밀을 나누는 장소"이자 "구명보트"인 부부가 함께 쓰는 '침대', 즉 오늘날의 사랑을 성찰하는 책이다. 침대는 인생의 절반 을 보내는 작은 세상이다. 침대는 그 자체로 "온 세상"이고, "은신 처의 안쪽에 위치한 은신처이자 여러 은신처 한가운데에 있는 은 신처"다. "긴장 이완과 수면의 도구인 이 평범한 침대"를 결혼한 남 녀가 함께 쓰는 건 자연스러운 일이겠으나 사랑과 비밀을 공유하 고 나눈다는 것과 개인적 안락에 대한 갈망이 부딪치며 파열음을 낼 때 문제가 생긴다. "한 사람은 거리 두기를 원하고 다른 사람은 가까이 있기를 원하면서 일상에서 불협화음이 일어난다." 한 침대 쓰기에서 불거진 문제는 욕망, 섹스, 밤에서 파생되는 불균형의 문 제이거나, 서로의 욕망과 사소한 습관의 차이에서 생기는 불편의 문제를 포괄한다. 그 불균형과 불편의 구체적인 사례와 더불어 "한 방 쓰기라는 독재"에 맞서는 부부들 이야기가 펼쳐진다.

헤밍웨이, 파리에서 보낸 7년

어니스트 헤밍웨이 ─ 윤은오 옮김 ─ 아테네 ─ 2004년 9월

진주에서 서울로 올라오는 기차 안. JJ가 찾아 헤매던(안성 서재에서 찾음) 『헤밍웨이, 파리에서 보낸 7년』을 읽는다. 책장에 2005년 1월 21일 날짜가 찍힌 로또 두 장이 껴 있다. JJ는 아주 가끔 로또를 산다. 나는 사지 않는다.

"당신, 2005년 1월 21일에 일확천금을 꿈꾸며 로또 두 장을 샀었지?"라고 묻자 영문을 모르는 JJ는 웬 뚱딴지같은 소리냐는 표정이다. 내가 로또 두 장을 보여주자, 그제야 씨익 웃는다. 책갈피에서 뜻하지 않게 옛날 추억을 발견하는 일, 이래서 책에 뭐라도 껴놓아야 한다니까. 나중의 즐거움을 위해.

그나저나 4월 말의 진주역 풍경은 끝내줬다. 벤치에 누워 나무와 하늘, 그리고 둘 사이에서 장난질하는 바람을 바라봐야 한다. 4월에.

아침식사의 문화사 Breakfast

헤더 안트 앤더슨 – 이상원 옮김 – 니케북스 – 2016년 3월

4월의 마지막날 새벽에 안성으로 내려갔다. 수졸재에서 책과 서가 여섯 개, 소파 두 개와 테이블, 책상 등을 이삿짐 센터의 5톤 트럭에 싣고 파주로 올라왔다. 이사를 두 번 하는 셈이다.

헤더 안트 앤더슨의 『아침식사의 문화사』는 '아침식사'가 어떻게 바뀌어왔는지를 역사·사회·문화적으로 통찰하는 책이다. 책의 내용이 방금 화덕에서 나온 음식처럼 따끈따끈하다. 아침에 당신이 먹은 것은 무엇인가? 시리얼과 유제품인가? 사과 한 쪽과 베이글 한 개인가? 흰밥과 생선구이와 된장국인가? 베이컨과 삶은 달걀과 고기를 먹었는가? 곡물 재배의 역사와 더불어 아침식사가 달라진 변천사를 제시하는데, 읽다보면 없던 식욕도 생긴다. 호메로스의 『오디세이아』에 따르면 고대 그리스인들은 새벽의 여명 속에서 아침식사를 준비하고 먹었다. 대개 아침식사는 하루 일과를 시작하기 전 출출해진 위를 채우는 관습이었다. 육체노동자들의 '천박한 끼니' 정도로 폄하되던 아침식사가 가족과 나누는 '합리적인 식사'로 자리잡은 것은 근대의 일이다. 시대와 지역에 따라 아침식사의 메뉴는 실로 다양했다. 고대 로마 시대와 중세, 그리고 현대로 들어오면서 아침식사를 구성하는 메뉴가 다르고, 메뉴의 양과 질이 달랐다. 잉글리시 브렉퍼스트의 탄생에서 화가들이 그린 아침식사, 사형수의 아침식사, 뉴스 속 아침식사에 이르기까지 정성스럽게 잘 차려진 밥상을 받은 듯 뿌듯하다.

호밀밭의 파수꾼

J. D. 샐린저 · 공경희 옮김 · 민음사 · 2001년 5월

오리지널리티originality에 대해 생각하는 밤이다. 오리지널이란 무엇인가? 내게 오리지널에 대한 체감이 파바박, 오는 순간은 가령 오늘 같은 때이다. 나훈아 노래 〈내 삶을 눈물로 채워도〉를 듣고 싶어(이상하게 이 노래가 못 견디게 듣고 싶어지는 때가 1년에 두 번 이상 있다) 멜론에서 검색해 듣는데, 나훈아 목소리가 아니다! 나훈아를 흉내내는 다른 가수의 목소리다! 이건 아니야, 이건 아니라고! 발끝에서부터 짜증이 치밀어오르고, 신경이 날카로워진다. 귀가 바짝 곤두서는 기분. 서둘러 음악을 끄고 나훈아 버전을 다시 찾으니 멜론에 없다. 도저히 못 참겠어서(도대체 왜 이러지?) 유튜브에서 나훈아가 부른 〈내 삶을 눈물로 채워도〉를 기어이 찾아 듣는다. 비로소 마음이 안정되고, 기분이 좋아진다. 더불어 〈해변의 여인〉도 듣는다. 우리 할머니가 피아노로 자주 연주해주던 곡. 오래전부터 알고 지내던 '진짜' 나훈아 목소리를 들으며 맞이하는 깊은 밤. 오래된 음악은 음악만 불러오는 게 아니다. 음악과 함께 옛날이 한꺼번에 온다. 향수.

이런 게 바로 오리지널리티다. 처음에 만나서 오래도록 끝까지 친하게 지내는 것. 흉내는 못 참아! 또하나 오래도록 나와 친했던 책. 내가 어려서부터 사랑했던 샐린저의 『호밀밭의 파수꾼』을 들춰본다. 포스트잇이 다닥다닥 붙어 있는 책. 나훈아 목소리를 들으며 포스트잇 붙어 있는 부분만 찾아 읽는다. 나훈아와 샐린저라니. 파김치와 샐러드 같지만, 속은 똑같다. 이 밤이 좋다. 나훈아는 영원하라. 샐린저도 영원하라. 그나저나 나훈아 선생은 잘 계신가? 가끔 궁금하다.

May

May

생각

팀 베인 - 김미선 옮김 - 교유서가 - 2015년 10월

 월간『시와표현』발행인인 박무웅 시인과 시드니에서 온 윤희경 시인이 새로 이사한 교하의 타운하우스 거처에 방문했다. 파주 출판도시에서 만나 심학산 아래 식당에 가서 점심식사를 하고, 집에서 차를 마셨다. 손님이 돌아간 뒤 책을 읽었다.

 팀 베인의『생각』은 생각을 생각하는 책이다. 데이비드 흄이 "생각은 어느 정도 방법과 규칙성을 가지고 서로를 소개한다"라고 했을 때, 이는 "생각의 열例"을, 즉 "어떤 식으로든 서로와 관련된 연쇄적 생각의 성분들로서 일어나는 일들"을 염두에 둔 것이다. 생각이란 무엇인가? 생각의 성분들은 무엇인가? '생각'과 '생각하기'는 어떻게 다른가? 생각은 망상과 어떻게 다른가? 그런 물음들에 답을 원한다면 이 책을 읽으시라. 이 책은 '교유서가'의 '첫 단추' 시리즈물 중 한 권이고, 영국 옥스퍼드대 출판부에서 펴내는 〈Very Short Introduction〉을 우리말로 옮긴 것들이다. 속이 꽉 찬 알곡 같은 책들이다. '첫 단추' 시리즈물은 독자의 잠든 뇌를 깨우는 각성제다. 우리를 무지의 감옥에서 이끌어내 앎의 황홀경으로 안내한다. 철학, 역사, 수사학, 문학이론, 파시즘, 법, 혁명, 과학철학, 과학혁명, 세계경제사 등을 전방위로 아우르는 '인문학 총서'이다. 생각의 힘을 키우고, 의식에 깊이를 더하며, 공감각의 능력을 확장하는 '지식의 향연'이다. 혼란과 불안, 위기와 불확실성이 높아지는 이 시대를 사는 이들에게 나아갈 길과 방향을 일러주는 사상의 지도이자 나침반이다. 스스로 생각하는 힘을 길러 사유의 열매를 수확하고 맛보는 기쁨과 보람을 안겨주는 '작은 도서관'이다.

#속이_꽉_찬_작은_책

롤랑 바르트가 쓴 롤랑 바르트

롤랑 바르트 ─ 이상빈 옮김 ─ 동녘 ─ 2013년 2월

U에서의 아침나절의 더없는 기쁨! 태양, 집, 장미들, 침묵, 음악, 커피, 일, 성욕 없는 평온, 휴무중인 공격성들……

지금 내 상태가 그렇다. 월요일 아침, 커피, 브래지어 없는 가슴 두 쪽, 펜, 종이, 책, 반대편 방에서 JJ가 타다닥─ 자판을 두드리며 원고 쓰는 소리.

나른하고 평온한 분위기 속에서 롤랑 바르트를 읽고 있다. 까칠한 공격성을 숨기고 있지만, 누군가가 건드리지만 않는다면 대체로 우아하게 '존재'하는 고양이처럼. 일단 오늘 아침은 그렇다. 바르트의 명석한 사유에 눈을 반짝이는 시간!

즐거움에는 진보가 없으며 변화만이 있을 뿐이다.

아마추어; 명인의 영역을 넘보든가 또는 경쟁의 정신없이 회화, 음악, 스포츠, 학문에 참여하고 있는 자

종이 한 장 차이라는 말이겠지. 그렇지만 모든 프로들도 처음엔 명인의 영역을 넘보거나 경쟁 정신이 없는 상태에서 시작했으리라. 프로가 되기 위해선 먼저 아마추어가 되어야 한다.

오늘 나는 가시를 숨기려 애쓰지 않아도 되는 침묵 한 송이. 곁에는 책과 평화 한 줌.

애도 일기

롤랑 바르트 – 김진영 옮김 – 이순 – 2012년 12월

한겨레신문에 기고한 최만수씨에 대한 추모 기사가 나왔다. 롤랑 바르트의『애도 일기』를 다시 꺼내 읽은 것은 벗의 죽음에서 비롯된 슬픔이 쉽게 가시지 않은 까닭이다. 바르트의 어머니는 1977년 10월 25일 사망한다. 어머니의 죽음을 신체적 접촉의 영원한 불가능성 속에서 확인한 바르트는 사랑하는 이의 죽음이 초래한 애도 반응을 적기 시작한다. 이 '애도 일기'는 2년이 넘도록 이어진다. 어머니가 죽고 보름이 지난 뒤 "허우적거리면서 나는 겨우겨우 슬픔을 건너가는 길을 찾아 나가고 있다"라고 적는다. 어머니가 부재하는 시간 속에 마주친 것은 울적하고 무거운 마음, 불쑥불쑥 치미는 슬픔들, 건조한 외로움들이다. "애도 : 그건 (어떤 빛 같은 것이) 꺼져 있는 상태, 그 어떤 '충만'이 막혀 있는 그런 상태가 아니다. 애도는 고통스러운 마음의 대기 상태다." 애도란 여기에서 저기에로 밀려나간 마음의 대기 상태, 본디 마음이 있던 자리로 귀환하지 못한 채 고통과 슬픔에 머무는 것. 시간이 흐르며 이것도 희미해진다. 대체할 수 없는 관계의 상실로 인해 애도 주체의 마음에 패인 고랑들은 시간의 퇴적물이 메꾼다. 그 고랑들이 메꿔지면서 애도 반응의 강도는 약해진다. 어머니가 부재하는 현실을 살아보려는 노력들은 차츰 힘을 얻는다. 이 노력이 온전한 현존을 위한 욕망에 이어질 때 애도 주체는 새로 태어난다. 바르트는 "래디컬한 몸짓", 혹은 애도의 슬픔이 다리를 놓아 만난 "깨어남"이라고 명명한다. 이 깨어남은 순결한 슬픔 속에서 자기 자신에게로의 귀환이고, 새로운 주체의 탄생이다.

책이 입은 옷

줌파 라히리 · 이승수 옮김 · 마음산책 · 2017년 4월

잘못된 표지는 거추장스럽고 숨막히는 옷이다. 아니면 너무 작아 몸에 맞지 않는 스웨터다.

아름다운 표지는 기쁨을 준다. 내 말을 귀기울여 듣고 이해해주는 느낌이다.

보기 흉한 표지는 날 싫어하는 적 같다.

줌파 라히리는 표지가 "작가와 이미지 사이의 친밀한 관계를 강요"하기 때문에 불편하다고 토로한다. "표지도 유니폼이 좋은 해결 방법이 아닐까" 말하는데, 유니폼이라니…… 그러면 전 세계 사람이 들고 다니는 여권처럼, 나라마다 같은 색 같은 모양의 책이 나올 텐데. 끔찍해라. 세계적으로 디자인 산업이 퇴보할 것이며 어린이들은 책읽기를 더 싫어할 테고 상상력이 부족한 아이로 자랄지 모른다. 그러니 유니폼을 입히고 싶으면 줌파 라히리의 책에만 입히시라. 내 책은 안 돼요! 물론 표지는 책이 입은 옷이기 때문에 책의 이미지를 '단박에' 규정시킬 수 있으며, 세상을 향한 자기 입지를 직간접적으로 드러낸다. 고로 책을 팔 때 중요한 요소가 되며 선입견을 줄 수 있는 것은 사실.

내 경우엔 책의 표지보다 더 신경쓰이는 게 책의 제목이다. 아이의 이름이 아이의 운명을 끌고 가듯 책의 제목 역시 책의 운명을 끌고 간다. 때론 책의 전부를 책임지기도 한다(책을 읽은 독자보다 '제목만 아는' 독자들이 훨씬 많다는 것을 생각해보라). 어떤 제목은 적절하고 아름다워 책의 발뒤꿈치까지 빛나게 하는가 하면, 어떤 제목은 읽히기도 전에 책의 얼굴에 주홍글씨를 찍는다. 그러나 이 모든 게 책의 팔자라고 생각한다. 정말로.

죽음의 자서전

김혜순 – 문학실험실 – 2016년 5월

　　김혜순 시집 『죽음의 자서전』은 어느 날 갑자기 스쳐간 죽음을 선험先驗하고 난 뒤 격정에 휘감겨 적어내려간 시편들을 묶었다. 죽음이 생의 정면과 뒤통수에 바짝 달라붙을 때 느낌이 이럴 것인가? "죽음은 바깥으로부터 안으로 쳐들어가는 것. 안의 우주가 더 넓다." 김혜순 시인과 나는 같은 나이다. 우리 나이는 죽음을 가까이 인식할 수밖에 없다. "빛으로 칠해놓은 세상을/네가 다시 검게 칠하느라 다 지나갔다!" 체념, 허탈, 침울, 허무가 내 몸을 번갈아 찌르며 지나간다. 누가 내 몸속에 사는 듯하다. 그 누구는 다름 아닌 '죽음'이란 타자다. "누가 네 속에서 풍금을 치나/누가 네 속이 진흙 속에서 푸들거리나/누가 네 속의 몇 개의 지층 아래서 벌떡벌떡 물을 토하나". 마음을 차분하게 가라앉히고 읽을 때 슬픔과 아픔으로 마음을 저미는 시집!

사라진 입을 위한 선언

신두호 — 창비 — 2017년 4월

비보悲報. 오후에 스승이자 극작가인 배삼식 선생님의 부인상 소식을 들었다. 마음이 아파 상체가 절로 수그러졌다. 선생님의 웃는 모습, 중요한 이야기도 아닌 듯 심드렁하게 말씀하시는 습관, 상체를 한쪽으로 약간 기울여 앉는 모습, 무엇보다 사모님과 다정하게 통화하던 모습이 떠올랐다. 드물게 귀한 분인데. 너무 이른 이별이다. 올봄은 가혹하다. 저무는 사람들의 소식이 늦봄 꽃 지듯 우수수…… 불가해하다. 한 사람이 존재했다 사라지는 일.

밤에는 무거워지는 마음을 추켜세워 신두호 시인의 첫 시집 『사라진 입을 위한 선언』을 읽었다.

꽃들이 고비 없이 시드는 밤/ 네가 잠들어 있는 동안 해가 졌다

누군가가 시드는 모습을 꼼꼼히 지켜본 적 있는 사람이라면 알 것이다. 시드는 데도 무수한 고비가 있다는 것.

세계를 향한 의지

스티븐 그린블랫 - 박소현 옮김 - 민음사 - 2016년 4월

파주 해솔도서관을 찾아가 새 대통령을 선출하는 사전 투표를 하고 와서 심학산 자락 생선구잇집에 가서 늦은 점심을 먹었다. 그리고 행간과여백 카페에서 아메리카노 한 잔을 마시며 오후의 글쓰기 작업을 하다, 돌베개 김수한 주간과 북노마드의 윤동희 대표를 마주쳤다.

스티븐 그린블랫의 『세계를 향한 의지』는 역사상 가장 위대한 작가 중 한 사람으로 평가를 받는 셰익스피어의 평전이다. 셰익스피어는 1616년 4월 23일에 죽었다. 작년(2016)은 "사회적으로 별 볼일 없는 사람—중산층 사업가이자 극작가이며 옥스퍼드 학위도 없고 가문의 명성도 없는" 셰익스피어라는 사내의 400주기 해였다. 그걸 기념해서 셰익스피어 책들이 집중해서 출간되었다. 스티브 그린블랫은 과연 방대한 자료를 섭렵하고 발품을 팔아 조사를 한 뒤 제 풍부한 상상력을 뒤섞어 "비밀스럽고도 놀라운" 평전을 써낸다. 읽고 나니, 셰익스피어는 피상적으로 알던 그런 사람이 아니다. 참고문헌을 포함하면 몇 쪽이 빠지는 700쪽이다. 작년에 사서 반쯤 읽고 팽개쳐두었던 것을 마침내 완독한 것이다.

또 한 권의 벽돌

서현 - 효형출판 - 2011년 6월

인터넷 쇼핑몰에서 거실 슬리퍼를 주문했는데 배송이 느려도 너무 느렸다. 쇼핑몰 사이트에 들어가보니, 4월 26일 날짜로 '배송 완료'라고 적혀 있었다. 9일 전이네. 관리실에 물어보니 우리집 앞으로 온 택배는 없다고 했다. 쇼핑몰에 전화를 해봤지만 받지 않았다. 이건 경비실 착오가 아니면 쇼핑몰 실수라고 양쪽을 한 번씩 의심했다. 혼자 분해하다 아무래도 쇼핑몰의 실수라고 확신하며 항의 글을 쓰기 위해 컴퓨터 앞에 앉았다. 받은 사람이 없는데 배송 완료라니, 생각할수록 화가 났다. '혹시' 하는 마음에 '주문 확인'란을 찬찬히 훑어보았다. 이럴 수가! 내가 동과 호수를 잘못 적어놓은 게 아닌가(처음에 이사하기로 되어 있던 107동으로)? 결국 내 실수였다! 나를 제외한 모든 것을 의심하는 나날. 이래서 손가락질하기 전에 나를 돌아봐야 한다. 이봐, 제발 부탁인데 지독하고 지루한 인간으로 늙지 말자고! 이렇게 다짐하며 107동으로 걸어가 슬리퍼를 찾아왔다. 택배 상자가 반쯤 열려 있었지만 거실 슬리퍼 네 개는 다소곳이 들어 있었다. 누가 열어보고 고맙게도 "필요도 없는 이따위 슬리퍼를 어떤 멍청이가 우리집 앞으로 배달시켰어?" 하고 내놓은 게 틀림없다. 감사합니다.

집에 들어오니 손님 두 분이 오셔서 JJ와 차를 마시고 계셨다. 뭘 '또' 주문했냐는 JJ의 물음에 나는 별거 아니라며 택배 상자를 부엌 구석으로 치워뒀다. 슬리퍼 없이 맨발로 앉아 있는 손님들의 발을 힐끔거리며. 내 속을 누가 알리오.

손님들이 가고 나서 전에 읽다 덮어둔 『또 한 권의 벽돌』을 마저 읽었다. '독서일기'인데, 내가 쓰는 독서일기처럼 미친년 널뛰듯 하지 않고 훌륭했다. 마음은 괜히 시무룩한 벽돌처럼 묵직해지고.

칼과 입술

윤대녕 – 마음산책 – 2016년 6월

때 이르게 찾아온 초여름 날씨다. 어린이날인데, 놀이공원에 가자고 떼쓰는 아이가 없으니 종일 집안에서 심드렁한 채 빈둥거릴 수 있다. 텔레비전으로 야구 경기 중계를 보다가 오후에는 책장 정리를 시작한다. 김밥 사러 나갔다 돌아온 P는 "여보, 완전히 여름 날씨예요!" 한다. 이마에 땀이 송글송글(이건 여름의 실감을 내려고 내가 지어낸 거짓말! P는 땀이 나지 않는 체질이다). 서가에 꽂힌 책들을 빼서 장르대로 구분해서 다시 서가에 꽂을 때 P가 내 옆을 스치며 "추석엔 송편, 책 정리엔 장석주!" 한다. 이맘때 날씨는 항상 계절의 여왕 소리를 들을 만큼 화창하다. 당장 뛰쳐나가 죽고 싶을 만큼 유혹적인 햇빛, 화창한 대기에는 흰 꽃가루들이 둥둥 떠다닌다. 집 앞의 숲은 싱그러운 초록 일색이다.

책 정리를 대충 마친 뒤 윤대녕의 『칼과 입술』을 골라 소파에 앉아 읽는다. 지난해 12월, 망원동 '어쩌다책방'에서 구한 '맛'에 관한 책이다. 처음의 맛, 묵힌 맛, 살아 있는 맛, 오랜 풍경의 맛, 물고기의 맛, 장소의 맛, 시간의 맛…… 미각을 동하게 만드는 음식들에 대한 기억을 불러낸다. 된장, 간장, 고추장에서 시작해 김치, 장아찌, 젓갈을 거치고, 육고기와 바닷고기를 돌아서, 기쁠 때나 슬플 때나 평생 함께한 소주, 맥주, 막걸리, 청주 이야기로 맺는다. 진짜 끝은 '어머니와 함께 먹고 싶은 음식' 이야기다. 그 '강화도 꽃게찜'이나 '선운사 앞 동백장호텔 한정식'은 언젠가 꼭 한번 먹어보고 싶다.

여행의 기술

알랭 드 보통 · 정영목 옮김 · 청미래 · 2011년 12월

『여행의 기술』을 들고 이리저리 페이지를 넘겨보다 82페이지에서 멈췄다. 뚫어지게 바라보았다. 82, 83페이지 전면에 걸쳐 에드워드 호퍼의 그림 〈호텔방〉이 삽입되어 있었기 때문이다. 한 장의 이미지가 열 가지, 백 가지의 이야기를 해준다. 언어는 서둘러 도망갈 문을 찾고, 후다닥, 들어가버려도 좋을 순간.

늦은 밤, 고민하던 일이 있어 김민정 시인에게 전화로 상의하는데 이야기 끝에 언니가 툭 던진 말.

"그렇지만 세상에선 퇴사가 안 돼."

서늘했다. 20대 때는 맞지 않는다는 이유로 회사를 잘도 그만뒀지만, 세상에선? 도망갈 수 없다. 싫으면 어떻게든 도망가고 도망가고 도망갔지만, 지금 생각해보면 나는 도망간 게 아니다. 이기적으로, 내가 원하지 않는 것은 하지 않겠다고 나왔던 거다. 그렇지만 언니 말대로 세상에선? 세상이 마음에 안 든다고 나갈 순 없다. 숨을 수 있다고? 어디에? 은둔자들도 세상 속에서 은둔하는 것이지.

마리의 진실

장 필리프 투생 – 박명숙 옮김 – 아르테 – 2017년 1월

때 이른 더위가 기승인 초여름 날씨다. 날씨 예보를 하는 기상캐스터는 초미세먼지를 조심하라고 이르면서 "노약자들은 집밖에 나오지 마세요"라고 경고한다. 동숭동 '마리안느'에서 황인숙 시인이 형평문학상 수상 축하 자리를 마련한다고 해서 P와 함께 갔다. 광화문 교보문고에 들러 미셸 파스투로의 『파랑의 역사』, 존 하비의 『이토록 황홀한 블랙』, 이영미의 『동백아가씨는 어디로 갔을까』를 사다. 저녁 8시, '마리안느'에서 주인공인 황인숙 시인을 비롯해, 이제하, 문정희, 김정환, 이능표, 이진명, 최정례, 조용미, 조은, 조윤희, 조재룡, 김진석, 강금실 변호사 등과 만나다. 맥주와 보드카를 마시는 이들의 얼굴과 몸짓이 흥겨움으로 감싸인 채 빛난다.

1957년 벨기에 브뤼셀 출신의 작가 장 필리프 투생의 『마리의 진실』은 작가 이름만 보고 구매한 것이다. 투생은 환상을 현실로 가져오기 위해 육체적인 감각 경험의 세부를 더 실감나게 묘사한다. 여전히 밀도 있는 문장을 써내지만, 서른 해 전쯤 읽었던 『망설임』과 『사진기』의 '뚜쌩'과는 어딘가 모르게 다르다. 『망설임』은 미니멀리즘 소설의 최고였는데! 나는 원고지 250매 안팎 분량의 이 소설을 몇 번이나 읽었다. '최고'라는 말을 과거완료시제로 말할 수밖에 없어서 안타깝다. 그는 아무것도 아닌 것에서 생을 꿰뚫는 비범함을 잃은 채 그저 평범한 작가 중 하나로 전락했다. 전작들인 『사랑하기』와 『도망치기』에서 실망한 이후 또다시 대실망! 아무래도 '투생'이 '뚜쌩'이었던 시절의 작품들이 훨씬 더, 더, 더 좋다.

여자는 허벅지

다나베 세이코 ─ 조찬희 옮김 ─ 바다출판사 ─ 2016년 3월

서점에서 이 책을 보고는 일단 눈살을 찌푸렸다. 어떤 몰상식한 놈이 대놓고 여자 허벅지를 탐하는 얘기를 '에세이' 제목으로 가져 다 쓴 거야, 생각하며 들여다보니 이런! 저자가 『조제와 호랑이와 물고기들』을 쓴 다나베 세이코였다(작가가 여자입니다). 자리에 서 서 책을 훑어보니, 제법 '쿨내 나게' 성에 대한 생각을 써놓았다. 동 의할 수 없는 대목도 있지만 저자가 1928년 출생이다. 시대와 세대 를 고려해보면 솔직하고 담대한 여성이었던 것만은 분명하다. 인 정! 그것만으로도 멋지지만, 책을 구입하진 않았다. 소설이었다면 냉큼 구입했을 텐데.

저녁에는 황인숙 선생님 형평문학상 축하 자리가 있어 대학로 '마리안느'에 갔다. 가난과 슬픔을 얘기해도 결코 남루로 떨어진 적 이 없는 저 영혼. 어떤 무거운 슬픔도 그를 완전히 상하게 하지 못 한다는 것. 황인숙 선생님이 가진 비밀이자 무기가 아닐지. 자리가 무르익자 김정환 시인이 JJ와 결혼한 나를 두고 진지한 목소리로, "동시대 사람을 구원해줘서 고맙다"고 말씀하셨다. 좌중 웃음바다!

실화를 바탕으로

델핀 드 비강 - 홍은주 옮김 - 비채 - 2016년 10월

한가롭고 고요한 일요일이다. 햇빛은 화창하고, 바람이 살랑살
랑 분다. 신록의 나무들이 바람에 맞춰 군무를 출 때 활엽수의 잎들
은 햇빛을 받아 기름을 바른 듯 반들댄다. 거실 창밖 풍경에 한동안
눈길을 주고 서 있다. 바람이 분다! 다시 살아봐야겠다! 폴 발레리
가 「해변의 묘지」에서 왜 저 구절을 썼는지 한 줄기의 직관이 뇌의
전두엽을 꿰뚫는다.

델핀 드 비강이라는 낯선 작가의 소설 『실화를 바탕으로』를 단숨
에 읽었다. 생동하는 느낌이다. 소설 3분의 1까지 "오오, 이건 새로
운 발견인데!" 하며 놀란다. 그만큼 비범하다. 중간 3분의 1은 처음
같이 설레고 긴장하며 읽지는 않았지만 그럭저럭 좋았다. 몸이 이
완된 상태에서 슬렁슬렁 읽는다. 나머지 3분의 1에서 작가는 상투
성으로 투항한다. 스토리가 늘어지고 소설은 평범해진다. 언제 끝
나는지 남은 쪽수를 거듭 확인하면서 의무감으로 다 읽었다.

인간과 말

막스 피카르트 – 배수아 옮김 – 봄날의책 – 2013년 6월

그 사람이 어떤 사람인지 제대로 알고 싶다면 싸워봐야 한다. 논쟁이나 싸움 후 그가 보이는 태도가 본 모습일 가능성이 많다. 어떻게 나오는지, 많이도 아니고 딱 며칠만 두고 보면 알 수 있다. 자기를 돌아보는 사람인지, 상대방의 잘못만 곱씹는 사람인지, 관계를 무 자르듯 탁 자르는 사람인지(이것저것 복잡하게 연결되어 있는데도), 사람 따위는 필요 없다고 의기양양 돌아서는 사람인지.

나는 싸울 때 섣부르지 않게 행동하는 사람이 좋다. 침착하게 일단 침묵하다(불편함과 괴로움을 좀 견디다) 나중에 잘잘못을 따져 묻는 사람. 그런 사람이 귀하다는 것을 배웠다. 답답하고 불편하고 화가 나더라도, 그 시간을 좀 견디어주는 사람이 얼마나 귀하고 드문지.

가뭄도 아닌데 쩍쩍 갈라진 바닥이 보인다. 사람을 잘 가려 사귀어야지. 피카르트의 『인간과 말』을 다시 꺼내 읽는다.

산책자

로베르트 발저 - 배수아 옮김 - 한겨레출판 - 2017년 3월

대구 매일신문 CEO 과정 수강자들을 위한 두 시간 강연을 가려고 KTX를 탄다. 대구 강연은 지난해에 이어 네번째다. 대구행 열차 안에서 로베르트 발저의 『산책자』를 읽었다. 단편 42편의 모음집. 발저는 중학교 중퇴 학력으로 작가의 길에 들어선다. 멋진 필체를 가진 작가, 카프카의 열렬한 찬미를 받은 작가다. 그는 가난, 잦은 이사, 자살 기도, 정신병원 입원, 절필 선언 등으로 이어지는 평탄치 않은 세월을 보낸다. 폭음, 불면증, 환청, 발작을 겪고, 1956년 크리스마스날 산책에 나섰다가 심장 발작으로 눈밭에 쓰러져 동사한다. 발저는 1905년에서 1913년까지 베를린에서 머무르는데, 작가로서 명성을 얻고 독일 문학인 모임과 교류하나 악동 기질과 괴팍한 행동들로 사람들이 떠나 홀로 고립되었다. 그는 스스로를 "조롱만 당하고 성공하지 못한 작가"로 여겼다.

번역자는 발저의 아름답고 황량한 산문들에 "펄쩍 뛰어오를 만큼 매혹되었다"라고 쓴다. 소설가 배수아가 번역자다. 번역자는 '독자'다. 독자는 "불특정한 책을 읽는 불특정한 사람"이 아니라 "감응되고 유도된 행위자이며, 주관적이고 적극적인 열광자로 다시 태어나는" 존재다. 「산책」을 요약하면 '산책 예찬'이다. "멋진 산책길에는 형상, 살아 있는 시, 마법, 그리고 온갖 아름다운 자연물들이, 비록 작은 존재들이라고 해도 꿈틀거리며 차고 넘치는 것이 보통". 산책자 앞에는 "우아하고 매혹적인 세계가 펼쳐지고, 그럴 때 산책자의 온몸에서는 눈부신 감각이 열리며 찬란하고 고귀한 생각"이 떠오르는 것이다.

라오스에 대체 뭐가 있는데요?

무라카미 하루키 · 이영미 옮김 · 문학동네 · 2016년 6월

퇴고하는 일은 미친년의 산발한 머리를 빗기는 일이다. 엉킨 정도가 심하면 심할수록 고된 노동이 된다. A4 한 쪽이 채 되지 않는 글을 고치는 데 한 시간 30분이 지나 있다. 산문은 노동이고, 퇴고는 (정신)중노동이다. 이에 비해 시를 고치는 일은 얼마나 흥미롭고 신나는 일인가! 시간을 많이 써도 피곤한 줄 모르겠고(내 경우), 피로해도 춤을 추고 난 뒤의 피로와 비슷한 느낌이다.

쓰던 글이 마음에 들지 않아 잠깐 쉬면서 『라오스에 대체 뭐가 있는데요?』를 읽는다. 전에 155쪽까지 읽고 덮어두었다. 하루키의 문장은 잘 읽히고, 부담스럽지 않아서 좋다. 가정식 백반처럼. 산문을 쓸 때 어깨에 힘을 빼고 써서 그런 거겠지. 자꾸 힘을 주려고 하면 망한다! 망해! 힘은 자연스럽게 들어가서(들어가는 줄도 모르게), 굳건해져야 힘인 거지. 아니면 허세에 지나지 않는다고! 미친 사람처럼 혼잣말을 하는 나, 왜 이러는 걸까.

다시 원고를 마무리해서 보내고, 파주에서 서울로 나갈 것이다. 오늘은 신미나, 안희연 시인과 만나 점심을 먹기로 한 날이다.

비

마르탱 파주 글/발레리 해밀 그림 - 이상해 옮김 - 열림원 - 2007년 6월

흐리고, 오후에 비. 충충나무 흰 꽃이 빗발에 속절없이 젖는다.
대통령을 뽑는 날이지만 우리는 사전 투표를 한 탓에 느긋했다. 커
피발전소에서 깜짝 벼룩시장이 열린다고 벼룩시장 예찬론자인 P가
달려나갔는데, 곧이어 나한테도 빨리 나오라고 성화다. 파주 헤이
리에 사는 김상혁 시인 부부도 나와 있다. P는 김민정 시인이 내놓
은 나무 도마 2개를 샀다. 벼룩시장을 둘러보고 들깨칼국수를 먹고
들어왔다. 밤늦게까지 텔레비전의 투표 상황 보도를 골똘하게 지
켜봤다.

마르탱 파주의 『비』는 마음을 빼앗는 매력적인 산문집이다. 최
소한 열 번 이상은 읽은 책. "비는 범죄, 가난, 질병과 같은 열에 세
워진다." 많은 이가 비를 증오하는데, 비가 화창한 날씨를 선물하
는 태양과 같이 아름다운 날씨의 필수 요소가 아니기 때문이다. 비
는 소풍과 야외 행사들을 훼방하거나 망친다. "비에 대한 내 사랑
은 태양에 대한 불신이기도 하다"라고 말하는 마르탱 파주는 비를
사랑하고 옹호한다. "비가 내리면 우리는 발아한다. 비옥함은 정신
의 한 자질이다. 새싹, 떡잎, 생각들이 자라난다. 우리는 그 과일들
을 수확한다." 비에 대한 거의 모든 것을 두루 살피고 문장으로 펼
쳐내는 비 예찬은 독자에게 건네는 선물이다.

#플래_아껴가며_읽고_싶은_책

환상의 빛

미야모토 테루 · 송태욱 옮김 · 바다출판사 · 2014년 12월

대통령 바뀐 날! 촉촉한 봄비가 내림.

파주 커피발전소 앞뜰에서 열린 플리마켓에 다녀왔다. 민정 언니가 파는 도마를 두 개 사왔다. 고양이가 그려진 사기그릇 두 개와 얇은 셔츠도 샀다. 민정 언니가 원피스와 두꺼운 방한장갑과 털모자를 사줬다. 파주는 '파베리아'라는 별칭이 있을 정도로 춥다는데, 미리 준비를 해둬야지.

나라가 바뀌리라는 기대가 '확실시'되는 밤이다. 개표 방송을 끄고, 기분좋은 마음으로 『환상의 빛』을 읽는다. 늦은 밤 한 편씩 읽으면, 스스로가 약간 아름다워진 것 같은 기분을 들게 하는 소설집이다. 말할 수 없는 이야기를 '애를 써서' 말하는 것. 이 소설집이 취하는 자세다. 좋은 단편소설은 여러 번 읽게 된다. 읽을 때마다 다른 부분에서 놀라게 된다.

처음 늙어보는 사람들에게

마이클 킨슬리 – 이영기 옮김 – 책읽는수요일 – 2017년 2월

새벽에 배달된 한겨레신문 1면 헤드라인은 간결하다. "대통령 문재인". 박근혜 전 대통령의 탄핵 소추에서 시작된 19대 '촛불 대선'에서 일어난 정쟁과 혼란이 끝났음을 선언한다.

마이클 킨슬리의 『처음 늙어보는 사람들에게』는 나이듦과 쇠락, 시간의 흐름에 관한 성찰을 담은 책이다. 베이비 부머, 파킨슨병, 인생 후반부에 대한 유의미한 관찰과 우아하게 노화와 죽음을 맞을 방법에 대한 조언. 내게도 노화, 쇠락, 다가오는 죽음은 다 낯선 경험이다. 마흔을 넘기면 '늙어감'과 마주친다. 피부는 탄력을 잃고, 성욕과 기억력은 감퇴한다. 신체의 쇠락과 마주하는 것은 썩 유쾌한 일이 아니다. 우리 모두는 "처음 늙어보는 사람들"이다. 늙음과 죽을 수밖에 없는 운명은 불가피한 것. 죽음을 받아들여야 하고, "살아 있는 시간보다 더 오랜 시간을 죽어 있어야 한다"는 사실은 새삼스럽다. 삶에서 중요한 것은 그가 살았던 세월의 길이가 아니다. 그가 어떤 방식으로 살아왔는가가 중요하다. 이 논픽션에 나오는 노화 방지에 4억 3천만 달러나 투자한 한 인물의 말이 공감의 울림을 남긴다. "나는 죽음을 이해할 수가 없었다. 어떻게 사람이 한 장소에 있다가 갑자기 사라져서는 다시는 그곳으로 돌아올 수 없다는 말인가?" 킨슬리의 답변. "이 말은 그가 죽음을 이해하느냐 못하느냐가 아니라 오히려 죽음이 앨리슨을 이해하느냐 못하느냐의 문제로 보인다." 어떤 경우에도 죽음은 우리 사정을 봐주는 법이 없다. 모든 사람이 예외 없이 맞는 죽음의 평등함을 유일한 위안거리로 삼아야 할까?

잠의 사생활

데이비드 랜들 · 이충호 옮김 · 해나무 · 2014년 11월

내 몸에 작고 깐깐한 노조위원들이 살고 있나보다. 그들이 내 몸에 살면서, 내 의지와 별개로 '일정 시간 수면 보장제'를 실시하고 있는 게 분명하다. 어제 원고 마감이 있어 새벽 4시까지 일하다 늦게 잠들었다. 오전 9시에 일어나 다시 일을 하는데, 몸속에서(몸 밖이 있다 치고) 난리가 났다. 이게 무슨 일이냐고, 있을 수 없는 일이라며 눈꺼풀을 무겁게 잡아끌며 항의하는 노조위원들! '어서 더 자지 못하겠냐'는 그들의 거센 요구 때문에(?) 결국 오전 11시부터 오후 1시 30분까지 2시간 반이나 더 잤다. 그랬더니 좀 고요하다. 일곱 시간은 채워 잔 셈이니까. 하루 7시간 이상은 꼭 잠을 자야 한다고, '수면 보장제'를 주장하는 보이지 않는 노조위원들 때문에 못살겠다. 몸은 가뿐해져 오후부터 다시 일에 착수할 수 있겠다. 일은 왜 해도 해도, 줄지 않을까?

어떤 사람은 왜 잠이 없고, 어떤 사람은 잠이 많은지. 어떤 사람은 잠을 못 자고, 어떤 사람은 (나처럼) 잘 자는지, 알아보기 위해 『잠의 사생활』을 읽기 시작. 또 졸음이 온다. 표지에 베개를 그려놓았기 때문이라고 투덜거리며, 반쯤 졸면서 하는 독서. 어쨌든 내 생활에서 잠은 '가장' 중요하다(정말이다). 훌륭한 사람들은 잠을 적게 잔다는데, 훌륭한 사람이 되긴 글렀다.

사뮈엘 베케트의 말 없는 삶

나탈리 레제 – 김예령 옮김 – 워크룸프레스 – 2014년 3월

대통령 문재인의 조촐한 취임식이 끝났다. 새 대통령을 맞은 첫날, 코스피 지수는 장중 한때 최고치를 뚫었다가 이내 하락세로 돌아선다. 코스피가 전 거래 일보다 내린 채 장을 마감한 것은 단기 급등에 따른 차익 실현 물량이 쏟아진 탓이다. 아침 신문은 '코스피 널뛰기'라고 제목을 뽑았다. 아침을 먹은 뒤 달출판사에 가서 『가만히 혼자 웃고 싶은 오후』 3백 권에 사인을 하고 점심을 먹고 돌아왔다.

나탈리 레제의 『사뮈엘 베케트의 말 없는 삶』을 읽었다. 나탈리 레제는 파리 출신으로 현대 저작물 기록 보관소 부소장, 전시 기획자, 소설가로 알려진 사람이다. 이 독특한 베케트 전기傳記 혹은 약전略傳, "베케트의 어스름의 분광"은 첫 장에서 베케트가 고독하게 마지막날들을 보낸 방을 소묘한다. "아무 장식 없는 침대, 방문객을 위한 소파 하나, 서랍장 하나, 몇 개의 서가書架, 그리고 창가의 책상 하나." 베케트는 이 방에서 오후가 되면 단테의 책을 읽거나 기진한 몸에 남은 힘을 그러모아 글을 쓰거나, 그도 아니면 정물처럼 앉아 창밖의 나무들을 오래 물끄러미 바라보며 자신의 남은 날들을 조용히 흘려보낸다. 이 방은 "제3의 장소이자 유폐의 자리, 기다림의 구덩이"다. 문장에서 시적 리듬이 느껴져 좋았다. 이는 나탈리 레제의 생동감 있는 문장에 번역자의 발랄함이 더해진 결과이리라.

어른이 되어 더 큰 혼란이 시작되었다

이다혜 - 현암사 - 2017년 4월

현암사에서 JJ에게 책 두 권을 보내주었다. 로쟈의 『러시아 문학 강의 20세기』와 이다혜의 『어른이 되어 더 큰 혼란이 시작되었다』. 우선 이다혜 기자의 『어른이 되어 더 큰 혼란이 시작되었다』를 읽기 시작. '이다혜 기자의 페미니즘적 책읽기'라는 부제가 붙어 있다. 단도직입, 본질에 바로 다가가 이야기하는 방식이 흥미롭다. 눈이 반짝 뜨이는 독서. 시작이 좋다. 아주 재미있고 잘 읽힌다.

파랑의 역사

미셸 파스투로 – 고봉만 옮김 – 민음사 – 2017년 3월

침울한 시추의 표정 같은 날씨. 종일 구름 끼고 흐렸다. '수류산방' 편집자로 일하는 김유정씨가 파주에 와서 차를 한잔 마셨다. '행간과여백'에서 여러 얘기를 나누고 집에 돌아오니, 새책들이 와 있다. 랴오원하오의 『한자나무』, 리처드 호프스태터의 『미국의 반지성주의』, 오구라 기조의 『새로 읽는 논어』, 다사카 히로시의 『슈퍼제너럴리스트』, 쉬즈위안의 『미성숙한 국가』, 이다혜의 『어른이 되어 더 큰 혼란이 시작되었다』, 앤드루 스컬의 『광기와 문명』, 이현우의 『로쟈의 러시아 문학 강의』 등 여덟 권.

미셸 파스투로의 『파랑의 역사』는 색의 변천사와 더불어 색의 상징 체계에 대한 호기심을 불러일으키는 책이다. 색은 복잡한 문화 구조의 산물이다. 그중에서 파랑은 평화, 중립의 색채로 인식된다. "파랑은 모든 색 중에서 가장 평화롭고 가장 중립적인 색이 된 것이다." 14세기 중반 파랑은 "인기가 급상승한 색, 성모 마리아의 색, 왕의 색"으로 올라선다. 그 이전까지 선호도에서 가장 앞서 있던 붉은색과 맞수를 이루는 한편, 검은색과 경쟁 구도를 형성한다. 중세와 르네상스 시대에는 '파랑'이 따뜻한 색으로 여겨지다가, 17세기에 '차가워지기' 시작해 19세기 들어서야 차가운 색으로 고착되었다는 사실은 새롭다.

관능적인 삶

이서희 — 그책 — 2013년 11월

점심에 JJ와 생선구이 정식을 먹고 출판단지 안에 자리한 카페, 행간과여백에 갔다. 달출판사 편집자 이희숙씨와 일 때문에 만나고, JJ와 오래 일한 편집자 김유정씨도 만났다.

오후엔 오래전에 출간되었지만 이제야 잡게 된 『관능적인 삶』의 앞부분을 읽었다. 내밀한 이야기를 겁내지 않고 쓰는 것. 분위기를 피우며 피상적으로 쓰는 게 아니라, 구체적으로 쓰면서 자기 냄새를 풍기는 것이 좋은 작가의 미덕이라면, 그녀는 충분히 좋은 작가다. 천천히 들여다보고 싶은 책이다.

장소의 운명

에드워드 S. 케이시 - 박성관 옮김 - 에코리브르 - 2016년 10월

파주 문발동 가로수는 층층나무들이다. 물론 다른 수종樹種도 섞여 있다. 층층나무 가지들엔 하얀 꽃들이 만개해 마치 폭설을 뒤집어쓴 듯하다. 오전 날씨는 화창한데, 오후 들어 천둥, 번개, 돌풍을 동반한 비가 내릴 거란 예고가 있다.

에드워드 S. 케이시의 『장소의 운명』은 본문 679쪽, 주와 찾아보기가 245쪽, 합해서 925쪽의 책이다. 두껍고 무겁고 심오하다. 사람은 장소의 존재들. "우리는 장소 안에서 살고, 장소 안에서 타자와 관계를 맺고, 장소 안에서 죽는다." 이는 더할 수도 뺄 수도 없는 진실이다! 장소-세계의 의미에 대한 성찰은 필연적으로 삶과 우주의 실재성과 그 본질에 대한 탐구로 이어진다. 철학자 케이시는 장소-세계에서 공간으로 이어지는 철학자들의 사유를 따라간다. 플라톤과 아리스토텔레스에서 하이데거와 화이트헤드까지 두루 거치며 "장소에 대한 철학적 사색의 역사"를 집약한다. 우주창생론을 보여주는 성경 창세기는 창조가 "장소의(그리고 여러 장소에 놓여 있는 사물들의) 창조일뿐더러 장소 없이는 일어날 수 없다"는 사실을 드러낸다. 무장소는 "완전한 공허" "엄밀한 공허" "절대적 공허"라고 부를 수 있으리라. 우주는 장소로 실재하고, 그것이 "비록 공허에서 비롯했다 할지라도 장소에서 장소로 전개"된 것. 장소의 펼침은 위대한 시작, 즉 텅 빔을 산출하는 것. 아울러 텅 빔은 우주를 산출하는 것이다. 장소는 무의 허공에 펼치는 건축이 아닌 것이다. "건축에서, 혹은 다른 어떤 인간의 기독企圖에서도, 장소는 있지 않다. 장소는 있어야 할 것이다." 지어진 장소란 "바깥으로의-공간화라는 바로 그 초과함에서 장소의 발생"이다.

#층층나무_꽃_만개한_날_읽는_책

연애의 책

유진목 — 삼인 — 2016년 5월

바람 불고 폭우 쏟아지는 오후. 거실 창으로 나무들의 허리가 휘청거리는 것을 내다보면서 나무들의 유연함에 대해 생각한다. 저 나무들이 자기들의 곧고 단단한 성질만 믿고 버티었다면, 휘어짐이 없었다면, 부러졌을 테지. 이파리를 가득 매단 나뭇가지들이 춤추듯 좌우로 펄럭인다. 이파리들은 나무가 입은 치마, 혹은 망토, 혹은 나무가 기른 머리카락. 나무를 두고 혼자 실없는 생각에 빠진다. 그러다 문득 바람이 불면 바람이 부는 쪽으로 기울어져야 살 수 있겠다는 생각까지 나아간다. 누군가가 나를 공격할 때 공격하게 놔두고, 복수하지 않는 것. 그렇게 생각하는구나, 인정하고 더 상대하지 않는 게 상책이라는 결론을 나무 앞에서 내렸다. 아니, 결론은 무슨 결론이람. 해결책은 없고 문제의식만 가득한 하루.

종일 맘이 안 좋아 창밖이나 바라보았지만, 툭툭 털기로 한다. 상대의 유치함에 대해 상대에게 소상히 말하지 않는 것, 그게 내 복수다. 나무에게서 배우련다.

내리는 빗속에 홀로 서 있는 한 그루 나무 같은 시인, 유진목의 『연애의 책』을 '또' 읽는다. 재능이다, 라고 밖에 할 수 없는 무엇이 그녀의 시에 있다. 이 시집이 처음 나왔을 때 JJ가 질투 날 정도로 극찬했었지! 모름지기 시의 정수는 '연애시'다. 통속에 함부로 빠지지 않고(빠진다고 나쁠 건 없지만) 연애시를 잘 쓰는 게 얼마나 어려운 일인지! 가끔 유진목 시인을 만나면, 그녀의 얼굴을 두드려보고 싶다. 똑똑, 두드리고 안으로 걸어들어가고 싶다. 들어가서는 무얼하지? 아.무.것.도.

오자와 세이지 씨와 음악을 이야기하다

오자와 세이지/무라카미 하루키 - 권영주 옮김 - 비채 - 2014년 12월

날씨가 화창하다. P와 집에서 점심 먹고 헤이리 카메라타에 갔다. 일요일인 탓에 헤이리는 차와 사람으로 북적인다. 고전음악을 듣다가 오후 늦게 집으로 돌아오다.

일본 출신의 거장 지휘자인 오자와 세이지와 소설가인 하루키의 대담집 『오자와 세이지 씨와 음악을 이야기하다』를 읽었다. 하루키는 '음악광'이다. 재즈 마니아이고 클래식도 즐겨 듣는다. 상당한 수준에 이른 클래식 애호가인 하루키가 세이지 오자와와 글렌 굴드와 레너드 번스타인이 뉴욕에서 브람스의 협주곡 1번 협연했을 때의 이야기를 하다가 "그렇다면 본격적으로 음악 얘기를 해볼까요" 해서 나온 책이다. 2010년 11월부터 이듬해 7월까지 도쿄, 호놀룰루, 스위스 등지에서 두 사람이 나눈 이야기를 엮었다. 오자와는 1935년생이다. 올해 82세. 2009년 12월 식도암 수술을 받았는데, 건강은 괜찮은 모양이다. 아무튼 하루키와 오자와, 소설가와 지휘자가 자리를 함께하고 카라얀과 굴드, 베토벤 피아노 협주곡 제3번, 또는 구스타프 말러의 음악과 말러 연주의 역사적 변천사를 훑으며 대화를 나눈다. 하루키가 오자와 세이지 씨와 보낸 오후 한때의 모습을 그려본다. "오자와 씨는 자기류自己流의 '자연아'"라거나 "말 자체는 일상적이고 지극히 자연스러운데 영혼이 한 조각 깃들어 있다" 이것이 하루키가 판단하는 지휘자 오자와 씨다.

심연들

파스칼 키냐르 - 류재화 옮김 - 문학과지성사 - 2010년 12월

JJ와 헤이리 음악 카페 카메라타에 왔다. 서울에 살 때도 종종 찾아오던 곳인데, 이사한 집에서는 차로 10분도 안 걸려 편하게 왔다. 묵직한 클래식이 흐른다. 대화가 없어도 편한 친구와 앉아서 음악을 들으며 간간이 담소를 나누기 알맞은 곳.

뭐든 영감을 받고 싶을 때마다 펼쳐드는 책 『심연들』을 가져왔다. 소설의 얼굴을 했지만 시의 몸을 하고 있는 책. 입이 아니라 동굴에서 나오는 듯한 말들, '연기'처럼 피어나는 가볍고 축축한 말들. 거의 전부가 진짜인! 파스칼 키냐르를 알게 해준 책 『은밀한 생』을 읽던 시간을 기억한다. 믿을 수 없을 만큼 아름다워 깜짝 놀랐지. 나는 자주 책을 내려놓고 노트를 꺼내 무언가를 끼적인다. 시가 안될 때는 키냐르 책을 아무거나 뽑아든다. 그의 아름답고 기다랗고 투명한 혀끝에 조금이라도 닿아보려고.

충분하다

비스와바 쉼보르스카 - 최성은 옮김 - 문학과지성사 - 2016년 2월

등뒤 창밖으로 아침 햇살이 뻗쳐온다. 기분좋은 아침, 차가운 물한 컵, 사과 한 알, 치즈 한 조각을 먹는다. 이것으로 아침식사를 대신한다. 비스와바 쉼보르스카의 유고 시집『충분하다』를 읽는다. 쉼보르스카는 맘씨 좋은 할머니 같은 인상의 폴란드 시인이다. 그는 노벨문학상을 받고, 2012년 2월 1일 89세로 타계한다. 모든 게 "충분하다"고 말할 수 있다니! 그는 행복한 시인이다. 내가 읽는 이 시집은 집에서 잠을 자듯 평화롭게 죽은 시인이 남긴 시편들을 수습해 같은 해 4월 20일에 나온 유고 시집이다. 문학과지성사에서 펴낸 시선집『끝과 시작』은 정말 좋았다. 당연히 이 유고 시집도 나오자마자 샀다.『끝과 시작』만큼은 아니었지만, 이 시집도 좋다. 테레사 발라스의 추모사가 인상적이다. "그녀의 삶은 그 자체로 너무나 아름답고 인간적인 한 편의 서사시였다. 심오하면서도 익살스럽고, 어두우면서도 투명하고, 반어적이면서도 따뜻했던 서사시." 시와 삶은 하나다. 누구나 자기가 산 만큼 쓰는 것이다.

단지 유령일 뿐

유디트 헤르만 · 박양규 옮김 · 민음사 · 2015년 3월

강원도 여행. 첫날.

유디트 헤르만 신작은 도대체 언제 나오는 걸까? 기다리다 화가 날 지경이다. 아쉬운 대로 단편소설집 『단지 유령일 뿐』을 들고 왔다. 이 책은 유디트 헤르만의 『여름 별장, 그 후』나 『알리스』만큼 좋아하는 책은 아니지만, 자주 펼쳐드는 책이다. 첫머리에 실린 단편 「루스(여자 친구들)」 때문인데, 몇 번을 읽어도 질리지 않는다. 『여름별장 그 후』에 실린 단편 「소냐」와 함께 별점 다섯을 줘도 모자란 소설이다. 이 소설이 왜 좋으냐고 누가 물어볼까봐 겁이 난다. 말하기 어렵기 때문이다.

그녀가 쓰는 이야기, 특히 「루스」는 아주 먼 곳에서부터 시작한다. 아니 아주 작은 것에서부터 시작한다. 작은 것에서부터 큰 것으로 다가가는데 큰 것에 닿는 순간 작은 것이 되레 크게 느껴진달까 (무슨 소리일까요).

책을 덮으면, 영원과 찰나 사이에서 시소를 타다 아래로 떨어지는 기분이 된다.

사랑은 왜 불안한가

에바 일루즈 - 김희상 옮김 - 돌베개 - 2014년 4월

커튼을 열자마자 창으로 찬란한 햇살이 쏟아진다. 햇빛과 새소리가 함께 쏟아져 들어오는 그 찰나 봄이 다 끝났다는 생각! 만개한 모란꽃이 지고, 신록은 눈 시리도록 푸르다. 한낮 온도가 빠르게 올라간다. 복숭아와 수박의 계절이 돌아오고 있다.

감정사회학 분야에서 높은 명성을 얻은 에바 일루즈의 『사랑은 왜 불안한가』를 읽었다. 『낭만적 유토피아 소비하기』 등을 써낸 에바 일루즈는 독일의 한 미디어가 "내일의 사유를 바꿀 12인의 사상가"들 중 한 명으로 꼽은 인물이다. 2012년에 나와 베스트셀러가 된 '에로 연애소설' 3부작 『그레이의 50가지 그림자』에서 다룬 학대당하는 사랑, 굴복과 지배 관계 속에서의 섹스를 감정사회학의 프레임에서 읽고 그 의미를 따진다. 여주인공이 사회에 첫발을 내디디며 만난 그레이와 나눈 가학적이고 피학적인 성의 판타지를 다룬다. '엄마를 위한 포르노'라는 평판을 얻은 이 소설은 시민도덕을 정면으로 거스른다는 점에서 도발적이다. 일루즈는 이 통속소설의 정치적 함의를 따지고 묻는다. 그에 따르면 여성 마조히즘은 "사회가 지어낸 일종의 장치"이고, 여성 내면에 잠재된 욕구의 "상상적 해결"이다. 이 소설을 "섹스와 낭만적 욕구를 충분히 누리고 싶은" 여성을 위한 처방전, 또는 "성생활 자기계발 지침서"로 읽을 수도 있겠다. 일루즈는 이 소설과 폴린 레아주의 『O의 이야기』를 견주면서 두 남녀의 성적 판타지를 "자율성과 평등", 자아발견, 주체성의 선포라는 관점에서 읽어낸다.

피나 바우쉬

요헨 슈미트 · 이준서, 임미오 옮김 · 을유문화사 · 2005년 6월

호텔에서 피나 바우쉬에 대한 책을 읽고 있다. 피나 바우쉬는 인간이 느낄 수 있는 갖가지 감정을 몸으로 표현한 천재 무용가이자 안무가다. 그녀가 안무한 춤을 보고 있자면 나는 '언어가 가진 슬픔'에 대해 생각할 수밖에 없다. 아무리 노력해도, 저렇게 표현할 수는 없다는 생각에 커지는 무력감. 나는 피나 바우쉬를 생각하며 「무용수」라는 시를 쓴 적이 있고, 실패했다고 생각했다. 언어는 '다' 쓰지 못했다는 무력감을 갖게 할 때가 있다. '완전'이라는 건 없어도 '다'는 있을 텐데. 나는 다 쓰기 전에, 반만 쓰고 돌아선 것은 아닐까.

잘 걷기 위해선 발바닥 전체를 사용해야 한다. 발뒤꿈치나 까치발로만 걷는 것은 한계가 있으니까. 몸을 써야 한다. 글도, 몸으로 써야 한다.

서울 사는 나무

장세이 – 목수책방 – 2015년 5월

젊은 날 한때 세상의 모든 지식을 몸에 쟁여두고 싶었다. 앎에의 욕구, 인식에의 욕구로 꽉 차 있던 시절, 늘 읽어야 할 책들 앞에서 가슴이 설레고 손은 떨렸다. 시립도서관 구석에 처박혀 꾸역꾸역 책을 읽었건만 기대와는 달리 책을 읽을수록 그 욕구는 감당할 수 없을 만큼 부피가 더 커졌다. 기름 구덩이에 불길이 가닿아버린 듯 걷잡을 수 없었다. 나중에는 그것에서 도망가고자 했지만 나는 어느새 시립도서관으로 돌아와 책을 읽었다.

장세이의 『서울 사는 나무』는 온통 서울의 대지와 나무와 숲과 열매 예찬이다. 서울 이곳저곳의 가로수들, 공원의 나무들, 궁궐의 나무들을 두루 탐방하고 책에 담았다. 재동 북촌로의 독일가문비나무, 마로니에공원의 가시칠엽수, 경복궁의 꽃개오동, 창경궁의 혼인목들은 낯선 나무들이다. 서울에 이렇게도 많은 나무가 있었나! 서울에 쉰 해 가까이 살았던 나는 새삼 놀란다. 이 많은 나무가 저마다 가지를 뻗고 잎을 피워 신록과 그늘을 만든 탓에 서울의 봄은 성대하고 가을은 찬란했으리라.

#나무의_고마움을_새삼_일깨우는_책

멋을 아는 남자들의 선택, 클래식

남훈 · 책읽는수요일 · 2016년 3월

여행 마지막날. 집으로 가는 길에 잠깐 원주에 들렀다. 토지문화관에 계시는 이제하 선생님과 신미나 시인을 만나 점심을 먹기로 했기 때문이다. 점심을 먹고, 식당 마당에서 즐기는 커피 한잔. 산은 역시 강원도라며, 벤치에 둘러앉아 풍경을 감상했다. 누군가가 "노란 새가 지나갔다"고 외쳤다. "어디? 어디?" 두리번거리며 노란 새를 찾는 사람들. "저건 꾀꼬리야." "꾀꼬리라고?" 수런거리는 오후. 모두들 여유로워 보였다. 담배를 안 가져온 이제하 선생님만 약간 초조해 보였다. 나중에 강석경, 김이정 작가와 허은실 시인도 합류해서 담소를 나눴다.

파주로 올라가는 길에 차가 막혔다. 지루해져서 뒷좌석에서 놓여 있는 한 무더기의 책 중 『멋을 아는 남자들의 선택, 클래식』을 뽑아들고 뒤적였다. 운전을 하는 JJ에게 '클래식한 남성미'를 알려주겠다며 책을 펼쳐 보여주려다, 운전 방해한다고 욕을 조금 먹었다. 슈트가 잘 어울리는 노신사의 사진을 보여주며, "이렇게 멋지게 늙어야 해! 응? 이렇게!"를 몇 번 외쳤을 뿐인데. 쳇.

자전적 스토리텔링의 모든 것

메리 카 – 권예리 옮김 – 다른 – 2016년 8월

오늘은 5·18 서른일곱 돌이 되는 날. 그날 그 '일'이 일어났고, 그 '상처'의 치유는 끝나지 않았다. 전두환은 회고록에서 5·18 당시 "'발포 명령'이란 것은 아예 존재하지도 않았다"며 부인했다. 자기 변명과 왜곡으로 점철된 회고록은 비열한 것. 그 '일' 일어나던 해 나는 스물여섯 살, 두 아이를 둔 젊은 가장이었다.

기상청은 전국 날씨가 맑고 초여름 무더위를 보일 거라고 한다. 메리 카의 『자전적 스토리텔링의 모든 것』을 읽을 때 프리모 레비의 『이것이 인간인가』가 떠오른다. 홀로코스트의 생환자 프리모 레비와 같은 이만이 '가치 있는' 회고록을 쓸 자격이 있다. 회고록 쓰기는 "쌀 한 톨에 주기도문을 적어 넣는 일"이다. 회고록은 과장과 자기 미화를 절제해야 공공적 가치를 얻을 수 있다. 자기에게 유리한 해석을 피하고 있는 그대로 정직하게 써야 하지만 누구나 실제보다 더 멋지게 쓰고 싶은 유혹을 뿌리치기는 힘들다. "빼어난 회고록은 자신만의 이유로 과거의 진실을 찾아다니는 인간의 영혼에서 우러나온다. 그러다보면 내가 아는 모든 회고록 작가는 죽음의 행진을 하듯이 고뇌하며 과거를 탐색하는 운명에 처한 듯 보인다." 나보코프의 『말하라, 기억이여』는 좋은 회고록의 예. 나보코프는 부모들이 태양처럼 빛났던 유년기의 기억들을 더듬는다. 1900년대 초반 러시아 제국의 부유층이 누린 호화로운 사치, 그 장밋빛 삶을 그려낼 때 이 회고록은 "아름다움, 시간, 상실에 관한 찬란한 명상"에 대한 기록이다. 나보코프 회고록은 "양자 연상, 비유, 시간을 초월하는 시적 감성, 육체적 사치를 강조하는 방향으로 짜여" '문학적 기적'을 이루어낸다.

애호가들

정영수 · 창비 · 2017년 4월

___

JJ와 5·18 민주화운동 기념식을 보는 아침. 〈임을 위한 행진곡〉을 부르는 문재인 대통령을 보니 눈물이 나왔다. 옆을 보니 JJ도 눈물, 그리고 콧물을 흘리고 있었다. 티슈를 한 장씩 뽑아들고, 말없이 눈가를 훔치는 우리 둘. 잘못한 것을 잘못했다고, 미안한 일을 미안하다고 얘기하는 사람에게 이토록 감동받는 것은 사과와 위로를 제대로 해주는 '어른', '지도자'가 드물다는 반증이다. 정권이 바뀐 후 놀라고 감동하는 나를 보며 그동안 상처와 분노, 체념과 무기력이 컸다는 것을 깨달았다. 몇 년 사이 만들어진 신조어들을 보라. 금수저, 흙수저, 헬조선, N포세대, 취업깡패, 타임푸어, 노오력, 자소설(자기소개서 + 소설), 열정 페이, 이생망(이번 생은 망했어)······ 이 말들이 생긴 것은 우리 모두의 책임이다. 특히 기득권을 가진 어른들이 형평성을 고려하지 않고 부와 행복을 독식하고 젊은이들을 경쟁시킨 결과이다. 가만히 들여다보면 이 신조어들을 쓰는 주체가 힘없고 무력한 서민들(특히 젊은 사람들)임을 알 수 있다. 어떻게 해야 한단 말인가? 젊은 사람들도 이 지경으로 힘든데, 늙고 가난한 사람들은 오죽할까? 마음이 아프다.

그동안 쌓인 분노와 앞으로 바뀔 거라는 희망이 교차하는 마음을 여미며, 오늘의 책을 펼친다. 정영수 작가의 첫 소설집 『애호가들』이다. 서사의 흐름이 매끄럽고 문장이 (이렇게 표현해도 된다면) 잘생겼다(실제로 작가를 봤는데 잘생겨서 놀랐다). 그런데 자꾸 누군가의 문체가 아삼아삼 떠오른다. 내가 상당히 좋아하는 외국 작가인데, 생각이 날 듯 날 듯 나지 않는다. 누구였더라? 생각이 안 나. 머리를 쥐어뜯으며 계속 읽고 있다. 매끄러운 리듬으로 연주되는 음악을 듣는 기분.

대구

마크 쿨란스키 – 박중서 옮김 – 알에이치코리아 – 2014년 2월

청명한 초여름 날씨다. 방구석에 처박혀 있기에는 아까운 날씨인데, 막스 브르흐의 〈콜 니드라이〉를 들으며 오전부터 꼼짝 않고 원고를 썼다. 오후 늦게 출판도시 카페 뮤지엄에 나가 커피를 마시고 돌아와 저녁 산책을 했다. 스무 살 무렵 읽은 책이 내 보물이고 자산이다. 그 시절 읽은 잡다한 목록을 일일이 기억하지 못할뿐더러 기억할 필요도 없다. 책을 읽어라! 그리고 망각하라! 읽은 것들을 기억해야 한다는 강박증에 드는 찰나 책은 악마의 물건으로 바뀐다. 망각은 축복이다! 망각되지 않는 지식은 정보에 지나지 않는다. 망각되어야만 자기 것이 되고, 창조적 변용이 가능해진다. 책의 내용은 잊고 대신에 책을 보관하라.

마크 쿨란스키의 『대구』는 "대구에 얽힌 천 년의 드라마"다! 대구라는 물고기가 어떻게 역사와 지도를 바꿨을까? 어부이자 저널리스트인 쿨란스키는 우리가 몰랐던 대구의 생태에 대한 풍부한 지식을 전한다. 나는 풍부한 자료를 섭렵하고 매끄러운 필체로 써내는 이런 책이 좋다! "만일 인내하기 위해 태어난 물고기가 있다면 그건 바로 대서양 대구일 것이다. 이놈은 지극히 흔한 물고기였다. 하지만 그 포식자 중에 인간이 있었으니, 이 종으로 말하자면 대구보다도 더 탐욕스럽게 입을 벌린 종이었다." 쿨란스키는 역사학, 지리학, 인류학을 넘나들며 대구와 얽힌 인간의 탐욕과 누추함, 그리고 상업의 역사를 생생하게 그려낸다.

2017 제8회 젊은작가상 수상작품집

임현 외 · 문학동네 · 2017년 4월

시래깃국과 김치찌개를 해서 아침을 먹었다. 가능한 한 집밥을 먹자고 다짐한다. 상을 치우고 JJ와 엔틱 인테리어로 유명한 카페 뮤지엄에 갔다. 집 근처에 이렇게 근사한 카페를 두고도 한 달 가까이 몰랐다. 엔틱 소품들을 힐끔힐끔 구경하며 느긋한 독서를 시작해볼까. 거르지 않고 매년 사서 읽는 『젊은작가상 수상작품집』을 올해도 샀다.

랩걸

호프 자런 – 김희정 옮김 – 알마 – 2017년 2월

주말 날씨는 화창하다. 미세먼지 보통. 한낮 온도가 33도 안팎을 오르내린다. 초여름으로 접어든 느낌이다. 호프 자런의 『랩걸』은 읽는 기쁨과 발견의 즐거움을 안겨준 책이다! 호프 자런은 동위원소 분석을 통한 화석삼림 연구에서 괄목할 만한 성과를 낸 여성 학자다. 그의 책은 처음 읽는데, 그는 정말 글을 잘 쓰는 사람이다. 식물에 관한 연구와 관찰을 통해 얻은 지식들을 기반으로 삶을 통찰한다. 꽃, 나무, 식물 전반으로 사유를 뻗치고, 뿌리, 이파리, 씨앗들을 살펴보고 상상한다. 식물의 씨앗들은 끈질기게 기회를 기다린다. 짧게는 한 해, 길게는 2천 년을 기다려 싹을 틔운다. "크거나 작거나 대부분의 씨앗은 사실 기다리고 있는 배아의 식량이다." 이미 아는 지식이지만 호프 자런의 통찰을 통해 더욱 단단해진 채 우리에게 돌아온다. 씨앗들은 적절한 장소에서 적절한 조건이 성숙되면 기다림을 끝내고 싹을 틔운다. 씨앗에 대한 이야기는 인생 통찰로 넘어가며 넓어진다. "모든 시작은 기다림의 끝이다. 우리는 모두 단 한 번의 기회를 만난다. 우리는 모두 한 사람 한 사람 불가능하면서도 필연적인 존재들이다. 모든 우거진 나무의 시작은 기다림을 포기하지 않은 씨앗이었다." 호프 자런은 씨앗이나 식물에 관해서만 쓰는 게 아니다. 씨앗이나 식물에 대한 통찰은 곧 사랑과 인생에 대한 통찰에 겹쳐지는 것이다.

말리와 나

존 그로건 · 황소연 옮김 · 스크린영어사 · 2010년 8월

켈리는 내가 사랑하는, 나만의(라고는 할 수 없지만) 영어 선생님이다. 작년 말부터 홍대역 근처의 1:1 영어회화 학원 'Mate Institute'에 다녔는데, 켈리는 이 학원의 운영자이자 선생님이다. 켈리는 이곳에서 영어를 가르치는 것보다 사람들과 관계 맺고 소통하는 일이 더 중요하다고 말한다. 그래서 그런지 우리는 '영어'를 사용해서 말하는 데 치중하기보다는, '삶에 대한 서로의 생각'을 이야기하는 데 열중한다(물론 한 시간 동안 영어로만 말해야 하기 때문에 내가 구사하는 언어는 엉성하고 엉망진창일 테지만). 가끔 내가 영어로 얘기하고 있다는 사실을 잠깐 잊을 정도로 대화에 집중할 때도 있다. 외국어로 말하는 데에는 이점이 있다. 타성에 젖어 언어를 부리는 게 아니라 말을 처음 배우는 아이처럼, 힘이 센 언어 몇 마디에 기대 단순하고 겸손하게 말하게 된다. 우리는 비밀을 나눌 때도 있고, 오래 묵혀두었던 고민을 서로 털어놓기도 한다. 믿어지지 않겠지만 켈리와 나는 영어로 삶과 죽음, 문학과 철학, 인간관계, 가족, 친구, 미술, 인생 전반에 대해 골고루 이야기한다. 켈리는 오랫동안 미술 큐레이터를 했고, 문학과 예술에 조예가 깊어 배울 점이 많다. 수업이 끝나고 나올 때는 충만한 기분이 된다. 서로 고민을 얘기하다 눈시울을 붉힌 적도 있는데, 적어도 나는 세 번 이상 눈물을 보였던 것 같다.

오늘은 영어 수업이 있는 날이다. 나는 영어를 잘하기 위해서가 아니라, 켈리와 이야기를 좀더 '잘' 나눌 수 있기를 바라 얼마 전부터 『말리와 나』 원서를 읽고 있다. 얼마나 속도가 느린지, 말도 못한다. 그러나 도전! 이 책의 장점은 페이지 아래에 어려운 단어의 뜻이 수록되어 있고, 재미있다는 점이다.

너무 한낮의 연애

김금희 – 문학동네 – 2016년 5월

파주의 초여름 아침은 이스탄불의 야시장만큼이나 소란스럽다. 숲이 가까이에 있어 새들이 많다. 새소리는 이 세상의 잡다한 소음에 맞서는 명랑한 소동이다. 이 명랑한 소동 속에서 사과 한 알을 먹는다.

김금희의 『너무 한낮의 연애』가 좋다는 얘기를 들은 터라 꼭 읽고 싶었다. 작품집 맨 앞에 실린 「너무 한낮의 연애」와 「조중균의 세계」 두 단편이 좋았다. 영업직에서 한직으로 발령 난 필용의 연애사와 출판사 교정직 사원 조중균씨 사이의 공통점은 '점심'식사다. 필용씨는 회사 사람들을 피해 패스트푸드점에서 혼자 점심을 때우고, 조중균씨는 구내식당에서 무료 급식을 먹지 않는 대신 돈으로 돌려받는다. 둘 다 자발적 소외에 처하고, 저마다의 방식으로 삶을 견딘다. 필용은 "허무하고 특별할 것 없던 관계"이던 과거 연인인 양희의 연극 공연장을 집요하게 찾고, 조중균씨는 과거의 시를 되풀이해서 적는다. 모두 한심한 처지에 대한 부정의 방식으로 과거로 회귀하는 반영웅적인 인물의 서사다. 과거는 돌이킬 수 없는 상실의 시간이다. 그렇다고 "지나간 세계"에의 집착이 노스탤지어에서 비롯되었다고 할 수는 없다. 다른 단편들도 마찬가지지만, '잉여'로 전락해 어느새 과거로 밀려나 퇴적하는 잔존자들의 미미한 저항을 보여준다. 견디고 살아남은 자들의 세계—잔존을 위해 견디는 "조중균씨의 세계"—란 "시간이 지나도 어떤 것은 아주 없음이 되는 게 아니라 있지 않음의 상태로 잠겨 있을 뿐"이다.

고양이 그림일기

이새벽 · 책공장더불어 · 2017년 5월

길고양이를 돕는 모임 '상냥한 사람들'의 회의가 있는 날이다. 작가들의 협조 아래 '플리마켓'을 열기로 해 위트앤시니컬 합정점에 모였다. 한참 떠들고 있는데(회의라기보다), 문을 열고 아름다운 여인이 들어왔다. 문학동네 3팀의 강윤정 팀장이다. 모딜리아니 그림에서 걸어나온 여자처럼, 목이 길고 눈꼬리가 새치름하니 길게 뻗은 여인. 내가 좋아하는 사람이다. 강윤정 팀장은 '마음산책' 편집자인 친구를 만나러 왔다고 했다. 잠깐 자리에 앉아 두 분과 수다를 떨었다. 플리마켓에서 셀러seller로 참여하기로 약속해준 윤정 팀장님은 고양이를 사랑하기로도 유명하다. 책을 만들고 틈틈이 자기 글을 쓰며 고양이를 사랑하는 여인에게 책 한 권을 추천받았다. 바로 『고양이 그림일기』. 『고양이 그림일기』와 신영배 시인의 신간 시집 『그 숲에서 당신을 만날까』, 두 권의 책을 샀다.

집에 와서 침대에 엎드려 『고양이 그림일기』를 펼쳤다. 책을 읽다 작가가 궁금해 인터넷을 찾아보니, 독자가 책 한 권을 구입할 때마다 300그램의 사료가 적립되고, 사료가 모이면 한 달에 한 번 유기동물 보호소에 기부하는 캠페인을 실시하고 있었다. '상냥한 사람들'이 하는 길고양이 돕기 운동과도 비슷하다. 저 무구하고 순한 동물들과 우리, 같이 좀 살아보자고 벌이는 일. 우리는 각각 '다른' 모습으로 살지만, '같이' 행복하자고. 결국 이게 다 모두의 행복과 관련된 일인 것을!

멀고도 가까운

리베카 솔닛 – 김현우 옮김 – 반비 – 2016년 2월

땡볕이 이마에 따갑다. 미세먼지 보통. 자외선 주의보가 내려졌다. 한낮의 햇빛을 피하느라 저녁 무렵 산책에 나섰다. 리베카 솔닛의 『멀고도 가까운』은 몇 장 읽지 않고도 금세 독자를 끌어당기는 책이라는 걸 알겠다. 모녀의 오랜 갈등을 파고들며 풀어내는 서사의 힘이 깜짝 놀랄 만하다. 늙고 병든 채 퇴행하는 어머니, 점점 괴물 같은 존재로 변해가는 어머니에 대한 이야기. 살구, 거울, 얼음의 이야기, 일찍이 독립을 추구한 딸의 이야기다. 이야기란 무엇인가. "이야기란, 말하는 행위 안에 있는 모든 것이다. 이야기는 나침반이고 건축이다. 우리는 이야기로 길을 찾고, 성전과 감옥을 지어 올린다." 이야기는 삶과 함께 시작하며 죽음과 더불어 끝난다. "하나의 장소가 곧 하나의 이야기이며, 이야기는 지형을 이루고, 감정이입은 그 안에서 상상하는 행위이다. 감정이입은 이야기꾼의 재능이며, 이곳에서 저곳으로 건너가는 방법이다." 미로 구조를 가진 '동화'들은 항상 이야기의 원형이다. 동화에서 주인공은 저주받아 쫓겨나고 버려진 뒤 먼 곳을 돌아 험한 여정을 거쳐 목적지에 닿는다. 솔닛은 이야기 속으로 들어가고, 불화했던 어머니와 화해를 한다. "어머니가 내가 자신과 다르다는 이유로 화를 내던 시절, 나 역시 내가 어머니와 비슷하다는 사실에 끔찍해하고 비슷해지지 않으려고 애를 쓰던 그 시절을" 되돌아본다. 한 사람은 다름 때문에 화를 냈지만 다른 한 사람은 닮았다는 사실에서 벗어나려고 몸부림친다. 결국 두 사람은 상대의 거울이었던 셈이고, 그 거울에 비친 상으로부터 도망가기에 바빴다는 것을 깨닫는다.

조화로운 삶

헬렌 니어링/스콧 니어링 · 류시화 옮김 · 보리 · 2000년 4월

이상하게 피곤한 날이다. 몸도 마음도 자꾸 처진다.

서른 무렵 마음이 편협하게 찌그러지는 것을 바로 세우려고 헬렌 니어링과 스콧 니어링의 책을 찾아 읽었다. 바로 서 있는 어른이 없을 때, 그 책들은 내게 어른이 되어주었고 가르침을 주었다. 그들의 책을 통해 헝클어진 마음의 매듭이 조금씩 풀렸으며, 성장했다고 믿는다. 책을 읽다 떠오르는 생각과 다짐을 적기도 하고, 어느 구절은 약초처럼 질경질경 씹어 삼켰으며, 책을 덮고 떠오르는 생각이 있어 울기도 했다. 고백하건대 나는 건강해지고 싶었으나, 방법을 몰랐다. 볼과 턱 주변으로 늘 스무 개 이상의 성인여드름이 돋아났고(스트레스여!), 생기 없이 야위어 있던 때다. 누가 툭 치면, 신호를 기다리던 사람처럼 눈물이 흐르던 때. 우연히 책장에서 이 책을 꺼내드니, 옛날이 한꺼번에 몰려온다. 나는 그들처럼 살고 싶었고, 단순하고 강해지고 싶었다.

우리는 삶으로부터 도피해 어딘가로 멀찌감치 달아나기를 꿈꾸는 것이 결코 아니었다. 그와 정반대로 삶에 더 열중할 수 있고, 삶에서 더 많은 것을 얻을 수 있는 길을 찾으려 하고 있었다. 우리는 의무를 피해 달아나려는 것이 아니었다. 오히려 더 가치 있는 의무를 찾고 있었다.

제대로, 그러니까 '진짜' 인생을 사는 사람은 은둔하는 것처럼 보이기도 한다. 내면을 굽어살피는 데 충실하기 때문이겠지. 단순하게 살자. 욕심을 버리고, 단순하게. 나는 아무것도 아니야. 그냥 자연의 일부야, 라고 스스로에게 속삭이는 저녁. 간신히 밤이, 옛날에 섞여 온다.

지적자본론

마스다 무네아키 · 이정환 옮김 · 민음사 · 2015년 11월

새벽 2시에 매체 원고를 써서 보내고, 아침 일찍 서울로 나와 고속버스 터미널에서 버스를 타고 통영을 간다. 통영 가는 길은 늘 설렌다. 통영에 도착해서 소설가 유익서 선배와 저녁식사를 함께 하고 내일 강연을 위해 일찍 자리를 파하고 일어섰다.

『지적자본론』을 쓴 마스다 무네아키는 일본 전역에 1400여 군데 이상의 매장을 운영하는 컬처 컨비니언스 클럽 주식회사의 최고 경영자다. 서점이나 도서관을 이노베이션을 통해 살려낸 혁신과 기획의 천재, 혁신의 전도사로 유명하다. "누군가가 꿈꾸었던 것이 현실 세계에 나타나는 것, 그것이 이노베이션이다." 그는 기획이 제 존재 이유라고 말하는데, "장래의 비즈니스 사회에서는 디자이너[기획자]만이 살아남을 수 있다"라는 말도 그런 맥락에서 받아들일 수 있겠다. 지적 자본을 사회에 확장해 정착시킬 수 있는 거점 시설은 도서관이다. 시립도서관의 개관 시간을 늘리고, 연중무휴로 열고, 공공시설 안에 스타벅스와 서점을 들인다. 공립도서관과 커피숍과 서점이 융합한 혁신 시설이 탄생하자 인구 5만 명의 시립도서관은 불과 13개월 만에 방문객 100만 명을 넘어선다. 한 지방 시립도서관이 "공동체의 핵심"이자 "클라우드의 거점"으로 바뀌며 일본 제일의 공공도서관으로 우뚝 선다. 시립도서관 재생 프로젝트로 "고향을 자랑스러운 도시"로 만든 다케오시의 성공 사례는 여러 생각을 갖게 한다. 눈길이 멈춘 한 구절. "아침에 잠에서 깨어 자신이 하고 싶은 일을 할 수 있는 사람이 성공한 사람이다." 노벨문학상을 수상한 가수 밥 딜런의 말이다.

3장 _ 기억 _ 읽은 _ 책

나이 들어 외국어라니

윌리엄 알렉산더 · 황정하 옮김 · 바다출판사 · 2017년 3월

엄마와 남동생이 오래 기르던 개, 구름이가 위독하다는 소식을 들었다. 처음엔 담담하게 이야기하던 엄마가 울었다. "며칠 못 살 것 같다……" 의연한 척 엄마를 위로했지만, 전화를 끊고 울었다. 구름이는 내가 데려온 유기견이다. 본명은 구름동동이, 희고 곱슬거리는 털을 가진 몰티즈다. 머루처럼 까만 눈동자에 눈물자국 때문에 늘 눈 주위가 갈색으로 얼룩져 있는 우리 구름이. 아버지가 아플 때, 혼자 외로워하지 말라고 데려온 구름이. 가난과 우울이 둥둥 떠다니는 집에 와 10년 가까이 살며, 너는 어땠니 구름아.

감정의 균형을 잡는 일에 제법 능숙해졌다. 고통과 병, 아픔과 슬픔, 죽음이라면 더더욱, 익숙해졌나? 눈물을 닦고, 샤워를 하고, 외출 준비를 했다. JJ는 강연 때문에 1박 2일로 통영에 갔고, 나는 저녁에 알마출판사에서 주최하는 『랩걸』 낭독회에 참여하기로 되어 있었다.

카페 프렌테에서 박시하, 유진목 시인과 함께 각각 『랩걸』에서 발췌한 몇 페이지를 낭독했다. 어느 페이지를 펼쳐 읽어도 좋은 책이기 때문에 낭독회 분위기는 좋았다. 끝나고 맥주를 한 잔씩 하고, 택시를 타고 파주로 돌아왔다. 집에 다가갈수록 입맛이 썼다. 변한 건 없겠지. 아픈 것들은 계속 아프고, 한번 죽음을 향해 가속도를 붙인 것들은 멈추지 못하고 죽음 곁으로 빨려가고 있을 것이다. 나는 그것을 다소 이른 나이에 알았다.

가방에 윌리엄 알렉산더의 『나이 들어 외국어라니』를 들고 다녔지만, 펼쳐보지도 못했다. 펼치다 그 책에 베일 것 같은 하루였다.

양에 집중하라

박용환 - 세이지 - 2016년 9월

일찍 잠 든 탓에 새벽 5시에 눈이 절로 떠진다. 새벽까지 깨지 않은 채 혼곤한 잠에 빠졌었다. 통영 금호 마리나 리조트는 창 너머로 탁 트인 바다가 활짝 펼쳐지는데, 새벽 통영 앞바다는 해무海霧로 다소 뿌옇다. 예정된 오전 강연을 끝내고 청마문학관과 박경리기념관을 돌아본 뒤 고속버스편으로 서울로 올라왔다.

박용환의 『양에 집중하라』는 양질전환의 법칙을 다룬 책이다. 양과 질은 상관관계가 있다. 동양의 시성으로 꼽는 두보는 "만 권을 책을 읽고 나의 붓이 신들린 것처럼 술술 내려간다讀書破萬卷 下筆如有神"라고 했다. 양이 질을 결정한다. 많이 그려야 더 좋은 그림이 나오고, 많이 써야 더 좋은 시가 나온다. 여러 아이디어에서 더 좋은 아이디어를 건질 가능성이 커진다. LPGA에서 왜 한국 여자 선수들이 승승장구할까? 박세리에서 박인비까지 숱한 한국 선수들이 우승을 거머쥔 것은 첫째, LPGA에서 뛰는 한국 선수들이 많고, 둘째, 다른 나라 선수들에 견줘 재능이 뛰어난데다 연습량이 많은 탓이다. 역시 '양'의 중요성이 입증된다. 그러나 단순한 '양'만으로는 안된다. 양에도 질이 있다. '양'에도 '역동적인 집중'이 바탕이 되어야 한다. 인간 지능을 음악 지능, 논리 수학 지능, 공간 지능, 언어 지능, 신체 운동 지능, 인간 친화 지능, 자기 성찰 지능, 자연 친화 지능 등 여덟 가지로 나눌 수가 있다. 이 지능을 상호 결합시키고, 자기 분야의 지식과 기술을 '통달'할 때까지 열정을 갖고 연마해야 도약을 이룰 수 있다. 재능은 하늘에서 뚝 떨어지는 게 아니다. 물리학, 미술, 음악, 시, 무용, 정치 어느 분야든지 '양'을 쌓는 열정이 바로 재능이다!

실비아 플라스의 일기

실비아 플라스 · 김선형 옮김 · 문예출판사 · 2004년 3월

통영에서 버스를 타고 올라온다는 JJ의 연락을 받았다. 교하도서 관에 앉아 『실비아 플라스의 일기』를 읽었다. 10년도 더 전에 작은 방에 엎드려 아껴 읽던 두꺼운 책. 자기 일기가 이렇게 책으로 묶여 세상 사람들의 읽을거리로 둔갑한 것을 안다면, 그녀는 또 한번의 자살 시도를 할지도 모를 일이다. 남의 일기를 보는 일은 어쩐지 끔 찍하다. 누군가가 오줌 지린 바지를 햇빛에 말리고 잘 다림질해서 내 앞에 대령한 것 같다. 당신이 흘린 자국들을 내가 이곳에서 봅니 다, 허락도 없이.

그녀가 가스오븐에 머리를 처박고 죽었다는 사실이 '이슈'가 되 고, 유명인의 죽음은 매혹적인 술처럼 주위를 술렁이게 만든다는 생각에 이르니 새삼 쓸쓸하다. 요절은 사람들에게 약간의 경탄과 호기심과 안타까움을 주지만 한편 끈질기게 살아, 남아, 있다는 자 괴감을 안긴다. 남아서, 죽은 이들이 쓴 일기장도 훔쳐본다. 결국 일기를 쓴 사람이나 읽는 사람이나 괴롭긴 마찬가지다. 문학에 대 한 실비아 플라스의 조바심을 목도할 때는 특히 괴롭다.

일기장을 덮고 도서관에서 나왔다. 멀리서 돌아오는 JJ를 위해 장을 보고 집으로 돌아오는 길에 남동생에게 전화를 받았다. 구름 이 상태가 나아지지 않는다고. 내일 안락사를 하기 전, 마지막으로 보지 않겠냐고 물었다. 나는 망설이지 않고, 보지 않겠다고 말했다. '죽음에는 익숙해져도 죽어가는 것에는 익숙해지지 않아' 속으로 말했다. 휴대전화를 끊고 아파트 1층 복도에 한참 서 있었다. 두부, 양파, 대파, 호박, 고등어가 담긴 생의 봉투를 손에 든 채로. 엘리베 이터에 오르는 일이 쉽지 않았다.

슬픈 감자 200그램

박상순 – 난다 – 2017년 1월

'한빛비즈'에서 택배로 보낸 새책 『조르바의 인생수업』이 도착했다. 박스를 열고 책을 꺼내 가슴에 품어본다. 책이 자주 나오지만 새책에 늘 가슴이 설렌다. 수류산방에서 한 디자인과 장정裝幀이 썩 마음에 든다.

박상순 신작 시집 『슬픈 감자 200그램』을 처음 보았을 때 왜 120그램이 아니고 200그램일까 하고 엉뚱한 의문을 품었다. 우리 시단에서 가장 유니크한 시인인 박상순의 시는 1950년대의 조향이나 1960년대 이승훈이 걸은 쉬르리얼리즘 시의 길에 있다. "죽은 말이 여름휴가를 떠난다./ 아직 살아 있는 말들의 마을을 지나/ 달린다.// 죽은 말은/ 오래전에 사라진 나의 미래/ 살아 있는 말들은 내 미래의 시간이 죽은 뒤/ 솟아난 엉뚱한 미래."(「죽은 말의 미래」) 외발자전거를 탄 구름, 기억의 수도꼭지, 철문을 뜯어서 만든 얼굴…… 이런 이미지들은 엉뚱하고, 기발하고, 신선하다. 그가 「빵 공장으로 통하는 철도」를 처음 발표하고 시인으로 나선 지 27년이 지났다. 어떤 시는 초기의 이미지와 목소리를 비슷하게 되풀이한다. 박상순은 자기 표절을 경계할 시점에 있는 것 같다.

슬픈 감자 200그램
박상순 · 난다 · 2017년 1월

여름이 오기 전에, 올해 몇번째 부음이지? 여덟 번? 아홉 번? 셀 수도 없다. 이렇게까지는 아니었는데. 아직 5월인데, 올해 유난히 부음이 많다. 누가 태어났다는 소식은 없는데, 떠났다는 소식만 이어지네.

낮엔 창비에 들러 김선영 편집자와 박준 시인을 만나 곧 나올 시집 제목을 확정했고, 최종 교정지를 받았다. 신장 기능의 90퍼센트가 망가진 구름이를 안락사시켜 화장하고, 유골함에 넣어오는 일을 동생에게 맡기고 나는 모른 척했다. 감정이 무너지는 게 두려워 자꾸 거리를 두려 했고, 끝끝내 구름이의 마지막 모습을 보지 않았다. 밤이 되자 방치해둔 슬픔이 어슬렁어슬렁, 처연한 걸음으로 내 주위를 배회했다. 동생과 통화를 끝내고 잠깐 울었지만 끝끝내 슬픔과 제대로 눈 마주치려 하지 않았다. 슬픔에게 기회를 주지 않았다. 제대로 비겁했다. 그렇게 버텼는데, 무심코 박상순 시인의 시 한 구절을 보다 무릎이 꺾이고 말았다. 이건 습격이다. 방심한 틈에 당한 습격.

구름이 내 손을 묶고, 발을 묶고/ 높은 지붕위에 나를 올렸다./ 다음 날,/ 내 입을 막고, 눈을 가리고/ 가을 숲에 나를 던졌다./ 그리고/ 구름은 그의 차가운 발자국들을/ 내 얼굴 위에 쌓아놓고/ 떠났다.

유혹하는 책 읽기

앨런 제이콥스 – 고기탁 옮김 – 교보문고 – 2014년 7월

사람이 늙는 것은 인체를 구성하는 60조에 이르는 세포가 분열 능력을 잃고 복제 노쇠replicative senescence라는 한계에 이르기 때문이다. 늙어 생산적인 일을 할 수 없을 때 할 일은 딱 두 가지다. 독서와 음악을 벗삼는 것. 그때를 위해 부지런히 책을 사 모은다. "평생 열렬한 독자였고, 20년이나 문학을 가르쳐"온 앨런 제이콥스의 『유혹하는 책 읽기』를 읽으며 새로운 자극을 받는다. 책읽기는 "기호 해독 행위"이고, "망막을 자극하는 이미지들이 좌측 후두측두 열구의 가장자리로 전달되고, 해독"되는 과정이다. 이때 뇌는 화들짝 깨어나 반응한다. 책은 재미, 위로, 교양, 기쁨, 고요, 휴식, 자기 성찰의 계기들을 준다. 오늘의 문명사회가 점점 더 책과 멀어지게 하는 것은 "동시다발적인 자극에 중독돼서 두꺼운 책을 읽는 데 필요한, 고도로 집중되고 한결같은 주의력이 부족"해진 탓이다.

책을 읽기 위해서는 능동적인 의지와 고도의 집중력, 그리고 시간 투자가 필요하다. 더구나 두세 쪽만 읽어도 정신이 분산하고 표류하는 집중력 갖고는 고전 읽기는 불가능하다. 책읽기는 선천적인 능력이 아니다. 반복적인 학습과 훈련을 통해서 얻어지는 것이다. 독서 기술의 핵심은 '집중력'이다. 자유롭게 읽어라! 그리고 인생을 바꾸는 독서를 하라!

#다시_꺼내_읽은_책

모든 요일의 기록

김민철 · 북라이프 · 2015년 7월

더 미룰 수 없어, 종합소득세 신고하러 파주 세무서로 갔다. 작년보다 세금 환급을 더 많이 받는다. 작년에 나로서는 꽤 돈을 벌었다. 회사 다닐 때보다도 많은 수입이다. 잠깐이나마 스스로가 기특했다. 어차피 받을 돈인데 환급을 받는다고 조삼모사 격으로 좋아하다니. 바보네.

『모든 요일의 기록』을 읽는 중에 알았다. 내가 우리말 부사 중에 '딱히'라는 말을 싫어한다는 것을! 딱히 왜 그런지 모르겠지만, 전에 하루키 소설을 읽다가도 중간에 짜증이 난 이유가 '딱히'라는 부사가 자주 등장했기 때문이었다. 그렇지! 이제야 깨달았다. 내가 '딱히'라는 부사를 싫어하는 편협한 사람이란 것을. 100퍼센트 편견이지만, '딱히'라는 부사가 쓰인 문장에는('문장'이 주체가 될 수 있다면) 건방짐이 서려 있다. 정말이다. '딱히'라는 부사가 내뿜는 냉소적인 기운 때문에 위아래 몇 줄, 다른 문장들까지도 영향을 받는다고! 나는 생각한다. 그렇다면 내 글에는 '딱히'라는 부사가 없을까? 그럴 리가. 귀찮아 찾아보진 않지만, 당연히 있지 않겠어?

불가능

조르주 바타유 – 성귀수 옮김 – 워크룸프레스 – 2014년 1월

"푸른 하늘 은하수 계수나무 한 그루"라고 옛적 노래에 나오는 계수나무를 처음으로 봤다. 잎사귀가 동글동글해서 귀엽다. 워크룸 프레스에서 펴낸 조르주 바타유의 『불가능』을 읽었다. 「쥐 이야기」 「디아누스」 「오레스테이아」를 함께 엮은 책. 갈리마르에서는 윤리상 출간을 보류한 것을 미뉘출판사에서 펴냈는데, 나중에 『시의 증오』로, 그리고 마지막으로 『불가능』으로 제목이 바뀐다. 허구적인 서사, 더 많은 시들, 사랑과 죽음, 욕망과 광기의 백일몽, 철학적 단상들이 뒤엉켜 있다. 바타유는 과잉의 욕망, 과잉의 죽음 속에서 시를 발견한다. "내가 시에 다가갈수록 시는 내게 결핍의 대상이다"라고 쓸 수 있는 조르주 바타유는 시인이다! 시는 "반항의 폭력 안에서" 분출되는 쾌감, 공포, 죽음의 에너지 그 자체다. 시는 현실 세계의 모든 유용성을 기만으로 단정하고 격렬하게 부정하고, 그 부정 속에서 불가능의 심연에 가닿는다. "내가 죽음을 두려워하고 있다니. 비겁하고 유치한 두려움이다. 나는 완전연소完全燃燒의 조건 하에서만 살고 싶다", 또는 "밤을 열망한다. 언젠가 나는 이 세상을 버릴 것이다. 그때 비로소 밤은 밤이 되고, 나는 죽을 것이다. 하지만 살아 있는 지금, 내가 사랑하는 것은 밤을 향한 삶의 사랑이다. 내 삶이, 그나마 필요한 힘이 남아 있어, 자신을 밤으로 이끌어갈 대상에 기대를 품는다는 것은 좋은 일이다" 따위의 문장은 가장 온건하고 명석한 축에 속한다.

고양이는 정말 별나, 특히 루퍼스는……

도리스 레싱 · 설순봉 옮김 · 예문 · 1998년 5월

『고양이 그림일기』를 틈틈이 보다 불현듯 떠오른 책 한 권! 거의 20년 전, 내가 퍽 좋아하던 책 『고양이는 정말 별나, 특히 루퍼스는……』을 찾았다! 도리스 레싱의 산문집이다. 이 책은 처음엔 지루한 듯하지만, 한번 빠지면 빠져나오지 못할 만큼 매력적이다. 고양이를 오래 사랑해온 사람만이 가질 수 있는 관찰력이 돋보이는 책. 사람 얘기는 거의 없고 오로지 고양이들의 세계만을 '고양이의 관점'에서 그려낸 글이다! 고양이에 대한 품격 있는 산문이 고픈 사람이라면 필히 이 책을 읽어야 한다.

『고양이는 정말 별나, 특히 루퍼스는……』을 가방에 넣고 카페에 가는 길에 양쪽 다리를 다쳐 붕대로 친친 싸매고 지나가는 사내를 봤다. 미안하지만 넋 놓고 바라봤다. 슬리퍼를 끌고 절뚝이며 걸어가는 사내. 아니 어쩌다? 양쪽을 다? 묻고 싶었지만, 아서라, 그러다 빰 맞지.

벤야민, 세기의 가문

우베 카르텐 헤예 – 박현용 옮김 – 책세상 – 2016년 1월

일요일 오후 게으름을 피우며 뒹굴다가 교하도서관으로 가는데, 여자 셋이 교회에 나오라고 하면서 생수 한 병씩을 나눠준다. 이른 더위에 갈증을 느꼈던 터라 차가운 생수를 받아든다. 교하도서관에서 종일 교정을 보고 저녁 무렵 나와서 산책에 나섰다.

우베 카르텐 헤예의 『벤야민, 세기의 가문』은 진작에 사놓고 읽지 못한 책이다. 유대계인 벤야민 가문에서 태어난 3남매 발터, 게오르크, 도라에 대한 이야기다. 파시즘과 싸우다 희생당한 "비운의 벤야민가"에 대해 글을 쓴다는 것은 "피의 20세기에 발을 담그는 것"을 뜻한다. 발터는 철학자이자 사상가로, 게오르크는 의사이자 공산주의자로 산다. 게오르크는 변호사인 힐데 랑게와 결혼한다. 발터와 도라는 프랑스로 망명하지만 게오르크는 '예비검속'으로 체포돼 독일을 벗어나지 못한다. 파리의 망명객 벤야민은 1940년 스페인 국경을 넘어 미국 망명에 나섰다가 실패하자 자살하고, 1942년 나치와 인종차별에 저항하던 게오르크는 마우트하우젠 강제수용소에서 죽는다. 도라는 도시 여성 노동과 아동 노동의 현실을 연구한 사회학자였지만 오빠의 원고를 다듬으며 '난민아동의료구호기관'에서 일하다가 1946년 망명지 스위스에서 암으로 죽는다. 힐데는 동독 법무부 장관에 올라 나치 과거 청산을 위해 헌신하고, 아들 미하엘은 동베를린 법학대학 교수로 있으며 큰아버지 발터를 연구한다. 20세기 잔혹한 역사를 통과하는 한 가족의 비극 속에서 돋보이는 경구 하나. "사고를 유도하는 가장 좋은 방법은 웃음이다. 사고를 하도록 이끄는 데는 영혼의 진동보다 횡격막의 진동이 더 좋은 기회를 제공한다."

참고문헌 없음

참고문헌 없음 준비팀 엮음 - 2017년5월

'문단 내 성폭력'이란 해시태그를 걸고 활동한 여성들이 각자의 경험과 생각을 쓴 책이 도착했다. 나도 한 꼭지를 썼다. 책을 만들기까지 어려운 일도 많았지만 결국 묶여 나온 것을 보니 여러 감정이 들었다. 이 책이 나오는 것을 눈을 부라리며 싫어하는 남자들도 있다는 것을 안다. 아직도 꽤 많은 남자 문인, 그중 특히 꼰대들께선 '어디 감히 여자가'라고 입 밖으로 말도 못하고 헛기침이나 흠흠, 해대며 기분 나빠할지도 모르겠다. "옛날 옛적에 여자들은 말이야"라고 말문을 열며, 요즈음 여자들 드세다고, 시대가 이렇게 좋아졌는데 뭘 더 바라냐고 그럴지도 모른다. 자, 그러면 우리 흑인들 앞에서 "옛날에 흑인 노예들은 말이야", 하며 지금 정도의 인권 신장에 만족하라고 눈을 부라려볼까요? "옛날에 어린애들은 말이야"라고 말하며, 요새 애들 안 맞고, 혼도 덜 나며 자라는 것을 다행인 줄 알라고 떠들어볼까요?

어렸을 때 어른들을 붙들고 "왜 훌륭한 음악가, 작가, 시인, 화가, 과학자 중엔 여자가 이렇게 드문가? 여자가 남자에 비해 열등한가?"라는 물음을 던졌지만, 속시원하게 말해주는 사람이 없었다. 지금은 확실히 알고 있다. 너무나 오랜 시간 동안 여자들은 남자의 '부속물이나 재산'으로 간주되어왔기 때문에, 배우고 능력을 펼칠 기회를 갖지 못했던 거다. 여성이 한 인간으로서 자기 재능을 펼치는 일이 자연스럽게 받아들여진 기간이 채 100년이 못 된다. 100년도 못 되는 것이다. 100년도! 이 사실을 생각하면 '그럼에도 불구하고' 뛰어난 재능을 발휘한 여성들에게 경의를 갖게 된다.

작가의 책

패멀라 폴 - 정혜윤 옮김 - 문학동네 - 2016년 1월

5월의 마지막 월요일이다. 완연한 여름 날씨다. 연일 가뭄과 폭염주의보가 뉴스거리다. 패멀라 폴의 『작가의 책』은 "작가 55인의 은밀한 독서 편력"을 다룬다. 패멀라 폴은 세계에서 가장 영향력이 있다는 서평지 『뉴욕 타임스 북 리뷰』의 편집장이다. "끝까지 읽지 못한 책, 한 번도 손에 든 적이 없는 책, 마음에 안 든 책, 읽다가 방 저쪽으로 던져버린 책들" 얘기가 주르륵 펼쳐진다. 책의 내용은 심각하지 않다. 한가한 오후에 가볍게 읽기 좋다. 조너선 프랜즌은 밀란 쿤데라의 『참을 수 없는 존재의 가벼움』이 과장된 평가를 받았다고 생각하고, 작고한 작가 중에서 카프카를 만나고 싶다고 말한다. 존 어빙은 침대에서는 절대 책을 읽지 않고, 드루 길핀 파우스트는 모든 장소에서 책을 읽는다. 줌파 라히리는 다음에 읽을 책으로 안토니오 타부키의 에세이를 꼽는다. 작가들이 만나고 싶거나, 무인도에 갖고 가고 싶은 책의 저자로 가장 많이 꼽은 이는 셰익스피어다. 픽션 작가나 논픽션 작가를 막론하고 시를 많이 읽는다는 사실은 놀랍다. 작가들은 한결같이 풍자 정신과 유머의 가치를 높이 산다. 작가들은 어떤 작가의 책을 읽는가. 나도 궁금하다. 인터뷰 명단에 리처드 도킨스, 이사벨 아옌데, 에이미 탄, 조이스 캐럴 오츠, 줌파 라히리, 알랭 드 보통, 재레드 다이아몬드, 이창래 등이 포함되어 있다.

#가볍게_읽기에_좋은_책

독서인간

차이자위안 · 김영문 옮김 · 알마 · 2015년 9월

띠지의 핵심 목표는 오직 한 가지다. 바로 독자에게 왜 이 책을 사야 하는지 알려주는 일이다.

정확하네! 그래서 너무 노골적으로 사심을 드러낸 문구가 쓰인 띠지를 보면 책을 읽기도 전에 눈살이 찌푸려진다. 우아하게 진심을 드러내는 것, 책도 사람도 그게 어려운 일이다.

한 권의 아름다운 책은 언제나 전체 디자인을 통해 완벽하게 책의 내용을 전달한다. 재질의 어우러짐, 컬러의 운용, 종이의 품질, 서체의 선정, 삽화의 품격을 비롯한 모든 것들이 아름답고 조화롭게 통일을 이룰 수 있어야 한다.

어떤 책은 너무나 아름다워 읽기 전에 압도당한다. 아름다움의 필수 요건이 '내용'임은 말해 뭣하랴. 작가는 책 속에 흐르는 '피의 성분'을 결정한다. 어떤 책은 내게 곧바로 수혈돼, 내 피의 한 부분을 이룬다.

지적인 인간은 많지만, 지적이며 동시에 아름답기까지 한 인간은 드물다. 책 역시 마찬가지다. 이 책은 우아하고 아름답고 지적이다. 지식을 드러내되 펼쳐 자랑하는 게 아니라, 우아하게 있어야 할 자리에 '놓는' 것. 그것이 관건이겠지.

무로부터의 우주

로렌스 크라우스－박병철 옮김－승산－2013년 10월

쓰레기 분리수거 날이다. 아내의 애교 섞인 부탁으로 분리수거를 마친 뒤 교정지를 싸들고 문발동 '커피발전소'로 나간다. 나는 어디에서 와서 어디로 가는가. 죽고 사는 것, 생명을 얻어 태어나는 것, 늘 이런 근원적인 것에 대한 의문을 품고 산다. 내가 '나'로 태어나 산다는 것은 어마어마한 우연이 만든 결과일 텐데, 그 우연이 왜 하필 '나'에게 일어난 것일까?

로렌스 크라우스의 『무로부터의 우주』를 여러 번에 걸쳐 읽는다. 첨단물리학에 대한 이해가 부족한 탓이고, 무의식의 영감을 자극하는 바가 있기 때문이다. 우주는 왜 텅 비어 있지 않고 무언가로 채워져 있는가? 애초 우주는 어떤 물질도 존재하지 않고, 전체는 진공 상태였다. 무無다. 이때의 무는 양자적 진공 상태를 가리킨다. 아무것도 없는 텅 빈 상태에서 초고온, 초고밀도의 빅뱅이 일어나며 가스 구름 속에서 별과 은하들이 탄생한다. 무無에서 유有가 생성된 것은 무가 불안정하기 때문. 빅뱅 시점, 현재, 그리고 1조 년 뒤의 미래에는 수소와 헬륨, 헬륨보다 무거운 원소 비가 달라진다고 한다. 열핵융합 직후, 다시 말하면 "1초 이내에 풍부한 양의 양성자와 중성자, 그리고 복사에너지가 핵융합을 일으켜 중수소와 헬륨, 리튬 등 가벼운 원소"를 만든다. 별들은 수소를 태워서 헬륨을 만든다. 따라서 "수소와 헬륨의 비율을 관측하면 별이 존재해온 기간의 상한선"을 알 수 있다. 지금 이 찰나에도 우주는 팽창하는데, 그 속도가 가파르게 올라간다. 물리학자나 천문학자들에 따르면, 우주는 무無에서 와서 무無를 향해 나아가고, 인류는 "우주적 시간 스케일에서 볼 때 매우 특별한 시기"를 살아가는 중이다.

오직 두 사람

김영하 · 문학동네 · 2017년 5월

　서점 주인이 도쿄로 출장을 가서, 오늘 하루 위트앤시니컬 신촌점에서 아르바이트를 했다. 신미나, 문보영, 안미옥, 오은 시인이 함께했다. 책 뒷면에 있는 바코드를 찍어 금액을 확인하고 결제하는 일. 퍽 재미있었다. 나는 김영하의 신작 『오직 두 사람』을 샀는데, 스스로 바코드를 찍고 신용카드로 결제한 후 가방에 넣었다. 이렇게 신기할 수가! 내가 직접 계산해서 가진 첫 책이자 아마도 마지막 책일 김영하의 『오직 두 사람』!

　밤늦게 집에 와서 표제작을 단숨에 읽고 좀 놀랐다. 김영하 작가에게 무슨 일이 일어난 거지? 나는 분명히 그가 '변태'했다고 느꼈다. 모든 면에서 조금씩, 달라졌다. 훨씬 좋은 쪽으로. 똑똑하고 재치 있는 이야기꾼에게 '섬세함'과 '여유'가 생기니 소설이 그윽해졌다. 날마다, 해마다, 꾸준히 성장하는 작가들에게 경의를!

　(사족: 아르바이트를 한다고 SNS를 통해 알렸더니 찾아와주신 독자분들, 감사합니다!)

타인을 앓다

강유정 – 민음사 – 2016년 6월

시골에서 상경해 어린 시절을 보낸 서울 청운동의 청운문학도서관에서 문학 강연을 했다. 청운문학도서관은 근사하고 아담한 한옥인데, 윤동주문학관 바로 아래에 있다. 작은 화단에는 작약꽃과 꽃 진 영산홍이 있었다.

강유정의 『타인을 앓다』는 주목할 만한 작품을 내놓는 젊은 소설가들을 다룬 문학평론집이다. 제목을 무심코 '타인을 잃다'라고 오독한다. '잃음'와 '앓음'의 차이. 타인을 앓는다는 것은 무엇인가. 그것은 공감 능력을 말하는 듯하다. 인간이 인간일 수 있게 하는 것은 도덕과 윤리 따위일 텐데, 그 기반은 타인을 공감할 수 있는 능력이다. 타인의 슬픔을 슬픔으로, 타인의 고통을 고통으로 받아들이고, 공감할 수 없다면 그건 사람이 아니다. 강유정은 염승숙, 조해진, 황정은의 소설들을 읽으며 이 '공감의 능력'에 대해 따진다. "결국, 지금 여기의 젊은 작가들이 구현해낸 공감의 서사는 문학의 오래된 효용인 간접 체험과 연민을 넘어선 어떤 선언이자 삶의 태도이다. 플롯에 기반한 카타르시스적 결별과 망각이 공감의 목적이었다면 타인을 앓는 공감은 결국, 이 지독한 세상이 그럼에도 살만한 가치가 있음을 보여주는 안타까운 전언이기도 하다." 맨 앞자리에 실린 「타인을 앓다」는 평론집 전체를 아우르는 '기조강연基調講演' 같은 평론이다.

사는 게 뭐라고

사노 요코 — 이지수 옮김 — 마음산책

사노 요코는 오래전『100만 번 산 고양이』라는 그림책으로 먼저 알게 된 작가다. 최근 출간되는 그녀의 책들에는 사는 거 별게 아니다, 죽는 것도 별게 아니다, 열심히 하는 것도 부질없다는 식의 메시지를 담고 있다. 요새 말로 '쿨한 자세'다. 살고 죽는 것, 별게 아니라고 자꾸 말하는 이유는 너무나 별거이기 때문 아닐까? 두려워서 축소시켜보려는 마음. 대상을 모를 때 생기는 감정이 공포니까. 알고 보니 별거 아니더라는 그녀의 마음은 그래서 위로가 된다. 하지만 그녀도 죽음 앞에서는 두려웠을 것이다. 그래서 더 담담한 말투로 썼겠지.

죽어본 사람 손들어보세요? 내가 외치면, 지구에서 손을 드는 사람은 투명한 팔을 가진 귀신들뿐. 알 수 없어서, 나는 또 어두워집니다.

(사족: 나만 모르고 있었나? 사노 요코가 다니카와 슌타로의 부인이었다는 것! 내가 이 사실을 여기에 쓰면 누군가가 또 놀라겠지? 그러나 이혼했다고 합니다.)

June

June

우리는 이렇게 살겠지

신용목 – 난다 – 2016년 7월

한반도 남쪽에 닥친 가뭄으로 저수지마다 물이 말라 바닥을 드러내어 다들 걱정이다. 오늘은 비가 좀 오려나? 진화로 이끈 자연선택이 노화와 죽음에는 전혀 손을 못 쓴다고 한다. 늙으면 자연 선택이 더이상 작동하지 않기 때문이다. 그 결과 만년에 세포를 손상시키고 신체 유지를 방해하는 돌연변이가 쌓인다. 암 따위의 질병은 이 돌연변이가 누적된 결과다. 늙으면 마음은 굴뚝같아도 몸이 마음을 따르지 못한다. 그러니 일이건 놀이건 젊었을 때 더 열심히 해야 한다!

신용목의 『우리는 이렇게 살겠지』는 원고지 서너 장 분량의 짧은 산문 모음집이다. 가끔 비범하다. "이 세상에 산 적 없는 이의 괴로운 자서전을 따라 내 생이 채워지는 기분이다." 언젠가 이런 기분을 느꼈던 적이 있는 듯하다. 가끔 날카롭다. 카메라를 "순간의 사물함"이라고 무심코 쓰거나, 혹은 "정작 신발은 가보지 않은 곳 때문에 낡아간다"라고 쓸 때. 아주 가끔 평이하다. "네가 사랑에 실패한 것이 아니라, 사랑이 너에게 실패한 것이다"라고 쓸 때. 그러나 사랑에 대해 쓸 때 대체로 그의 문장은 감미롭고 돌연 깊이를 얻는다. "사랑은 스스로 고통이면서 고통 아닌 것을 비추는 비밀스러운 빛을 가지고 있다"라고 쓸 때.

사과에 대한 고집

다니카와 슌타로 · 요시카와 나기 옮김 · 비채 · 2015년 4월

방금 지은 패러디 시.

"멀리서 봐야 예쁘다. '특히' 네가 그렇다."

가까이서 보면 모든 게 괴물처럼 보인다. 컵도, 개미도, 사탕도, 꽃도. 그중 사람이 제일 징그럽다. 무엇이든 적당한 거리를 유지하는 게 중요하다. 가깝다는 것은 흔해진다는 것, 나아가 하찮아진다는 것, 급기야 싫어지거나 무시할 위험이 많아진다는 것이다. 내 SNS 계정 메인에 올려놓은 문장은 이거다. "좋아한다는 것은 존중한다는 것이다." 좋아한다고 말하면서 서로 전혀 존중하지 않는 사람들이 얼마나 많은가? 좋아서 함께 다녔으면서 새로 사귄 친구보다 귀하지 않게 여기는 친구들, 좋아서 가족을 이뤘으면서 남보다 막 대하는 부부들, 피는 물보다 진하다면서 천덕꾸러기 취급하고 서로 이겨먹으려 드는 가족들. 솔직해지자. 사람은 좋아하는 것에 쩔쩔매게 되어 있다. 정말이다. 좋아한다는 것은 '당신'이라는 존재가 내게 결코 쉽지 않다는 얘기, 어려운 존재라는 얘기다. 곁에 있는 사람이 어려운가 생각해보라. 만만해서 막 대하는 편이라면 그 사람을 '정말' 좋아하는 게 아니다. 좋아하면 존중할 수밖에 없다니까?

사람이 사람을 존중하는 일이 얼마나 어려운데. 얼마나 어려운데! 종일 미친 사람처럼 '얼마나 어려운데!'를 중얼거리고 있는 나. 정좌하고 『사과에 대한 고집』을 읽기로 한다. 「이것이 제 상냥함입니다」의 첫 연은 이렇다. 좋다.

창밖의 새잎에 대해 생각해도 돼요?/ 그 배경에 있는 푸른 하늘에 대해 생각해도?/ 영원과 허무에 대해 생각해도 될까요?/ 당신이 죽어가고 있을 때

담배를 든 루스

이지 – 웅진지식하우스 – 2016년 6월

6월로 접어든 지 이틀째다. 늘 변함없는 일상이다. 날마다 책을 읽거나 책상에 엎드려서 두더지가 굴을 파듯이 무언가를 쓰고, 오후에는 산책에 나선다. 지난 4월 서울을 떠나 새 둥지를 튼 파주는 숲이 많아서 더 마음에 든다.

이지의 『담배를 든 루스』는 제7회 중앙장편문학상 당선작이다. 지난해 12월 증평의 21세기문학관에 레지던스 작가로 머무를 때 안면을 익힌 작가의 소설이다. '이지'는 필명이다. '날씨연구소'라는 기묘한 이름의 술집, 이 "명목상 요식 업체"를 중심으로 모이는 인간 군상 묘사와 더불어 방 구하기와 시급제 일자리 구하기, 그리고 현대 연애의 풍속사가 펼쳐진다. 대중문화, 컨템퍼러리 음악과 미술들, 인문학에 대한 관심이 두드러진다. 청춘의 풍속사와 문화적 기호들이 어우러지는데, 문화적 이미지의 차용은 작가의 관심과 취향이 어디에 있는가를 드러낸다. 뒤라스, 쇠라, 호퍼, 모네, 피카소, 마티스 같은 예술가들, 피터 휴잇, 레니 에이브러햄슨, 페데리코 펠리니 같은 영화감독들, 루 리드라는 1960년대 미국 언더그라운드의 리더, 전자양, 공기공단, 요조, 마마스 앤 파파스의 노래들, 나보코프의 『롤리타』, 장 보드리야르의 『사물의 체계』, 미르치아 엘리아데의 『샤마니즘』, 찰스 부코스키의 시, 발터 벤야민의 『일방통행로』, 디에고 벨라스케스의 그림 〈시녀들〉. 이런 기호들이 젊은 작가의 서사 표면에서 미끄러지면서 춤을 춘다.

#아는_계_많은_작가의_책

지중해의 영감

장 그르니에 · 함유선 옮김 · 한길사 · 2009년 7월

운다는 것은 바라는 게 있다는 거다. 무얼 바라 나는, 여기에 이 모습으로 있을까. 한동안 눈물이 없었는데 요새 부쩍 운다. 설마 갱년기가 벌써 온 건 아니겠지? 눈물을 닦고 책을 읽는다. 울적할 때 책만큼 위로를 주는 게 없다. 아무것도 물어보지 않고, 다만 그쪽의 이야기를 들려주는 책. 슬플 땐 실컷 울고 나서 잠들기 전까지 책을 읽는다. 오랜 버릇이다. 이야기가 슬픔을 덮는 담요가 되어준다. 무엇보다 책 속에 등장하는 인물의 시선이 나를 정면으로 응시하지 않는다는 사실이 편하다. 책을 펼치는 일은 다른 세계를 '몰래' 들춰보는 일.

장 그르니에의 『지중해의 영감』을 읽다 잠시 멈춘다.

다리를 건너가면서 한 여자가 한 남자에게 말을 한다(그들은 둘 다 매우 젊었다. 하지만 여자가 남자보다 좀 더 젊은 것 같다).
"우리 함께 죽을까, 어떻게 할까?"
이 말을 결코 이해하지 못할 만한 사람들이 있다. 아주 진지한 한마디 말이 말로 되어 나올 수 없는 그런 고장들이 있다.

공간이 사람을 움직인다

콜린 엘러드 – 문희경 옮김 – 더퀘스트 – 2016년 10월

더운 날씨에 남해안 해수욕장이 개장을 한다는 소식. 이제 여름이 펼쳐지는 것이다. 콜린 엘러드의『공간이 사람을 움직인다』는 공간과 사람 마음의 관계를 살피는 신경건축학 책이다. 인류는 공간을 설계하고 만들며 살아왔다. 물론 그것은 생존의 필요에 부응해 생물학적 토대를 구축하는 행위지만, 이 공간/장소들은 우리 감정을 조정하고 움직임에 규칙성을 부여하며 종교적인 체험으로 이끈다. 서른 몇 해 전 유럽 여행에 나서서 유럽의 웅장한 성당 건축물들을 바라보며 한 가지 의문을 품었다. 도대체 인간들은 왜 이토록 웅장한 건축물에 집착했을까. 그것은 죽음에 대한 무의식의 공포를 넘어서기 위함이 아닐까. "최초의 인류가 건축물을 지으려한 이유는 인간의 유한성을 인식한 데 대응하기 위해서이고, 이런 원시 건축물은 죽음과의 원초적 투쟁의 표현"이라는 문장은 그런 추측을 뒷받침한다. 건축물은 "지각 방식을 변화시키고 성스러운 우주와의 관계를 다시 평가하게 하고, 내세를 약속해 두려움을 누그러뜨리고", 오랜 시간이 흐른 뒤에도 "우리의 행동에 영향을 끼치도록 설계"된다. 신경과학에 따르면 인간은 장소/공간에 기대어 생존 가능성을 높이고 생각과 기억의 틀을 갖추는 한편, 감정과 신체를 보호하고 저마다 고유한 자아를 만들며 키운다.

#신경건축학_책

사피엔스

유발 하라리 — 조현욱 옮김 — 김영사 — 2015년 11월

JJ가 꼭 읽어보라고 책상에 두고 간 책, 『사피엔스』를 읽기 시작. 삐딱한 자세로 읽다, 굉장히 흥미로워 자세를 바로잡고 몰두해 읽었다.

가부장제는 너무나 보편적이기 때문에, 우연한 사건에 의해 촉발된 모종의 악순환의 결과일 수가 없다. 심지어 1492년 콜럼버스의 미 대륙 상륙 이전에도 미 대륙과 아프로아시아의 대부분이 가부장제 사회였다. 이전 수천 년간 두 대륙이 전혀 접촉하지 않았는데도 말이다. 만일 아프로아시아의 가부장제가 우연히 발생한 것이라면, 아즈텍과 잉카는 왜 가부장제란 말인가? '남자'와 '여자'의 정확한 정의가 문화마다 다를지라도, 거의 모든 문화가 여성성보다 남성성을 가치 있게 여기는 데는 모종의 보편적인 생물학적 이유가 존재할 가능성이 매우 크다. 그 이유가 무엇인지 우리는 모른다. 수많은 이론이 있지만, 설득력이 있는 것은 없다.

저자는 이에 대한 세 가지 이론을 제시한다. 물론 나도 오래전부터 생각해온 내용이다. 모두 허점이 있고 완벽한 근거가 될 수 없다. 그러나 한두 가지의 이유겠는가? 복합적인 이유와 필요에 의해 '젠더의 차이'가 발생한 거겠지. 생각해볼 거리가 풍부하다. 엄청난 몰입을 이끌어내는 책.

시적 정의

마사 누스바움 – 박용준 옮김 – 궁리 – 2013년 9월

뉴욕에서 태어난 법철학자, 정치철학자, 윤리학자인 마사 누스
바움의 『시적 정의』에는 "문학적 상상력과 공적인 삶"이라는 부제
가 딸려 있다. 공적 삶에서 정의가 실현되는 데 시적 상상력과 정의
가 얼마나 중요한지를 느끼게 한다. 시가 정의를 고양시키는 데 어
떤 역할을 할 수 있을까? 공상과 공감 능력에 토대를 두는 시적 지
혜가 깃들지 않은 법과 정의는 죽은 것이다. 마사 누스바움은 월트
휘트먼의 저 유명한 시집 『풀잎』에 기대어 사유의 지평을 펼친다.
시인은 어둠 속에서 빛을 보고 빛 속에서 어둠을 보고, 볼 수 없는
것을 보고 말할 수 없는 것을 말한다. 시인은 "다양성의 중재자"이
고 "자신의 시대와 영토의 형평을 맞추는 자"로 우뚝 선다. 시인은
논쟁자가 아니라 가장 공정한 재판관이다. 따라서 시인은 재판관
이 재판하듯이 판단하지 않고, 오직 "태양이 무기력한 것들 주변에
떨어지듯 판단한다". 시적 지혜를 통한 판결은 태양이 만물에 빛을
비추는 듯 공정하며, 가혹하고, 따뜻하다. "태양이 사물에 내려와
비출 때, 모든 켜와 결을 비추며, 어떤 것도 감추어지지 않고, 그 어
떤 것도 인식되지 않은 채로 남겨두지 않듯이 말이다." 법철학자가
시적 상상력에 관심을 갖고 탐구한 것은 이례적인 일이다. 이것이
"우리와 동떨어진 삶을 살아가는 타인의 좋음에 관심을 갖도록 요
청하는 윤리적 태도의 필수적인 요소"로 보았기 때문이다.

고종석의 문장 1

고종석 · 알마 · 2014년 6월

오늘 후배 시인 희연이의 결혼식에 가지 못했다. 어젯밤에 손님들이 오셔서 요리와 청소를 하고, 새벽까지 깨어 있었더니 몸이 천근만근. 희연이에게 무척 미안했지만, 미나 언니에게 축의금 전달을 부탁하고 정오까지 침대에서 못 일어났다. 결국 일어나 엄청난 양의 설거지를 한 다음, 다시 또 누웠다.

오후엔 고종석의 『고종석의 문장 1』을 다시 읽었다. 글쓰기 기법보다 시시콜콜한 이야기들이 더 재미있다. 읽다가 발견한 사실! 책 뒤쪽에 실린 '고종석과 함께하는 작문 수업'이란 꼭지를 보면 실전 예문으로 학생이 쓴 글을 평가한 게 나온다. 그런데 예문을 쓴 학생의 이름이 '임경선'이다. 『태도에 관하여』를 쓴 그 임경선 작가가 맞나? 임경선 작가가 고종석 작가의 수업을 들은 적 있던 걸까? 일본 유학 생활 이야기가 나오는 것을 보니 맞는 것도 같은데, 잘 모르겠다. 또하나 새로 알게 된 사실. 에밀 아자르의 『자기 앞의 생』의 원제가 '여생'이라는 뜻이란다. 정말? '남아 있는 생'과 '자기 앞의 생'은 확연히 다른데. 어쩌면 가즈오 이시구로의 소설 『남아 있는 나날』과 제목이 비슷해서 피했을지도?

불순한 언어가 아름답다

고종석 – 로고폴리스 – 2015년 8월

서울 삼성동 코엑스몰 중심에 '신세계'가 대형 무료 도서관을 열었다. '별마당 도서관'은 5만여 권의 책과 600여 종의 최신 잡지와 전자책 시스템을 갖춘 서울의 새로운 명소다. 저녁 7시 도서관 개관에 맞춰 기념 강연자로 초대를 받았다.

백팩에 고종석의 『불순한 언어가 아름답다』를 넣고 나온다. 고종석이 절필중일 때 한 강연을 책으로 엮은 것이다. 고종석은 '언어와 세계' '섞임과 스밈' '언어와 역사' '번역이라는 모험'이라는 주제로 네 번에 걸쳐 언어학 강의를 한다. 언어란 무엇인가에서 시작해 소쉬르의 현대 언어학, 촘스키의 변형생성문법을 거쳐, 번역 문제까지 언어와 관련된 역사, 철학, 사회학에 대한 광범위한 지식을 거침없이 토해낸다. 어렵기 짝이 없는 언어학도 입담으로 풀어지니 알아들을 만하다. 언어는 소리와 심리적인 개념의 결합체다. 시니피에와 시니피앙을 결합한 기호체계가 언어라는 것. 소쉬르의 말로 옮기자면 "개념과 청각영상이 결합해서 언어기호"를 만든다. 옛날에 한국어가 '우랄-알타이어족'이라고 배운 기억이 나는데 새로운 언어학에서는 이것을 부정한다. 고종석은 한국어를 '고아언어'라고 규정한다. 언어학자 김방한의 "알타이어가 들어오기 전에 한반도에서 쓰이던 원시 한반도어가 있었고, 그 위에 알타이어가 들씌워져 만들어"졌다는 주장을 소개한다. 책을 읽으며 고종석이 소설가이자 에세이스트일 뿐만 아니라 매우 박식한 언어학자라는 확신을 갖게 한다.

바람이 우리를 데려다 주리라

포루그 파로흐자드 — 신양섭 옮김 — 문학의숲 — 2012년 8월

창작하는 사람에게 있어 '행복한 기분'은 액세서리 같은 거다. 과하면 망한다. 요새 망할 일이 없다. 좋은 거지. 좋다. 좋다니까?

내 작은 나무는/ 바람을 사랑했네/ 정처 없는 바람을/ 바람의 집은
어디인가/ 바람의 집은

그러게 바람의 집은 어디일까? 얼굴 위에 부는 바람은 내 얼굴이 집이겠지. 내 콧구멍, 내 입속, 내 눈, 내 귀.

「녹」이란 시에 "나무는 얼굴이 어디일까" 쓴 적 있다. 시 쓰기란 열리지 않는 문 앞에 서서 무수히 많은 '언어의 열쇠'를 물어다놓는 일. 하릴없이 날아오르는 새들의 뒤에 서는 일.

파주는 아름답다. 도시와 전원이 고루 섞여 있어 복잡하지 않고, 단순하고 푸르고 세련된 느낌. 모퉁이를 돌 때마다 붉은 장미가 봄의 치맛자락처럼 팔락인다. 꽃들 다 지고 이파리들이 맹렬하게 초록으로 몸 바꿀 때 활짝 피어나는 장미. 독보적인 봄의 치마.

사랑에 관하여

뤽 페리 – 이세진 옮김 – 은행나무 – 2015년 7월

비! 비! 오랜만에 빗방울이 후드득 떨어지며 메마른 대지를 적신다. 종일 집에 있다가 저녁 무렵 검정 우산을 들고 밖으로 나왔다. 문발동 커피발전소에 들르니 문을 닫는 중이다. 카페 주인이 현충일이라 일찍 문을 닫는다며 미안해한다.

사랑에 관한 책들은 많고, 책들에서 말하는 사랑의 색깔은 다양하다. 뤽 페리의 『사랑에 관하여』는 사랑을 지배하는 네 가지 대원리에 대해 설명한다. 사랑은 우주적 원리, 신학적 원리, 인본주의의 원리, 해체의 원리에 지배된다는 것. 인류는 이 원리를 거쳐서 다섯번째 단계, 좋은 삶은 사랑하는 삶, 사랑 안의 삶이라는 새로운 다섯번째 원리로 들어선다. 사랑은 사회 변화와 더불어 그것을 둘러싼 개념들을 바꾼다. 사랑은 그 표면에서 바글거리는 가치, 의미, 풍속이 달라지는 것. 물론 이것은 꽤 긴 세월에 걸쳐 이루어지는 변화다. 지금 우리 사랑은 신성화의 탈을 벗고 탈속화로 나오는 과정에 있다. 사랑을 신성화하던 시대에는 사랑을 위해 죽는 일이 드물지 않았지만 사랑이 세속화된 시대로 들어서며 그런 생각은 옅어졌다. 신화 속에서 사랑은 '신'이거나 신의 육화였으니 사랑은 숭고한 것과 동일시될 수 있었다. 오늘날 속화俗化된 사랑은 더이상 신성한 의미의 매개가 되지 못한다. 따라서 헌신짝처럼 쉽게 버려지고 잊히는 게 오늘의 사랑이다.

바다와 독약

엔도 슈사쿠 · 박유미 옮김 · 창비 · 2014년 2월

종일 비. 빗소리를 베고 내내 잤다.

저녁때 겨우 일어나 JJ와 동네 레스토랑에 가서 햄버그스테이크
를 먹고, 후식으로 커피를 마시며 『바다와 독약』 앞부분을 조금 읽
었다.

바람이 일어난다! 살아야겠다! ^{폴 발레리 시선}

폴 발레리 – 성귀수 옮김 – 아티초크 – 2016년 8월

집 건너편 건물 옥상에 붉은 장미꽃이 피어 있다. 책을 읽다가 가끔 창밖의 장미꽃 핀 풍경을 쳐다본다. 눈의 피로를 덜기 위함이다. 6월의 빛, 바람, 장미꽃을 보고 느낄 때 돌연 기분이 좋아진다.

『해변의 묘지』를 처음 읽은 것은 스무 살 무렵이다. 평론가이자 불문학자인 김현이 번역한 것이다. 마흔 해 지나 후배 시인 성귀수가 번역한 폴 발레리의 『바람이 일어난다! 살아야겠다!』를 다시 읽는다. 그토록 읽었건만 시 구절들은 어슴푸레할 뿐이다. 화염이 정오를 짠다는 구절, "드높은 정오, 움직임 없는 정오"는 생생하다. "금빛의 어둡고 앙상한 불멸이여,/끔찍한 불멸의 월계관을 쓴 위로자여,/죽음에서 모유를 짜내고/화려한 거짓과 경건한 술수를 꾸미는 자여!" 같은 유명한 구절조차 낯설고 새롭다. 발레리의 시가 "512행 분량의 장시든 8행의 짧은 시든, 섬세한 계산의 망網에 걸쳐진 모든 이미지들이 암시暗示와 명시明示의 출렁이는 게임을 벌이고 있다. 따라서 음절과 어휘, 구문을 관통하여 뜻과 소리를 함께 옮기는 노력을 다해야 한다"라고, 성귀수는 쓴다. 프랑스어 기초 교재를 독학으로 익힐 무렵 사전을 뒤적이며 폴 발레리의 시 몇 편을 우리말로 옮겼다. 프랑스어 기본 문법을 다 배우지 못하고 불규칙 동사 활용조차 알지 못했을 때니, 만용임이 분명하다. 청년은 더러 무모한 법이다. 김현과 성귀수 번역을 원문과 대조하고 어느 쪽이 더 나은지를 판단하면 좋으련만, 그건 내 능력 밖의 일이다. 이 시집이 포함된 '아티초크 빈티지 시선'은 읽을 만하다. 아틸라 요제프의 『일곱 번째 사람』을 읽을 때는 영혼이 얼어붙는 듯했다.

남자들은 자꾸 나를 가르치려 든다

리베카 솔닛 · 김명남 옮김 · 창비 · 2015년 5월

읽다가 무릎을 치며 책장 귀퉁이를 많이 접은 책! 여자는 물론, 남자들에게 꼭 권하고 싶은 책이다. 리베카 솔닛은 경향신문에 실린 '세계 여성 지성과의 대화' 인터뷰에서 이런 말을 했다.

절망은 사람들이 아무것도 변하지 않을 것이라고 생각하는 그 시간에 존재합니다. 하지만 승리의 스토리를 관찰하고, 비폭력적인 사회 변화가 일어났던 방식을 이해하고자 배워나간다면, 희망은 자라납니다. 희망은 위험해요. 위태롭죠. 사랑과 같습니다. 로맨스 말입니다. 수많은 사람들이 상처받고 싶어하지 않죠. 아플까봐 싫어해요. 사랑도 일종의 희망이에요. 그가 날 사랑할 것이다. 내게 돌아온다. 우리는 연결되어 머물 거야. 그러면서도 늘 위태위태하죠. 상대편이 죽을 수도 있고, 다른 이에게로 떠날 수도 있어요. 그래요. 희망 또한 위험 속에 놓여 있습니다. 하지만 반대로 사랑 없는 그곳에는 사랑이 없다는 위기가 도사리고 있어요. 희망이 없는 그곳엔 희망의 위기가 있습니다. 희망의 위험은 한번 보듬어볼 가치가 있다고 생각합니다.

희망이 없는 곳엔 '희망의 위기'가 있다는 말!

미래는 어둡고, 나는 그것이 미래로서는 최선의 모습이라고 생각한다.

리베카 솔닛이 책에서 인용한 버지니아 울프의 이 문장을 수첩에 적어놓고, 오래 생각했다. 정말 그러네. 어두운 게 최선일 수도. 미래는 아직 오지未 않은未 무엇이니까.

쇼코의 미소

최은영 – 문학동네 – 2016년 8월

한 달여 동안 붙잡고 있던 교정지를 손에서 털어냈다. 교정지를 편집자에게 넘기니 어깨가 가벼워진 느낌이다. 오스카 와일드는 "상상력은 세상을 비추는 빛"이라고 말한다. 상상력으로 우리는 더 많은 것을 보고 느끼며 더 큰 존재로 도약할 수 있었다. 상상력은 작가에게 필수적인 재능임을 최은영의 『쇼코의 미소』를 읽으며 실감한다. 2013년 등단한 작가의 첫 창작집을 다시 꺼내 읽는데, 줄거리가 가물가물하다. 표제작 「쇼코의 미소」는 중편이다. "나는 차가운 모래 속에 두 손을 넣고 검게 빛나는 바다를 바라본다. 우주의 가장자리 같다." 첫 문장이 전두엽에 내리꽂히는 듯하다. 비범하다. 다른 시공의 두 사람이 교감하는 이야기를 잘 빚어냈다. 열일곱 살에 만난 두 소녀가 서른 살의 여성으로 성장하면서 겪는 공감과 유대의 드라마다. 아버지 없는 가정에서 할아버지와의 정서적 유대 속에서 성장한 쇼코와 소유, 두 여주인공은 동질의 운명에 공감하며 시공을 뛰어넘는 연대감을 만든다. 한국과 일본이라는 환경 속에서 두 여성이 엇갈리고 겹치면서 우정을 쌓는다. 작중인물이 처한 현실과 정서의 흐름이 드러나고, 서사의 부피가 늘어나며 시공의 볼륨이 커진다. 신인 작가가 이만한 작품을 내놓으려면 얼마나 오랫동안 문장을 갈고닦았을까! 다음에 펼쳐질 '최은영의 세계'가 궁금해진다.

#타임의_역작인_책

그때 그곳에서

제임스 설터 · 이용재 옮김 · 마음산책 · 2017년 6월

제임스 설터의 여행 산문집 『그때 그곳에서』가 나왔다는 소식을 들고 구입해 읽다가 책을 내려놓고 이 일기를 쓴다. 이유는 모르겠지만 내가 아는 설터의 글이 아닌 것 같다. 표지도 아름답고, 편집도 훌륭하다. 그러나 읽는 내내 (무언가) 납득이 되지 않는다. 문장과 문장 사이가 스타카토처럼 끊어지고, 설터 특유의 감수성이 문장에 묻어나지 않는다. 마치 알파고가 번역한 것 같다고 할까. 울고 싶은 심정이 되어 얼른 '옮긴이의 말'을 읽어봤다. 이럴 수가. 번역가의 문장과 이 책의 문체가 똑같다(당연한 얘긴가?). 결국 번역은 어쩔 수 없이 원작자의 문체와 번역가의 문체가 섞일 수밖에 없는 어려운 작업이란 얘긴데, 이 산문집은 원작자보다 번역가의 향기가 강해서 설터의 기운(?)을 거의 느낄 수 없었다. 갖고 싶은 보석이 들어 있는 보석함을 받았는데, 열어볼 수 없다는 선고를 받은 기분이다. 아무래도 나는 박상미 번역가가 번역한 제임스 설터의 소설 『가벼운 나날』과 『어젯밤』에서 내가 기대하는 진짜 설터를 만났던 모양이다. 이 산문집의 번역가를 탓하려는 마음은 없다. 번역가도 나름대로 최선을 다했을 것이다. 그러나 마음이 아픈 것은 어쩔 수 없는 일. 번역가는 작가의 목소리를 대신 내어주는 사람이다. 더빙 영화의 성우의 역할을 생각하면 비슷한 구석이 있을까? 어떤 영화는 내가 아는 배우의 원래 목소리와 성우가 더빙한 목소리의 간극이 너무 커 집중하기 어렵기도 하니까. 이 간극이 적거나, 있어도 나름의 매력을 갖추는 게 관건이리라.

슈퍼제너럴리스트

다사카 히로시 – 최연희 옮김 – 싱긋 – 2016년 7월

아침 일찍 가까운 숲쪽에서 뻐꾸기 울었다. 날은 화창하고 기분은 상쾌하다. '한빛비즈'의 조상무와 스타트업 창업경영 전문가로 활동하는 이정규 박사가 파주에 와서 함께 담소를 나누며 점심식사를 했다.

다사카 히로시의 『슈퍼제너럴리스트』는 가볍게 읽을 만한 책이다. 21세기가 요구하는 슈퍼제너럴리스트, 즉 여러 지성을 "수직통합한 인재"상을 제시하고, 그에 도달하는 방법론을 제시한다. 어째서 고학력자에게서 깊은 지성을 느낄 수 없는가. 이 도발적 물음이이 책의 시작점이다. 히로시는 고도 지식 사회로 들어서면서 잡다한 지식만으로는 부족하고 "통합의 지성"을 갖춰야 한다고 말한다. "지성을 연마하라!" 그렇다면 지성이란? 그것은 "좀처럼 답을 찾을 수 없는 물음에 대해 결코 포기하지 않고 그 물음을 계속 물어나가는 능력"이다. 거기에 수직통합의 사고를 더하라. 히로시는 일곱 가지 지성을 두루 갖추라고 권한다. 갈고닦아야 할 일곱 가지 지성은 "사상, 비전, 뜻, 전략, 전술, 기술, 인간력" 등이다. 이 일곱 가지 레벨의 지성을 갖춰야 비로소 '해석의 지성'을 넘어서서 '변혁의 지성'으로 거듭날 수 있다는 것.

최동수 장인의 기타, 그 모든 것

최동수 · 호미 · 2017년 6월

출판편집자와 점심 약속이 있어 JJ와 서울에 나왔다. 파주로 들어가기 전에 박지웅 시인을 만나 호미출판사에 들렀다. 박지웅 시인이 도서관 강의가 있는 날이라 저녁은 먹지 못했고, 차 한잔을 마시며 얘기를 나누었다. 최근 나온 책이라고 『최동수 장인의 기타, 그 모든 것』을 받아왔다. 꽤 두꺼운 책인데, 편집과 레이아웃이 훌륭하다. 기타에 대해 전혀 모르더라도 이 책 한 권 있으면 든든하겠는데! 제목도 '기타, 그 모든 것'이니까.

사회학적 파상력

김홍중 – 문학동네 – 2016년 11월

동생 넷이 파주 교하 집에 와서 밥을 먹고 얘기를 나누고 돌아갔다. 김홍중의 『사회학적 파상력』은 전작 『마음의 사회학』을 워낙 좋게 읽은 터라 아무 망설임도 없이 손에 쥐었다. 책 제목을 밀스의 『사회학적 상상력』에 겹쳐 오독했다. '왜 같은 제목이지?' 하고 의문을 품었다. 1945년 8월 9일 오전 11시 2분, 일본 나가사키에 투하된 원폭을 겪은 나가이 다카시의 일화는 감동 그 자체다. 다카시는 원폭 투하의 현장에서 구조 활동을 하고, 방사선 연구를 계속하다가 죽음을 맞는다. 2011년 원전 사고로 '저선량피폭지대'가 된 뒤 후쿠시마 일대는 죽음의 땅으로 변한다. 우리는 "방사능과 죽음의 재, 혹은 핵폐기물"은 언제, 어디나 뒤덮을 수 있음을 새삼 깨닫는다. 인류는 '난간 없는 사유'의 시대에 기초적 사유범주를 다시 설정한다. 핵의 재난에서 '세월호 참사'와 주권적 우울에 대한 사유로 이어지는 것은 자연스럽다. 위험 사회에서는 다 '벌거벗은 생명'이다. 위험 사회에서 일상과 그 기억은 더욱 중요해진다. 골목길 풍경과 노스탤지어에 대해 쓴 「몽상공간론」은 곱씹어 읽을 만한 글이다. 골목길은 나와 타자를 잇는 '사이in-between'의 공간, 거주에서 이주로, 혹은 이주에서 거주로 변환을 완충시키는 지대, 이웃과 혈육이 섞이고 스미는 정의 공간, '사회적 교류의 장'이다. 골목길은 평범한 일상의 정동情動 공간, "일종의 몽상 공간"이다. 골목길 풍경은 거주 욕망을 불러일으켜서 살고 싶게 하고, 상처를 치유받는 모성적 공간으로 탈바꿈한다. 이 공간들은 불안을 잠재우고 손상을 회복해 삶의 안녕들이 항구적으로 유지되도록 돕는다.

질문의 책

파블로 네루다 · 정현종 옮김 · 문학동네 · 2013년 2월

말해줄래 장미가 발가벗고 있는 건지/ 아니면 그게 그냥 그녀의 옷인지

이 어여쁜 시집은 질문으로만 이루어진 책이다. 어설픈 시인은 섣부른 답을 만들어 시에 담으려 하지만, 뛰어난 시인은 읽는 사람을 얼어붙게 만드는 질문을 '툭' 던진다. 툭! 종일 어설픈 질문 스무 개를 만들어보는 일로 소일하는 하루가 주어졌으면. 그러면 좋겠지만, 오늘은 중요한 날! 길고양이를 돕기 위해 뭉친 '상냥한 사람들'이 오랫동안 준비한 '거의쌔거전' 플리마켓이 열리는 날이다. 오전에 파주 이웃인 김상혁 시인과 잔디 부부를 만나, 우리집 앞 동에 사는 민정 언니의 귀한 소장품을 받은 후 위트앤시니컬로 출발했다. 고맙고 고마운 파주 친구들!

1시에 시작된 플리마켓은 대성공! 많은 작가와 편집자가 플리마켓을 위해 소장품을 선뜻 내주고, 판매자로 참여해주었다. 기대보다 많은 분이 물건을 사고, 우리를 응원하러 와주었다. 오후엔 고양이와 시를 사랑하는 배우 임수정씨가 소장품을 가지고 와 경매에 참여했다(나는 집에 일이 있어 하이라이트인 경매를 보지 못했다). 기부한 물건들을 사고파는 일로 바쁜 손과 발, 눈과 입. 이마와 이마. 멀리서 와준 많은 분 덕에 여러 번 뭉클했다.

우리는 서로 멀리 있었는데, 무엇이 우리를 이끌어 이마를 마주 대고 서로의 눈을 보고 서게 했을까? 내 물건이 네 물건이 되는 순간. 이래서 나는 플리마켓이 좋다! 결국 '나' 아닌 '다른 존재'의 안녕을 지키기 위해 우리가 모였다는 생각을 하니, '우리'라는 이름이 대견하고 자랑스럽다. 나쁜 사람도 많지만 좋은 사람이 조금 더 많다. 정말이다.

카뮈 – 그르니에 서한집 1932 – 1960

알베르 카뮈/장 그르니에 – 김화영 옮김 – 책세상 – 2012년 10월

파주의 집에 장모와 처남이 다녀갔다. 장모는 배낭에 냉동 고기를 잔뜩 싸왔는데, 우리 사는 집을 둘러보고 넓어서 좋다고 한다. 함께 나가 '타샤의 정원'이라는 곳에서 저녁식사를 하고 돌아왔다.

알베르 카뮈와 장 그르니에가 함께 쓴 『카뮈-그르니에 서한집 1932-1960』을 읽는다. 그르니에는 1930년 무렵 알제의 그랑 리세에서 철학을 가르쳤다. 알베르 카뮈는 그해 10월 신학기 초에 그르니에가 맡은 반의 학생 중 하나였다. 카뮈는 열일곱 살이었다. 얼마 뒤 카뮈는 학교에서 모습을 감추는데, 그의 장기 결석은 폐결핵 때문이다. 그르니에는 다른 학생을 앞세워 카뮈가 사는 가난한 동네 벨쿠르를 찾아간다. 철학 교사 장 그르니에는 알제 빈민 구역에 사는 카뮈에게서 번쩍이는 '문학 천재'를 처음 발견한다. 카뮈는 "인간의 고독과 절대에 대한 갈망"을 추구하는 작가이자 철학자인 그르니에를 따르고 존경한다. 스승과 제자로 만난 두 사람은 평생에 걸쳐 문학적 연대 안에서 두터운 우정을 쌓는다. 제자는 스승에게 입은 은혜를 평생 잊지 않고, 제 소설을 헌정하고, 그르니에의 산문집 『섬』에 서문을 썼다. 그들이 주고받은 편지는 235통. 카뮈가 쓴 게 112통, 그르니에가 쓴 게 123통이다. 두 사람이 주고받은 수많은 편지는 우정의 징표다. 안타깝게도 그 편지들 중 일부가 사라져 읽을 수 없다.

떠도는 그림자들

파스칼 키냐르 · 송의경 옮김 · 문학과지성사 · 2003년 9월

아무도 자신의 그림자를 뛰어넘지 못한다. 아무도 자신의 근원을 뛰어넘지 못한다. 아무도 제 어머니의 음문을 뛰어넘지 못한다.

옛날 노트를 펼치니, 노트에 이 구절이 적혀 있다. 어느 책인지 써놓지 않고, 그냥 '파스칼 키냐르'라고만 써놓아서 키냐르의 책들을 한참 뒤적였다. 찾았다. 『떠도는 그림자들』. 27쪽이다. 파스칼 키냐르는 어느 인터뷰에서 독서에 관해 이렇게 말한 적 있다.

독서는 참으로 이상한 경험입니다. 사람들이 독서를 싫어하는 것도 이해가 되지요. 독서는 자신의 정체성을 잃고 책 속의 다른 정체성과 결합한다는 점에서 충분히 무모한 경험이니까요. 우리는 자신이 읽고 있는 책 속에서 무슨 일이 벌어질지 알지 못하는 채로 그 세계에 뛰어듭니다. 우리의 언어가 아닌 다른 언어 속으로 들어가 태아처럼 변하기 시작하는 거지요. 전적으로 자신을 내맡기고, 어떠한 말도 하지 않게 됩니다. 독서란 한 사람이 다른 정체성 속으로 들어가 태아처럼 그 안에 자리를 잡는 행위라고 정리해둘까요. 고대인들이 다시 태어나기 위해 태아의 자세로 주검을 매장했던 것과 마찬가지지요.

그렇다. 독서는 위험을 무릅쓰고, 다른 사람의 세계로 들어가 '새로' 태어나는 행위다. 갱신, 갱신, 갱신. 독서를 하는 목적은 여러 번 새로 태어나기 위해서, 다시 말해 책읽기 전과는 조금이라도 달라진 자아를 갖기 위해 하는 행위이다. 무엇보다 중독성이 강한 짓.

광기와 문명

앤드루 스컬 – 김미선 옮김 – 뿌리와이파리 – 2017년 4월

배와 등 쪽으로 띠를 두르며 발진이 생겼는데, 대상포진이다! 파주의 한 피부과에 가서 치료를 받고 약을 타왔다. 젊은 의사는 잘 먹고 잘 쉬라 한다. 집 이사를 하고 원고를 출판사에 넘기면서 무리가 있었던가.

앤드루 스컬의 『광기와 문명』은 총 706쪽에 이르는 책이다. 사회학자인 스컬은 대학원 시절 우연히 '일탈과 사회적 통제'에 관한 세미나에 참여하고, 푸코의 『광기의 역사』를 읽은 것을 계기로 고대 종교, 의학, 신화와 관련된 방대한 사료들을 꼼꼼하게 살펴 읽고 "광기의 이론과 치료법을 생생하게 개관하는" 책을 써낸다. 광기는 인류 역사 내내 있었다. 고대에는 체액의 불균형에서 광기가 생긴다고 믿었다. 광기는 "혈액이 지나치게 많으면 뇌가 과열되어 악몽을 꾸고 공포에 떨게 되고, 점액이 지나치게 많으면 생길 수" 있는 질병이라는 오해는 널리 퍼져 있었다. 광기를 둘러싼 오해와 그릇된 지식은 중세에도 공공연하게 통용되었다. 광기는 의학의 측면만이 아니라 사회적이고 문화적으로 접근해야 한다. 그것은 문학, 영화, 미술, 신앙 등 모든 부면에 나타나며, 인류 문명에 영향을 끼친 인간적 요소 중 하나이다. 광기는 문명 저편에 있는 야만의 산물이 아니라 문명 '속'에서 배태되고 나타나는 특이한 정신적 양태다. 『광기와 문명』이 "우아하고 흠 없이 완벽"한 것은 아니지만 읽을 만한 책이다. 이 책이 다루는 광기-광인-그 치료의 변천사에 관한 지식은 아주 전문적인 것은 아니다. 일반 독자도 읽고 너끈히 소화해낼 만한 수준이다.

#대상포진의_고통_속에서_읽은_책

죽음의 엘레지

빈센트 밀레이 · 최승자 옮김 · 읻다 · 2017년 6월

파주 행간과여백에서 JJ와 읻다출판사의 최성웅 대표를 만나는 중에 내 세번째 시집이 출판사에 입고되었다는 소식을 들었다. 담당 편집자인 선영이 마침 창비 본사에 있다고 해서 저자 증정본 스무 권을 받으러 갔다. JJ와 최성웅씨도 책을 처음 만나는 순간에 함께했다. 시집은 보자마자 마음에 들었다. 상상한 것보다 훨씬 좋았다. 내가 쓴 시들이 '베누스 푸디카'란 제목을 달고 책으로 묶여, 독립적으로 '실재'하는 것을 보니 기분이 묘했다. 나왔구나. 내 것이었던 시들! 이제 이 시들은 내 것이 아니다. 내게서 떨어져, 부디 잘 가렴. 독자에게로.

저녁에 '읻다'에서 주최하는 빈센트 밀레이 낭독회가 위트 앤 시니컬 신촌점에서 열렸다. JJ와 서대경 시인이 게스트로 참여해, 빈센트 밀레이 시를 읽었다. JJ는 30년 전 청하출판사 대표로 있을 때 이 시집을 만들었고, 서대경 시인은 최승자 시인이 번역한 시들의 감수를 맡은 자격으로 참여했다(30년 전에 JJ가 이렇게 훌륭한 책을 만들던 사람이라는 실감이 조금 났다).

낭독하는 시들이 좋아서 '듣다 죽어도 좋겠다'는 생각이 들었다(과장이 아니다). 오늘 나온 내 세번째 시집을 옆에 두고, 빈센트 밀레이 시를 온몸으로 받아들이는 영광!

나의 모든 생각들은 느리고 갈색이다./서 있거나 앉아 있거나/아무래
도 좋다. 어떤 가운을 걸치든/혹은 어떤 구두를 신든.

시라는 시시詩詩한 몇 줄의 위대함에 대해 생각하는 밤. 나의 모든 생각은 느리고, 갈색이 된다.

이토록 황홀한 블랙

존 하비 – 윤영삼 옮김 – 위즈덤하우스 – 2017년 4월

서울 '인생학교'의 디렉터인 유지현씨가 파주에 와서 만났다. '인생학교'에 대한 소개를 듣고 강의 제안을 받는데, '인생학교'는 알랭 드 보통이 만든 것으로 그가 강의 커리큘럼도 짠다고 한다.

존 하비의 『이토록 황홀한 블랙』은 총 578쪽에 이르는 책이다. 흑요석, 검정고양이, 까마귀, 흑단, 숯, 석탄에서 그 매혹을 드러내는 검정색! 검정색의 역사는 고대 그리스의 시각 이론에서 20세기 화가 마크 로스코Mark Rothko에 이르기까지 넓게 펼쳐진다. "검은색은 주로 인간의 삶 밖에 존재하는 공포스러운 영역을 표시하는 데 사용되었으나, 시간이 지나면서 점차 우리에게 다가왔다." 검정색은 "색도 아니다"라는 부정과 "색깔 중에서 가장 아름다운 색이다"라는 초긍정 사이에 걸쳐져 있다. 흔히 검정색은 죽음, 어둠, 공포, 죄, 부정의 상징으로 이해되고, 죽음과 사악함이라는 상징을 뒤집어쓰고 금기의 대상이 되었다. 현대로 들어서며 검정색은 미학적 황홀경 속에서 새롭게 그 의미를 드러낸다. 검정색은 성과 속 사이를 오가며 불투명과 영원의 경계를 드러낸다. 검정색은 악마·시체·뱀파이어·좀비의 색깔이며, 가장 고귀한 신성과 경배의 색으로 극단을 오고간다. 이 검정색에 대한 역사적, 미학적, 인류학적 사유의 변천사를 추적할 때 검정색이 보여주는 파노라마적인 모험은 흥미진진하다. 일요일 저녁에는 읽지 마시라! 꼬박 밤을 새우고 월요일의 오전 일정을 다 망칠 수가 있다.

#블랙의_심연을_생각하며_읽는_책

소년의 눈물

서경식 · 돌베개 · 2004년 9월

JJ는 왜 내 말을 듣지 않을까? 며칠 전부터 몸 오른쪽이 옷깃만 스쳐도 섬뜩섬뜩한 느낌이 든다고 해서 병원에 가보자고 채근했는데도, 내 말을 듣지 않았다(JJ는 미련할 정도로 아픈 것을 잘 참고 엄살이 없기 때문에 어딘가 안 좋다고 말하면, 정말 아픈 거다). 어제는 오른쪽 아랫배에 작은 수포가 몇 개 생겨(그저께 내가 먼저 발견해 땀띠 아니냐고 물었던) 내가 대상포진일지 모른다고 당장 병원에 가자고 했는데도, 말을 듣지 않았다. 오늘 아침. 결국 수포는 등뒤로 길게 번졌다. 병원에 가니 대상포진이 맞았다. 오늘 쉬어야 하는데도 그는 약속을 취소하지 않고 만나야 할 사람을 만났다. 나는 돈도 싫고 그 무엇도 싫고, 그냥 당신이 건강한 게 제일 좋다고, 제발 일 좀 줄이라고 잔소리하지만 JJ는 일을 많이 한다. 묵묵히 밭을 가는 소처럼.

면역력만큼은 강했던 사람이 대상포진에 걸리니, 가슴이 아프다. 흰머리 한 올 없이 팔팔하던 시절의 그를 기억하는데, 이제 JJ도 조금씩 늙는 게 보인다. 늙는다는 것은 죽음이 재배하는 넓은 땅에 씨앗을 파종하는 일. 그 밭이 있는지조차 몰랐던 시간도 있지만, 우리는 안다. 죽음이 점점 더 많은 씨앗을 요구할 거고, 씨앗을 발아시켜 자라게 할 거라는 사실을. 저항하겠지만, 죽음에게서 그 밭을 빼앗을 순 없다는 것을. 파뿌리처럼 그가 늙는다 해도, 나는 그 파뿌리를 보듬으며 사랑할 테지만. 가끔 두려움이 목울대 가까이까지 치밀어오를 때가 있다. 사랑의 약점은 약점이 많아진다는 것이다.

오후에는 카페 행간과여백에 들러 서경식 선생의 『소년의 눈물』을 샀다. 그의 독서 편력과 풋풋한 소년 시절을 알 수 있는 책이다.

손의 모험

릴리쿰/선윤아 외 2명 - 코난북스 - 2016년 11월

오전에 서교동의 이효영 내과를 들르고, '한빛비즈' 편집자들과
점심을 먹었다. 오후에는 광화문 교보문고에 들러 책을 사고, '동숭
학당'의 박철수, 강미선 교수 등과 동숭동에서 저녁을 먹고 돌아왔
다. 저녁에 '동숭학당' 강의가 있었지만 참석하지 못했다.

릴리쿰의 『손의 모험』의 부제는 '스스로 만들고, 고치고, 공유하
는 삶의 태도에 관하여'다. 공방에서 손을 써서 바느질, 도예, 목공,
실크스크린 따위를 하며 무언가를 만드는 사람들의 이야기다. 지
식과 정보를 중시하고, 사이버공간이 일상 영역으로 들어오자 몸
을 쓰는 일은 점점 준다. 몸을 쓰는 일은 시대의 흐름에 거스르는
일이다. 유클리드 기하학 이후 세계 건설의 주도권은 '손 노동자'
에서 '입 노동자'로 넘어간다. 손을 써서 물건을 만들거나 고쳐쓰
는 일은 일반적인 소비 패턴에 저항하면서 바른 삶으로 나아가려
는 운동이다. 최근 "사고 행위에서 손의 중요성"과 함께 떠오른 '팅
커링tinkering'이란 낯선 개념이 떠오른다. 서투르게 고치거나 어설
프게 만지작거린다는 이것은 "물건들을 주도적으로 장악해 삶에서
주체성을 회복하고자 하는 본능적인 욕구"를 반영한다. 자발적 노
동의 즐거움을 맛보려면 손에 도구를 쥐고 물건들을 만들어 써라!
이는 대량 생산된 제품을 제공하는 시장 의존에서 벗어나 사멸된
장인의식과 그 윤리를 되살려내는 일이다. 이것은 궁극적으로는
물건들을 '구입'하고 '소비'하는 수동적 삶에서 벗어나 "노동의 자
율성이 회복된 삶"을 목표로 한다.

詩누이

싱고 · 창비 · 2017년 6월

저녁 약속에 가기 전 광화문 교보문고에 들러 책을 여러 권 샀다. 내 소중한 친구이자 언니인, 신미나 시인(싱고)의 웹툰에세이 『詩누이』도 샀다. 교보빌딩 1층 카페에 앉아 책을 읽었다. 신미나 시인이 이 웹툰 에세이를 쓸 때 얼마나 정성 들여 시를 고르고 그림을 그렸는지 잘 알기에 책장 한 장 한 장을 넘길 때마다 뭉클했다. 소신이 뚜렷하고 고집이 세서 가끔 내가 '신채호'라 부르며 놀리기도 한다. 속은 순두부처럼 여린 신채호.

만약 시 한 편이 닫혀 있는 문이라면, 이 책은 시로 들어가기 전 읽는 사람을 대신해 '노크'를 해주는 책이다. 좀더 쉽게 시에 닿을 수 있도록 인도해주는 책. 사실 싱고가 소개하는 시와 별개로, 웹툰 에세이만으로도 충분히 시가 된다. 어떤 편은 너무 묵직해서 오히려 시로 못 들어가고, 잠깐 시 곁을 서성이다 책장을 덮게 만들기도 한다. 그녀의 능력이다. 마음의 능력. 10년 동안 서로 좋아해 그녀를 조금 아는데, 나는 그녀가 시류에 휩쓸려 무얼 따라가는 것을 보지 못했다. 아마 마음속에 지혜로운 나침반이 하나 있는지, 그곳에서 지시하는 방향만을 따라간다. 아주아주 느리게.

사랑에 대하여

찰스 부코스키 – 박현주 옮김 – 시공사 – 2016년 7월

우리는 햇빛, 나무, 바다, 별 들만 아니라 개, 고양이, 거지 들과 함께 이 세계에서 산다. 이 세계에는 누추함과 화사함, 행운과 불운, 악과 선이 혼재된 채 소용돌이친다. 이 세계에서 살며 사랑한다는 것은 축복이자 저주일 테다. 그런 사실을 가장 뼈저리게 인식하는 건 시인들이다.

『사랑에 대하여』를 쓴 찰스 부코스키는 빈민가에서 태어나 대공황과 전쟁을 겪은 뒤 잡역부, 철도 노동자, 트럭 운전사, 경마꾼, 주유소 직원, 집배원 등의 하찮은 직업을 전전한다. 알코올중독자로 살다가 쉰 살이 되자 직장인 우체국을 그만두고 전업 작가로 나서 시집과 장편소설, 산문집 등을 펴내며 찰스 부코스키는 '빈민가의 계관시인'이라는 명예로운 명칭을 얻는다. 이 책은 시공사에서 『고양이에 대하여』『글쓰기에 대하여』와 함께 펴낸 찰스 부코스키의 산문집 중 한 권이다. 산문인데, 문장을 시처럼 행갈이를 하고 있다. "그녀는 뜨거워, 그녀는 정말 뜨거워/다른 사람에게 그녀를 빼앗기고 싶지 않아/내가 제시간에 집에 가지 못하면/그녀는 가버렸어, 나는 견딜 수가 없었어/미쳐버리곤 했지……". 이렇듯 사랑과 욕망에 대한 거칠고 뜨겁고 다듬어지지 않은 문장들을 격정적으로 토해낸다. 그의 산문들은 "상처 입은 짐승의 신음,/피와 오줌"으로 얼룩진 육체의 노래이고, "먹고! 사랑을 나누고! 자고! 먹고! 사랑을 나누고!" 난 뒤 고통과 황홀경으로 뒤범벅된 사랑에 바치는 시다.

#산문시_같은_책

어니스트 헤밍웨이(킬리만자로의 눈 외 31편)

어니스트 헤밍웨이 · 하창수 옮김 · 현대문학 · 2013년 11월

JJ를 간호한답시고, 내내 부엌에서 달그락거렸다. 순두부찌개, 소고기구이, 해물된장국 등 면역력에 좋은 한식 위주로 만들어 먹였다. 주위에서 잘 먹고 잘 자야 빨리 낫는다는 말을 들었기에, 내내 '먹으라'는 말과 '자라'는 말만 반복했다. JJ는 아픈데도 자꾸 소파에 기대 책을 읽었다. 읽지 말라고 해도, "이게 쉬는 거야"라고 했다. 간호하는 틈틈이 현대문학에서 나온 헤밍웨이의 단편집을 읽었다. JJ가 시집 『슬픈 감자 500그램』 못 봤냐고 해서 눈물을 흘릴 정도로 웃었다. 아니, 왜 남의 시집 제목을 마음대로 바꾸나요?

색의 제국

류신 – 서강대학교출판부 – 2016년 3월

산다는 것은 색채의 향연 속에서 산다는 뜻이다. 인류는 노란 태양과 하얀 달이 뜨는 세계에서 산다. 이 세계는 무수한 색채들로 이루어진 제국이다. 류신의 『색의 제국』에는 '트라클 시의 색채 미학'이라는 부제가 붙어 있다. 트라클 시에서 흰색, 붉은색, 황금색, 푸른색, 초록색, 보라색, 검은색 들은 어떤 함의를 품고 있는가? 이 색들은 트라클이라는 시인의 자아와 세계가 서로 섞이고 스민 끝에 나온 "내면세계가 외화外化된 시각적 기호"라는 것이다. 이 명민한 문학평론가는 트라클 시에 나타난 색에서 "말로 형언할 수 없는 시인의 복잡한 내면 상태가 고농도로 응축된 것"을 본다. 트라클 시에 나오는 누이의 하얀 뺨, 하얀 잠, 하얀 눈썹, 하얀 목소리, 하얀 손, 하얀 이방인……들은 "하얀 장벽으로 둘러싸인 침묵의 공간에서 기록된 자기 유폐의 산물"이다. 흰색은 결백과 순수의 상징, 또한 슬픔과 애도의 색이다. 트라클 시에서 흰색은 타락과 정화, 악마성과 신성, 그리고 순수를 향한 동경과 미지의 것이 품은 불안을 동시에 드러낸다. 흰색에 긍정적 가치와 부정적 가치가 혼재돼 있다는 것. 흰색의 양가적이고 야누스적이고 모순 형용을 드러낸 트라클 시에 대한 연구는 "백색의 왕국을 향한 시혼의 고통스러운 순례"에서 시작해서 점차 확장되어 색의 전체로 뻗어나간다.

철수

배수아 · 작가정신 · 2012년 1월

대학 때 흠뻑 빠져 읽던 소설 『철수』를 다시 읽는다. 책을 다 읽고 나면, '마녀의 휘파람' 소리에 홀려 낯선 길을 헤매다 빠져나온 기분이 들어, 여러 번 읽게 되는 소설이다. 발가락이 하나 없는 사람의 걸음걸이 같은 소설. 불균형의 아름다움.

소설을 읽는 즐거움은 특별하다. 한 세계에서 다른 세계로 들어가기까지 장벽은 오직 한 장 한 장의 얇은 종잇장뿐. 조금만 집중하면 다른 세계의, 전혀 다른 인생으로 침투할 수 있다. 피상적인 삶이 아닌, 핍진한 세계로 침투! 소설을 읽을 때마다 나는 완전히 새로운 세상을 경험하며 조금씩 성장한다. 한자리에서.

#오래_좋아하면_책

흰

한강 – 난다 – 2016년 5월

2016년 『채식주의자』로 맨부커상 인터내셔널 부문을 수상한 뒤 나온 한강의 소설 『흰』에서 작가는 '흰' 것들의 이미지를 탐색하고, 그 사유의 내역을 서사 형식을 빌려 펼친다. 흰색은 "강보, 배내옷, 소금, 눈, 얼음, 달, 쌀, 파도, 백목련, 흰 새, 하얗게 웃다, 백지, 흰 개, 백발, 수의" 따위에서 흔히 발견된다. 흰색은 꿈, 환幻, 망각, 소멸의 뜻을 품는다. 그럴 때 흰색은 빛에 더 가까워진다. '흰' 것들만 희게 보이는 건 아니다. "어둠 속에서 어떤 사물은 희어 보인다. 어렴풋한 빛이 어둠 속으로 새어 들어올 때, 그리 희지 않았던 것들까지도 창백하게 빛을 발한다." 그 '흰' 것들이 품은 슬픔에 바친 헌사. 한강의 소설은 그 헌사들로 꾸며진 기이하고 아름다운 서사다. 소설을 읽는 내내 생의 안쪽에 수많은 '흰' 것이 남긴 아련한 이미지들을 찾아낼 수 있었다. '흰'은 감정이고 시간이며, 감정과 시간이 퇴색한 흔적들, 탄생과 죽음에 걸쳐진 생의 유적을 암시하는 그 무엇인 것. 하라 켄야는 『白』이라는 책에서 "백이 존재하는 것이 아니다. 하얗다고 느끼는 감수성이 존재하는 것"이라고 말한다. 한강은 백색에 반응하는 감수성의 떨림을 따라간다. 그런 맥락에서 이 소설은 '흰' 것의 상상력으로 부른 백색에 의한, 백색을 위한 비가悲歌다!

작가란 무엇인가

파리 리뷰 · 김진아/권승혁 옮김 · 다른 · 2014년 1월

글쓰기에 왕도가 없다는 것, 아니 사는 데 왕도가 없다는 것을 알기 위해 조금씩 꾸준히 읽는 책.『작가란 무엇인가』.

글을 쓰겠다는 사람이 글쓰기가 불가능할 정도로 어렵다는 것을 알게 되면 집을 나가서 목을 매야 합니다. 그리고 가차 없이 목매는 밧줄에서 끌어내려져야 하고, 죽을 각오로 남은 삶 동안 최선을 다해 쓰도록 스스로 강요해야 합니다. 그러면 그는 최소한 목매는 이야기로 시작할 수 있겠지요.

헤밍웨이의 말이다. 여기서 방점을 "글을 쓰겠다는 사람이" "죽을 각오로" "스스로 강요해야"에 찍어본다. 비장한 헤밍웨이의 소설가의 각오(마루야마 겐지 씨가 생각나네).

철학은 뿔이다

전대호 – 북인더갭 – 2016년 3월

물리학을 공부한 뒤 독일에 건너가 헤겔 철학을 전공한 전대호
의『철학은 뿔이다』를 읽는다. 그는 등단하여 시집도 한 권 낸 바
있는데, 칸트와 헤겔에 빠져 도끼 자루 썩는 줄 모를 만큼 재미가
쏟아진단다. 전대호는 김상봉, 이진경, 김상환, 이어령의 책들에서
펼친 논리와 주장에 응답하거나 맞서고, 그 해석을 물고 늘어지며
시시콜콜 따진다. 그가 따지고 맞서는 것은 주로 헤겔 철학이 내놓
은 주체이론과 관련된 것이다. 첫번째로 호출된 이는『서로주체성
의 이념』을 쓴 김상봉이다. 오래전 김상봉의 책을 읽었지만 무슨
소린지 알 수가 없었다. 김상봉은 주체이론을 펼치면서 '홀로주체
성'을 비판하고 '서로주체성'을 대안으로 내놓는다. '홀로주체성'이
"자기관계와 자기동일성을 통해 정립되는 주체성", "타자적 주체를
배제하는 주체성"이라고 설명하는데, 여기에 빠져 있는 한 "희망은
없다"라고 단언한다. 그 대신에 "타자적 주체와의 만남을 통해서
만 생성되는 주체성", 즉 "서로주체성"을 추구하라는 것이다. 이 말
이 어려웠던 것은 용어의 난삽함 때문이다. 전대호는 개념어 쓰기
의 오류를 물고 늘어진다. 하나의 예로 '지양'—헤겔의 '아우프헤벤
Aufheben'의 번역어이다—의 뜻이 헤겔과 다르게 쓰인다는 지적이
다. 그것은 '없앤다'가 아니라 부정과 긍정의 뜻을 동시에 품은 용
어로 '거두다'라는 게 옳은 번역어라고 주장한다. 어쨌든 난삽한 것
은 난삽하다. 기억에 남는 문장. "철학자의 역할은 도처에서 항상
이미 작동하는 진리, 철학, 삶을 읽어내는 것뿐이다."

슬픈 카페의 노래

카슨 매컬러스 · 장영희 옮김 · 열림원 · 2014년 3월

카슨 매컬러스를 알게 된 건 프랑수아즈 사강의 산문집『고통과 환희의 순간들』을 통해서다. 사강이 극작가 테네시 윌리엄스를 만나러 갔을 때 테네시가 동성 남자친구와 카슨 매컬러스와 셋이 함께 다녔고, 그때 카슨 매컬러스를 처음 만났다고 썼다.『슬픈 카페의 노래』는 내가 읽은 카슨 매컬러스의 첫 소설(장편)인데, 한 번도 쉬지 않고 몰입해서 다 읽었다. 불구의 사랑. 그러나 불구가 아닌 사랑이 있을까? 사랑으로 제정신을 잃어본 사람만이 쓸 수 있는 글이다.

우선 사랑이란 두 사람의 공동 경험이다. 그러나 여기서 공동 경험이라 함은 두 사람이 같은 경험을 한다는 것을 의미하지는 않는다. 사랑을 주는 사람과 사랑을 받는 사람이 있지만, 두 사람은 완전히 별개의 세계에 속한다. 사랑을 받는 사람은 사랑을 주는 사람의 마음속에 오랜 시간에 걸쳐 조용히 쌓여온 사랑을 일깨우는 역할을 하는 것에 불과한 경우가 많다. 사랑을 주는 사람들은 모두 본능적으로 이 사실을 알고 있다. 그는 자신의 사랑이 고독한 것임을 영혼 깊숙이 느낀다. 이 새롭고 이상한 외로움을 알게 된 그는 그래서 괴로워한다. 이런 이유로 사랑을 주는 사람이 해야 할 일이 딱 한 가지가 있다. 그는 온 힘을 다해 사랑을 자기 내면에만 머무르게 해야 한다. 자기 속에 완전히 새로운 세상, 강렬하면서 이상야릇하고, 그러면서도 완벽한 그런 세상을 만들어야 한다. 한 가지 짚고 넘어갈 것은 여기서 사랑하는 사람이란 반드시 결혼반지를 사기 위해 돈을 모으는 젊은 남자일 필요가 없다는 것이다. 그는 남자일 수도 있고 여자, 아이, 아니, 이 지구상에 존재하는 그 어떤 인간도 될 수 있는 것이다.

살아남는다는 것에 대하여

무라카미 류 – 이정은 옮김 – 홍익출판사 – 2016년 8월

무라카미 류의『살아남는다는 것에 대하여』는 짧은 칼럼들을 모은 책이다. 글이 짧으니 정보 밀도가 성길 수밖에 없다. 류의 책을 마지막으로 읽은 게 언제던가?『코인로커 베이비스』였던가? 기억이 가물가물. 음식에 관한 에세이집『달콤한 악마가 내 안으로 들어왔다』인가? 그의 소설에 흥미를 잃은 뒤 관심을 두지 않았다. 미술대학을 나와 소설가로 이름을 알린 무라카미 류는 영화감독, 음반 제작자, 사진작가, 방송 진행자로 활동한다. 말 그대로 다재다능. 그는 한류 드라마와 영화를 좋아하고 한국 사정에도 밝은 '지한파'이다. 주식과 채권이 폭락하고 기업이 도산하며 국가 재정 파탄으로 대혼란에 빠진 일본을 2011년 4월 2일, 북한군이 침투해 일본 열도를 점령한다는 가상소설『반도에서 나가라』를 내 한일 양국에서 반짝 관심을 끈다(나는 읽지 않았다). 이 산문집을 읽으니, 거품 경제 이후의 일본과 요즘의 한국 사정이 닮았다는 생각이 든다. '비정규직 실태' '서민 경제의 침체' '저출산 고령화' '정년제도' 문제가 사회 현안으로 떠오르는 것이 판박이 같다. 엄청난 속도로 변화하는 세계에서 살아남는 법은? 류의 제안은 소박하다못해 평이하다. "오늘을 살면서 미래에 차근차근 대비하는 정신자세"를 강조하거나 "강자에 기대지 않고, 자기 이익만을 우선하지 않으며, 이념을 공유하고 신뢰를 기본으로 하는 '공생'"의 필요에 대해 말할 때 그의 통찰력이 무뎌진 듯해서 실망한다.

첫사랑의 이름

아모스 오즈 · 정회성 옮김 · 비룡소 · 2009년 10월

많이 아픈지, JJ가 침실로 들어가 자고 있는 오전. 잠깐 들어가 얼굴을 쓰다듬고 목 뒤를 마사지해준 다음 방문을 닫고 나온다. 아픈 사람 곁에서는 늘 무력하다. 메일함을 정리하다 잊고 있던 메일을 발견했다. 올해 3월 14일 오전 8시 24분, JJ에게서 온 메일이다.

연준, 어제 오후 늦게 한빛비즈 편집자에게 『조르바 인생수업』 교정지를 넘기고, 합정동 로터리의 알라딘 중고서점에 들어 책 몇 권을 사들고 돌아왔어요. 당신이 없으니, 서교동의 고적한 날들엔 보람과 기쁨이 괼 틈도 없네요. 잠깐씩 메마른 고독 속에 유폐되는 것도 아주 나쁜 일만은 아니오. 혼자 밥 먹고 혼자 생각에 잠기는 여유를 갖게 되는 것이니 말이오. 어젯밤엔 모처럼 꿈도 꾸지 않고 새벽에 깨지 않고 내처 잠을 푹 잤어요. 새벽에 깨어나 메일을 열었더니, 당신이 보낸 메일이 있네요. 무엇보다도 비염이 나았다니 다행이오. 나는 새벽에 시를 모아놓은 파일을 열어 조금씩 고치고, 개수대에 있는 그릇들 몇 개를 씻어놓고, 호박죽 남은 것 하나를 먹었어요. 조금 있다 북티크에 교정지를 들고 나가서 볼 작정이오. 여기, 새벽에 고친 시 한 편을 보내니, 내 아침 인사 대신 읽어보오.

메일 끝에 그는 「곡우」라는 시를 붙여 보냈다. 마지막 시행이 "여보, 빠르게 더는 늙지 마요"다. 지금 내 심정이 그러네요. 혼자 중얼거리지만 울지 않는다. 그저 몇 해 전에 심은 복숭아나무의 무소식을 들여다보듯 슬픔과 일별하고, 아모스 오즈의 『첫사랑의 이름』을 다시 읽는다. 읽을 때마다 마음 안쪽이 녹아내리는 듯한 멜랑콜리가 느껴지는 짧은 소설.

진정성이라는 거짓말

앤드류 포터 – 노시내 옮김 – 마티 – 2016년 2월

'진정성'이란 말은 매우 모호하다. 제각각 다른 방식으로 쓰는 까닭이다. 나는 이것을 "참된 것을 거짓된 것에서 가려내는 능력"으로 받아들인다. 앤드류 포터의 『진정성이라는 거짓말』을 읽는다. 근대 이후 우리는 자연과 실재에서 벗어나와 가상假像과 거짓, 꾸며진 것들이 득세하거나 매개하는 세계로 들어선다. 탈현대의 세속주의와 신자유주의 경제 체제는 환영과 그림자들, 시뮬라크르로 가득찬 세계다. 유령들이 활개를 치는 세계에서 의미 있는 삶을 찾으려는 사람이 매달리는 게 '진정성'이다. 이 '진정성' 찾기를 '근대성의 질병'으로 낙인찍는 젊은 철학자가 있다. 진정성이 사라져버린 자리에서 진정성을 갈망하는 외침들이 들끓는다. 진정성이 사라진 세계에서 '진정성'은 인기를 끄는 소비품목이다. "진정성이 자기 급진화 역학을 탑재한 지위재라는 사실을 일단 인식하면, 진정성 추구의 이름으로 행해지는 각종 이상한 행위들이 이해되기 시작한다." 우리 신체에는 지울 수 없는 문신과 같이 '근대성'이 각인되어 있다. 인류가 직면한 인구, 자유, 첨단 과학, 개인주의, 소비주의는 이 변화들이 한데 모여 낳은 것이다. 근대 이전에는 어디서나 만날 수 있던 목가적 세계가 소멸된 이후 몰려온 '붉은 여왕의 세상' 속으로 들어선다. 우리는 전대미문의 '신종 인류'다. "이렇듯 근대성은 과학 발전이 초래한 세계에 대한 환멸, 정치적 개인주의와 자유의 부상, 기술 주도의 창조적 파괴를 부르는 자본주의가 뒤얽힌 산물이다. 이것은 우리에게 신종 사회를 만들어주었고 불가피하게 신종 인간을 양산했다." 나는 혼자가 아니다. 나는 '신종' 무리의 한 조각이다.

#집중하며_읽는_책

엄마는 해녀입니다

고희영 글/에바 알머슨 그림 · 난다 · 2017년 6월

주문한 동화책이 왔다. 고희영 감독님이 쓰고, 에바 알머슨이 그리고, 난다출판사가 기워 만든 책. 초판 한정으로 주는 영어로 된 미니북도 왔다. 식탁에 앉아, 처음부터 끝까지 찬찬히 읽고 그림을 공들여 보았다. 그림 속 파도는 누군가의 머리채 같고, 누군가의 머리카락은 물결치는 파도 같아서 마음이 출렁였다. 바다에서 무언가를 캐오는 사람들.

여자, 바다 여자, 해녀. 남자는 없다. 남자들은 '기구와 기술'을 써서 좀더 '효율적'으로 많은 양의 바다 양식을 낚아온다(낚시). 대신 여자들은 맨몸으로 들어가 바다가 허락하는 만큼만 손으로 '주워' 온다. 그렇다, 줍는다. 바다가 떨어뜨린 것들을 줍는 것처럼. 아름답다.

문장이 뒤집어쓴 리듬이 좋아 소리내어 읽을 맛이 난다. 다 읽고는 영어로 된 미니북을 집어들었다. 더듬거리며 읽는다. 소파에 누워 '염불 외듯이' 중얼거리는 내 초라한 영어 실력. 그러나 누가 뭐래도 영어 원서 공부는 동화가 최고! 6월 말, 시드니로 떠나기 전에 몇 번 더 읽어야겠다.

기다림 망각

모리스 블랑쇼 – 박준상 옮김 – 그린비 – 2009년 1월

6월 하순으로 접어들자 신록은 눈이 시리도록 푸르다. 스쳐가는 세월 속에서 어제는 막스 브르흐의 〈콜 니드라이〉를 듣고, 오늘은 리 오스카의 〈샌프란시스코 베이〉를 듣는다. 어제는 고등어를 구워 밥을 먹고, 오늘은 근대국과 명란젓을 놓고 밥을 먹는다. 흐르는 시간이 덧없다는 생각과 더불어 T. S. 엘리엇의 「제이 앨프리드 프루프록의 연가」 한 구절이 입가에서 맴돈다. "나는 늙어간다⋯⋯ 늙어간다./바짓가랑이 끝이나 접어 입을까."

모리스 블랑쇼가 쓴 『기다림 망각』의 장르는 모호하다. 상황과 사건을 배제한 소설이고, 작중인물의 대화와 허구적 이야기 위에 세운 철학이다. 소설도 아니고 철학도 아니고, 소설과 철학 중간쯤에 걸쳐져 있다. 한국어 번역본이 나왔을 때 바로 읽고, 여러 차례 반복해서 읽는데 여전히 사유를 자극하고 영감을 준다. "기다림은 언제나 기다림을 기다리는 것이다" "기다림은 기다리고 있는 것을 무시하고 파괴한다. 기다림은 아무것도 기다리지 않는다" "기다림의 대상이 얼마나 중요하든지 기다림의 움직임은 언제나 그 대상을 무한히 앞질러 간다. 기다림 속에서 모든 것들은 똑같이 중요해지고 똑같이 쓸데없어진다. 최소의 것을 기다리기 위해, 우리는 고갈될 수 없을 것처럼 보이는 기다림의 무한한 힘을 확보한다". 이런 보석 같은 아포리즘들이 예사로 나온다. 사유를 자극하는 이런 문장을 어떻게 좋아하지 않을 수 있겠는가!

기호의 제국

롤랑 바르트 · 김주환/한은경 옮김 · 산책자 · 2008년 9월

책을 쓰다, 찾을 게 있어 이 아름다운 책을 뒤적이는 오후. 이 책은 롤랑 바르트가 기호학자의 시각으로 본 일본 문화에 대해 쓴 책이다.

"첫눈을 보고/아침 세수하는 걸/잊어버렸네" 이게 다인 하이쿠! 코가 큰 서양학자 바르트의 눈에도 이 시의 아름다움이 먹히나 보네.

음식을 찌르는 공격적인 포크와 달리, 전체를 다치지 않게 들어올리는 젓가락은 동양의 포용적인 문화의 기원을 짐작게 한다.

이 문장 앞에서 고개를 갸웃했다. 바르트 아저씨가 내가 젓가락을 사용해 김치를 찢고, 부침개를 찢는 광경을 봤다면 이런 말을 못할 텐데. 그나저나 서양의 예술가들이 예로부터 '동양' 하면 중국도 아니고, 한국도 아닌 일본 문화에 열광하는 이유는 무엇일까? 오래전부터 꽤 섭섭한 마음을 품고 생각해봤는데, 아무래도 일본 문화 특유의 '절제된 형식미' 때문이 아닐지. 넘침이 없고 약간 모자란 듯한, 가까운 사이에서도 거리를 유지하며 '예의'를 갖추는(형식적으로라도) 형식. 확실히 탐미적인 데가 있다.

화장 예찬

샤를르 보들레르 - 도윤정 옮김 - 평사리 - 2014년 5월

샤를르 보들레르의 『화장 예찬』을 여러 번에 걸쳐서 읽는다. 19세기 풍속화가 콩스탕탱 기스를 다룬 미술비평문은 네 군데 출판사에서 다른 번역으로 나와 있다. 『보들레르의 수첩』(문학과지성사, 2011), 『보들레르의 현대 생활의 화가』(인문서재, 2013), 『샤를 보들레르 : 현대의 삶을 그리는 화가』(은행나무, 2014). 19세기 경제 호황이 일군 부富와 화사한 물건들 속에서 현대 예술이 솟아난다. 보들레르는 고딕 형식의 미적 관념을 도리질하며 현대성, 군중, 댄디즘, 유행, 윤리, 감정, 웃음, 희극 따위를 두고 독창적인 사유를 펼쳐낸다. 현대 화가는 군중 속으로 걸어들어가는데, 이때 군중은 거대한 거울이다. 움직일 때마다 거기에 자기의 모습이 비친다. "공기가 새의 영역이고, 물이 물고기의 영역이듯이, 군중은 그의 영역이다. 그의 취미와 그의 일은 군중과 결혼하는 것이다. 완벽한 산책가, 정열적인 관찰자에게 무리 지은 것, 물결치는 것, 움직이는 것, 사라지는 것, 무한한 것 속에 거처를 정하는 것은 굉장한 기쁨이다." '댄디즘'에 대한 통찰은 가장 빛나는 대목이다. "부유하고 한가롭고 세상사에 무관심해지기까지 한 사람은 행복을 좇아 달려가는 것 외에 하는 일이 없다." 댄디는 저속한 열망을 품지 않고, 노동자들의 제복을 거부하며, 다른 패션을 추구하고, 제가 벌지 않은 돈으로 사치를 누린다. 이들은 기품을 유지하고 몸치장을 함으로써 애써 남들과 구별되려는 "자아숭배자"들이다. 댄디즘이 "영웅주의의 마지막 불꽃"이자 "지는 해"이며, "꺼져가는 별처럼 멋지고, 열기 없이 애수로 가득차 있"는 것인 한에서 현대 예술의 덧없음과 댄디의 덧없음은 하나로 겹쳐진다.

산소리

가와바타 야스나리 · 신인섭 옮김 · 웅진지식하우스 · 2003년 4월

오래전부터 친구들에게 이 책을 추천했다. 고요한 가운데 단무지를 씹을 때 나는 오도독, 소리처럼 청아한 여운이 가득한 책이라고. 다 읽고 나면 마음이 서늘해진다고. 다행히 책을 읽은 친구들은 모두 좋아했다.

가와바타 야스나리는 이 소설에서 육체의 스침이나 과도한 욕망 없이 깊은 감정을 표현했다. 절제와 탐미가 만나면 가와바타 야스나리의 소설이 된다. 이 책을 두고 누군가가 사랑 이야기냐고 묻는다면 글쎄요, 라고 할 수밖에. 누군가가 이건 사랑 이야기가 아니잖아, 라고 말한다면 또다시 글쎄요, 할 수밖에.

늙은 사람이 사랑을 잊으려고 하면 한 차례 비가 내리는구나.

소설에 인용된 부손의 시 한 구절이다. 가와바타 야스나리는 사랑으로 시작해 사랑으로 끝나버린 (문학의) 불사조다. 가진 자. 문학 안에서 다 가진 자!

춤춰라 우리의 밤을 그리고
이 세계에 오는 아침을 맞이하라

사사키 아타루 – 김소운 옮김 – 여문책 – 2016년 5월

    사사키 아타루의『춤춰라 우리의 밤을 그리고 이 세계에 오는 아침을 맞이하라』에서 눈길을 끈 것은「상처 속에서 상처로서 보라, 상처를」「춤춰라 우리의 밤을 그리고 이 세계에 오는 아침을 맞이하라」라는 글이다. 아타루는 "용납되지 않는, 일어나서는 안 될 일이니 일어나지 않는다"는 믿음의 허구성을 폭로한다. 우리는 언제라도 쓰나미로 익사한 자, 원폭으로 가루가 되고 방사능에 살이 녹고 뭉개져 죽는 자, 가스실에서 쓰러진 자, 대학살의 현장에서 찢겨 죽는 자가 될 수가 있다. 트라우마를 안고 일상으로 돌아가려고 할 때 그 한 방편은 망각에 매달리는 것이다. 망각은 도피다. 치욕의 기억을 부정, 회피, 억압하는 것은 해결책이 아니다. 상처와 트라우마를 바로 보는 일은 거기서 벗어나 회복으로 나아가는 첫 단계다. 트라우마에서 도망가지 말고 그것을 직시하고 자각하라. 그게 아타루의 권유다. 제 심적 외상의 심각성을 자각하지 못할 때 타인의 트라우마, 타인의 상처에도 무신경해지는 법이다. 제 트라우마를 자각할 때 남의 트라우마에도 관대해지는 법이다. 사진에 관한 글이 인상적이다. 사진에는 "시간의 착종"이 있고, 그 안에는 "사실로서의 과거", "불확실한 미지의 미래", 현재에 일어나는 모종의 사건들이 한데 뒤엉킨다. 시간이 흘러도 변함없이 선명하고, 사람들은 사진을 통해 과거의 시간과 경험을 되풀이한다. 사진이 기억의 항구화이며, 이미 있었던 일과 사람의 부활이기 때문이다. 거의 모든 사고, 전쟁, 재해가 사진으로 기록되고 사람들은 사진을 통해 기억을 떠올린다.

유혹하는 글쓰기

스티븐 킹 · 김진준 옮김 · 김영사 · 2002년 2월

무엇보다도 일단 써봐, 노래해, 피가 혈관을 흐르는 것처럼.

메리 올리버가 썼던가. 피가 혈관을 흐르는 것처럼! 아뿔싸, 동맥경화와 협심증을 경계하자! 글이 안 풀릴 때는 '언제나' 『유혹하는 글쓰기』를 펴서 아무 페이지나 찾아 읽는다.

어떤 이야기를 쓸 때는 자신에게 그 이야기를 들려준다고 생각해라. 그리고 원고를 고칠 때는 그 이야기와 무관한 것들을 찾아 없애는 것이 제일 중요해.

산문집 『소란』을 쓸 때 나는 저 충고를 항상 기억하려고 애썼다. 그리고 책상 위에 아모스 오즈의 사진을 붙여놓고, 오즈에게 내 이야기를 들려주듯 쓰려고 노력했다. 꽤 괜찮은 방법이었다. 다음은 누구 얼굴을 붙여놓을까? 어쨌든 마른 흙을 파는 기분으로, 마른 흙을 열렬히 파다보면 언젠가는 흙이 젖겠지, 하는 기대를 품고 쓴다. 마른 흙을 파다보면 젖을 거야, 내 땀으로라도.

바다의 뚜껑

요시모토 바나나 - 김난주 옮김 - 민음사 - 2016년 7월

요시모토 바나나의 『바다의 뚜껑』은 더위를 잊기에 맞춤한 소설이다. "여름의 마지막 해수욕 누가 제일 늦게 바다에서 나왔나/그 사람이 바다의 뚜껑을 닫지 않고 돌아가/그때부터 바다의 뚜껑 열린 채 그대로 있네". 하라 마스미의 아름다운 시를 프롤로그로 제시하면서 소설 제목이 이 시에서 왔음을 암시한다. 한때 대규모 관광지로 호황을 누리고, 봄엔 불꽃 축제로 인파가 북적이던 해안 도시, 지금은 폐허처럼 쇠락한 고향이 소설의 무대다. "동네에는 길 양쪽으로 문 닫은 가게들이 즐비하고, 오후에도 셔터를 내리고 있는 곳이 참 많았다. 그런 가게들이 햇살 속에 하얗게 뜨겁게 반짝거리는 광경은 정말 폐허 같아서, 간혹 열려 있는 가게가 오히려 스산하고 애처로워 보였다." '나'는 도쿄의 단기 미술대학을 졸업하고, 이런 스산하게 쇠락해가는 고향에서 빙수 가게를 낸다. 젊은 여자 하지메가 집에 온다. 빙수 가게는 그럭저럭 성업이고, 두 여성은 여름 한철 담백한 우정을 나눈 뒤 헤어진다. "버드나무는 변함없이 살랑살랑 흔들리고, 강물은 흐르고, 바다도 똑같이 아름다운 호를 그리고 있었다." 이런 여름의 정취를 자극하는 고요한 문장을 읽을 때 나는 행복하다. 여름이 덧없이 끝날 무렵 사라지는 것들은 항상 아련해서 그리움의 효모로 변한다. 여름의 냄새가 물씬한 소설을 앉은자리에서 단숨에 읽었다!

#다언리크_여름의_책

시드니에 바람을 걸다

유금란 · 문학관 · 2015년 12월

파마를 했다. 털을 잘못 손질한 푸들처럼 보여 상심했다. 푸들 머리를 하고 JJ와 중국집에 가서 자장면을 먹었다. 저녁엔 유금란 선생님의 첫 산문집 『시드니에 바람을 걸다』를 읽었다. 유금란 선생님은 2년 전 시드니에 갔을 때 마음이 잘 맞아 친하게 지냈던 분인데, 시드니 '캥거루 문학회' 회원이자 수필가다. 이 책의 가장 큰 장점은 '솔직'하다는 것! 솔직함은 아무나 가질 수 없는 재능이다. 몇몇의 특별한 작가가 가진 재능.

호주 16년을 엮은 이 책 대부분의 글은 내 이야기이다. 체험에서 나오지 않은 글은 삭지 않은 젓갈 맛이 나서 손이 가지 않았다. 어떻게 요리하느냐에 따라 다른 맛을 내는 것은 작가의 몫이라 생각한다. (……) 솔직함이 미숙함을 가려주길 바랄 뿐이다. 가끔은 삶의 철학을 해학적인 언어로 담아보려 했지만 흉내만 낸 듯하다. 시간의 흐름이 뒤죽박죽 섞인 것은 이민자란 경계에 있는 독특함으로 읽혀졌으면 좋겠다.

책머리의 일부이다. 선생님은 스스로 "아직 아마추어다"라고 겸손히 말하지만, 그렇지 않다. 쉽고 재미있게 읽히면서 마음을 건드리는 글을 쓰는 게 어디 쉬운가. 무엇보다 글에서 분위기를 피우려 하지 않는 것—이게 중요하다. 내가 보기에 아마추어들은 항상 콘텐츠보다 앞서 분위기부터 피우려 한다. 그렇게 되면 불이 안 붙은 담배처럼, 희미한 연기가 나려다 꺼질 뿐 빨아볼 수가 없다.

나눔의 세계

카트린 카뮈 – 김화영 옮김 – 문학동네 – 2016년 2월

카트린 카뮈의『나눔의 세계』는 사진과 카뮈의 책에서 발췌한 구절을 엮은 책이다. 소설가 카뮈 탄생 100주년을 맞아 딸 카트린 카뮈가 엮어 펴낸 일대기다. 카뮈를 좋아하는 독자라면 선물같이 반길 책! 카트린 카뮈는 아버지가 남긴 모든 작품과 지적 재산을 관리하고 있다. 잘 알려져 있다시피 카뮈는 프랑스의 식민지 알제리에서 태어나 세계적인 작가가 되었다. 그는 지중해의 바람과 태양 아래서 감수성을 키운다. 카뮈의 책 중에서 가장 좋아하는 것은 알제리에 대해 쓴『결혼·여름』이다. 이 책에는 비극에 대한 초연함과 세계 한복판에서 마주치는 모순과 부조리, 태양과 바다, 꽃과 나무에 대한 격정이 넘치는 예찬이 다 들어 있다. "저녁나절 혹은 비가 오고 난 다음이면 대지는 송두리째 쏩쓸한 편도扁桃 향내가 나는 정액精液으로 배를 적신 채, 온 여름 동안 태양에 바쳤던 몸을 가만히 뉘며 쉰다. 이제 바야흐로 그 냄새는 다시금 인간과 대지의 결혼을 축성하고, 이 세상에서 진실로 사내다운 단 하나의 사랑, 끝내 썩어 없어질 것이지만 너그러운 사랑을 우리 안에 일깨워준다." 카뮈는 알제리를 "나의 참다운 고향"이라고 말한다. 알제리의 모든 것, 즉 바다, 태양, 빛, 바람, 길들, 나무들, 땅, 하늘, 사람들을 사랑했던 카뮈가 부조리하고 무의미한 삶을 꿰뚫고 나가는 "정오의 사상"을 완성한 것은 바로 지중해와 빛 속에서다. 이 사진집은 지중해, 유럽, 세계로 이어지며 뻗어가는 한 위대한 작가의 삶과 철학의 여정을 보여준다.

수인

황석영 · 문학동네 · 2017년 6월

숨도 안 쉬고 JJ가 읽고 있는 『수인』. 그렇게 재미있냐고 물으니 "정말 잘 썼다"는 말만 반복한다. 그래? 다 읽으면, 내 차례다! 기다리고 있는 황석영 작가의 자서전 『수인』.

#읽으려고_기다리는_책

그 쇳물 쓰지 마라

제페토 – 수오서재 – 2016년 8월

제페토 시집 『그 쇳물 쓰지 마라』는 '제페토'라는 필명 뒤에 자기를 감춘 사람이 인터넷 기사마다 댓글로 단 시와 메모를 엮은 책이다. 크고 작은 사연들 속에 우리 현실의 구체적인 결들이 드러난다. 2010년 9월 7일 새벽 2시 충남 당진 제철소의 용광로에 한 노동자가 빠져 모습이 사라진다. 용광로 속 온도는 섭씨 1600도. 이 허망하고 애절한 노동자의 죽음을 알리는 기사를 읽고 시를 남긴다.

광염光焰에 청년이 사그라졌다./ 그 쇳물은 쓰지 마라.// 자동차를 만들지 말 것이며/ 가로등도 만들지 말 것이며/ 철근도 만들지 말 것이며/ 바늘도 만들지 마라.// 한이고 눈물인데 어떻게 쓰나.// 그 쇳물 쓰지 말고/ 맘씨 좋은 조각가 불러/ 살았을 적 얼굴 흙으로 빚고/ 쇳물 부어 빗물에 식거든/ 정성으로 다듬어/ 정문 앞에 세워주게.// 가끔 엄마 찾아와/ 내 새끼 얼굴 한번 만져보자, 하게.
—「그 쇳물 쓰지 마라」

이 시를 읽는 순간, 가슴에 뻐근해지며 눈물이 울컥 솟는다.

#마음이_아픈_책

일곱 번째 사람 아틸라 요제프 시선

아틸라 요제프 · 공진호/심보선 옮김 · 아티초크 · 2016년 2월

개별지도 교사, 신문팔이, 선박 급사, 도로포장 노동자, 경리, 은행원, 책 외판원, 신문 배달원, 속기사, 타이피스트, 옥수수밭 경비원, 시인, 번역가, 비평가, 배달원, 웨이터 조수, 항만 노동자, 공사장 인부, 날품 노동자……

아틸라 요제프가 가졌던 직업이다. 그는 기차에 뛰어들어 죽었다. 피로 쓴 글이란 그의 시를 두고 하는 말이리라.

혁명의 거리에서 들뢰즈를 읽자

김재인 - 느티나무책방 - 2016년 6월

몇 해 전 문학과지성사 송년회에서 질 들뢰즈와 펠릭스 가타리가 공저한 『천 개의 고원』을 우리말로 옮긴 김재인과 마주쳤는데, 그는 들뢰즈에 대한 책을 한 권 쓰고 있다고 했다. 바로 이 책 『혁명의 거리에서 들뢰즈를 읽자』일 것이다. 이 젊은 철학자는 스피노자와 흄과 니체의 젖줄을 물고, 마르크스와 내통하며 사유의 부피를 키운 들뢰즈를 '실천 존재론'의 관점에서 읽어낸다. 들뢰즈가 어떤 방식으로 인간의 욕망과 무의식을, 자본주의가 파생시키는 분열증에 대해 말하는지를 따라간다. 김재인은 '분열'과 '분열증'에 대해 이렇게 말한다. "분열은 새로운 틈을 만들어내는 실천이며, 그 자체로는 긍정의 운동이다. 분열증을 질병으로 평가하는 것, 그것이 우리 자본주의 사회의 특징이다." 들뢰즈에게 "욕망은 '생산' 또는 '구성'과 같은 뜻"이고, 욕망은 "명사가 아니라 동사"라는 것이다. 욕망은 지속되는 한에서 항상 '욕망한다'이다. 인간은 '욕망 기계'이고, 산다는 것은 '욕망적 생산'을 한다는 뜻이다. 하지만 들뢰즈는 '욕망한다'라는 말을 버리고 "'생산한다' '구성한다' '조립한다' '배치한다'"라고 쓴다. 들뢰즈의 철학은 독창적이고, 대안의 창조를 겨냥한다. 김재인은 '탈주'보다 '도주'라는 용어를 더 선호한다. 도주에 대해 이렇게 설명한다. "제멋대로 사는 것, 세상 규범을 따르지 않고 자기 규칙을 만들어서 그것을 따르는 것, 이런 것이 도망가는 것, 빠져나가는 것, 새어나가는 것, 즉 '도주'입니다." 이 책을 읽고 나니, 다시 『천 개의 고원』을 읽고 싶어진다.

무의미의 축제

밀란 쿤데라 · 방미경 옮김 · 민음사 · 2014년 7월

책장을 펼치니 엽서 한 장이 툭 떨어진다. JJ가 3주 동안 시드니에 가 있던 2014년 여름, 쿤데라 신간 등 책 몇 권을 소포로 보내며 내가 썼던 엽서다.

소제목이 각별하게 아름다운 쿤데라의 신작을 보내요. 책등을 쓸어보고 책장을 만져봤지만, 아직 읽기 전이에요. 파스칼 키냐르의 말처럼 독서란 그 안에서 헤매는 일이니까, 난 서성거리다 천천히 몰입할 거야. 책을 곱게 데려와줘요. 쿤데라의 책에 젖은 호주의 냄새와 공기가 한국에서 휘발되는 것을 '느끼면서' 읽게요. 잠시 후 서점에 가서 알랭 드 보통의 책까지 사면, 우체국에 부치러 가야지.
서교동은 고요의 제국. 시의 얼룩이 사방에 튄! 당신과 내 냄새가 무겁게 술렁이는 숲. 모딜리아니의 여인들처럼 고개를 갸우뚱, 기울인 채 기다리는 집. 책들이 안부 전하래요. 책은 먼지의 집이 아니다, 항의하네요. 건강하게 잘 지내다 와요. '밤은 고요하리라'—당신과 나의 밤들! 안녕. 2014년 7월 19일, 여름 책상.

책은 가끔 예기치 않은 시간들을 툭, 떨어뜨린다. 지나간 날들, 옛날들. 책은 도대체, 얼마나 많은 것을 품고 있는 걸까? 내가 잃어버린 시간과 또 망각을 포함해서.

문학의 아토포스
진은영 – 그린비 – 2014년 8월

진은영의 『문학의 아토포스』 중 가장 좋은 글은 맨 앞에 실린 「감각적인 것의 분배」다. 2008년 계간 『창작과비평』 겨울호에 발표하면서 반향을 일으켰던 글인데, 다시 읽어도 그 의미를 곱씹을 만하다. 진은영은 미학과 정치적인 것의 "이질적 접합"의 가능성 속에서 한국문학의 미학적 정치성을 궁구하며, 자크 랑시에르의 『감성의 분할』을 끌어들여 "지금 우리에게 필요한 미학적 실험은 예술과 정치라는 서로 이종적인 것들을 결합하는 다양한 방식에 대한 상상"이라고 말한다. 2000년대 들어 시단에 나타난 "낯선 감각과 새로운 어법의 시인들", 이른바 '미래파' 시인들의 상상력과 사유는 격렬했지만 충분한 것은 아니라고 그 한계성을 지적할 때, 그 비판의 핵심은 이 시인들이 "기묘한 감성적 충격을 생산"했으나 정치적 가독성을 갖지 못함으로써 "자폐적인 언어"에 그치고 말았다는 점이다. 좋은 시인은 항상 낯선 어법으로 낯선 상상력을 펼치되 "사회의 감성적 매트릭스를 해체하고 새롭게 조직화하는 다른 방식"으로 나가야 한다. "가장 정치적인 방식으로, 즉 비가시성을 가시화하고 들리지 않는 것을 들리게 함으로써 감성의 지각변동"을 일으켜야 한다. 그렇지 않을 때 그것은 나약한 미적 언어의 기만에 그치고 만다.

시를 어루만지다

김사인 · 도서출판b · 2013년 10월

내게 시를 가르친 사람, 정확히 말해 시 하며 사는 일을 가르친 사람은 김사인 선생님이다. 선생님은 내게 언제나 '스승' 이상이다. 내가 어릴 때(20대 초반), 나는 선생님의 입에서 나오는 모든 말씀을 쏙쏙 뽑아 흡수했다(영악하고 맹랑한 학생이었다).

이 책은 '시를 대하는 자세'를 배우기에 좋은 책이다. 시는 어려운 음식이다. 준다고 다 먹을 수도 없고, 안 준다고 못 먹을 음식도 아니다. 도대체 시를 쓰고, 시를 읽는다는 것은 어떤 일인가? 한쪽은 입을 열고, 한쪽을 귀를 여는 것, 그 이상인 일.

> 시 쓰기는 제 할말을 위해 말을 잘 '사용하는' 또는 '부리는' 데 있지 않다고 말해왔다. 시 공부는 말과 마음을 잘 '섬기는' 데에 있고, 이 삶과 세계를 잘 받들어 치르는 데 있다고 말해왔다.

선생님은 내가 시를 써서 가지고 가면 거의 언제나, 좋아하셨다. 등단하기 전에도 '이미 아름다운 시인'이라고 말해주어 밤잠을 설치며 더 더 시를 쓰게 만들었다. 그런데 어느 날, 내 시를 읽는데, '체외수정'한 것 같다고 혹평을 하셨다. 사람들이 많은 자리였는데, 나는 감정을 컨트롤하지 못하고 오랜 시간 눈물을 멈추지 못했다(선생님이 당황하실 정도로).

요새는 머리가 커져서, 가끔 선생님의 충고를 듣고도 못 들은 척하거나 뺀질거린다. 하지만 속으로는 잘 알고 있다. 선생님의 말씀이 대부분 옳다는 것을. 지금도 그때를 떠올리며 경각심을 갖는다. 체외수정의 위험함과 난감함, 슬픔, 고통. 낳을 수 없는 아기여.

매혹의 소파

이본느 하우브리히 – 이영희 옮김 – 지식의숲 – 2016년 10월

"달콤한 휴식의 가장 완성된 형태는 소파에 있다"는 구절에 이끌려 이본느 하우브리히의 『매혹의 소파』를 읽었다. 이본느 하우브리히는 게으름을 예찬한 버트런트 러셀의 철학을 잇는다. 결국 가장 적게 움직이는 삶을 구하기 위해 산더미처럼 일을 쌓아놓고 부지런히 움직이는 게 인간이라는 통찰은 날카롭다. 노동이나 분주한 활동이 늘 미덕인 것만은 아니다. 더러는 휴식과 게으름이 필요하다. 빈둥거리며 삶을 돌아봐야 할 때가 있는 것이다. 휴식이 놓쳐서는 안 될 생존 조건 중 하나라는 점에서 소파를 좋아하는 걸 부끄러워할 필요는 없다. 빈둥대고 싶은 욕구는 자연스러운 것이고, 소파는 바로 그 욕구를 받아주는 도구다. 소파보다 더 지친 몸과 마음에 휴식을 주는 것은 없다. "소파의 예술은 사회적으로 강요하는 여가의 테러에서 의식적으로 벗어나 게으름을 즐기는 데 있다." 이 책의 주제는 한 점의 모호함도 없이 명석하다. 이것은 소파 예찬이고, 게으름에 대한 변호다. 핵심은 "게으르고 느린 생물체일수록 하루에 소비하는 생명 에너지가 적으므로 오래 산다"는 것!

#빈둥거릴_때_읽을_책

빌 브라이슨의 대단한 호주 여행기

빌 브라이슨 · 이미숙 옮김 · 랜덤하우스코리아 · 2012년 1월

JJ와 나는 내일 한국을 떠나 시드니로 간다. 우리는 40일가량 시드니에 머물며, 잠깐 뉴질랜드도 다녀올 예정이다. 떠나기 전날 밤, 2년 전 시드니 여행 준비를 하면서 읽었던 『빌 브라이슨의 대단한 호주 여행기』를 다시 읽는다. 빌 브라이슨은 '유머'를 빼고 말할 수 없는 작가다. 이 책도 나를 꽤 웃겼다(물론 『빌 브라이슨의 발칙한 유럽산책』이 더 재밌지만).

오스트레일리아 여행은 이번이 다섯번째다. 하지만 이번에 나는 처음으로 진정한 오스트레일리아(태양이 작열하는 드넓은 내륙 지방과 두 해안 지대 사이에 놓인, 끝이 보이지 않는 황무지)를 살펴볼 것이다. 나는 지금껏 사람들이 왜 '진정한' 자기 나라를 살펴보라면서 제정신 박힌 사람이라면 누구도 살지 않을 공허한 지역으로 내모는지 도무지 이해할 수 없었다. 하지만 지금은 그렇지 않다. 오지를 찾지 않았다면 오스트레일리아에 가봤다고 말할 수 없다.

이 비장한 문장 앞에서 절로 주눅이 든다. 나는 오스트레일리아에 가봤다고 할 순 없으니 겸손하게 '시드니'만 가봤다고 말해야지. 호주는 얼마나 넓은가 말이다! 유명 관광지를 찍고, 찍고, 찍으며 여행하는 것은 나와 JJ의 스타일이 아니다. 아마 이번에도 우리는 슬리퍼를 찍찍 끌고 동네 마실 다니듯 시드니의 일부에 '깊이, 또 얕게' 머물러 있을 것이다. "보이는 것을 기쁘게 보고, 보지 못한 것은 다음에 본다." 우리가 만든 여행 표어다.

다른 색들

오르한 파묵 – 이난아 옮김 – 민음사 – 2016년 7월

여행 가방을 챙겨 인천공항으로 서둘러 나간다. 우리는 시드니에서 한 달 넘게 체류할 예정이다. 시드니행 비행기는 대한항공 KE0121편이다. 18시 45분 인천공항을 출발해 시드니에는 이튿날 아침에 닿는다.

오르한 파묵의 『다른 색들』은 총 656쪽에 달하는 책이다. '작가로서 산다는 것', 그 일상과 독서 편력에 대해 털어놓는다. 파묵은 수많은 책을 읽으면서 문학적 자양분을 길어낸다. 표지가 책의 세계와 우리가 사는 세계 사이에서 통과 신호를 보낸다고 말할 때 독서광의 면모는 숨길 수 없다. 책이 두껍다고 지레 겁먹을 필요는 없다. 파묵은 좋아하는 작가—도스토옙스키, 나보코프, 보르헤스, 토마스 베른하르트, 마리오 바르가스 요사, 살만 루슈디—들의 책들에 대해, 자신의 소설과 가족에 대해 말한다. 작가가 된다는 것은 "인간의 내면에 숨겨진 제2의 존재와 그 존재를 만들어낸 세상을 인내심을 가지고 오랜 세월 동안 노력하여 발견하는 것"이다. 아들의 특별한 재능을 믿는 아버지, 평생 낙관주의에 기대어 삶을 꾸린 아버지에 대한 회고는 각별하다. 그리고 사랑하는 딸에 대해서 쓸 때—"어느 날 딸이 태어났다. 그리고 나의 삶이 송두리째 바뀌었다"—그는 여지없이 '딸 바보'다. 그는 한밤중에 시작해 새벽 4시까지 소설을 쓰고, 아침마다 딸을 학교에 데려다주고 걸어서 집필실로 간다. 파묵은 스물두 살 때 작가가 되기로 마음먹고 방에 틀어박혀 소설을 쓴다. 4년 만에 작품을 써서 아버지에게 읽어보라고 건넨다. 세월이 흐른 뒤 그가 노벨문학상을 받고 수상 연설을 하면서 아버지를 향한 사랑과 경외감을 듬뿍 담아 언급한 것은 당연하다.

밤에 우리 영혼은

켄트 하루프 · 김재성 옮김 · 뮤진트리 · 2016년 10월

오늘은 40일 정도 시드니의 겨울 속에서 지낼 생각으로 JJ와 떠나는 날. 그러니까 여름에서 겨울로 건너가는 날이다. 비행기 안에서 읽을 책을 고심해서 골랐다. 『밤에 우리 영혼은』. 70대로 접어든 두 노인의 이야기. 한 노인이 마을에 사는 다른 한 노인을 찾아가 "가끔 나하고 자러 우리집에 올 생각이 있는지 궁금해요"라고 말하는 것으로 시작하는 소설. '한 노인이', 이렇게 쓰고 나니 아득하다. 어느 누가 자기가 '노인'이 될 줄 알고 노인이 됐을까.

뭔가 굉장한 소설을 만났다는 생각이 들어 비행기 안에서 이 일기를 쓰고 있다. 남자가 처음 찾아온 날, 조심스럽게 뒷문을 두드리는 남자에게 여자는 이렇게 말한다.

앞쪽 보도를 걸어 앞문으로 오세요. 사람들이 어떻게 생각하는지 관심 갖지 않기로 결심했으니까요. 너무 오래, 평생을, 그렇게 살았어요. 이제 더는 그러지 않을 거예요.

요새 내 심정이 그렇다. 너무 오래, 그렇게 살아왔다는 생각. 이러다 한평생을 다른 사람들의 시선 속에서 낡아갈지 모른다는 두려움. 시드니로 가는 비행기 안에서 다짐한다. 사람들이 나를 어떻게 생각하든 신경쓰지 말자. 내가 원하는 대로 살아보자. 너무 공손한 태도도, 미안해하거나 감사해서 쩔쩔매는 마음도 다 갖다버리자. 너무 오래, 쩔쩔매며 살았어.

책 속 두 사람, 늙은 여자와 늙은 남자는 어떤 시간을 보내게 될까? 다 읽고 나면, 어쩐지 나는 다른 사람이 되어 있을 것 같다.

2017. 7. 1 – 12월의 오늘

Jul.Aug.Sep.Oct.Nov.Dec.

2017. 7. 1 – 12월의 오늘

Jul.Aug.Sep.Oct.Nov.Dec.

음악혐오 – 파스칼 키냐르 – 프랑츠 – 2017
이카루스 이야기 – 세스 고딘 – 한국경제신문 – 2014
맥베스 – 윌리엄 셰익스피어 – 펭귄클래식 코리아 – 2010
동적 평형 – 후코오카 신이치 – 은행나무 – 2010
스트라빈스키 – 정준호 – 을유문화사 – 2008
빛과 물질에 관한 이론 – 앤드루 포터 – 21세기북스 – 2011
다른 생각의 탄생 – 장동석 – 현암사 – 2017
새로 읽는 논어 – 오구라 기조 – 교유서가 – 2016
거품예찬 – 최재천 – 문학과지성사 – 2016
깊은 이미지 – 이종건 – 궁리 – 2017
동사의 맛 – 김정선 – 유유 – 2015
만년필입니다 – 박종진 – 엘빅미디어 – 2013
직업으로서의 소설가 – 무라카미 하루키 – 현대문학 – 2016
하이콘텍스트 시대의 책과 인간 – 한기호 – 북바이북 – 2017
문학상 수상을 축하합니다 – 도코 고지 – 현암사 – 2017
인생의 일요일 – 정혜윤 – 로고폴리스 – 2017
외로운 도시 – 올리비아 랭 – 어크로스 – 2017
기사단장 죽이기 – 무라카미 하루키 – 문학동네 – 2017
몹쓸 기억력 – 줄리아 쇼 – 현암사 – 2017
주역, 나를 흔든다 – 이지형 – 청어람미디어 – 2017
모두들 하고 있습니까 – 기타노 다케시 – 중앙북스 – 2014
고요를 잃을 수 없어 – 이학성 – 하늘연못 – 2014
리듬 – 장석원 – 파란 – 2016
시골에서 책읽는 즐거움 – 최종규 – 스토리닷 – 2016
철학카페에서 작가를 만나다 1 – 김용규 – 웅진지식하우스 – 2016
마을의 귀환 – 오마이뉴스 특별취재팀 – 오마이북 – 2013
비밀의 도서관 – 올리버 티얼 – 생각정거장 – 2017
와인 – 예술 – 철학 – 문성준 – 새잎 – 2017
세계사라는 참을 수 없는 농담 – 알렉센더 폰 쇤부르크 – 추수밭 – 2017
영원이 아니라 가능한 – 이장욱 – 문학과지성사 – 2016
사라지는 번역자들 – 김남주 – 마음산책 – 2016
이미지의 운명 – 자크 랑시에르 – 현실문화 – 2014
포옹의 방식 – 권현형 – 문예중앙 – 2013
등대 – 자크 아탈리 – 청림출판 – 2013
인포메이션 – 제임스 글릭 – 동아시아 – 2017
자연의 예술가들 – 데이비드 로텐버그 – 궁리 – 2015
이타주의자의 은밀한 뇌구조 – 김학진 – 갈매나무 – 2017

아무래도 수상해 ─ 함기석 ─ 문학동네 ─ 2015
첫사랑 ─ 성석제 ─ 문학동네 ─ 2016
저지대 ─ 줌파 라히리 ─ 마음산책 ─ 2014
7층 ─ 오사 게렌발 ─ 우리나비 ─ 2014
운다고 달라지는 일은 아무것도 없겠지만 ─ 박준 ─ 난다 ─ 2017
아픔의 기록 ─ 존 버거 ─ 열화당 ─ 2008
언젠가 너에게 듣고 싶은 말 ─ 임수진 ─ 달 ─ 2015
고요한 밤의 눈 ─ 박주영 ─ 다산책방 ─ 2016
휘파람 부는 사람 ─ 메리 올리버 ─ 마음산책 ─ 2015
에이미와 이저벨 ─ 엘리자베스 스트라우트 ─ 문학동네 ─ 2016
괴괴한 날씨와 착한 사람들 ─ 임솔아 ─ 문학과지성사 ─ 2017
기사단장 죽이기 ─ 무라카미 하루키 ─ 문학동네 ─ 2017
교양 물건 ─ 하기와라 겐타로 ─ 디자인하우스. 2016
존 버거의 초상 ─ 존 버거 ─ 열화당 ─ 2017
인간의 대지 ─ 앙투안 드 생텍쥐페리 ─ 시공사 ─ 2014
프리다 칼로 ─ 크리스티나 버루스 ─ 시공사 ─ 2009
서재 결혼 시키기 ─ 앤 패디먼 ─ 지호 ─ 2002
참담한 빛 ─ 백수린 ─ 창비 ─ 2016
다른 색들 ─ 오르한 파묵 ─ 민음사 ─ 2016
두터운 삶을 향하여 ─ 정현종 ─ 문학과지성사 ─ 2015
굴 소년의 노래 ─ 이기성 외 ─ 현대문학 ─ 2014
오에 겐자부로 ─ 오에 겐자부로 ─ 현대문학 ─ 2016
기다린다는 것 ─ 와시다 가요카즈 ─ 불광출판사 ─ 2016
창밖 뉴욕 ─ 마테오 페리콜리 ─ 마음산책 ─ 2013
작가의 창 ─ 마테오 페리콜리 ─ 마음산책 ─ 2016
선생님, 요즘은 어떠하십니까 ─ 이오덕·권정생 ─ 양철북 ─ 2015
김수영 ─ 김혜순 ─ 건국대학교출판부 ─ 1995
옷장 속 인문학 ─ 김홍기 ─ 중앙북스 ─ 2016
완벽한 캘리포니아의 하루 ─ 리처드 브라우티건 ─ 비채 ─ 2015
김수영 전집 2 ─ 김수영 ─ 민음사 ─ 2003
해골 나라에 간 프리다와 디에고 ─ 파비안 네그린 ─ 톡 ─ 2017
영어는 3단어로 ─ 나카야마 유키코 ─ 인플루엔셜 ─ 2017
시적 정의 ─ 마사 누스바움 ─ 궁리 ─ 2013
음악 혐오 ─ 파스칼 키냐르 ─ 프란츠 ─ 2017
바깥은 여름 ─ 김애란 ─ 문학동네 ─ 2017
내가 고양이를 데리고 노는 것일까, 고양이가 나를 데리고 노는 것일까?
─ 솔 프램튼 ─ 책읽는수요일 ─ 2012

누군가가 누군가를 부르면 내가 돌아보았다 – 신용목 – 창비 – 2017

휴먼 에이지 – 다이앤 애커먼 – 문학동네 – 2017

사랑하기 좋은 책 – 김행숙 – 난다 – 2016

파리의 우울 – 샤를 피에르 보들레르 – 문학동네 – 2015

세속화 예찬 – 조르조 아감벤 – 도서출판 난장 – 2010

하이데거 — 독일의 철학 거장과 그의 시대 – 뤼디거 자프란스키 – 북캠퍼스 – 2017

라깡의 루브르 – 백상현 – 위고 – 2016

우리가 키스하게 놔둬요 – 사포 외 – 읻다 – 2017

어린 나무의 눈을 털어주다 – 올라브 하우게 – 봄날의책 – 2017

여수 – 서효인 – 문학과지성사 – 2017

문학은 어떻게 내 삶을 구했는가 – 데이비드 실즈 – 책세상 – 2014

철학 듣는 밤 2 – 김준산·김형섭 – 프리렉 – 2017

고엔카의 위빳사나 명상 – S.N. 고엔카 – 김영사 – 2017

이후의 시 – 이경수 – 파란 – 2017

서울 문학 기행 – 방민호 – 아르테 – 2017

당신의 시간을 위한 철학 – 로버트 그루딘 – 경당 – 2015

꿈 – 프란츠 카프카 – 워크룸프레스 – 2014

이것은 시를 위한 강의가 아니다 – E. E. 커밍스 – 민음사 – 2017

헤세가 사랑한 순간들 – 헤르만 헤세 – 을유문화사 – 2015

우화의 서사학 – 김태환 – 문학과지성사 – 2016

미를 욕보이다 – 아서 단토 – 바다출판사 – 2017

문학을 읽는다는 것은 – 테리 이글턴 – 책읽는수요일 – 2016

건축사건 – 이종건 – 수류산방 – 2015

우리는 좀더 어두워지기로 했다 – 이설야 – 창비 – 2016

내가 무엇을 쓴다 해도 – 이근화 – 창비 – 2016

아름답고 쓸모없기를 – 김민정 – 문학동네 – 2016

상냥한 폭력의 시대 – 정이현 – 문학과지성사 – 2016

새벽에 생각한다 – 천양희 – 문학과지성사 – 2017

사악한 책, 모비딕 – 너새니얼 필브릭 – 저녁의책 – 2017

빛 혹은 그림자 – 스티븐 킹 외 – 문학동네 – 2017

현대문학이론의 길잡이 – 오민석 – 시인동네 – 2017

나르시즘 다시 생각하기 – 크레이그 맬킨 – 푸른숲 – 2017

빛의 호위 – 조해진 – 창비 – 2017

우리는 나선으로 걷는다 – 한수희 – 웅진지식하우스 – 2015

동백아가씨는 어디로 갔을까 – 이영미 – 인물과사상사 – 2017

친절에 대하여 – 조지 손더스 – 알에이치코리아 – 2015

사랑하고 쓰고 파괴하다 – 이화경 – 행성B잎새 – 2017

한국 북디자인 100년 ― 박대현 ― 21세기북스 ― 2013
천국보다 낯선 ― 이장욱 ― 민음사 ― 2013
산책자 ― 로베르트 발저 ― 한겨레출판 ― 2017
고독한 대화 ― 함기석 ― 난다 ― 2017
어떻게 늙을까 ― 다이애너 애실 ― 뮤진트리 ― 2016
아벨라르와 엘로이즈 ― 아벨라르·엘로이즈 ― 을유문화사 ― 2015
걱정 말고 다녀와 ― 김현 ― 알마 ― 2017
내 스무살 푸른 영혼 ― 장석주 ― 청하 ― 1987
죽편 ― 서정춘 ― 황금알 ― 2016
꽃잎 ― 김수영 ― 민음사 ― 2016
여기가 아니면 어디라도 ― 이다혜 ― 예담 ― 2017
아침식사의 문화사 ― 헤더 안트 앤더슨 ― 니케북스 ― 2016
작가는 왜 쓰는가 ― 제임스 A. 미치너 ― 위즈덤하우스 ― 2016
그럼에도 작가로 살겠다면 ― 줄리언 반스 외 ― 다른 ― 2017
언제 들어도 좋은 말 ― 이석원 ― 그책 ― 2017
여성, 시하다 ― 김혜순 ― 문학과지성사 ― 2017
수박이 먹고 싶으면 ― 김장성/유리 그림 ― 이야기꽃 ― 2017
친구 사이 ― 아모스 오즈 ― 문학동네 ― 2013
면역에 관하여 ― 율라 비스 ― 열린책들 ― 2016
윌리엄 트레버 ― 윌리엄 트레버 ― 현대문학 ― 2015
싸울 때마다 투명해진다 ― 은유 ― 서해문집 ― 2016
배삼식 희곡집 ― 배삼식 ― 민음사 ― 2015
아침 글쓰기의 힘 ― 할 엘로드 외 ― 생각정원 ― 2017
너무 한낮의 연애 ― 김금희 ― 문학동네 ― 2016
사냥꾼들 ― 제임스 설터 ― 마음산책 ― 2016
카메라 루시다 ― 롤랑 바르트 ― 열화당 ― 1998
걷기의 역사 ― 리베카 솔닛 ― 민음사 ― 2003
릴리트 ― 프리모 레비 ― 돌베개 ― 2017
쇼팽을 기다리는 사람 ― 박시하 ― 알마 ― 2016
첫 맥주 한 모금 ― 필립 들레름 ― 장락 ― 1999
여자들은 자꾸 같은 질문을 받는다 ― 리베카 솔닛 ― 창비 ― 2017
죽음 ― EBS <데스> 제작팀 ― 책담 ― 2014
칼과 입술 ― 윤대녕 ― 마음산책 ― 2016
지구만큼 슬펐다고 한다 ― 신철규 ― 문학동네 ― 2017
옥상,을 보다 ― 임옥상 외 ― 난다 ― 2017
신비한 결속 ― 파스칼 키냐르 ― 문학과지성사 ― 2015
프리다 칼로, 내 영혼의 일기 ― 프리다 칼로 ― BMK ― 2016

어쩌면 이것이 카프카 – 라이너 슈타흐 – 저녁의책 – 2017
되찾은: 시간 – 박성민 – 책읽는고양이 – 2016
나를 위한 현대철학 사용법 – 다카다 아키노리 – 메멘토 – 2016
계속해보겠습니다 – 황정은 – 창비 – 2014
그 숲에서 당신을 만날까 – 신영배 – 문학과지성사 – 2017
도시는 무엇으로 사는가 – 유현준 – 을유문화사 – 2015
식물의 힘 – 스티븐 리츠 – 여문책 – 2017
런던을 걷는 게 좋아, 버지니아 울프는 말했다 – 버지니아 울프 – 정은문고 – 2017
사랑의 탄생 – 사이먼 메이 – 문학동네 – 2016
모두의 노래 – 파블루 네루다 – 문학과지성사 – 2016
헤밍웨이의 말 – 어니스트 헤밍웨이 – 마음산책 – 2017
미국의 반지성주의 – 리처드 호프스태터 – 2017
작은 생활 – 이시구로 토모코 – 한스미디어 – 2013
집의 즐거움 – 와타나베 유코 – 책읽는수요일 – 2016
응시하는 겹눈 – 이소연 – 2014
지금이 아니면 안 될 것 같아서 – 홍인혜 – 달 – 2011
방에서 느긋한 생활 – 아마미야 마미 – 알에이치코리아 – 2017
이를테면 빗방울 – 이정란 – 문예중앙 – 2017
오늘처럼 인생이 싫었던 날은 – 세사르 바예호 – 2017
아우라의 진화 – 심혜련 – 이학사 – 2017
바다는 잘 있습니다 – 이병률 – 문학과지성사 – 2017
다시, 그리스 신화 읽는 밤 – 데이비드 스튜타드 – 중앙북스 – 2017
내용 없는 인간 – 조르조 아감벤 – 자음과모음 – 2017
국화 밑에서 – 최일남 – 문학과지성사 – 2017
혐오, 감정의 정치학 – 김종갑 – 은행나무 – 2017
여기가 아니라면 어디라도 – 이다혜 – 예담 – 2017
은유가 된 독자 – 알베르토 망구엘 – 행성B – 2017
마음을 건다 – 정홍수 – 창비 – 2017
내 문장이 그렇게 이상한가요? – 김정선 – 유유 – 2016
한 걸음씩 걸어서 거기 도착하려네 – 나희덕 – 달 – 2017
잃어버린 본성을 찾아서 – 스티븐 켈러트 – 글항아리 – 2015
휴가지에서 읽는 철학책 – 장 루이 시아니 – 쌤앤파커스 – 2017
제자리 걸음을 멈추고 – 사사키 아타루 – 여문책 – 2017
있는 것은 아름답다 – 앤드루 조지 – 일요일 – 2017
아날로그의 반격 – 데이비드 색스 – 어크로스 – 2017
고은 깊은 곳 – 고은·김형수 – 아시아 – 2017
거미집 짓기 – 정재민 – 마음서재 – 2017

넌 동물이야, 비스코비츠! ─ 알레산드로 보파 ─ 민음사 ─ 2010

앉아는 이렇게 말했다 ─ 김혜순 ─ 문학동네 ─ 2016

야마모토 귀파주는 가게 ─ 아베 야로 ─ 미우 ─ 2010

흩어지는 마음에게 ─ 안녕 ─ 안희연 ─ 서랍의날씨 ─ 2017

모르는 사람들 ─ 이승우 ─ 문학동네 ─ 2017

드러누운 밤 ─ 훌리오 꼬르따사르 ─ 창비 ─ 2014

꽃을 기다리다 ─ 황경택 ─ 도서출판가지 ─ 2017

고통 ─ 마르그리트 뒤라스 ─ 지만지 ─ 2014

모든 것은 빛난다 ─ 휴버트 드레이퍼스 ─ 사월의책 ─ 2013

주말엔 숲으로 ─ 마스다 미리 ─ 이봄 ─ 2012

사랑은 우르르 꿀꿀 ─ 장수진 ─ 문학과지성사 ─ 2017

엄마는 페미니스트 ─ 치마만다 응고지 아디치에 ─ 민음사 ─ 2017

문 ─ 이지현 ─ 이야기꽃 ─ 2017

시와 리듬 ─ 서우석 ─ 문학과지성사 ─ 2011

죽어가는 짐승 ─ 필립 로스 ─ 문학동네 ─ 2015

오늘 내가 마음에 든다 ─ 봉현 ─ 예담 ─ 2016

하동 ─ 이시영 ─ 창비 ─ 2017

작가와 술 ─ 올리비아 랭 ─ 현암사 ─ 2017

보리스를 위한 파티 ─ 토마스 베른하르트 ─ 성균관대학교출판부 ─ 1999

디어 라이프 ─ 앨리스 먼로 ─ 문학동네 ─ 2013

모데라토 칸타빌레 ─ 뒤라스 ─ 문학과지성사 ─ 2001

주석달린 버드나무에서 부는 바람 ─ 케네스 그레이엄 ─ 현대문학 ─ 2011

돼지 이야기 ─ 유리 ─ 이야기꽃 ─ 2013

저, 죄송한데요 ─ 이기준 ─ 민음사 ─ 2016

살고 싶은 북유럽의 집 ─ 사라 노르만 외 ─ 북하우스엔 ─ 2012

사랑은 탄생하라 ─ 이원 ─ 문학과지성사 ─ 2017

마쿠라노소시 ─ 세이쇼나곤 ─ 갑인공방 ─ 2004

크리에이터 ─ 이신조 ─ 문학과지성사 ─ 2015

음식잡학사전 ─ 윤덕노 ─ 북로드 ─ 2007

한 걸음씩 걸어서 거기 도착하려네 ─ 나희덕 ─ 달 ─ 2017

바다는 잘 있습니다 ─ 이병률 ─ 문학과지성사 ─ 2017

나를 보내지 마 ─ 가즈오 이시구로 ─ 민음사 ─ 2009

내 이름은 루시 바컨 ─ 엘리자베스 스트라우트 ─ 문학동네 ─ 2017

표류하는 흑발 ─ 김이듬 ─ 민음사 ─ 2017

언어공부 ─ 롬브 커토 ─ 바다출판사 ─ 2017

굶기의 예술 ─ 폴 오스터 ─ 문학동네 ─ 1999

요조 기타 등등 ─ 요조 ─ 중앙북스 ─ 2013

프루스트와 함께 하는 여름 - 앙투안 콩파뇽 외 - 책세상 - 2017

너의 운명으로 달려가라 - 이현우 - 마음산책 - 2017

도서관으로 문명을 읽다 - 고혜련 외 - 한길사 - 2016

근시사회 - 폴 로버츠 - 민음사 - 2017

금능리 1345 - 전찬준 - 서랍의날씨 - 2017

식량의 종말 - 폴 로버츠 - 민음사 - 2010

지구만큼 슬펐다고 한다 - 신철규 - 문학동네 - 2017

오늘은 잘 모르겠어 - 심보선 - 문학과지성사 - 2017

액체계단 살아남은 니체들 - 정숙자 - 파란 - 2017

쓰면서 이야기하는 사람 - 이근화 - 난다 - 2015

문구의 모험 - 제임스 워드 - 어크로스 - 2015

지극히 사소한 지독히 아득한 - 임영태 - 마음서재 - 2017

『진달래꽃』다시 읽기 - 김만수 - 강 - 2017

어쩌면 괜찮은 나이 - 헤르만 헤세 - 프시케의숲 - 2017

산책자를 위한 자연수업 - 트리스탄 굴리 - 이케이북 - 2017

모르는 사람 - 이승우 - 문학동네 - 2017

표류하는 흑발 - 김이듬 - 민음사 - 2017

사랑은 우르르 꿀꿀 - 장수진 - 문학과지성사 - 2017

신화에게 길을 묻다 - 송정림 - 달 - 2017

언어공부 - 롬보 커토 - 바다출판사 - 2017

내가 내일 죽는다면 - 마르가레타 망누손 - 시공사, 2017

문학으로의 모험 - 로라 밀러 - 현대문학 - 2017

자아, 친숙한 이방인 - 김석 - 은행나무 - 2017

타자의 추방 - 한병철 - 문학과지성사 - 2017

사람이 아름답다 - 이동용 - 이담북스 - 2017

미래중독자 - 다니엘 S. 밀로 - 추수밭 - 2017

식물의 힘 - 스티븐 리츠 - 여문책 - 2017

바스러진 대지에 하나의 장소를 - 사사키 아타루 - 여문책 - 2017

사랑은 탄생하라 - 이원 - 문학과지성사 - 2017

오직 두 사람 - 김영하 - 문학동네 - 2017

반지하 엘리스 - 신현림 - 민음사 - 2017

프루스트 효과 - 유예진 - 현암사 - 2017

오늘의 냄새 - 이병철 - 문학수첩 - 2017

신비한 결속 - 파스칼 키냐르 - 문학과지성사 - 2015

여성·시하다 - 김혜순 - 문학과지성사 - 2017

괴괴한 날씨와 착한 사람들 - 임솔아 - 문학과지성사 - 2017

그럼에도 작가로 살겠다면 - 줄리언 반스 외 - 다른 - 2017

국자 이야기 - 조경란 - 문학동네 - 2014
음악 없는 말 - 필립 글래스 - 프란츠 - 2017
아름답고 쓸모없기를 - 김민정 - 문학동네 - 2016
검은 시의 목록 - 안도현 편 - 걷는 사람 - 2017
여자들 - 찰스 부코스키 - 열린책들 - 2016
내가 내일 죽는다면 - 마르가레타 망누손 - 시공사 - 2017
문성실의 마이 베스트 레시피 - 문성실 - 상상출판 - 2016
빛 혹은 그림자 - 스티븐 킹 외 - 문학동네 - 2017
나의 프랑스식 서재 - 김남주 - 이봄 - 2013
대지의 선물 - 존 세이무어, 샐리 세이무어 - 청어람미디어 - 2014
달팽이 세상을 더듬다 - 주잉춘 - 저우쭝웨이 - 펜타그램 - 2012
발터 벤야민의 공부법 - 권용선 - 역사비평사 - 2014
1900년 이후의 미술사 - 할 포스터 외 - 세미콜론 - 2016
올리브 키터리지 - 엘리자베스 스트라우트 - 문학동네 - 2010
런던 유령: 버지니아 울프의 거리산책과 픽션들 - 최은주 - xbooks - 2017
금능리 1345번지 - 전찬준 - 서랍의날씨 - 2017
제 7의 인간 - 존 버거 - 눈빛 - 2004
이빨 사냥꾼 - 조원희 - 이야기꽃 - 2014
재미난 집 - 앨리슨 벡델 - 글논그림밭 - 2008
가족의 초상 - 오사 게렌발 - 우리나비 - 2015
우리가 키스하게 놔둬요 - 거투루드 스타인 외 - 큐큐 - 2017
불타버린 지도 - 아베 고보 - 문학동네 - 2013
최선의 삶 - 임솔아 - 문학동네 - 2015
나는 고흐의 자연을 다시 본다 - 앙토넹 아르토 - 숲 - 2003
푸른 알약 - 프레데릭 페테르스 - 세미콜론 - 2014
다만 이야기가 남았네 - 김상혁 - 문학동네 - 2016
디스옥타비아 - 유진목 - 알마 - 2017
남편의 아름다움 - 앤 카슨 - 한겨레출판 - 2016
빨강의 자서전 - 앤 카슨 - 한겨레출판 - 2016
곰씨의 의자 - 노인경 - 문학동네 - 2016
결혼을 향하여 - 존 버거 - 해냄 - 1999
먼지 아이 - 정유미 - 컬쳐플랫폼 - 2014
현남 오빠에게 - 조남주 외 - 다산북스 - 2017
힘 빼기의 기술 - 김하나 - 시공사 - 2017
오늘의 냄새 - 이병철 - 문학수첩 - 2017
인섬니악 시티 - 빌 헤이스 - 알마 - 2017
베이비부머를 위한 변명 - 장석주 - 연두 - 2017

옥상,을 보다 – 임욱상 – 난다 – 2017
이아생트 – 앙리 보스코 – 워크룸프레스 – 2014
칼과 혀 – 권정현 – 다산북스 – 2017
시로 읽는 경제이야기 – 임병걸 – 북레시피 – 2017
바스라진 대지에 하나의 장소를 – 사사키 아타루 – 여문책 – 2017
백핸드 발리 – 김병호 – 문학수첩 – 2017
고전에 기대는 시간 – 정지우 – 을유문화사 – 2017
디스옥타비아 – 유진목 – 알마 – 2017
음악 없는 말 – 필립 글래스 – 프란츠 – 2017
뱀과 물 – 배수아 – 문학동네 – 2017
실패한 시작과 열린 결말/프란츠 카프카의 시적 인류학
– 게르하르트 노이만 – 에디투스 – 2017
유리 – 존 개리슨 – 플레이타임 – 2017
지식의 표정 – 전병근 – 마음산책 – 2017
걷기 – 철학자의 생각법 – 로제 폴 드루아 – 책세상 – 2017
박철수의 거주 박물지 – 박철수 – 도서출판집 – 2017
비트겐슈타인 회상록 – 헤르미네 비트켄슈타인 외 – 필로소픽 – 2017
너무 움직이지 마라 – 지바 마사야 – 바다출판사 – 2017
천경자 코드 – 김정희 – 맥스 – 2017
세월의 설거지 – 안정효 – 세경북스 – 2017
잘 가거라, 찬란한 빛이여 – 호르헤 셈프룬 – 문학동네 – 2017
노래 항아리 – 유익서 – 나무옆의자 – 2017
앨리스처럼 철학하기 – 메간 S. 로이드 외 – 동학사 – 2014
아버지의 유산 – 필립 로스 – 문학동네 – 2017
당신의 신 – 김숨 – 문학동네 – 2017
제7의 인간 – 존 버거 – 눈빛 – 2017
런던 유령 – 최은주 – 엑스북스 – 2017
조애나 월시 – 호텔 – 플레이타임 – 2017
쓰레기 – 브라이언 딜 – 플레이타임 – 2017
패스워드 – 마틴 폴 이브 – 플레이타임 – 2017
언어 공부 – 롬브 커토 – 바다출판사 – 2017
몰입, 두번째 이야기 – 황농문 – 알에이치코리아 – 2011
에로스를 찾아서 – 강유원 – 라티오 – 2017
똑똑함의 숭배 – 크리스토퍼 헤이즈 – 갈라파고스 – 2017
네오 샤먼으로서의 작가 – 임우기 – 달아실 – 2017
사피엔스 – 유발 하라리 – 김영사 – 2015
문명과 전쟁 – 아자 가트 – 교유서가 – 2017

당신의 신 - 김숨 - 문학동네 - 2017

런던을 걷는 게 좋아, 버지니아 울프는 말했다 - 버지니아 울프 - 정은문고 - 2017

발레나 해 볼까 - 발레 몬스터 - 예담 - 2017

호텔 - 조애나 월시 - 플레이타임 - 2017

데미안 - 헤르만 헤세 - 문학동네 - 2013

뱀과 물 - 배수아 - 문학동네 - 2017

히끄네 집 - 이신아 - 야옹서가 - 2017

매일이 여행 - 요시모토 바나나 - 민음사 - 2017

아버지의 유산 - 필립 로스 - 문학동네 - 2017

지식의 표정 - 전병근 - 마음산책 - 2017

친밀한 이방인 - 정한아 - 문학동네 - 2017

버지스 형제 - 엘리자베스 스트라우트 - 문학동네 - 2017

밥 딜런 시선집 세트 - 밥 딜런 - 문학동네 - 2017

메르시, 이대로 계속 머물러 주세요 - 리산 - 창비 - 2017

G - 존 버거 - 열화당 - 2008

어느 작가의 일기 - 버지니아 울프 - 이후 - 2009

3기니 - 버지니아 울프 - 이후 - 2007

커튼 - 밀란 쿤데라 - 민음사 - 2012

최소의 발견 - 이원 - 민음사 - 2017

사랑하기 위한 일곱 번의 시도 - 막심 빌러 - 학고재 - 2008

꽃 밟을 일을 근심하다 - 장석남 - 창비 - 2017

뒷모습 - 미셸 투르니에 - 현대문학 - 2002

핀란드 - 데보라 스왈로우 - 도서출판가지 - 2015

나 안 괜찮아 - 실키 - 현암사 - 2016

나의 첫 젠더 수업 - 김고연주 - 창비 - 2017

가끔은 길을 헤매도 좋은 유럽 작은 마을 스케치 여행 - 다카하라 이즈미 - 키라북스 - 2017

알제리의 유령들 - 황여정 - 문학동네 - 2017

젊은 소설가에게 보내는 편지 - 마리오 바르가스 요사 - 새물결 - 2005

행동은 어디까지 유전될까? - 야마모토 다이스케 - 바다출판사 - 2011

달콤한 노래 - 레일라 슬리마니 - 아르테 - 2017

여자를 안다는 것 - 아모스 오즈 - 열린책들 - 2009

베이비부머를 위한 변명 - 장석주 - 연두 - 2017

우리 부모님 - 펠레 포르셰드 - 우리나비 - 2014

어둠 속의 희망 - 리베카 솔닛 - 창비 - 2017

가끔, 오늘이 참 놀라워서 - 황선미 - 예담 - 2017

너의 아름다움이 온통 글이 될까봐 - 황유원 외 - 문학동네 - 2017

여름은 오래 그곳에 남아 - 마쓰이에 마사시 - 비채 - 2016

에필로그

세상의 음악 중에서 고전음악만을 고집해 듣던 소년은 책을 좋아했다. 책읽기가 "눈이 하는 정신 나간 짓"이더라도 독서 삼매경에 빠지는 일이 드물지 않았다. 소년이 세상에 널린 책을 다 읽겠다는 욕망이 얼마나 터무니없는 것인가를 깨닫는 데 오랜 시간이 걸리지는 않았다. 허나 책을 밥 먹듯이 읽으며 살게 되리라고, 그리고 책에 연관된 직업을 갖게 될 거라고 예감했다. 과연 나는 정치인도 기업가도 금융전문가도 아닌, 편집자로 전업 작가로 살았으니, 예감은 틀리지 않았다. 활자로 된 건 다 읽어 치우고 마는 게 운명이 아니라면 무어란 말인가!

2016년 10월 14일 금요일 저녁, 시인 편집자와 몇 지인이 어울린 서울의 상수동 식당에서 이 책 기획 얘기가 처음 나왔을 때 나는 단박에 이것을 적는 일이 내 살아 있음을 증거하고, 책을 손에 쥐고 있던 그 찰나 스친 기분과 욕망을 숨김없이 드러내는 일임을 알았다. 이 책은 서평집이 아니다. 그간 서평집은 여럿 썼으나 책'일기'는 처음이다. 읽은 책의 서지학 정보는 물론이거니와 책이 도착한 경로, 날짜와 날씨를 깨알같이 찾아 적으며 책을 끼고 분투하며 산 계절의 뿌듯함과 수고의 기억이 스쳐갔다. 더러는 사사로운 감정의 결들, 이를테면 산 날의 슬픔과 분노, 보람과 덧없음도 얼핏얼핏 드러날 테다.

날마다 책일기를 적는 일은 생각보다 어려웠다. 어떤 날은 건너뛰고, 또 어떤 날은 쓰지 못한 날의 일기를 실뭉치인 듯 뒤엉킨 기억을 풀고 펼쳐서 몰아서 썼다. 소년 시절 방학 끝 날 저녁 끼니마

에필로그

어릴 때부터 이야기를 탐했다. 집에 오는 사람이면 누구든 붙잡고 '옛날이야기'를 들려달라고 조르던 '찐득이'가 나였다. 옛날과 이야기라니. 지나간 일들은 모두 이야기가 될 수 있다는 것을 나는 언제부터 알았을까?

구전口傳에서 책으로 옮겨가는 데까진 오래 걸리지 않았다. 누군가를 괴롭히지 않고도 이야기를 구할 수 있다는 것을 책을 통해 알았다. 30년이 조금 넘는 시간 동안, 나를 거쳐간 책들이 얼마나 될까? 그 책들은 나를 통과해 나와 연루되었다. 내가 지금의 나일 수 있도록 가장 큰 영향을 끼쳤다. 확신이 든다.

책은 다방면으로 사용할 수 있다. 슬플 때 얼굴을 가릴 수 있다. 얼굴을 가리고 조금 울 수도 있다. 마음이 펄럭일 때 납작한 돌멩이처럼 배 위에 올려놓을 수도 있다. 잡생각이 가득할 때 같은 문장을 반복해 읽으며 생각의 둘레를 걷고, 걷고, 또 걸을 수 있다. 운이 좋으면 생각의 둘레에서 벗어나 책 속으로 걸어들어갈 수도 있다. 다정한 목소리를 듣고 싶을 때 펼치면 아늑해진다. 나는 운이 좋게도 다정한 목소리를 내는 작가를 여럿 알고 있다. 내 모습이 싫을 때 가장 먼 곳으로 재빨리 데려다주는 것은 책뿐이다. 어떤 비행기도 하지 못한다. 돌아오는 것도 쉽다. 음악이나 영화에서 빠져나오려면 버튼을 눌러야 하지만 책은 간단하다. 눈을 떼면 된다. 내 몸처럼 붙었다 다른 몸처럼 떨어진다. 혼자 행하지만 외롭지 않은 일이 독서다. 좋은 책을 읽고 난 뒤 책장을 덮는 순간은 무엇과도 바꿀 수 없다. 심심할 땐 책이 좋다. 내가 책을 읽는 첫번째 이유는 '재미'

저 거른 채 괄약근을 조이며 방학 일기를 끙끙대며 몰아서 해치우듯이. 책일기를 적을 때 내 뇌의 편도체와 해마의 빈곤함에 얼마나 실망했던지! 어떤 책은 읽었건만 까마귀라도 잡아먹은 듯 내용은 커녕 제목조차 떠오르지 않았다. 책읽기의 동기는 다양하다. 살아 있음을 자축하는 책읽기, 생업 전선의 필요에 부응하는 책읽기, 취향에 따른 책읽기, 난관을 뚫기 위한 책읽기, 정신의 허기를 채우는 책읽기, 혼자 있음을 견디는 책읽기, 봄날의 벅찬 기쁨을 더하는 책읽기, 정신의 단련과 수행을 위한 책읽기, 침묵 삼매경에 들기 위한 책읽기······ 책일기를 적고 보니, 내 사람됨의 모호함이 보다 또렷해진 느낌이다.

이 일기는 사실에 바탕을 두되 더러 어렴풋한 기억에 픽션을 더해 쓴 것도 있다. 이로 인해 불미스러운 사태와 사회 혼란이 생긴다면 그건 전적으로 내가 감당해야 할 테다. 대통령과 비선 실세의 국정 농단으로 빚어진 나라의 어수선함이 내 집중력을 침해한 것도 사실이다. 가사 의무를 다하느라 일기 쓸 시간이 준 것도 사실이다. 한숨과 탄식을 내쉬며 몰아서 일기를 쓴 책임을 남에게 돌리는 것은 늠름한 남자가 취할 자세가 아닐 테다. 약간의 픽션은 픽션대로, 희떠운 소리와 언롱言弄은 그것대로 너그럽게 읽어주시기를! 더러 문장에서 마음의 깊이와 무늬가 아름다웠다면 그것은 책의 훌륭함 때문이고, 흉하게 불거진 사유의 꾀죄죄함과 앙바틈한 도량度量은 내 사람됨의 모자람 때문일 테다.

2017년 겨울
장석주

때문이다. 신기하게도 모든 재미있는 일은 나를 변하게 하고, 삶을 변하게 하고, 세상을 변하게 만든다.

그러니 세상을 바꿀 수 있는 '작고 가벼운' 무기를 사야 한다면, 책을 사야 한다. 둘러보니 우리집은 작고 가벼운 무기로 가득찬 무기고武器庫다. 든든하고 감사하다.

존 버거는 "침묵도 훌륭한 소통수단이 된다"고 했다. 존 버거는 다른 의미로 이야기를 했겠지만, 순간 독서가 떠올랐다. 독서야말로 침묵 안에서 활발히 이루어지는 소통이니까. '환희'를 동반한 놀람은 대부분 책 읽는 중에 일어났다. 현실에선 기가 막힌 일이나 더 나쁜 일들만 나를 놀라게 했다.

늙어 죽을 때까지 독서를 즐기고 끼적일 수 있다면 좋겠다. 그것은 타인과 소통을 끊지 않겠다는 결의다. 당신의 이야기를 듣고, 내 이야기를 하는 것. 주고, 받는 것. 결국 책을 읽는 행위는 남의 말을 들으려는 행위다. 누군가의 "소리 없는 아우성"을 이쪽에서 받아주는 행위다. 그 사람이 말을 끝낼 때까지 "그것과 동행하기 위해"(존 버거) 책을 읽는다.

스스로 최고의 경지에 올랐다고 믿는 사람만이 다른 사람의 이야기를 듣지 않고, 꼰대가 된다. 책을 읽을 필요 없이 자신의 세계가 견고해져버리기 때문이다. 책을 열렬히 읽는 사람 중엔 꼰대가 드물다.

나는 독서도 좋아하고 일기 쓰는 일도 좋아한다. 하물며 책을 만지고 쓰는 일기라면! 이 책을 기획한 김민정 시인의 말을 '열심히' 들은 나는 책 리뷰가 되지 않도록 주의했다. 책을 만지고, 책을 살

고, 책 곁에서 '책과 같이 지낸 날들'의 이야기를 기록했다. 소소한 일상을 적는 중에 책을 조금 곁들였다. 일기란 기본적으로 '혼잣말'의 자세를 취하기 때문에 때로 뜬금없거나 무질서한 언어의 나열이 됐는지도 모르겠다. 일기라는 장르에 기대 부끄러움도 모르고 지껄였다. 그러나 일기는 얼마나 소중한지! 인생이 산이라면 일기는 한 그루 한 그루의 나무다. 이 하찮은 나무들이 모여 극진함이 깃든 산을 이루기를!

부부가 함께 독서일기를 쓸 수 있도록 기획해준 김민정 시인과 책을 만드는 데 함께 애써주신 도한나, 김필균, 이기준 디자이너께 감사드린다.

2017년 12월
박연준

내 아침 인사 대신 읽어보오
ⓒ 장석주 박연준 2017

초판 1쇄 인쇄 – 2017년 12월 20일
초판 1쇄 발행 – 2017년 12월 30일

지은이 – 장석주 박연준
펴낸이 – 김민정
편집 – 김필균 도한나
표지 디자인 – 이기준
본문 디자인 – 이기준 신선아
독자 모니터 – 이희연
마케팅 – 정민호 나해진 김은지
홍보 – 김희숙 김상만 이천희
제작 – 강신은 김동욱 임현식
제작처 – 영신사

펴낸곳 – 난다
출판등록 – 2016년 8월 25일 제406-2016-000108호
주소 – 10881 경기도 파주시 회동길 210
전자우편 – blackinana@gmail.com / 트위터 – @blackinana
문의전화 – 031-955-2656(편집) / 031-955-8890(마케팅) / 031-955-8855(팩스)

ISBN 979-11-88862-01-6 03810